異聞 渡辺崋山伝

森屋 源蔵

目次

起の章　継嗣問題

急逝

寝耳に水だった。

昨日、閏六月十三日、雪吹元右衛門が急逝したというのだ。

鈴木孫助の口からそう聞いた時、登はにわかには信じられなかった。

雪吹とはほんの数日前に言葉を交わしたばかりだった。参勤の勘定の取りまとめがやっと終わったことや参勤の様子など、立ち話だったが特に変わったところはなかった。

孫助の話によると、死因は流行病（はやりやまい）だという。病がうつる恐れもあるため、弔問もできないらしい。

「登は、確か国許の雪吹伊織殿とは縁戚だったはずだが」

「伊織殿と元右衛門殿は縁続きらしいが、私と元右衛門殿に親戚付き合いはない。ただ、先日、この度の参勤について立ち話をする機会があったが、その時は殿のご病状を気遣っておられた」

登は雪吹の死に何か釈然としないものを感じながらそう答えた。

渡辺登、田原藩士。文政十年の今年三十五歳になる。藩の家老の家柄であるが、家督を継いでまだ日も浅いこともあって、今は取次役をしている。身の丈五尺七寸、剣に優れ常に長刀を帯び、明朗快活、生まれたばかりの娘が一人いる。また、質実剛健、義のためなら、命も顧みぬ勇者ではあったが、この世の中にたった一人だけ勝てぬ相手がいた。それは、母親のお栄である。この登の唯一の弱点は広く藩に知れ渡っていて知らぬ者はいなかった。

鈴木孫助は登と同じ田原藩士で、二人は肝胆相照らす仲だった。

「遺体は昨日のうちに埋葬されたようだ。いくらなんでも早すぎると思わないか」

「そうだな。雪吹殿が流行病に罹ったのであれば、その噂が立ちそうなものだが、それもなかった。取次役の自分の耳に何も入ってきていない。何かが雪吹殿に起こったとしか考えられぬ」

「そこだ。早すぎるのだ。なにもかも…」と言って孫助は声を潜めて続けた。

「…雪吹殿は腹を召された、とわしは見ている。登はどう思う」

「この度の参勤の顛末から考えれば、それもあり得るが、まだ何とも言えぬ」

雪吹元右衛門が後乗役として取り仕切ったこの度の参勤は前例のないものだった。

参勤の直前に後乗役に決まっていた国家老の間瀬九右衛門が突然病に罹り、納戸役の雪吹元右衛門が急遽後乗役に抜擢された。参勤の道中は悪天候に見舞われ、川止めなどもあり、道中本陣の変更も余儀なくされたという。都合二日の江戸延着。過酷な道中で、藩主三宅康明は病を得、江戸到着後は臥せっている。雪吹は藩主の病をおのれの不手際から生じたものと感じていたようだ。藩内にもそう思っている者も少なからずいた。藩主の病状を語る際に、参勤の不手際のことがしばしば添えられた。

…悪天候は人の力では如何ともしがたいこととはいえ、自分がその立場であったならば雪吹殿と同じように苦しむに違いない。もし、孫助の言うように腹を召されたのであれば、それはそれで雪吹殿なりにけじめをつけたということなのだろう。竹村殿の時もそうだった…

登は七年前の兄とも慕う竹村の死に雪吹の死を重ね合わせた。挙母藩士の竹村悔斎は、登と同じく佐藤一斎門下で学び、藩邸が隣接していたこともあって、登の良き相談相手であったが、文政三年、主家の政事をほしいままにしていた藩重役を弑し、自刃したのだった。竹村には竹村の、雪吹には雪吹の武士としての覚悟があったに違いない、と登は想った。

「だとしても、参勤出駕直前の後乗役の変更はおかしいと思わぬか」孫助が続ける。

「ご家老の間瀬様が病を得られたのでは仕方あるまい」

「いやいや、病を得たのでは仕方がないが、納戸役の雪吹殿が後乗役を仰せ付かったというところだよ。わしはそこに何かあるとみている」

また始まったな、と登は思った。孫助は自分の推論に都合のいい断片だけを引き合いに出す癖がある。事実を組み立てて正論を導き出すというよりは、先に推論があって、それに合致する事実を引き寄せてくる。

「そこには何か、執政の思惑が絡んでいるような気がするのだが」

「そこに何があるというのだ。すまないが、今、孫助の雲をつかむような話に付き合っている暇はない。慊堂先生の写真を進めなければならんのだ」

「渡辺も怪しいとは思わないか。殿のご容態のことも、執政は知らせてはくれぬ。殿が参勤で江戸に上られたのが六月五日。六月十四日にご静養の沙汰。今日は閏六月の十四日だから、ご静養の沙汰が出てから一月も経つ。殿のお加減は本当のところどうなのか、家臣の耳には入ってこないのだ」

「孫助、言葉が過ぎるぞ。殿のご病状は回復に向かわれている。何かあれば執政にも動きはあるだろう。動きがないということは殿のご容態が安定しているということなのではないか」

登の言葉に、孫助はまだ何か言いたそうであったが、構わず、登は手控え帖に描きとめた考証学の泰斗松崎慊堂の像を半紙に大きく写し始めた。

それを見た孫助はしぶしぶ部屋を出て行った。

「まあ、鈴木様、もうお帰りになるのですか」という妻のおたかの声が階下から聞こえた。

その夜、登は文机に向かっていた。

…昨日、参勤で後乗役を務めた雪吹元右衛門殿が急死した。流行病とのこと。病がうつる恐れもあるために、遺体は昨日中に埋葬されたらしい…

日記帖に今日孫助が語った雪吹の一件を書き留めていた登は筆を置いた。

…この度の参勤は天候に恵まれず、それを取り仕切った雪吹殿の心労は察するに余りある。二日だけの延着で参勤を終えたのは雪吹殿の功績だ。しかし、その無理がたたって、病に倒れられた。

この度の困難さは聞きしに勝るものだったに違いない。そうであれば、生来ご病弱な殿には、如何ばかりのご負担がかかったであろう…

登は日記帖を読み返した。

…家老の村松様からは何のお沙汰もない。参勤で江戸に上られたのが先月の五日、そしてお目見え下さったのが十日。殿は体調が優れずすぐに退席なされた。その四日後、六月十四日にご静養の沙汰…

登は六月十四日の条に朱を入れた。そして日記帖をめくり、一か月後の閏六月十日、〝家老の村松様と、留守居役の鈴木弥太夫様が朝早くに殿にお目通りされたらしい〟という書き付けにも朱を入れた。四日前の覚書に朱を入れながら、登は尋常でない胸騒ぎを覚えた。

市中某所

「昨日の雪吹の一件、大丈夫であろうな」

「抜かりなく後始末を行いました」

「後乗役のお役目を受けた者として、殿の危篤を知らされては、腹を切らざるを得まい。雪吹らしい身の処し方だ。わしの見込んだとおりの忠義者じゃ」

「そうでございますね」

「すべて筋書きのとおりに運んでいる。仕組んだ策も上手く行った。雪吹はそれをすべてあの世に持って行ってくれた」

「そうでございますね。こうまで事がうまく運ぶとは思ってもみませんでした。あとは最後の仕上げをするだけでございます」

「そうだな。ところで、河合殿とはいつ会えるのだ。屋敷では、おぬしとゆっくり話もできぬ。誰が聞いているかわからぬからな」

「近いうちにお会いできるかと思います。用人の大谷源七殿の話では、今後の段取りについて話を煮詰めたいと河合様は考えられていらっしゃるということでした」

「そうか。これで安心だ。それにしても、公儀御用医師の手配は上手く行った。さすが酒井家だ。往診の願いを出してから十日ほどで殿の投薬の儀が滞りなく済んだ。投薬の儀さえ終われば、時間が稼げるというもの。あとは河合殿と直に話を煮詰めるだけだな」

「はい。うまく話が進むことを願うだけです」

「そのとおりじゃ。進んでもらわぬとわしらが心血を注いで築き上げてきたものがすべて崩れ落ちてしまう。そうではないか」

「はい」

「わしらの進む道は細くて険しい。踏み外したらひとたまりもない。それでも進まねばならぬ。雪吹のような忠義者を失っても、歩を緩めることはできぬ。何故なのだ。主家のため、子々孫々のことを思うからだ。だがな、何故わしらがその役回りをしなければならんのじゃ。違う世に生まれれば、異なる生涯を描けたであろうに。天を恨みたくもなるぞ。わしらは、後世の儒者に本能寺の明智のように悪玉の烙印を押されてしまうかもしれぬのだ」

「それは無いと思われます。証拠は何もありません。何もない所から物語は組み立てられません」

「そうか…。だとしても、わしらは大変な貧乏くじを引いたものだ」

「拙者も同じ思いです。主家の政事をつかさどる家に生まれたことを、若い頃は晴れがましく思ったこともありましたが、いざ政事に身を置くことになってからは心休まる暇がありません」

「まずは食うこと。家中の誰もが腹いっぱい食えること、これが政事の要諦だと心得ている。石高に比べご領地が窮屈なのか、土地が痩せているからなのか、それとも他に何かあるからなのか、御家の勝手方の事情はことのほか厳しい。この苦しみはわしらで終わりにしたいものだ。その一歩を踏み出したのじゃ。もう後戻りはできぬ」

日記

雪吹の死は瞬く間に藩内に広がった。参勤で疲労困憊していたところに流行病がとりついたため命を落とされたと藩からは発表された。

藩主三宅康明の病が重篤であることが公にされたのはそれから一月も経たぬ七月五日であった。

その報を境に、それまで奥座敷で行われていた会話が堰を切ったように白日の下に躍り出た。登は十代の頃、先代藩主の近習を勤めたことがあり、藩主異母弟の友信のことも良く知っていたので、友信の養子縁組を強く訴えた。

…五日前、村松様より殿のご病状が重篤であるとの沙汰があった。本来ならば、御舎弟友信様の養子縁組に奔走しなければならぬところだが、執政の動きは鈍い。昨日、留守居役の鈴木様に、御舎弟の養子縁組を一刻も早くと申し上げたところ鋭意検討中と言を濁された…

…さらにおかしなことが起こっている。殿がご静養なされて間もなく、殿に万一のことがあれば他家から若君をお迎えすることもやむを得ないという言説が流れ始めたのだ。その言説の出所ははっきりしない。当初は誰もそれに取り合わなかったが、この一月の間に事態は一変した。持参金やそれに伴う給付金などの話も添えられ、それは家中に急速に広まった。殿のご容態が重篤であるということが公にされてからは、他家の若君を迎えることが御家の窮状を打開するためのただ一つの方策だと触れ回る者まで現れた。殿がご存命中に跡目について公言することなど不敬極まりない。御舎弟というお世継ぎがいらっしゃる中で他家から入婿をなどという言説は到底容認できぬものだが、執政からは強いお咎めもない…

登は、ややうつむき加減な友信の姿を思い浮かべた。藩主の異母弟として生まれた友信の立居振舞には控えめさが目立った。しかし、聡明さは群を抜いていた。昨年、オランダ使節ビュルゲルとの対談の仔細を報告したとき、二十歳の友信は深く心を動かされたようで、「井の中の蛙でいてはならぬ、西洋の事情をもっと知りたいものだ、彼我(ひが)の良き物を取り入れ悪しきものを取り除けば、御家の政事もきっと良くなる」と静かに言ったのを登は聞き洩らさなかった。

進取の気風を持つ友信が主家を継ぐならば、家風も一新し今抱えている家中の諸問題も解決されるに相違ないと登は密かに思っていた。

登は日記帖をめくりこの二月を振り返った。

…参勤では不測のことが重なった。発駕御祝儀当日の後乗役の変更。先例格式に則れば、後乗役はお年寄りかご用人の重役が務めることになるのだが、この度は納戸役の雪吹殿が務められた。また、天候不順による江戸延着。雨の日が多く、出水による川止めなどもあり、宿場での本陣の変更も余儀なくされた。雪吹殿のご心労を思うと心が痛む。さらにその雪吹殿の死。そして殿の病。この度の参勤の余波は今ますます大きな波紋となって家中を覆っている。例の言説の出所は何処なのか。そして、何故執政はそれを表立って否定しないのか。何故御舎弟の養子縁組を急がないのか…

登は日記帖から目を上げ、虚空に問いかけた。ひとしきり虫の音がしたかと思うと、より深い静寂が訪れた。

藩主の病が重篤だという知らせによって、江戸詰めの藩士は二つに割れた。三宅家の血筋を絶やしてはならぬという友信擁立派と藩政刷新のためにも他藩から殿様を迎えようとする入婿派に色分けされたのである。そして、その色合いは圧倒的に入婿派の方が濃かった。

その様な折、田原藩江戸家老村松五郎左衛門は八百善に向かっていた。

村松が案内された奥座敷で待っていたのは、姫路酒井家の家臣伊奈平八であった。伊奈はこの年四十九歳、藩の高官であり儒者、そして酒井家重臣河合道臣の懐刀と言われていた。将軍家の喜代姫と姫路酒井家の縁談をまとめたのは伊奈の手腕によるところが大きかったとも言われている。

「村松様、お忙しいところご足労願いまして誠にありがとうございます。拙者は河合道臣の下役をしておる伊奈平八と申す者でございます。本来ならば、河合が出府して村松様に拝顔すべきところですが、折悪しく持病が悪化し、急遽拙者が名代として出府致した次第です。河合からは、村松様より三宅家中のご様子やお考えを仔細に伺ってくるようにと申し渡されております」

柔和な表情にもかかわらず、その眼光は鋭く、言動には威圧感があった。

「暑さが続いておりますから」

村松は一まわりも若い伊奈にそう言って、おもむろに懐紙を出して、額の汗をぬぐった。

「かねてよりわが酒井家の江戸屋敷近習の大谷と三宅家中の鈴木殿との間で密に連絡を取り合っ

ているとと聞き及んでおりますが、ここにきて三宅家中の様子が今一つ分らぬと河合が申しておりました」

「そうでございますか…。わが家中では、殿がご病弱なる故、万一のことがありましたらと家臣一同常日頃から案じておりました。殿にはお世継ぎ様がまだいらっしゃいません。ただ、御舎弟がいらっしゃるので、通例は御舎弟がお世継ぎ様ということになりましょうが、その御舎弟もまた病弱なる故、私どもは思案しておりました。そこで、内々に大谷殿に鈴木がご相談申し上げた次第です」

村松はここで言葉を区切り、ゆっくり湯呑みを口元に運び、音も立てずに茶を飲み干し、そして話を続けた。

「殿はこの度の参勤におきまして体調を崩されました。酒井家のお力添えを持ちまして、公儀御用医師の中川常普院様に診察していただいておりますが、中川様のおっしゃるところでは、大変難しいご容態であるとのことでございます」

「そうですか。心中お察し申し上げます。お殿様のご容態が思わしくない、しかも、御舎弟君もご病弱というのであれば、いろいろと急がなければならぬことがでてきますが、三宅家中の様子は如何でしょうか。お聞きしたいのは其処のところです」

そう言って伊奈は村松を見つめた。

「大谷殿に鈴木が申し上げたとおりでございます。大谷殿からも助言をいただき家中の考えも入婿様を迎える方にまとまりつつありますが、御舎弟擁立を主張する者の首領がなかなか厄介な人物でして」

「渡辺登殿ですね。渡辺殿については、大谷からも報告が入っています」

「おっしゃるとおり、御舎弟擁立派の中心は渡辺登という者でございます。号を崋山と申しまして、ちょっとした絵師です」

「谷文晁門下とか」

「はい、そうでございます。どうして渡辺のことをご存じでいらっしゃいますか」

「主人の河合が渡辺殿に興味を持ちまして、知人を通じて人となりを調べました。なかなかの人物であるようですね。ところで、御舎弟君をお世継ぎにと唱えている家臣はどの位おるのですか」

伊奈は探るように村松をじっと見据えた。

「それほど多くはありません。江戸と国許を合わせても十指に満たぬと思われます。みな渡辺の息のかかった者ばかりです。ただ、その渡辺ですが…、伊奈殿もお調べになってご存じかと思いますが、渡辺は弁が立ちます。それに御家の外にも知人が多く、絵師ばかりではなく儒者の歴々とも懇意にしております。儒者の佐藤一斎殿の弟子ということもあり、家中では一目置かれておるところです」

「…学問は政事に役立ちます。河合も数年前に、自らの学問所を立ち上げました。ところで、渡辺殿が御舎弟君の擁立を断念するということは考えられぬのでしょうか」

「それは難しいかと思われます。渡辺は先代の篤巌院様のお伽役を務め殿の母君の黙笑院様からも可愛がられていたため、主家に対する思い入れが強く、南朝の忠臣児島高徳公を祖とする主家の血統をお守りするのが自らの使命であると感じているようです」

「そうですか。家中の大勢は入壻様を望んでいるが、血統を絶やすべきではないという一派がそれに異を唱えている、その一派の領袖が一筋縄ではいかぬという訳ですね」

「そのとおりでございます。拙者とて殿の血筋を何より大切にしとうございます。しかし、繰返し申し上げますが、先々代黙巌院様ご逝去の後、先代篤巌院様が継ぎ、十三年の治世の後二十六歳の若さでご逝去され、そしてこのたび篤巌院様の後を継いだ殿が治政わずか四年、二十八歳にて病に伏されております。そのために、家中には殿がご壮健であられることを何よりもお望み申し上げる空気がございます。御家の政事を掌る者として、家中の大方の意向を汲み上げねばなるまいと、こう思っている次第です」

「村松様のご苦労、お察し申し上げます。私は村松様のお話を直ちに河合に伝えまして、善後策を練りたいと思います。村松様にありましても、御家のお考えを一つにまとめていただけるようご尽力くださいませ。ご家中がお一つにまとまっていただければ、酒井家としても大きく前に進むことができますので、どうかよろしくお願い申し上げます。では、村松様、冷めぬうちに膳をいただきましょう。さあ、どうぞ」

と言って、伊奈は村松に酒を注いだ。

次の日

「難儀なされましたね」

「いやあ、肝がつぶれるかと思った。伊奈殿は河合殿の懐刀と言われるだけあって、まだ若いが、肝が据わっておった。言葉や物腰はすべて穏やかなのだが、こちらの心の裏側まで見抜いておられるようで、膳に箸は付けたものの、何を食ったか覚えておらぬ。それどころか、口に入れたものを飲みこむのが難儀だった」

「それで、若君との養子縁組の話には及びましたか」

「その件については、立ち入った段取りの事については一言も出なかった。ただ、渡辺の人となりについて興味を持っているようだった。佐藤一斎の門人筋にあたるということを申したら、政事を行う上で学問も必要だという意味のことを申しておられた。伊奈殿は姫路の学問所にも関わり、率先して若手の指導育成を図っているらしい。頼山陽とか言う儒者のことも話しておったが、さっぱりわからんかった」

「政事を行う上で若手の育成が必要だと申しておられましたか…」

「別れ際、なるべく早い時期に両家にとっての慶事が結実できるよう最善を尽くすということを伊奈殿は約してくれた」

「そうですか」

「わしらも早く家中を一つにまとめなければならぬ」

「そうでございますね」

「国許から萱生も江戸に参った。萱生が渡辺を説き伏せてくれるだろう。あと少しだ」

「そうでございますね」

同日

「登、おかしなことが起こっている」と鈴木孫助が部屋に入ってくるなり口を開いた。

「典医の萱生先生が先日江戸へ出府なされた。挨拶をしに行ったとき、萱生先生がお話になったのだが、殿は中川常普院という医師より投薬を受けられているということだ。中川様の投薬でご容体は安定しているが、いつ何時変調をきたすかもわからぬので、萱生先生は江戸に詰めていてほしいと執政から言われたそうだ。江戸詰医師の上田春洞先生が病気引き込みになったため、わざわざ国許から萱生先生を召喚しておきながら、萱生先生の投薬ではなく中川という医師の投薬を続けているという、おかしくはないか」と孫助は言った。

「その話は私も聞いた。実は、孫助には話していなかったが、殿がご静養になられて間もなく、内々には上田先生が病気引き込みということになっていて屋敷には上がっていない」

「では、誰が殿の投薬をしていたのだ」

「それがこの度明らかになった中川常普院というお方だったのだ。それにもう一人、杉本忠温様。この二人は、公儀御用医師ということだ」と登は静かに言った。

「ということは、ご家老が殿の病状回復を願い、より権威のある医師を招聘されたということか」

「私も初めはそう考えたが、そうとばかりも言えぬ。十年ほど前になるが、豊後の臼杵家中で家督相続があった際に、やはり御用医師の杉本忠温様が招聘されたそうなのだ。御用医師の一存で殿様の病名も生きるも死ぬも定めることができるらしいということを臼杵の一件で承知したと知人は言っていた」

「では見えぬところで既に何かが起きているということか」

「表立っての動きは何も無い。ただ、村松様と鈴木弥太夫様がどなたかと頻繁に連絡を取り合っているらしいのだ。そこに何かあるのかもしれない」

「されば、いよいよ執政が御舎弟の養子縁組に動き始めたということだな」と孫助は身を乗り出し、言葉を続けた。

「登、わしはこの度の参勤は、執政が御舎弟を養子にするために仕組んだ大きな賭けだったと思っている。というのも、殿はご病弱だ。此度の参勤前もお体の具合が優れなかったとも言われている。それにもかかわらず、参勤を強行した。いや、公儀の命だ、参勤は執り行わなければならなかった。そこで参勤を取り仕切る後乗役が代えられた、万一のためにだ。参勤の道中、殿に不測のことが起こった場合のことを案じて、国家老から雪吹殿に代えられた。わしはそう睨んでおる」

「孫助、殿が参勤前に体調が優れなかったというのは誰から聞いたのだ」

「留守居役の鈴木様から直接伺ったと話している者がいたので、それは間違いなかろう」

「初めて聞いた。殿が参勤前にお体の具合が優れなかったとは…」

「参勤後に殿が床に臥せられたこともこれで合点が行く。執政の次のお考えは、御舎弟の養子縁組に違いない。御舎弟は殿と違い壮健でいらっしゃる。殿に何があっても御舎弟が控えていると考えれば、御家の政事も安心して行えるというものだ」

「そうとも限らぬ。執政のお考えは、御舎弟の養子縁組ではないかもしれぬ」

「まさか。執政が他家の若君との養子縁組を画策しているというのか」

と言って、孫助は食い入るように登を見つめた。登はわずかに頷いた。

「そんなことはあるまい。家中には他家の若君をご養子にと唱える者も多くいるが、執政は御舎弟擁立で固まっているというのがもっぱらの噂だ。他家の若君を入壻に迎えようとしている連中を陰で強く諫めているということだ」

「いずれにせよ」登は孫助の言葉を遮って続けた「いずれにせよ、私たちは殿のご容態の回復を祈り、執政の動きに目を配る必要があろう」

「それはもっともだ」

「殿が参勤なされてから、雪吹殿の死、殿のご病気、継嗣の事、そして御用医師の招聘など様々なことが続けざまに出来し、それらに翻弄されてきたが、それはそれとして、実は私たちの見えぬところで、何かが静かに動き始めているのではないか、そう感じてならない。私たちはそれぞれ見聞きしたことを持ち寄って、何が起こっているのか、慎重に見極めなくてはならぬ。それができれば、私たちが三宅家臣としてどのように動くべきか、その答えも出て来るであろう」

そう言って、登は孫助を見た。

「…そうは思わぬか」

登のその言葉に、孫助は深く頷いた。

訪問者

孫助が驚いて飛び込んできた翌日、今度は萱生玄順が登を訪ねてきた。

「渡辺殿、萱生玄順が来ましたぞ」と元気な声は六年前と少しも変わっていなかった。

萱生玄順は藩医と藩校成章館の校主を兼ね成章館では自ら学問を教授していた。この年五十四歳になり、登より十九歳年長であった。萱生は六年前、江戸へ出て佐藤一斎の門に短期入塾したことがあり、その時、登と懇意になった。登が一斎の肖像画を仕上げた年である。

「萱生先生、なかなかお話する機会がありませんで、申し訳ありませんでした。こちらから宿舎に伺おうとは思っていたのですが、延び延びになってしまいまして…」

「だからわしが来たのだよ。それはそうと、昨日鈴木孫助がわしの所に来ていろいろと話していった。孫助もこうと決めたらまっすぐに走る男だから、悩みも人一倍大きいようだ」

「と言いますと」

「御家の行く末のことじゃよ。殿が、病で臥せっておられる今、万一のことがあったらと心を痛めている。それは家中全体の問題じゃ。わしはこの度、江戸詰めの典医の上田殿が病を得られ、殿の容態を診ることができなくなったからと急遽国許から呼び出された。江戸に着いてみると、執政は殿のご容態を思って、すでに、公儀御用医師を手配しておった。一体わしは何のために江戸に上ったのか。だが、よくよく考えてみると、執政も、殿のことを思って手を尽くしておるということじゃ、思いは皆同じだということだ」

「そうでございましたか。それで、殿のご容態はどうなのでしょう」

「難しいご容態ではあるが、急に悪化するということはないということだ」

「そうですか。それをお聞きして、安心致しました。何れ快方に向かわれるということですね」

「そうなればよいのだが、それもわからぬ。御用医師は難しいと言っている。わしらにできることと言えば、殿のご回復を祈ることだけじゃと孫助に言ったら、孫助は、わしらにできることはもう一つある、それは、殿と御舎弟の養子縁組だ、と強い言葉で言っておった。確かに、万一のことがあった場合のことも考えておく必要があろうな」

「私も一刻も早く養子縁組をすべきだと考えております」

「そのことだが…。国許では殿が病で臥せっておられるということだけしか伝わっておらぬ。家中の者に無用な心配をかけまいとの執政の気配りなのであろう。江戸に来て驚いた。殿のお世継ぎを巡ってこのような騒ぎが起こっているとはな。御舎弟に〝友信〟という名を進上した者として、わしは御舎弟に封を継いでいただきたいが、苦労されるのは目に見えている。いくらお慕い申し上げても、御家の勝手事情は良くならぬ。しかも、江戸でこのように他家からの入壻を望む者が多いのであれば、御舎弟が封を継いだとしても、禍根が残る。今までのお立場と異なり、戸惑うことが多くなるであろう」

「いえ、私はお立場が人を作ると考えますが」

「確かにそうかもしれぬ。しかし、家臣の多くが他家からの入壻を望んでいるというのは、わしの考えでは、家中の多くが変化を望んでいるということではないだろうか。長年続く倹約令で皆が疲弊しておる。どこかの裕福な御家から若君を迎えれば、勝手事情も少しは楽になり、暮らし向きも良い方に変わるのではないかと思っているのではないだろうか」

「変化を求めていると」

「そうじゃよ。江戸で殿の血筋云々を言うものはほとんどいない。悲しいことだが、それだけ皆が苦しんでいるということだろう。〝恒産無くして恒心無し〟の譬えがあるとおり、暮し向きが安定していないと、忠孝の二文字は霞んでしまう。悲しいことではあるがね」

「萱生先生、〝鷹は飢えても穂を摘まず〟ということわざもあります。そもそも貧乏でつぶれた御家はありません。貧にいて貧を楽しめばよいわけですから、一人一人の心がけが大事なのだと思うのですが」

「いやいや、そなたはそれができるかもしれぬが、皆は〝貧すれば鈍す〟ということじゃよ。多くの者はそれができぬから、ことは面倒になる。入婿を望むということにもなる。その期待を裏切るような形で、御舎弟が神輿の上に納まったら、担ぎ手の士気は上がるどころか、それこそ一歩も前に進むことができぬかもしれない。政事の舵取りは初めから困難な局面を迎えることになるであろう。本当に困ったことじゃ」

「萱生先生は、御舎弟の養子縁組をどう思っていらっしゃいますか」と登が聞いた。

「わしは、よくわからぬのだ。三宅家臣としては、御舎弟が跡を継ぐべきだと思うが、家中の現状を鑑みると、わからなくなってくる。一斎先生の『言志録』に〝一物の是非を見て、大体の是非を問わず。一時の利害に拘りて、久遠の利害を察せず。政（まつりごと）を為すに此くの如くなれば、国危うし〟とある。何としたことか、わしには今を正しく弁ずることすらできぬ。困ったものだ。孫助とも、そこで話が途切れてしまったわい」

登は何も言わなかった。言ってもどうしようもないことが分かっていた。

萱生も何か思うところがあったらしく、それからすぐに登の家を後にした。

御機嫌伺い

康明は、家中典医萱生玄順、御典医中川常晋院・杉本忠温の薬用により養生しているが、暑さ疲れの症状で難しい容体であるという旨の江戸便を受け、七月二十六日の暁、国家老の間瀬九右衛門が国許を代表して御機嫌伺いのため、田原を出発した。

江戸に着いた間瀬九右衛門が型通りの御機嫌伺いをおこなった翌日、間瀬と江戸家老村松五郎左衛門、同留守居役鈴木弥太夫の三人は、八百善に参集した。

「間瀬殿、お体の方はもうすっかり良くなられたようですな」と顔を見合わすなり、村松が思わせぶりに言った。

「いやあ、これはまいりましたなあ、村松殿もお人が悪い。ここ三月、大変な思いを致しましたぞ。どこも悪くないのに床に臥せっているのも楽ではなかった…。家人にも悟られまいととにかく我慢の日々でしたわい」と間瀬が答えると村松はさもありなんというように大げさに頷き、そして声を潜めてこう言った。

「わしらももう年ですからな。いつまでも若いつもりでもいられませんな…。ところで殿のことですが、先日密書でお知らせしたとおり、去る七月十日にご逝去され、菩提寺の松源寺で懇ろ(ねんご)に追善供養なされておるところです。尚、この件については厳重に秘匿しておるのでご安心下され」

間瀬の顔がわずかに曇り、言葉をかみしめるように静かに言った。

「この度の殿の一件、胸が痛む。殿のご冥福を祈るばかりじゃ。われわれは殿の死を無駄にせぬよう、主家をしっかり立て直さなければならぬ」

「そうですな」と村松が相槌を打つのと同時に鈴木も大きく頷いた。

「それにしても、打つ手打つ手が一分も違わずこのように現実のものとなるとは、少し恐ろしい気もしますな。これを企てた姫路の河合殿とはどのようなお方なのか」と間瀬は問いかけ、鈴木を見た。

「それがまだお会いしたことがないのです。先日、ようやく姫路の江戸屋敷近習の大谷殿から、河合様が村松様とお会いになりたいという連絡を受け、約束の場所に村松様がいらっしゃったところ」

「そのことだが」と村松が鈴木を遮った。

「そのことだが、そこにいたのは伊奈平八という者だったのじゃ。河合道臣殿の用人で、それがまたなかなかの男だった」

「それで、話はどこまで進んだのですかな。国許では殿に万一のことがあれば、持参金付きの他家の若君との養子縁組もやむなしという考えで上の方は一致しております。倹約も限界に来ていますからな」と間瀬が問うた。

「伊奈殿からは、ご養子の件で、家中の義を一つにまとめてほしいと強く念を押された。姫路の稲若様は今年十七歳の若さゆえ、家中が一つにまとまっていることと、しっかりとした後見役を付けることが肝要だとも言っておられた」と松村が答えた。

「大谷殿の話では、河合様が殊の外渡辺登のことを気にかけておられるということです。大谷殿は一介の下役人の渡辺が養子縁組の障害にはなるまいと考えておったようですが、河合様はより慎重に見ておられるようです」と鈴木弥太夫が口を挟んだ。

「渡辺の弟が御舎弟のお伽役を仰せ付かった縁で、渡辺は御舎弟を幼少のころから知っている。その渡辺が他家の若君を迎えることに賛同するわけもなかろうが、渡辺も馬鹿ではない。御家の窮状を救うにはどうすればよいか、少し考えればわかることだろう。血統を守っても、腹は満たされぬ。子や孫にその苦しみを引き継ぎたいとは思わぬ。…ところで萱生はどうだった」と村松が鈴木に聞いた。

「うまくいかなかったと言っておりました。渡辺には他家からの入壻について話し合う余地は毫もないと萱生は思ったそうです。仕方なく、早々にいとまを告げて宿舎に戻ったとのこと」

「そうか…まあ、萱生は殿とご病弱な御舎弟を診るという名目で江戸に上ったわけだし、もう一つ、御舎弟の田原療養の付き添いという大きな役目を果たさねばならぬのだから、それはそれとして仕方なかろう。とにかく、近日中に、渡辺を呼び出し、説き伏せることだ、そうすれば河合殿も納得されよう」と村松が言った。

「国許の考えは他家からご養子を迎えるということでまとまっている。あとは江戸をどうまとめていくかにかかっている。村松殿、鈴木殿、よろしく頼みましたよ」と間瀬が話を締めくくった。

齟齬

暑い日だった。

登は、鈴木弥太夫に呼ばれた。

鈴木は殿の病状が芳しくないことを告げ、昨今の入壻を望む声に対して藩としてどのように対処すべきか、取次役の立場からどのように考えているか登に聞いた。

「殿のご回復が何よりのことでございます。先日、間瀬様も国許を代表して御機嫌伺いをなされましたが、一日も早いご回復をお祈り申し上げるのが、家臣の務めだと考えます。ご回復を専一に祈る心に、入壻様を迎えるなどという不謹慎な思いが入り込む隙は無い筈だとも考えております」

「それもそうじゃな」

「もし、万一のことを考えるのであれば、殿の隠居願、御舎弟の養子縁組願と家督願を公儀に差し出す手配をお急ぎになったほうがよろしいかと思います。そのことが、三宅家としての喫緊の策であると考えます」

「わしも、殿の一日も早いご回復を祈っているのだが、医師の見立ては甘くない。主家の政事を預かる者として、家中の考えを聞いておく必要もある。御舎弟の養子願書作成の諸係を選任するにあたっても、それは大事だと思うからこそ意見を求めたのだが」

「私が見聞きする限り、口先で何を言っておっても、心では、御舎弟が家督相続することに異を唱える家臣は一人もおらぬと考えております」と登は低い声でするどく言った。

それから、間もなく、己の考えを披瀝する機会を与えてくれたことに慇懃に礼を述べ、登は座を立った。外はうだるような暑さであったはずなのだが、登にはそのまとわりつく熱を帯びた微かな風さえ心地良かった。

写山楼　朔日

登が写山楼を訪れたのは今から一年も前のことになるだろうか。蘭書の人物像の影は渇筆に近く、また陰影が深い。そのために形を決める線をどのように描けばよいか登は悩んでいた。慊堂の肖像画を描く上で、影隈をどう描くか、大きな問題であった。師の谷文晁にそのことを問うと、文晁は禅寺で描かれている肖像画の頂相（ちんぞう）の影隈を研究すれば何か得るものがあるだろうから、見る機会があったらすぐに連絡をすると約してくれた。それ以来である。先日、頂相の模写を入手したから見せたいので、八月の朔、申の刻に会いたいとの便りを受け取って、今こうして出向いたのであった。文晁が刻限を指定して会うのは初めてのことであった。

「崋山先生、よくいらっしゃいましたな」

文晁は今年六十五になる。いつものとおり、満面に笑みを浮かべ、二回りも下の愛弟子をいつものように「崋山先生」と呼んで登を迎えた。

「文晁先生、お久しぶりでございます。その節はどうもありがとうございました。あれから、一年も経ちましたでしょうか、まだ、慊堂先生の写真に向かっております。今日はよくよく研究してゆきたいと思っています」

「崋山先生、そのことなのだが、実は頂相は入手していませんのじゃ。ある方が、是非とも崋山先生とお会いしたいというもので、一席設けたのじゃよ。その方は、わしが松平越中守様の命を受け『集古十種』に関わった時に、お世話になった恩人のご子息でな。奥の座敷に席を設けておりますから、さあどうぞ」と文晁が先に立って登を案内した。

登は怪訝に思った。わざわざ文晁に頼んでまでも自分に会おうとする魂胆は何か。久しぶりに文晁に会えると緩んだ心を、登は引き締め直した。

座敷には、五十がらみの男が一人いた。登を見ると、にこやかに口を開いた。

「崋山殿ですか。お初にお目にかかります。拙者は、姫路酒井家の伊奈平八と申す者です。予(かね)てから、崋山殿のお噂は、文晁殿よりお伺いしておりましたが、どうしてもお会いしたくなり、文晁殿にご無理を申し上げこうして席を設けていただいた次第でございます」

「伊奈様は崋山先生と話がしたいとのことでな。わしはここでお暇する。ゆっくりとお話し下され」と登に言って、文晁は写山楼に戻って行った。

「崋山殿は、今は、どんなものをお描きになっているのですか」

その伊奈の一言で、登の心は再び緩んだ。

「私は、写真を一つものにしたいと思いまして、あれこれと試みております」

「写真ですか」と伊奈は頷く。

「黄檗の頂相の緻密さと、蘭書の挿画に見る影隈、そして文晁先生からご教示いただいた線を私なりに工夫をしまして、生気に満ちた写真を描こうと四苦八苦しておるところです」

「黄檗の頂相と言うのは勉強不足でわかりかねますが」

「頂相とは、仏教の修業の後、免許皆伝の印として、師匠が弟子に与える尊者の写真のことですが、その緻密さには驚かされます」

「文晁殿にも、大坂の蒹葭堂殿の写真がありますね。それは見事な写真だったと父が述べていたことを思い出します。そのようなものでございましょうか」

「その写真のことは私も聞いておりますが、見ておりませんので、頂相の様なものかは判りかねますが、強いて言えばそのような写真を描きたいと常々考えておるところです。ところで、伊奈様はどのような絵画に興味を持っておられるのですか」

「拙者は、崋山殿の描くものに興味があります。先日、佐藤一斎殿にお会いして、崋山殿が写した一斎殿の写真を拝見しました。その迫真に満ちた絵から、このような作品を仕上げられる崋山殿とはどのようなお人なのかと、興味をそそられたのです」

伊奈は優しいまなざしで登を見つめながら話を続けた。

「聞けば、崋山殿は三宅備前守家臣ということ。三宅家の政事も崋山殿のようなお方がいらっしゃればご安泰と思いました。一斎殿を描かれる崋山殿は、一斎殿をよくご覧になりその特徴を絹本の上に絵の段取りに法って描き出してゆく。それはある意味で政事を行う作業と似ているのではないかと思いました」

「…」

「政事は、家中の実情をよく見ることから始まる、これは、拙者の父が常々語っていることです。家中の蔵入高や勘定をしっかり見定めたうえで、策を打ち出し、実行する。ただ、役方の組の改革が一番難しいと言っております。組を設けるのは簡単なのだが、その組が、機能するかしないかは、その役方についた人物のやる気と器量ということになる。組が動くも動かぬも、役方の一人一人のやる気と器量にかかっているわけです。一番の肝はやる気と器量。しかし、それは目に見えぬもの。肝腎要のものが見えぬから難しい、と父は嘆いております」

そこで伊奈は言葉を区切った。

緩んだ登の心がまた引き締まっていた。登はこの伊奈という人物の心底が計り知れなかった。なぜこのようなことをこの場で初対面の自分に話すのか。だが、その話には共感するものがあった。

伊奈は話を続けた。

「崋山殿の写真には、言葉でどうこう言えぬ生気が宿っています。写真の一斎殿が、今にも拙者に語り掛けてくる、そのような心持ちがしました。一番の肝である、見えぬものを崋山殿は描いていらっしゃる。父が崋山殿に写真を描いてほしいと願うのもわかりました」と言って、伊奈は

座り直し、

「崋山殿、無理なお願いとは思いますが、拙者の父の写真を描いていただけませんでしょうか。それをお願いしたく、文晁殿にご無理を申し上げ、崋山殿にも時間を割いていただき、今日、お会いした次第でございます。父は高齢ですが、描いていただけるのであれば、江戸に上ると申しておりました」と伊奈は話した。

そこまで聞いて登は合点した。

「伊奈様のお話を興味深く伺いました。私は、生気すなわち気韻は線の美しさに宿ると考えております。同じ人物を描いたとしても線の描き方一つで活きた絵にもなり、死んだ絵にもなります。一本の線でその線がなぞっている形の影隈や奥行を表すことができれば、そこにはおのずから、気韻が生じると考えております。ただ、線は、特に人物の線はその人柄までを的確に捉えていなければなりません。その人柄すべてを過不足なく表す線を見つけるのが肝になります。人柄にぴったりと馴染む線や形を見つけ出すためには、それ相応の下拵えが必要です。下拵えが、作品を決定づけるとも言えましょう。今はまだ、勉強中ですが、少しでも良い線を描くことができるようになりましたならば、ぜひとも御尊父様の写真を描かせてもらいたいと思います。ただ、今はまだ、お引き受けするまでの勉強ができておりませんので申し訳ありませんが…」と登が言うのを遮って、伊奈が口をはさんだ。

「今すぐにというのではありません。崋山殿とこうして絵について話しているだけで、ゆったりした心持ちになります。忙しく日々を過ごしておりますと、心が乾くと言いますか、人として大切な何かを忘れてしまうと言いますか、心が固まって身動きできなくなると言いますか、そのような心に崋山殿のお話は潤いを与えてくださいます」と伊奈は言った。

その後、伊奈と登は、応挙や大雅についてあれこれと話し、また会うことを約して、酉の刻に別れた。

愛日楼先生

翌日、登は再び文晁を訪ねた。

「昨日お会いした伊奈様とはどのようなお方でございましょうか」と登は聞いた。

「伊奈様は、姫路酒井家の家臣で、酒井抱一様に深く傾倒しているお方です」と文晁は手短に答え、少し思案をした後で、「愛日楼先生にお聞きすれば、伊奈様のことがもう少しわかるかもしれません」と言い添えた。

登は、一斎を訪ねることにした。

佐藤一斎は昌平黌の塾長で愛日楼と号する儒者である。その学識は、朱子学だけでなく陽明学にも亙り、大学頭林述斎と並び称されていた。時候の挨拶と無沙汰の詫びを述べた後、登はおもむろに切り出した。

「先日、ある方が、一斎先生の『言志録』の一節を諳じてくださいました。〝一物の是非を見て、大体の是非を問わず。一時の利害に拘りて、久遠の利害を察せず。政を為すに此の如くなれば、国危うし〟という所です。この文言を字義どおりに解釈すれば、一物という部分のみを見て大体という全体を見ずに政を行えば国が危うくなる、となります。しかし、一物が、理と深くかかわっているとしたらどうなるのか。一物をおろそかにすることが、国を危うくする原因ともなりかねないのではないか。一物の是非とは何か、大体の是非とは何か、日々心に浮かべては思案しております」

登の言葉を受け、一斎は微笑み、静かに語った。

「そうですか…私は、理と深く関わっているものを一物とは考えてはおりません。一物とは、些末な物であり人に関わることだからです。大体は天に関わることだとお考えになれば筋道が通るのではないでしょうか…」

「…そして、一物と大体を量や数に置き換えて考えてしまうと、物の本質を見失うことにも成りかねません」と一斎は付け加えた。

「しからば、一物とは移ろいやすい人心に関わること、大体とは道理に関わることと解すれば良いのでしょうか」と、登は問い返した。

「そう考えても良いでしょう」

「…そのように考えると、見えにくい現実の輪郭がはっきり見えてくるような心持ちがいたします。大事なのは数ではなく、理の有る無しということ…」と登は独り言のように言った。

そして少し間をおいて、

「ところで、一斎先生は姫路の伊奈平八様というお方をご存じでいらっしゃいますか」と尋ねた。

「姫路の伊奈様ですね。知っています。先日いらして、貴殿が描いた私の写真をじっくり見ていきました。随分心打たれた様子でした。そして貴殿のことを知りたがっていました」

「伊奈様はどのようなお方なのでございましょうか」

「姫路酒井家の家臣で、今は河合道臣様の学問所の肝入りをなさっている方です。この度、河合様からの遣いで江戸に参ったと言っておられました」

「…伊奈様はその河合様の遣いの方という訳ですか」

「そう言っておられたが、何かご不審でも…。河合様は姫路酒井家のご重役で、国許に、五年ほど前になりますか、仁寿山校という私塾をお作りになって、高名な儒者を講師として招聘されているお方です。〝万金の宝を用いてでも一人の賢材を得る、賢材が得られたならば、将来の安富尊栄に繋がる、それは万金の宝以上に価値のあることだ、誠に、人材こそが国家の大宝である〟と考えておられ、述斎先生にもご講義を依頼されたことがあったので、良く存じ上げていますよ」

「一斎先生は姫路にお出でにならなかったのですか」

「私は時間に余裕がなかったので、代わりと言っては何ですが、頼山陽殿を推挙しました。伊奈様は、山陽殿が姫路を来訪した折のことを楽しそうにお話され、私も推挙の甲斐があったと安心した次第です。話の中で、この度の伊奈様の出府は、河合様が貴殿に写真を描いていただきたいので、そのお願いをするためのものだとわかりました。河合様は、文晁殿から話を聞いていたようで、その時から写真を、と思っていたそうです。私は早合点して、先日貴殿が、例の大空武左衛門の写真を描いたのを小耳に挟んでの依頼だと思いましたが、そうではなかったようですね」

登は、五月初旬に一斎の師である大学頭林述斎の居宅で、写真鏡を使って大空武左衛門という力士の写真を描いたことを思い出した。合わせ鏡が組み込まれた写真鏡は形が捉えやすいので、瞬く間に絵が出来上がり、座は大盛り上がりだった。

登は得心した。伊奈が、政事に於いて人の育成が肝要であると論じたのは、学問所の肝入りの立場からだろう。本来の目的は上司の肖像画の依頼だった。

「そう言うことでしたか。…ありがとうございます。これで、合点が行きました。突然、姫路家中の者だと名乗られ、時期も時期でしたし、政事にも一言あって、腑に落ちなかったものですから」

一斎と別れ、帰り道、自分の腕が天下に認められつつあるのだと思うと登の顔はひとりでにほころんでいた。

高まる声

康明の容態は相変わらず。御機嫌伺いの甲斐もなく、藩内の空気は重くなるばかりであった。その中で、康明の回復と、それが叶わねば友信の家督相続を訴える鈴木孫助の声は、日増しに大きくなっていった。

「一日も早く、隠居、家督願を公儀に奉じなければなりません。これは、主家の存亡にかかわる事態です」と孫助は、鈴木弥太夫に訴えた。

八月に入って、登や孫助を中心とする友信擁立派に賛同する者が家中に少しずつ増えてきていた。

南朝の忠臣児島高徳公を藩祖とする由緒ある血統が断絶しても良いのであろうか。持参金付きの入婿を迎えるということになれば、三宅家の家臣として自分は故康友公の墓前に何を報告できようか。さらに、持参金とて、いつまでも藩を潤すことにはなるまい。入婿に入られた新しい藩主が英邁であればよいが、そうでなければ出費がかさみ、藩の財政は今よりも悪くなろう。そう訴える孫助の言葉に、血気盛んな若者は強く賛同した。

この事態に、江戸家老の村松五郎左衛門や留守居役の鈴木弥太夫も頭を痛めていた。姫路藩の大谷や伊奈と連絡を取り合い、康明の隠居願、稲若の養子縁組、家督願の準備は着々と進んでいたが、藩内の亀裂は深まるばかりだった。幾ばくかの異議の申し立てはあるにしても、それはあくまで少数で、いずれそれも収束に向かうだろうという村松や鈴木の思惑はものの見事に裏切られ、事態は混迷を極めていたのである。

しかし、予期せぬ事態が出来したとしても、一度舵を切ってしまった以上、元に戻ることはできない。

村松は、友信擁立派の切り崩しを強硬に推し進めた。江戸詰の田原藩士は数が多くない上に、さほど広くもない江戸藩邸に住まいしていたので、表面上波風はあっても、内面では気脈相通ずるところがあるのを、村松ら藩上層部は最大限利用した。役目ごとに、それぞれ友信擁立派と目される者を呼び出し、入壻の話は着々と進んでおり、その方向で進んだ場合、将来に色々と不都合が生じる恐れもあるので、ここは一つ御身と親戚縁者のことを第一に考えてと、翻意を促したのである。

強く出ればへこむ、それが人の常、身の程をわきまえているというか、小心者というか、家臣の多くはそうであることを、村松はわかっていた。言いたい放題にしておくと、言った人間も取り返しがつかなくなり、混乱を大きくするばかりだ、声を上げたらすぐに強く懐柔することが肝要。

村松の策はすぐに功を奏した。

だが、友信擁立派の首領と目されていた渡辺登に対しては、藩上層部も手をこまねいていた。強く出れば、横に逸れ、何もせずにいると、にじり寄ってくる。どうしたら良いものか。

村松はそのことを姫路の大谷に伝えた。

「家中がそのように割れていては、稲若様も心配でございます。河合も家中の結束が一番と申しておりました。とにかく、そのことを河合に伝えてみます」と大谷は言った。

写山楼　望月

文晁から、頂相の良き物が手に入ったので望月の酉初の刻に会いたし、との文が来た。

奥の座敷で待っていたのは、やはり姫路の伊奈であった。

「崋山殿、ご足労をおかけして申し訳ありません」と伊奈は満面の笑みで登を迎えてくれた。

「今日は満月。晴れております故、間もなく東の空に顔を見せてくれましょう。崋山殿、またお会いできて嬉しく思います」

「こちらこそ、お呼び下さいましてありがとうございます。この前は、伊奈様が姫路酒井家家老の河合道臣様のご名代とは知らず、失礼を致しましたこと、どうかお許しくださいさい。聞けば、伊奈様は一斎先生ともお知り合いだということ」

「…お調べになりましたか。…写真をお願いするには〝父の我が儘話〟という方が早いと思ったものですから…。一斎先生には随分お世話になりました。おかげさまで、頼山陽殿にもお近づきになれました」と言って、河合道臣が建てた仁寿山校のことや招聘した林述斎や頼山陽のこと、仁寿山校の教育方針や、河合の若手育成の考え方などを四半時程語った。その話は分かりやすく的を射ていたので、登は面白く聞き、共感するところも多かった。

話が一段落して、茶に手を伸ばした時、

「…ところで、崋山殿、お噂では、御主君備前守様のお加減が優れないとのこと」と伊奈が突然そう言ったのである。確かにそう言ったのである。

「いや、そのようなことはありません。ご健勝でいらっしゃいます」と登は平静を装って答えた。

「ご健勝でいらっしゃいますか。そうですか。噂というものは根も葉もないところに立つものですな」

「あまり気持ちの良い噂ではありません。何処からそのような噂が出るのでしょうか」

「それは拙者にも分からないのですが、小耳に挟んだものですから、念のためにお伝えしておこうと思い立ちました。今日はその噂話を華山殿にお知らせしようと思い、文晁殿に席を設けていただきました。困ったことに、根も葉もないところに立つのが噂話ですからね。さらに次のような話もあるのです」

「他にもあるのですか」

登は驚いた。他藩の者が、殿の病のことを知っており、親しくも無い私にそのことを話しているのだ。

登は身構えた。

「これも根も葉もない噂です。軽く聞き流してください。

とある御家のお殿様がご危篤になられた。そこで隠居、家督願を公儀に奉じようとした。ところが家督を決める段になって、意見がまとまらない。その御家には隠居なさる殿の血縁の方がいらっしゃったとのこと。しかし、その方はご病身だったのです。その御家ではご病弱なお殿様が相次ぎ、その治世期間も短かったために、ご壮健なお殿様をお望みする声が強くあったのです。それだけではありません。お殿様がたびたび替わったために、長期的な策を打ち出せませんでした。と言いますのも、時の執政が打ち出した策がいくら良いものでも、それが根付く前に次の執政によって改変されてしまっていたからです。そのために、その御家は極度に疲弊しておりました。したがって、血縁の方がいらっしゃるのに、御勝手向きのことも考慮し他家からのご養子も考えざるを得なかったのです。そこから御家に亀裂が生まれたと噂されております。噂とは根も葉もないところにも立つし、根も葉もあるところにも立つものです」と伊奈はにこやかに言った。

「ならば、伊奈様。伊奈様ならば、その御家の問題をどのように解決なさいますか」と登は心のうちを見透かされないように表情を変えずに穏やかに聞いた。

「拙者ならば、ご養子として若君を送りたいと願っているくだんの御家を利用します。養子縁組を望むくらいの御家ですから、裕福でありましょう。その御家から、持参金をしっかりいただき、それを元手にして、領内に新しい産業（なりわい）を創出いたします。さらに、くだんの御家は裕福であるので、領内経済の手だての工夫も様々あるでしょう。その工夫をおのれの領内に移すのです。勝手方の心配がなくなれば、家中が和合し、やる気に満ち溢れ、政事もうまくゆくというものです。」

「どこからその噂話は出ているのでございましょうか。いずれにせよ、三百諸侯の中にはそのような事情が過去にあった御家もございましょう。他家の若君を迎え、改革がうまく行った御家もございましょう。ですが、改革がいくらうまく進んだとしても、ご養子になられた若君と前の主君の血筋の方との間に、少なからぬ軋轢が生じるのは明らか。過去の御家騒動はそこに発端があるのではないかと思うのですが」と登は口をはさんだ。

「そうですね。難しいのはそこです。家中の誰もが、本当は他家から入婿様など迎えず、殿の血筋を絶やさぬことを心から願っているはずですからね。しかし、家中が貧窮していては、血統に優れた方をお殿様に奉ったとしても、奉られたお殿様は嬉しゅうございましょうか。いつも勝手方のことを考えておるのでは、何のために殿様になったのかわからなくなります。お殿様に心配をかけぬようにするのも家臣の役目。御家を豊かにするのが、要のことだと考えます」

そこで伊奈は言葉を区切り、登を見つめた。その眼は穏やかだった。一呼吸おいて、伊奈はまた続けた。

「ある御家の噂話はまだ続くのです。…時が過ぎるとともに、その御家の亀裂は深くなるばかり。殿様の血統を絶やすなという声は日々に大きくなり、それに呼応して入婿を望んでいる勢力も巻き返しを図り、両者の間には越えるに越えられぬ深い溝ができてしまいました。そんな折、この事態はどちらに転んでも、家中に大きな禍根を残すことになるのではないか、と深く憂いておる家臣が居りました。その方は、血統を重んずる派の領袖でありましたが、誰よりも御家の行く末を考えていました。このように御家が割れては、血筋を引くお方がお殿様になられても、政事は上手く行くはずもない。何とか手を打たねば、とその方は悩んでおられたようです」

登は承知した。伊奈がなぜ自分と会ったのか、そして噂話を伝えたのか。

…姫路酒井家だったのか…

だが、登は顔色一つ変えず、静かに伊奈に尋ねた。

「その御仁はどのような手を打ちましたか」

「まだ分からぬのです。その肝心なところが、残念ながら、まだ噂になっておりませんので」伊奈は淡々と答えた。

「その噂の先をお聞きしたいものです。どこの御家でも、領内経済の改革は急務のことです。わが田原家中でも同じこと。倹約令や引扶持では何の解決にもなりません。抜本的な改革が必要なのです。そのため、家中が一つになって改革に取り組んでおります。しかし、噂話に上っているその御家には血統か入壻かという問題があり、一つにまとまれない…」

「…拙者は、その噂を聞いてよくよく考えてみました。御家の事情を勘案すれば、入壻を受け入れることが最良の策ではないかと思うのです」と伊奈は静かに言った。そして続けた。

「血筋のお方は隠居様に準じた待遇とし、そのお方にお子様がお出来になれば、新しい殿様のお子様とご婚約なさる。これで、血統の問題は解決いたします」

「それは、妙案でございますが、話が少し出来過ぎておるようにも思えます。読本の中ではあるかもしれませんが…」

「話というのは少々出来過ぎていた方が心にも留まるものらしいのです。それに、しっかりとした見通しが無ければ話は進まぬものですから、拙者もこうしてお話申し上げているのでございます」

と言って、伊奈は微笑んだ。

「領内経済のほうは、入婿になられた若君の実家のほうで、いろいろと手助けをいたしましょう。若君が困らぬように様々なお計らいを致すという訳です。大事な若君が困窮為されては元も子もありませんからね」そこで言葉を区切って、さらに伊奈は、

「ただ、この話は、まだ噂にもなっていないものですから他言は無用でございます」と付け加えた。

「そうですね。噂話とは噂をなさるお人がいるから噂話になる訳ですから」と登が言った。

「それはそうと、崋山殿、例の写真はお願いできますでしょうか」と伊奈は話を変えた。

「伊奈様のご依頼でもありますので、何とか致したいのですが…」

「何とかいいお返事をいただきたいものです」と言って伊奈は微笑んだ。

登が写山楼を出たとき、一時前まで晴れていた空がすっかり雲に覆われて、武家屋敷が並ぶ下谷二丁町の広い通りは深い闇に包まれていた。

家督願

小寺大八郎が登を訪ねた時、登は二階で慊堂の肖像画の小下図を作っていた。小寺は孫助同様登の幼馴染であった。そして、事情通でもあった。登は筆を置いた。いつも懐に携えている手控え帖の中に描かれた慊堂は穏やかな笑みを浮かべていたが、小下図の慊堂には笑みがなかった。描かれ

ていたのは謹厳実直な考証学の大家であった。

「先日内々に隠居、養子縁組願作成のための専従係が任命されたそうだ。係になったものから聞いたのだが、執政は、他家からご養子を迎える手続きに入ったとのことだ」と小寺が言った。

「始まったか…」と言って言葉を呑んだが、気を取り直し、

「他家とはどこだ」と登は聞いた。

「姫路酒井家らしい」

「…」

登の脳裏に伊奈の顔が浮かんだ。

「酒井家といえば、氏素性のはっきりしておる御家だ。酒井雅樂頭は公儀の実力者であり、その若君が壻入りするらしいのだ。それを防ぐのはなかなか難しいのではないかと、これは拙者の考えだが」と小寺は言った。

その噂は、鈴木孫助にも親戚筋から知らされた。孫助はその日夜遅くに登の家を訪れた。

孫助の聞いたのも登が小寺から聞いたのとほぼ同じ内容だった。

「動き出した。何としても入壻は阻止しなければ。渡辺、明日、ご家老の村松様に直言しよう」

と孫助は強い口調で言った。

…姫路と執政との間で公儀に養子縁組願を奉じるところまで話は進んでいるのだ…

登の脳裏に、また、伊奈の顔が浮かんだ。

「話は進んでいるにしても、若君を入婿にするわけだから、入る御家が割れていては、酒井家も二の足を踏むに違いない。…早々に村松様に直言し、また何らかの手を打って、わが家中に継嗣の件で大きな亀裂があるということを姫路にそれとなく知らせよう」と登は言った。

「では、御舎弟擁立に賛同する者を集め、村松様のところへ行くことにするか。向こう側の切り崩しが強まってはいても、相当数の者が集まるだろう」と孫助が言った。

「いや、大勢で押しかけては、まともな話ができなくなる。そればかりか、参集した者が、継嗣の一件だけではなく何につけても執政の敵対派だという烙印を押されかねない。後に大きな禍根を残すことにもなる。おぬしと私、二人で村松様に掛け合ってはどうだろう。もしそれでもだめならば、その時は…」と登は言った。

孫助は我が意を得たりと頷いた。

借金

「わしもできれば他家の若君など迎えたくはないのだ。家中の者が皆等しくそう考えているに違いない。それなのに何故入婿の話が出てくるのじゃ。それは、御家に莫大な借金があるからだ。毎年払わなければならない利息だけでも大変な額になる。それに加えて昨年からは一ツ橋門番の公務も増えた」

そう言って、村松五郎左衛門は登と孫助をまじまじと見つめた。

「おぬしらもわかっているはずじゃ。このままでは、御家は立ち行かなくなる、それは遠い将来のことではなく、来年かもしれぬし、今年のことかもしれぬ。それほどに差し迫っているのだ。差しあたって、今年の利息をどうやって工面すればよいのか…そのような思案をしないで済むのなら、他家からのご養子など考えはせぬ」

孫助も登も、領内経済については同じことを考えていた。どうにもならない藩の勘定、藩の財政はまさに火の車、引き米が恒常化しており、藩士はその日その日を何とかやりくりしている、そのことを指摘されれば、正にそのとおりである。

しかし、そのことと他家から養子を迎えるということは全く別の話である。家計が苦しいからといって、他の家に助けを求めはしない。御家に事情があっても、その家その家で何とかやりくりするのが当たり前のことだ。御家の血筋まで変えて他家に縋るようなことは、言語道断である。特にわが三宅家は南朝児島高徳の後裔であることを鑑みるに、その血脈を絶やすことにも成り、全くもって承服できぬことである。孫助は、そう言って村松に詰め寄ったが、村松の傍に控えていた鈴木弥太夫がとりなした。

「おぬしの言うことはご家老様も百も承知。だがそれでも入婿をと考えるのは、御家の明日を考えているからじゃ。姫路酒井家は名門中の名門の家柄で財力もあるし、領内の運営も手堅い。三宅家も学ぶところも多いと思われる。その酒井家からのご養子だ。酒井家と三宅家が親戚となることで得られるものは少なくない、そうは思わぬか」

「しかし、そうではあっても、御舎弟がいらっしゃいます故、他家の若君を迎える大義名分がございません。家中にはどう説明なさるつもりですか。御舎弟をお世継ぎにと願っているものは、若い者を中心にかなりの数がおります。その者が、血気にはやり事を起こさぬとも限りません。そうなったらどうするおつもりですか。酒井家も黙ってはおりますまい」と、孫助は息巻いた。

「孫助が申し上げたのは極論としても、何かが動き始めているのは確かでございます。殿ご危篤のお触れが出され、しばらくは殿のご病状の回復が第一と家臣一同個々に願っておりましたが、ご危篤が長引くにつれ、家督願書を公儀に奉じなければお取り潰しもあるかもしれないと考える者も出てきました。幸いわが主家には殿の御舎弟がいらっしゃるので、御舎弟の養子縁組願を公儀にお許しいただきたいと考えるのは当然の流れでございます」と登は言った。

「そこじゃよ。だから急いだのだ。御家お取り潰しになっては田原を拝領なされた海厳院殿様に申し訳が立たない。御家を守るために、涙を呑んで、この度の話になったというわけじゃ」そう言って村松は鈴木を見た。

「御機嫌伺いの甲斐もなく、殿のご病状が悪化するにつれて、家督相続が話題に上るようになって、御家を分かたぬように円満に事を運ぶにはどうすればよいか、それを考えたのだ。そして、家中の意見を内々に聞いたところ、意外なことではあったが、他家からの入壻様を望む者が圧倒的に多かった。そこで、懇意にしている諸侯の留守居役にわが家中の事情をそれとなく話したところ、酒井家が強い興味を示した。わしらに残されている時間はそれほどない故、あちらには準備を急いでもらっておるところだ」と留守居役の鈴木が言った。

「ただ、向こうもわが家中が割れていたのでは入婿の話を進める訳にはいかぬということだ。わしも、家中に溝を作ってまで、話を進めようとは思わぬ。円満に話が進めば、他家の若君でも御舎弟でもどちらでもよいと、内心では思っている」と村松は続けた。

登は、先の暑い日の鈴木弥太夫とのやり取りを思い出していた。話はまとまらない、平行線をたどるばかりだ。しかし、酒井家にこのやり取りは筒抜けになるだろうから、所期の目的は達した。

「孫助も私も考えを申し上げました。私どもの考えを勘案していただければ幸甚に存じます」

「わしも、御家を割ってまで、継嗣の一件をこじらせたくはない。わが御家は大所帯ではないし、家臣も多くない。その家臣が狭いお屋敷で目くじらを立てながら日々を送るのを良しとしない。ただ、家老の総意であれば、それに従う他はない。おぬしらも、其処のところを含んでくれたまえ」と村松は答えた。

村松の言葉が終わるのを待って、

「…それでは今日のところはこの辺で」ともっと何か言いたそうな孫助を横目に登は低頭した。

写山楼　決断

登と鈴木孫助が村松五郎左衛門に直言した数日後、九月下旬に、登は伊奈平八と対座していた。今度は、先の二度の対面の時とは異なって、登が谷文晁に頼んで一席設けてもらったのである。

登は単刀直入に養子問題について伊奈に言った。

「先日、家中の重役と話をしたところ、三宅家が姫路酒井家の若君をご養子としてお迎えするという話が進んでいると聞きました。私はこの話を素直に受け入れることができません。三宅家には御舎弟というお世継ぎがいらっしゃいます」

伊奈は穏やかな表情で登を見つめている。

「さらに、今この問題で御家が分かれています。家中に亀裂があるのではご養子になられた若君にもご苦労をお掛けします。伊奈様が先日噂話をお話しなさった時にご自身がお話しになったとおりでございます」

「崋山殿、いや渡辺殿」と伊奈は言い直して、そして続けた。「この養子縁組については、渡辺殿と初めてお会いしましたときに申し上げるべきだったのですが、まだ段取りも整わず、この話が先へ進むかどうかも不確かだったものですから、申し上げませんでした。しかし、渡辺殿と二度目にお会いした時、この話は進めるべきだと拙者は確信致しました。そして、姫路の河合とも連絡を取り了承を得ました」

「私と二度目に会ったときに養子縁組を前に進めることを決めたということですか」

「そうです。田原三宅家のことを拙者が知ったのは、備前守様が重病であると江戸屋敷近習の大谷が河合に申した時でした。大谷は三宅家の留守居役鈴木弥太夫様と面識があり、これまでも御家の政事についていろいろと話し合うことがあったようです。その折、鈴木様と大谷は、備前守様のことのみならず継嗣問題のことまでも話が及んだようです。その時大谷は、当家稲若様のことが心に浮かび、非礼を顧みず鈴木様に申したそうです。それがきっかけで、この度の話が出てまいりました。そこで、田原三宅家のことをいろいろ調べさせてもらったわけですが、調べるうちに、家中がまとまっていないらしいということが分かりました。河合は、人伝の話だけでは分からぬから実情を見てくるようにと、拙者に命じました。拙者なりに動いた結果、この件で一番の障害になるのは、やはり家臣が二派に分かれているということでした。家中がまとまっていなければ、稲若様が苦労するのは火を見るより明らかですからね。そこで御舎弟君をお世継ぎにと考えるお立場にある渡辺殿に直接お会いしてみれば、何か見えてくるかもしれぬと考えました。お会いしてみて、渡辺殿は一斎殿から伺っていた以上のお方でした。お殿様のことと家中のことを第一に考え、ご自身のことは後回しになされる、そのようなお方に見受けられました。渡辺殿がそのようなお方であれば、話はかえってうまく進むと思ったのです」

と言って伊奈は登を見つめ、言葉を区切りながらゆっくりと続けた。

「渡辺殿、どうか、稲若様をお守りしていただけませんでしょうか。そうしていただければ、御舎弟君もお守りできます」

伊奈の唐突な申し出に登は唖然とした。この私に稲若様を守ってくれよだと。

「伊奈様、私にはおっしゃっていることが良くわからないのですが」

「渡辺殿には、御舎弟君擁立派のままでいてもらい、擁立派が、事を荒立てぬように内側から見守っていてもらいたいのです。渡辺殿に擁立派を抑えていてもらえれば、心強く思います」

伊奈は言葉を切って、登の心のどんな動きをも見逃すまいとするように、注意深く登を見つめた。そして、おもむろに再び話し始めた。

「そのことが、御舎弟君をもお守りすることになるのです。その訳はこうです。三宅家中の経済は今のところ行き詰っております。これは鈴木様からお聞きしたのですが、借財があってその利子の支払いにも事欠いているとのことでした。わが酒井家は裕福というわけではありませんが、その利子については、どのようにでも工面できます。しかるに、渡辺殿が望んでおられるように御舎弟君が跡目を継がれたとします。それで借財の問題は解決しますか。いいえ、借財の問題は消えてなくならないどころか御舎弟君がまず初めに取り掛からねばならぬ大きな問題となるに違いありません。それでは、御舎弟君をお守りできません。その後も、常に勝手方のお話がついて回りましょう。勝手方の話でご苦労を掛けさせない、ということが一点。三宅家の血統の問題は、御舎弟君のお子様が、稲若様のお子様とご婚姻なされば、落着するものと存じます。また、御舎弟君のご身分ですが、稲若様のご養父格と致しまして、ご老公様あるいはご隠居様とお呼びすれば、良いかと思います。これが二点目。そして、最後にこのことが最も大事なことなのですが、渡辺殿が主家中枢にお入りになり政事の舵取り役になること。そうしないと、お二人をお守りすることができなくなる恐れもあります。そしてお子様を婚姻させることも絵に描いた餅となってしまいかねません。これが、三点目。以上の三点がお揃いになるのであれば、御舎弟君をお守りすることがおできになる。そして、拙者も稲若様をお守りすることができます。どうですか、渡辺殿、一度よく考えてみてはもらえませぬか」と伊奈は言った。

登は、伊奈の言わんとしていることが呑み込めた。友信のことを考えれば、悪くない話である。藩全体のことを考えても、友信の処遇が老公ということになれば、禍根を残すことはないだろう。血統についても伊奈の言うとおりに事が運べば解決する。

…だが、私の役回りは実に難しい。御舎弟擁立を推進してきた私が掌を返したように入壻様に仕えることになるのだ。人の目にはそのようにしか映らない。そう見られることに私が甘んじることができるのか。それだけではない。何より、私は御舎弟と入壻様の二君にお仕えすることができるのだろうか…

「拙者は、渡辺殿を見込んで、お願い申し上げるのです。わが家中にも、わが家中の事情がございまして、稲若様をお頼み出来るのは、渡辺殿を措いて他にないと考えました。どうか、お願いできますまいか」と伊奈は重ねて言った。

登は目を閉じた。

…この問題は自分を勘定に入れるような性質のものではない。家臣として考えるべきことは主家の安泰、そのことに尽きる。ただ、この伊奈平八様、そして後ろに控えている河合道臣様という御仁は、信用できるお人なのか。それは、まだわからぬが、仮に腹に一物あるにしても、その話には筋がある。一つ言えるのは、河合様の稲若様への思いには、私の御舎弟への思いと相通じるものが感じられるということだ。伊奈様の話からそのことが推し量られる。たとえ、河合様に何か別の目論見があったとしても、稲若様を盾に対処できる…

登は、そこまで考え、手の内を明かして自分に向かっている伊奈、そして伊奈を派遣した河合に懸けてみようという気になった。

「…わかりました。御家の亀裂が深まる中で、御舎弟をどのようにお守りしたらよいかずっと思案しておりましたが、伊奈様のおっしゃる方策が最も良いのかもしれません…。御舎弟のこと、どうかよろしくお願い致します。稲若様には、衷心よりお仕え申し上げる所存です」と登は言った。

伊奈は、大きく頷いた。

「このことを知っておるのは、渡辺殿と拙者、そして河合だけです。他言は無用です。彼岸に渡るまで、心の底にとどめておかねばなりません」

「…」

「…渡辺殿、ご苦労なされますが、そこは、御舎弟君をお守りなさるということで我慢していただきたい」と伊奈は一語一語を噛みしめるように言った。

談義

十月の初め、今度は登と孫助が村松五郎左衛門に呼ばれた。継嗣の件について、江戸上屋敷の年寄の中では家中に大きな禍根を残さぬように御舎弟擁立に傾きつつあるが、国許では国家老をはじめとする執政の中で、御舎弟のお体を心配する声が上がっている。先代が二十代半ばで逝去され、殿も病に臥せっておられる今、殿に万一のことがおありになれば、ご壮健なお方を殿として擁立したいと思うのは案に違わない。医師の萱生殿が江戸に上ったのは、表向きは殿のご病気の治療の為だと言っておるが、実のところはお加減の悪い御舎弟の診療が主たる目途だと言っておる者までいるそうだ。そのような訳で、是非入婿様をと強い要望が出ている。書面でやり取りはしているのだが、埒が明かない。ここはひとつ御舎弟が、直接国許にお出かけになられてお話しなさった方が良いのではないかとなった。渡辺や鈴木もそれで良いか検討してくれぬかと村松は言った。

その夜、登の家に、鈴木孫助、小寺大八郎、上田喜作ら友信擁立派が集まった。孫助が村松の話の概要を皆に説明した。

「鈴木殿、御舎弟が国許にというのは、おかしな話ではないですか」と上田が言った。

上田は二十歳を過ぎたばかり。剣術に優れているが、深く学問にも親しんでいた。

「確かにおかしな話だ。御舎弟直々にというのが、腑に落ちない」と孫助が言った。

「江戸をお離れになっている間に、執政が何らかの動きをするとは考えられませんか」と上田が続けた。

「国許では、莫大な持参金を持った他家の若君が来るという噂が流れているらしい。国許の叔父の話では、入婿を歓迎している向きがある。そんなところに、御舎弟がいらっしゃれば、不測のことが起きぬとも限らない。渡辺はどう考える」と孫助が言った。

登は考えていた。藩上層部と姫路藩の間で、入婿の話が大きく進展しており、村松の話は、伊奈あるいは河合からの伝言だと思われなくもない。伊奈の言葉を信ずれば、友信を守るためには、事を荒立てぬよう進めなければならぬ。

「ご家老方も継嗣の件で禍根を残さぬように、できれば、御舎弟で家中をまとめたいと考えての提案であろう。お供をして国許に行き、皆を説得することは妙案かと思う。お供は、私と上田ではどうだろう」と登は静かに言った。

「渡辺、わしもついて行きたいのだが」と孫助が言った。その気持ちは小寺も同じだった。

「孫助と大八郎は江戸の動きを探っていてもらいたい。万一、何か動きがあった場合は、すぐに私に知らせてほしい。また、若い者たちが無茶をせぬように言い聞かせてほしい。あくまでも、話し合いで事を進めなければならない。御舎弟が継がれるにしても家中に溝ができるのは最も避けなければならないことだ」と登は言った。

「国許へ向かわれた後、姫路との話が進むということも考えられる。そのことは是非阻止しなければならぬ。その時は、この腹を掻き切ることも覚悟しておる」と孫助が言った。

「その覚悟は、私も同じだ。しかし、自刃することを誰が望むだろうか。腹を切ることは容易い、しかし、御舎弟をしっかりお守りすることは簡単なことではない。生き抜いてお守りすることの方がもっと難しく、もっと義に適っていると思われる。万一継嗣の件で血が流れるようなことがあれば、御舎弟に奇禍が及ぶとも限らない。慎重に振る舞うことが何よりだ」と登が言った。

「では、渡辺と上田が御舎弟のお供をして国許へ行き国許を説得する、わしと小寺は江戸に残り執政の動きを探るということになるが、それで良いだろうか」と孫助が言った。

一同異論はなかった。

「御舎弟へは私から事の仔細を申し上げるとしよう」と登は言い添えた。

友信国許へ

十月十一日、三宅友信は、渡辺登と上田喜作、そして江戸に上っていた藩医萱生玄順に付き添われ、田原に向かった。康明は中川常普院と杉本忠温の薬用で養生されているから、萱生は友信に付き添うようにと村松五郎左衛門から沙汰があった。

田原での宿泊の手配などは、江戸に残っていた国家老の間瀬九右衛門がおこなった。

二十二歳の友信は、十四から十八までの四年間、田原で暮らしたことがあるため、旅の当初は田原行きを懐かしんでいたが、三人の付き人の何か思いつめたような様子を見るにつけ、田原に近づくにつれて次第に心細くなった。

十八日、宿泊した白須賀宿に足軽一名と駕篭が迎えに来た。駕篭に乗る間際に友信は、明日はできる限り早く登城するようにと登に言った。

その日の夕方、友信は駕籠に乗ったまま田原城藤田丸に到着した。登と上田には宿泊所として藩校の成章館が用意されていたが、登は親戚にあたる雪吹伊織宅へ、上田は村上作太夫宅へ逗留することにした。それは、国許の藩士の考えを直に聞きたいと思ってのことだった。

雪吹伊織は登の従兄弟であり、此の度の参勤交代の際に後乗役となった雪吹元右衛門の親戚筋にもあたっていた。登と伊織は年の近い従兄弟とは言っても、江戸と国許で育ったということもあり、お互いを「殿」付けで呼びあう間柄だった。また伊織は、高名な画家でもある登に対し一目置いていた。

「よくおいでになりました。登殿は田原がこれで三度目でしたね。十年ほど前にいらっしゃった時のことを、昨日のように覚えております。あの年は、夏に、お父上が御勝手の御用で、冬に、お殿様のお供で登殿が来られましたが、お二人とも慌ただしくお帰りになられましたな。この度の田原逗留もゆったりとはできますまいが、せめて今日だけでも、ゆっくりとおくつろぎくだされ」と伊織が言った。

「ありがとうございます。父も、田原のことは、折に触れ話しておりました。特に魚がうまいことと土地の人々の気持ちの温かさが忘れられないと言っておりました」

登と伊織はその夜酒を酌み交わしながら、伊織が江戸に上った時の話とか、先年施行された異国船打払令のこと、今年の米の作柄や天候について、当り障りのないことばかりを饒舌に話し合った。話が途切れた時、登が次のように語り始めた。

「ところで、この度私が国許に参ったのは、ご存じのとおり、殿の継嗣の件について、御舎弟の養子縁組を国許ではどのように考えておられるのかお聞きする為ですが…」と登がそこまで言ったとき、伊織は合点がいかないというように登を見つめた。

「御舎弟のご静養のためではなかったのですか。それに、殿のご養子を他家から迎えると執政が決したと言われていますが」

伊織のその言葉に登は驚いて、

「御舎弟はご壮健でいらっしゃいます。私は、御舎弟が御主君になるにあたって、お体に何の差障りもないことを示し、国許が、他家からの御養子になびかぬよう説得するために参ったのですが、国許ではすでに殿の跡目は他家からの御養子ということになっていたのですか」

と、伊織に問い返した。

「御舎弟はご静養のために国許にお帰りなさる、確かにそう聞いておりますが…。御舎弟のお加減が悪くなったので、急遽萱生先生が江戸に上られ、田原で静養なさることとなったと聞いております。また御舎弟がご病弱なために、執政は不本意ながら他家からご壮健な若君を迎える事と決した、と専らの噂です」

「…」

「御舎弟も殿同様、お体がお強くはないようです。それ故田原では、ご壮健な方を他家から迎えるのも仕方あるまいと、いや待ち望む声さえ上がりました。御舎弟がお世継ぎになられることを望んでいる者もいますが、それはほんの一握りです。その気持ちもわからぬわけではないが、田原という狭い土地で考えを異にして角を突き合わせることもできませんからね」と伊織は静かに言って、口を閉じた。

「…そうですか」と言って、登は継嗣問題から話題をそらした、国許での受け止め方が分かったからである。

…思っていたように、国許では話し合いの余地が既にない。この度の御舎弟のご帰国は、家中重役と酒井家との話し合いの上で決定されたものであり、国許の説得という理由は後づけされたものだったのだ。だが、何という筋立だ、姫路の策には寸分の遺漏もない…

登は空恐ろしさを覚えた。

翌日、登と上田は朝早く登城し、友信に目通りを申し出たが、取次に出た者から、友信は長旅の疲れもあって加減が悪いので、しばらく養生するので日通りは適わぬと申し渡された。

「お二人もお疲れであろうから、今日はゆっくりなされては如何か」と、取次の者は二人に目を合わせずに付け加えた。

「お加減が悪いのであれば、なおさら、お見舞いも兼ねて、お会いしなければなりませぬ」と上田が言った。

「そのお気持ちはわかりますが、御舎弟のご容態を見ておられる医師の鈴木愚伯様のお見立てですので、拙者がどうこうすることはできません」と取次の者が答えた。

「鈴木愚伯様が友信様付きの医師になられたのですか。萱生玄順様はどうなされましたか」と上田が言った。

「国家老の間瀬様からは、御舎弟が国許にお着きになられたら鈴木様がお付きになるようにとのご指示がありました。萱生様はお年でもあるし、お疲れになっているだろうから、ゆっくり休んでいただくようにとも指示されています」

上田は、まだ気持ちが収まらず、

「拙者は御舎弟から、今日はできるだけ早く登城するようにと、直々に申し渡されているのですよ」と語気を強めて言った。

「そうですか。それは存じ上げませんでした。しかし、ご静養が必要であるというのは、御舎弟お付きの鈴木愚伯様のお言葉なので、重ねて申し上げますが、拙者の一存ではどうすることもできません。どうか今日のところはお引き取り下さい」と取次の者はあくまでも丁重に答えるのだった。

「上田、今日のところはお取次の方が言うように、御舎弟にお休みになっていただこう。そして明日また出直そう」と登は言った。

「しかし、渡辺殿」と上田はまだ何か言いたそうであったが、登は取次役に丁寧に会釈をして帰路についた。

二人は桜門を出ると大手の通りをゆっくり歩いた。人影はまばらであったが、その人々は決まって彼らを好奇の眼差しで見つめた。彼らは三宅家の菩提寺である霊厳寺に詣で、さらに稲荷神社まで歩き、そこで一休みした。

「渡辺殿、御舎弟は大丈夫でしょうね。お命が狙われるということはないでしょうね。…御舎弟がいらっしゃらなくなれば、入壻派は、事を起こしやすくなりますから…」

「それはないだろう。姫路酒井家は、家中が反目しあっている御家に、大事な若君を壻入りさせたくはないだろう。もし何か事が起きてしまえば、この養子縁組の一件は御破算ということになる。それでは、姫路と田原の入壻派にとっては元も子もなくなってしまうだろう。入壻派は何事も型通りにしかも穏便に済ませたいのではなかろうか」と登は答えた。

神社の奥には稲荷山、右手には衣笠山、左手には藤尾山、その三山の稜線の上に秋の抜けるような青空が広がっていた。

登がここを初めて訪れたのは文化五年、十六歳の時だった。江戸を出たことがなかった登には、田原の地のすべての風物が物珍しく、そして田原で出会ったすべての人々が愛おしく感じられたものだった。土地の人々はみな笑顔で江戸前の羽織袴を身に着けた若い登に話しかけてくれた。山を指さしながら訛の強い言葉で、その名前を教えてくれたのが昨日のように思い出された。

しかし、この度は違う。田原の人々は私たちを喜んで受け入れているのではない。扱いにくい何か、できれば触れたくない何者かのように感じているに違いない。

その言葉が出た脈絡は失念したが、昨日の伊織の言葉が登の心に浮かんだ。

「江戸の海には何十艘という乗り合いの船が浮かんでいますが、国許にはたった一艘しか浮かんでいないのです。その一艘しかない船の中で争い事が起きてしまえば、諸共に海の藻屑になりかねませんからね」

…そうなのだ、国許では何をするにもその一艘で用を足さねばならぬ。逃げ場はないのだから、意見を異にするということなどあってはならぬのだ…

十月二十三日　成章館

田原逗留五日目の二十三日夕刻、藩校の成章館に、継嗣問題に関心を持つ藩士が集まった。登の盟友真木重郎兵衛、重郎兵衛の実兄の生田何右衛門、そして家老を父に持つ佐藤半助が声掛けの中心になった。継嗣問題は田原でも大きな関心事であり、田原在住の藩士はそのほとんどが入壻派であったが、半助の声掛けと、江戸で有名な渡辺登の話を一度聞きたいという思いからか、予期せぬほどの盛会となった。

「ここに、こうして、おのおのがたに集まっていただいた第一の趣旨は、病に伏しておられる殿の一日も早いご快癒を願うということであります。閏六月に病床に就かれました殿は未だ快癒には至らず、誠に危惧すべきご病状でいらっしゃいます。そのような折、江戸表では、殿の継嗣の件がささやかれております。そのこと自体誠に不謹慎なことでありますが、さらに、その件において、殿にはご壮健な御舎弟がいらっしゃるにもかかわらず、他家若君の入婿の話まで出ている始末でございます。それは殿そして御舎弟に対して不敬極まりないことであると私は考えるのですが、ここに参集してくださったおのおのがたも同じ心持ちではないかと察する次第であります」と登は静かに訴えた。

「拙者は渡辺殿がおっしゃるまでもなく、御舎弟が殿の跡を継がれるのは自明の理と考えておるものです。三宅家の家臣であるならば、他家若君の入婿などという話は決して口にしてはならぬことと心得ております。万一他家若君が封を引き継がれるならば、拙者は御家を割ってでも御舎弟をお守りする覚悟でおります」と真木が続けた。

その真木の言葉で、館内が静まり返った。

その時、一人の総髪の若者が声を上げた。

「真木様のおっしゃっていることは理に適っているけれども家中の疲弊は限界に達しています。屋敷内の土地を耕し野菜を作っているものまでいる始末です。屋敷を与えられている家臣は屋敷内でそのようにできますが、そうでない家臣は食べるものにまで事欠いております。裕福な御家の若君がご養子になられるならば、わが御家にも新しい風が吹くかもしれない、そのような罰当たりな夢を抱くほどに家中は困窮しているのです」

その声の主は藩医鈴木愚伯の嫡男鈴木春三であった。春三と登は三年ほど前、春三が長崎留学を終えて江戸に逗留していた時に一度顔を合わせていた。愛想はないが蘭学に精通している八つ年下の春三を登は忘れてはいなかった。

「貴殿が言うように家中が困難であればあるほど、家臣が結束して、現状を打破してゆかねばならないのではないか」と真木は声を荒げた。

「家臣の結束が強ければ御家の経済がうまくゆくというのでもありません。経済が主です。経済がうまくいって、初めて家臣の結束も強くなるのだと考えます。したがって家臣の結束はあくまで従です」春三のその声は穏やかだが、一同の心に響いた。

「ならば貴殿は入壻も止むなしとするのかな」と佐藤半助が問うた。

「止むなしとするもしないも、執政の決定とあらば仕方がありません。道理を申せば、先ほど真木様がおっしゃったことになろうと思います。しかし、道理が通らぬほど家中は切迫しているということです。そこのところを執政も勘案したのだと思います」と春三は答えた。

「継嗣の件はまだ決定しておらん。あくまで、噂話に過ぎない。ご家老も、鈴木のような声が家中に多くあるということで、御舎弟の家督願に二の足を踏んでおるだけだ。われわれは、三宅家家臣として、三宅家の血を絶やしてはならない立場にある。われわれが結束してご家老に御舎弟をお世継ぎにと嘆願すれば、事は差し障りなく運ぶと思うのだが」と真木は言った。

成章館はまた静まり返った。今度は、鈴木春三も黙ったままだ。

「私は真木様のお考えに賛同致します」

館の入り口近くから声がした。声の主は村上定平であった。まだ二十歳にも満たぬその若者はそれきり口をつぐんだ。成章館は三度沈黙に包まれた。

その後、重苦しい雰囲気の中、噛み合わぬ問答が四半時ばかり続いた。

「御重役がどのようにこの継嗣の一件を決してゆくのか予断を許しません。ただ言えることは、御重役の沙汰が出てからでは、もう遅いということです。だから今こそ、私たちは三宅家の家臣として何をなすべきかを考え行動しなければならぬ時ではないか、おのおのがたもそれぞれお考えはあるとは思うが、今一度、武士の本分に立ち戻って考える時ではないかと思う次第です。私と上田は今日から成章館に逗留しますから、どうかここを訪れて、考えをお聞かせください」と登は語り、その登の発言を機に散会となった。

成章館は一瞬だけざわめき、直ぐに前よりも静かになった。

同日　江戸

朝早く、藩主康明の容態が急変したとの届が、田原藩より幕府御用番の松平和泉守へ出された。

松平和泉守は直ちに御判元御見届けのため大目付石谷備後守を田原藩邸へ遣わした。康明の主治医が幕府御用医師の中川常普院であることから、御判元御見届けは滞りなく済んだ。

昼過ぎ、三宅家親類を代表して松平左衛門が稲若急養子願を松平和泉守へ差し出し、受理された。

その日の夕刻、田原藩江戸家老村松五郎左衛門と同留守居役鈴木弥太夫、そして国家老間瀬九右衛門は江戸屋敷表御殿三の間に揃って控えていた。

「稲若様急養子の届け出も滞りなく受理された。今日は忙しかったが、これでやっと一息つけますな。鈴木も良くやってくれたのう」と村松が口を開いた。

「ありがたいお言葉でございます。村松様のお言葉どおり、すべてが無事に済みました」と鈴木弥太夫が相槌を打つ。

「村松殿、あとは殿ご逝去のお届を提出し、稲若様をお迎えするだけですな」と言って間瀬九右衛門は村松に目を向けた。

「稲若様のお迎えの準備はもう整っていますが、ところで、間瀬殿、国許の方は大丈夫でしょうな。先日の縁談取り交わしの際には、河合殿からくぎを刺されておりますからな」と村松が聞いた。

「昨日の早馬では、藤田丸の御舎弟のご様子は別段お変わりなく、渡辺にも動きがないとのこと。御舎弟が藤田丸におられる間は、何もできますまい」と間瀬が言った。

三人は、計ったように湯呑を口に運んだ。

江戸で、稲若急養子願が受理された日の夜、登は真木と話し合っていた。二歳年下の真木は登を兄のように慕い、江戸に上った時はいつも登の家に逗留し、藩政のことや詩文、剣術、絵画のことまで話し合ったものだった。上田は次の間で眠りについていた。成章館の前には友信様お付きの者に何か不測のことがあってはならぬという名目で見張り番がついた。

静かな夜だった。

「鈴木春三はなかなかの若者だ。皆の前で己の思いを堂々と披瀝できる。春三の意見が国許の一般の家臣の意見と考えてもいいのだろうか」と登は真木に尋ねた。

「春三の意見は、国許の考えを代表していると言えます。御舎弟擁立に賛同する者は国許ではごく少数です」

「おぬしの考えに同意するといった若者は誰だろう」

「あれは、拙者の親戚筋の村上定平です。若いが、考えはしっかりしています。筋を通す男です」

と真木が答えた。

「そうか。すると、国許で、御舎弟擁立を声に出す者は、おぬしと生田と村上、そして半助とその有志の数名。あとは黙して語らぬということか」と登は言った。

「拙者は、やはり、家中の一人一人に当たって、血判状を作り、執政に提出するのが良いと思うのですが、渡辺殿はどう考えます」

「それもよかろうが、どれだけ血判が集まるか。集まらなければ、入婿派が多いと執政は考えるだろう。そうなれば、執政の思う壷に嵌る」

「では、御家老衆の面前で腹を切って御舎弟擁立を訴え出ますか」

「いやいや、それでは御家に禍根を残すことになる。亀裂が入ってしまった御家を司るのは容易なことではない。わが家中には勝手方の立て直しという大事もある。家臣一丸となって事に当たらねば、施策は何一つ実を結ばぬだろう」と登は言った。しばらく間をおいて、登は真木に静かに話し始めた。

「これから私の言うことを最後まで黙って聞いてほしい。…この度の継嗣の一件についてだが、私は御舎弟が養子となられ主家を継ぐのが自然の流れであり、理に適うものと考えている。しかし、御家の勝手方の窮乏によって、道理が通らなくなりつつあるのが今の姿だと考えている。そうであれば、勝手方の立て直しができさえすれば、この問題のような理に背く事態は起こらぬわけだ。しかし、それは今日明日にできるものでもない。それにはかなりの時間と手間がかかるであろう。もう一度、理についていえば、御舎弟すなわち南朝の忠臣児島高徳公から連綿とつながる三宅家の血統を絶やさぬようお守りするという姿勢を示すこと、正にそこに、私たち三宅家臣が三宅家臣であると言うことができる根本の理があると私は考えている。家臣として守らなければならないのは正にその理なのだ。三宅家の血統が守れるのであれば、われわれの継嗣の一件への取り組みは成功しが封を継いだとする。その時まず問題になるのは御舎弟の処遇である。御舎弟が、隠居なされた老公として処遇されるのであれば、殿ご健在の時と然程変わらぬ日常を過ごされるであろう。そして、ここからが肝要なことなのだが、御舎弟のお子様を新しい殿のご養子として戴く。そうなれば、三宅家の血統も絶えることなく、私たちは三宅家臣の本分を果たしたことになる」

登がそこまで話した時、真木が口を開いた。

「口を挟むなと言われていましたが、渡辺殿、何をお話になっているのですか」

「…」

「拙者には理解できぬ」

「…」

「仮に何をしろというのですか」

「真木、落ち着いて聞いてくれ」

「渡辺殿の話は雲をつかむような話だ。百歩譲ったとしても、事がそのようにうまくゆくはずがないし、御舎弟の処遇はどうなるか分かったものではない」

「おぬしが案ずるのも分かるが、その話は全く絵空事のものとばかりは言えない。ありうる話なのだ」と登が言った。

真木は登を黙って見つめた。

「もしや、渡辺殿、あなたは寝返ってしまわれたのですか」

「何を言うのだ」

「いつから入壻派に与(くみ)するようになったのです」と真木は語気を強めた。

「落ち着け、真木。私はいつもの私だ。おぬしの知っている渡辺登だ。御舎弟を思う気持ちは誰にも負けはしない。落ち着け、真木」

「何を申されるのです。拙者の知っている渡辺殿は、そのような痴(し)れ言を申すお人ではありませんでした。渡辺殿は変わられたのですね…。渡辺殿、あなたとはこれ以上何を話しても無駄だ。失礼します」と言って、やおら立ち上がると大股で部屋を出て行った。

真木の勢いに、見張りの者たちは、何もできずにただ見送るばかりだった。

霊厳寺

登は次の日朝早く真木の家を訪れた。取次には真木の妻が出た。

「昨夜遅く帰って来られ、今朝は夜が明けるとすぐにどこへ行くともいわずに出ていかれました」

と真木の妻は言った。

「帰って来てからの様子がいつもとは違っておりました。何か思いつめておられるようでした」

と真木の妻は続けた。

「どこにお出かけになられたかわかりませんか」

「霊厳寺かと思います。前にも一度このようなことがありました。その時は霊厳寺にお参りしたと聞いております」

そして、昨夜真木が一睡もしていないこと、夜に身を清めていたこと、尋常ではないことが起きる予感がし居ても立ってもいられぬということを、真木の妻は言い添えた。

登は霊厳寺へ急いだ。

大手の通りに出ると、正面に藤尾山が見えた。通りを道なりに行くと霊厳寺である。山門をくぐると本堂まで長い一本道が続く。本堂わきに人影があった。こちらに向かってくる。程なく、向こうもこちらに気づいた。

「真木。少し話がしたい」と登は言った。

真木は無言でこちらに向かってきた。真木の表情は青ざめていた。真木の歩みが早くなる。登は殺気を感じた。真木は刀を抜いた。

「渡辺殿、覚悟」と言って、真木は登に斬りかかった。すんでのところで登は体をひねりその一太刀を避けた。真木は間をおかず刀を返し横ざまに斬りつけた。登は鞘から刀を半分引き抜いてその一撃を受け止めた。真木は半歩後退し、中段の構えから大きく振りかぶり右足を踏み込むと同時に再び刀を振り下ろした。登は引き足を使い、かろうじて真木の切っ先をさばいた。

「真木。どうしたのだ」

真木は中段に構えながら、こちらの隙を窺っている。

「私が、御舎弟を蔑ろにすると本気で思っているのか」と言いながら、ふっと登の脳裏に伊奈平八の言葉が過った。〝苦労なされますが、御舎弟君をお守りすることに免じて〟そうだ、このことなのだ。唯一無二の友でさえ私を疑い斬ろうとしている。

「真木、刀を収めてくれないか」

「渡辺殿、拙者は、今日、殿中で腹を切ります。拙者の命でご家老をお諫め申すつもりです」

真木は中段の構えのままである。

「亡きご先代にも、先ほどそのことを申し上げてきました。もう拙者は命を捨てた身、何も思い残すことはない、そう思ったときにあなたが現れた。そして、一つだけこの世に思い残すことがあったのを思い出しました。それは、あなたが拙者を辱めたということです。あなたは、拙者に嘘をついた。拙者を騙し、御舎弟を擁立しようとする家中の者を騙していた。裏でご家老と取引をなさっていた」

言うのと同時に真木は間合いを詰める。登は、引き足で十分な間合いを取ると、次の瞬間、参道の石畳の上にどっかと胡坐をかき、鞘に収まっている大刀を脇に置いた。

「なあ、真木、おぬしが私を斬りたいのなら、この命くれてやろう。しかし、それは、私の話を最後まで聞いた後のことだ」

真木は中段の構えを崩さなかったが、間合いも詰めることができなかった。呆気にとられ、ただ登を眺めていた。

「私が御舎弟にお近づきになったのは、私の弟が御舎弟のお伽役に上がった時だから、もう十年も前のことになる。このことは、おぬしにも和田倉門の番士をしていた時に話したことがあると思う。

それ以来、お側に仕え御舎弟といろいろな話をした。学問や武芸、文芸や外国の政事に至るまで、御舎弟は何事にも興味を示され、その聡明さは抜きんでておられた。そして、この度の継嗣の一件が持ち上がった。私は、御舎弟が、次の主君として一番ふさわしいお方であると信じて疑わない。そしてまた、私は、生い立ちをお側で見てきているので、お幸せになっていただきたいと強く願ってもいるのだ。今までは、ご苦労の連続だった。部屋住みのお方の肩身の狭さを幼少のころから身に染みて感じていらっしゃったのだ。

執政が、持参金付きのご養子をお考えになっていると知った時、私は言いようのない怒りにかられた。御舎弟を蔑ろにしているとしか思えなかった。そこで、執政に翻意を求めるための働きかけを行った。その過程で、私は、この継嗣の一件が御家の枠組みを超えた複雑なものであることに気づかされた。

この一件は、私たちの与り知らぬところで動き始めた。発端はこの度の参勤直後に違いない。そして、殿や御舎弟を巻き込み、家中全体を巻き込むことになった。この大きな渦の中では、ご家老でさえ無力だ。御舎弟擁立を声高に叫んだとしても、すぐにその渦にかき消されてしまう。御舎弟や家中を救うには一つだけ方法がある。それは、その渦の内側に入り、その渦をうまく利用し、その回る力をわが物としてしまうことだ。その渦を、三宅家の血統を守ることと御家の領内経済のために利用していくということだ。渦と一緒に回るのではなく、その二点だけに心を傾け渦の中心に留まっていればよい。私はこう考えるようになった。

私は命が惜しいとは思わない。しかし、御舎弟のことや御家の政事を考えれば、まだ死ねない。だから、真木にはわかってほしいのだ。私一人ではその渦に飲み込まれてしまうかもしれない。おぬしの力が必要なのだ。二人いれば、その渦の中心に踏みとどまることができる。そして、三宅家の血統を守ることもできるし、御家の政事を改革してゆくこともできる。そう考えたから私は昨夜あのような話をしたのだ。真木、私と一緒に、やってくれないか」

登がそこまで話した時、真木は中段の構えをゆっくり崩した。

登は続けた。

「今は、渦に抗いながら巻き込まれてよいと思う。なぜなら、その渦の正体を見極めたいからだ。そして、その正体がわかった時、私たちの打つ手も見えてくる。…真木、一緒にやってくれないか」

登の命をかけたその言葉を真木はすべて理解できたわけではない。あまりに唐突な話でもある。しかし、真木は信じようと思った。登が自分を信じ切っているその姿を見せられては信じる他あるまいと観念した。

真木は刀を鞘に収めた。

朝日が二人を照らしていた。二人は連れ立って、三宅家の墓所に向かった。

和田倉門の思い出

真木の妻は朝食の支度をしながら帰りを待っていた。戸外の雀の鳴声に混じって聞き慣れた真木の足音がした時、真木の妻は歓喜した。そして、その足音が近づくにつれて今までにない喜びが胸に満ちるのを感じていた。

真木は帰るなり、「腹が減った」と言って、朝食の膳についた。いつもは無口な真木だったが、その時は穏やかな声でこんなことを話し始めた。

「渡辺殿と初めて会ったのは、和田倉門改築の番所詰めの頃だった。文政二年だから、今から八年程前になる。

渡辺殿は、わしより四つ年上でそのころはまだ二十七、八だったと思うが、風格があった。勤勉なお人で、お勤めの日には誰よりも早く現場に来ていた。わしを可愛がってくれて、政事のことや学問のことなどいろいろ話してくれた。

和田倉門の改修は四年ほど続いたが、その間にわしは渡辺殿の家に度々お邪魔した。初めてお宅に上がった時、渡辺殿が絵画で有名なお人であることを知った。絵画の話はまるで分からなかったが、話をする渡辺殿の楽しそうな気持ちが伝わってきて、とても心地よかったのを覚えている。

その四年間で忘れられないことが一つある。それは渡辺殿の親友が主家の上役を斬って自刃したという出来事だ。その時渡辺殿は、武士の本懐ということを述べておられた。話の内容は忘れたが、あの時の静かな毅然としたお顔は覚えている。その時、渡辺殿に何処までもついて行こうと決めた。

しかし、この度、心が揺らいだ。渡辺殿に疑念を抱いたからだ。

だが、それは間違いだった。やはり渡辺殿は、わしの知っている渡辺殿だった。

今朝、改めて、渡辺殿に師弟の情誼を尽くすことに決めた。わしは、渡辺殿の理想とする御家の政事を一日も早く実現させるため、共に歩むことを誓った」

真木の話を聞きながら、妻は泣いた。妻は夫の話に涙したのではなかった。目に映ずる夫の姿、耳に聞こえる夫の声に涙したのだった。

疑念

十月　十一日　御舎弟、渡辺と上田を具して江戸を発つ。
　　　十八日　田原城藤田丸到着。
　　二十三日　稲若様急養子願を公儀に提出し受理される。
　　二十五日　稲若様三宅家江戸屋敷に移る。
　　二十七日　浅草松源寺で殿の葬儀が行われる。

二十九日　稲若様急養子願が公儀に受理されたことを公にする。同日、殿は七月十日に既に
　　亡くなっていたと家中に伝えられる。
十一月　十日　渡辺・上田、田原を発つ。
　十一日　江戸に滞在していた国家老が殿の分骨を守護して江戸を発つ。
　二十二日　田原の霊厳寺において総御家中参列の上、殿の葬儀が執り行われる。

直近の一月余りの動きを手控え帖に書き付けながら、登はその段取りの精緻さに瞠目した。

…私たちは目的達成の駒に過ぎなかった。河合様は自らの掌の上で三宅家中を躍らせた。稲若様を三宅家の主君に据え、御舎弟を田原城内の藤田丸に誰も疑念を挟む余地のないように軟禁することに成功した。

それにしても、河合様の段取りはどこを起点としているのか。三宅家の親類筋に稲若様ご養子の件を内諾していただく期間を考えると、殿がお亡くなりになった一月後には養子縁組の密約を交わしていることになる。参勤直後に、段取りが組まれたとしても、それでも遅いくらいだ。参勤の前に起点があり、参勤中に何か仕組まれたと考えた方がむしろ自然な流れになる…

…この度の参勤では不測のことが引き続き起こった。天候不順は別としても、後乗役の変更、医師の中川常普院の招聘、参勤直後の雪吹殿の死と殿のご逝去等々。そしてこの度の、御舎弟の田原軟禁と稲若様養子縁組成立。それらの出来事が一本の糸で繋がろうはずもないのだが、繋がってい

ると考えた方が腑に落ちる…

登は、孫助の言葉を思い出した。

〝登、殿のお体のことだが、この度の参勤の少し前からご容態が思わしくなく、この度の参勤が可能かどうか憂慮されていたという噂が江戸城中で囁かれていたらしい。執政が、殿のご健康に問題がないと判断し、参勤をおこなったのだろうが、もう少し配慮すべきだったのかもしれない〟

…孫助が耳にした噂が誰かによって故意に流されたものだとしたら…

…伊奈様そして河合様のお心は計り知れぬ…

登の脳裏に伊奈の姿が浮かんだかと思うとそれはすぐに友信の姿に変わった。

…御舎弟が危ない…

…家中を巻き込んでいる大きな渦が、御舎弟に直接牙をむかないとも限らない。御舎弟をお守りしなければ…

白馬

師走の声を聞く頃、田原藩江戸屋敷に妙な噂が広まった。勤勉で名の知られていた渡辺登が、田原から江戸に帰って以来、孫助ら友信を擁立した者を引き連れて飲み歩いているというのだ。病気と称して藩務を休み、明るいうちから飲んでいたと証言する者さえいた。さらに、「御舎弟に万一のことがあったならば徒党を組んで忠臣蔵を演じるまでだ」と登が酔って叫んでいるのを実際に聞いたと断言する者まで現れた。

友信擁立が失敗したので、その憂さを晴らしているのだろう、誰だって、やり場のない気持ちを抱えた時はそうなるものだ、と物知り顔で解説する者がいる一方、酔っているとはいえ、登の言葉は聞き捨てならぬと憤る者もいた。藩内では、登を持て余し、多くの者が腫れ物に触るように接していた。

噂が噂を呼び、根も葉もない尾ひれまでついて、田原藩の継嗣問題は江戸の人々の知るところとなり、登の動静に人々の注目が集まった。

その頃、登は江戸城に近い千代田平河天満宮社内の三国屋で書画会を開いた。

その書画会には、登の知人や画友、弟子が数多く集まった。

書画会というとどこか華やかなものだが、この会場は趣を異にしていた。それもそのはず、弟子の椿椿山（つばきちんざん）は幕府槍組同心であり、知人の立原杏所は水戸家家臣、さらに書家の本田香雪は薩摩藩医、渡辺輝綱は幕府側衆、山口勝之助は旗本というように、参集した者の多くは、武士であった。登に読本の挿絵を描いてもらった縁で書画会を訪れた滝沢馬琴は、何かの決起集会と勘違いしたくらいであった。

その書画会の後、田原藩の前藩主舎弟の友信の処遇が、各藩の江戸詰の家臣の話題になり始めた。婿養子になられた若殿が亡き殿の弟君の処遇をどのようになされるだろうか、あるいは、亡き殿の弟君擁立に失敗した登を若殿はどうなされるのであろうかという声が各藩の江戸屋敷のみならず江戸市中でも聞かれるようになった。

継嗣問題に揺れた文政十年の年の暮れ。

今日も登は仲間を引き連れ飲み歩いていた。

小豆粥

「小豆粥などうまいと思って食したことはなかったが、今年の粥は実にうまい」

村松五郎左衛門はさもうまそうに小豆粥をすすった。

「そうでございますなあ。それに今年の冬は例年に比べて暖かいのではないでしょうか。お濠の氷も随分薄いと聞いております」

鈴木弥太夫もうまそうにすすった。

「さようか。もうお濠の氷のことを耳にすることもなくなる。これが江戸で食する最後の小豆粥になるというわけだからな」

「国許には一月中にお帰りになるのでございますか。江戸の方は、うまくやっていけるかと思います。渡辺は毎日酒を飲んで憂さを晴らしているようですし、稲若様は思ったほど手がかかりません」

「それは良いのだが、一つ困ったことが持ち上がった。今日、河合殿に挨拶に行った時のこと。

河合殿は、御舎弟を先君の格式を持って遇し、また、渡辺を側用人として登用するようにと申された。何故御舎弟擁立の中心となった者を側用人に登用するのかと聞いたところ、その目的は家中内の融和だという。持参金の話もあるので、断ることもできまい。河合殿は、御舎弟が藤田丸にいらっしゃる間は、御舎弟擁立派は何もできないだろうが、江戸にお戻りになられたならば何が起こるかわからぬから、御舎弟のご処遇を誤らぬようにしてくれと念を押されていた。そして、家中に禍根を残さぬような人事を断行すること、それを強調されていた」

「御舎弟が江戸にお戻りになられるまでにはまだ時間がございます。時間をかけて、河合様の意に添うように致しましょう」

「鈴木がわしの後を引き継いでくれるので、わしも安心して国許へ帰れるというものじゃ。よろしく頼んだぞ」

「村松様のご期待に応えるべく一汗も二汗もかく所存でございます」

老公巣鴨様誕生

文政十一年一月二十七日に幕府は稲若急養子の件を正式に認可した。それを受け、田原藩は二月三日に田原城内にて稲若改め三宅康直の家督就任を盛大に祝った。そして、五月二十日、友信の処遇が決まった。友信は隠居に準ずる立場とされ、田原藩江戸下屋敷に住まい、「巣鴨様」と呼ばれることになった。
五月二十一日、三宅康直は渡辺登に側用人中小姓支配を命じた。
二十二日、友信は田原を出立し、六月六日、無事に巣鴨の下屋敷に到着した。
友信の処遇が藩内に申し渡された五月二十日をもって、登は飲み歩くのをやめた。
田原藩の動静に好奇の目を向けていた人々は、新藩主康直の英邁さをほめたたえた。

序の章　藩政改革

五月晴れ

「登殿、おめでとうございます。父上も、浄土でさぞ喜んでおられるでしょう」とお栄が言った。

「ありがとうございます。母上には、昨年以来、心配をおかけいたし、本当に申し訳ありませんでした」

「いいのですよ。登殿にもお考えがあったのでしょうからね。わかっていますよ。この度の登殿のご活躍は、みんなわかっていますよ」とお栄は涙ぐんだ。

二月前、お栄が家で縫物をしている時、通りからこんな会話が聞こえてきた。

「この頃の渡辺はひどいな。あれはもうだめだ。御舎弟を殿様にできなかったからといって、飲み歩いてばかりいる。器の小さい男だ」

「そうだな。もう少し骨のある男かと思っていたが」

「本当だ。若いころは、御家の改革だなどと吹いていていたのだが。全くだらしがない」

「御舎弟が殿様になれば直ぐに家老にでもなれると胸算用をしていたのだろうな」

「そうそう。わしもそう睨んでいたのだ」

会話の主は次第に遠ざかっていったが、お栄にはその声が次第に大きくなるように感じた。

お栄の傍らには、嫁のおたかがいた。おたかも内職の針仕事をしていた。しかし、その針は一向に動かなかった。

「お母様、旦那様は損得で動くようなお人ではありません。きっと何かお考えがあるのだと思います」とおたかは言った。

「わたしもそう思っています。でもね、こう毎日出歩かれると心配になってくるのですよ。お金もないのに」とお栄はため息交じりに言った。

「旦那様は大丈夫です。大丈夫ですよね、お可津」と傍らにいた長女のお可津に言葉をかけた。

「だいじょぶでちゅよ」と言ってお可津は笑った。

「本当に大丈夫ですよね」とお栄は言った。

お栄は、登を筆頭に男五人女三人を育て上げた女丈夫である。亡き夫定通は病気がちだったため、薬料に出費がかさみ、いつも家計は火の車だったが、お栄は愚痴ひとつ言わず淡々と家事をこなしてきた。そして、そのお栄の心を支え続けてきたのが子供の成長であった。特に登の成長は、お栄の希望であり、誇りでもあった。登は小さい頃から、何をやっても良くできた。夫の定通が他界してからは、登へのその思いが一層強くなっていた。

「おたかや、この前、長屋の児島様の奥様からお聞きしたのだが、登は、田原に行っていた時、萱生先生と一緒にあちこち見物して歩いていたそうなのだよ。御舎弟様擁立のための説得に行ったはずなのに、そのようなことができるかねえ」とお栄は言った。

「そうでしたか。旦那様はわたしには何もお話しなさいません。でも、わたしは旦那様を信じております」とおたかは言った。

「登は変わってしまったのかねえ。わたしは暮れに書画会を開いた時おかしいと思ったのだよ。まだ御舎弟様が、田原にいらっしゃる時だよ、そのような時に良く書画会を開けるものだと思ったのだよ。登はおかしくなってしまったのかねえ」とお栄は言った。

「お母様、大丈夫ですよ。旦那様には何かお考えがあるのですよ」と言ってはみたものの、おたかの心も落ち着かなかった。

「だいじょおおぶでちよ。あるのでちよ」と言って、お可津が笑った。

それから二月たち、昨日、登は側用人に取り立てられた。お栄には事の次第が呑み込めなかった。ただ、登が、以前の登に戻ったように感じた。それは母の直感であった。

その日の空は雲一つない五月晴れであった。

蘭書

登は側用人になった翌年、藩主から三宅家の家譜撰集を命ぜられた。これも、河合道臣の助言による藩内の融和策の一環であった。翌天保元年に、登は三宅家の上祖康貞の故領、武州幡羅郡𤭖尻に調査に出かけた。その報告書をまとめようとした矢先、藩主に日光祭礼奉行の命が幕府より下った。

譜代の一万石級の大名が務める役で、春の祭礼の奉行に選任されたのであった。田原藩は前年、江戸の巣鴨邸と田原の城下町が火事に見舞われ、その復興に出費が嵩み、藩財政のやりくりが難しくなっていたところなので、すべて自前で賄わなければならない日光祭礼奉行の任を十分に果たすことができるかどうか危ぶまれた。

登は河合に掛け合って、康直の幕府へのお目見えにもあたるこの任を全うできるように財政的な支援を求めた。その甲斐あって、四月、康直は日光祭礼奉行を無事務めることができた。しかし、その費用のやりくりで、田原藩は七月に、他藩でも例を見ない大倹約令を施行するに至る。国許の藩士は上下すべて二人扶持、江戸詰の藩士は、上七人扶持から下一人扶持まで、家臣の俸禄を切り詰められるだけ切り詰めたのである。そのために藩士は内職と借金・質入れ、家財の売却によって命を繫がざるを得なかった。

その様な折、登は弟熊次郎の客死の報に接した。熊次郎は口減らしのために、十二歳の時に芝の増上寺に預けられ、その後、上州館林で定意と名乗る渡りの僧侶となっていた。昨年は熊次郎の下の弟喜平次が世を去った。喜平次は武家の養子になったが、里方が貧乏なために随分肩身の狭い思いをして、二十五歳でその短い一生を終えた。二人の弟の薄幸な人生を思うと、不憫でならず、小藩の家臣の家に生まれたのが恨めしくもあった。…しかし、本当にそうなのか…生まれはどうであれ、生まれたその刹那、その赤子にはこの世で果たさなければならぬ使命がすでに授けられているのだ…百姓の倅、商家の娘、武家の次男、その生まれが何であれ、生まれた時には、すでにその一生ですべきことが各々備わっている…そうであれば、どのような逆境にあったとしても、自分の心身を鍛錬することを怠らず、自分に与えられたお役目を過不足なく成し遂げようと日々努める、それがこの世に生まれたものとしての正しい生き方ではないのか、弟には何かが足りなかったのだ、もっと強く生きてほしかった…そう思いつつも、登は幼い弟の面影が心に去来するたびやはり不憫でならなかった。

　この文政十三年は、十二月十六日に改元があり、天保元年となった。文政が天保となった二日後、登は慊堂を訪れた。

「先日お借りした書物を持って参りました。なかなか面白く読ませていただきました」

「そうですか。先日話した『輶軒録（ゆうけんろく）』はまだ手許に戻って来ておりませんので、この次いらっしゃった時にお貸しいたしましょう。考古の書物は、読んでいるうちに味が出ると申しましょうか、良いものです。三宅公の家譜を編むのに少しでもお役に立てばと思います」

「慊堂先生にはいつも有難いご助言をいただき、お礼の言葉もございません。先日は、おいしい飲み物までご馳走になってしまいまして」

「先日は楽しかったですな。ところで、先日は、客人が大勢いたのでお話しできませんでしたが、わしの知人が蘭書を売却したいと申しているのです。蘭書は、二年前のシーボルトの件以来、どうも具合が悪いですからな」

シーボルトの一件とは、文政十二年、オランダ商館付医師のシーボルトが日本地図を国外に持ち出そうとしたが発覚、関係者が処罰された事件のことである。

地図の国外持出しは国禁であったため、地図を渡した幕府天文方蛮書和解御用主管の高橋景保は獄死し、景保の長男小太郎と次男作次郎は遠島、便宜をはかった大通詞馬場為八郎、小通詞末席稲部市五郎は永牢、その他、長崎払・居町払などの追放刑、町預・村預・親類預などの御預の形など、罰の軽重はあったが、五十数名が連座した。

事件後、蘭学者に向ける幕府の目は厳しさを増したが、一方で、高橋景保失脚後主管になった山路諧孝によって旺盛な西洋知識の吸収は続けられていたので、蘭癖大名や富裕町人相手のオランダ渡りの物品・書籍の内密な取り引きには、ほとんど影響が無かったというのが実情であった。

「その蘭書というのは、どのようなものなのでしょうか」

「ケンフルとかいう本で、少しお待ち下され。今持ってきますから」と言って、慊堂は座を立った。

登は、若い頃、病を診てもらったことで知り合い、師事することになった蘭医吉田長叔のもとで見た蘭書の動物の絵や四年前にビュルゲルから見せてもらった蘭書の挿絵を思い出していた。その精緻で影隈を縦横無尽に使った形態の妙は、今も登の心を熱くする。どのような画工がそれを描いたのか、その画工はどのようなところに住んでいるのか、彼の周りにはどのような景色が広がっているのか、どんな道具で絵を描くのか、絵を描くときの心構えは…。

「お待たせしました」

と言って、慊堂は分厚い書物を一冊抱えて来た。

「これは近藤正斎の所蔵でして、その奥方が、正斎の死後生活が苦しくなりましてな、正斎の知り合いであるわしに蘭書の処分を頼みに来たという訳なのです。どうぞ、ゆっくり見ておってください」

皮表紙のその本を開くとまず三人の西洋人が登の目に飛び込んできた。精緻に描かれた真ん中の女性は、ゆったりとした衣服を身に着け、手に筆を持ち、膝の上には本を置き、視線を右側の女性に向けている。右側の女性は胸をはだけ手鏡を持ち真ん中の女性を見つめ返している。左側には干支を書いた看板のようなものを持つ男性がおり、彼も真ん中の女性を見つめている。二人の女性の斜め前には地球儀が置かれ日本がちょうどその中心に見て取れる。三人の人物の後方には大きな木がありその枝には葵の御紋が描かれた大きな布が掛けられている。その三人の人物と地球儀そして葵の御紋の布は太陽の明るい光に照らし出されている。背景の影になったところに、日本家屋と日本人らしき三人の人物が描かれており、光の対比だけで奥行を表現することに、この絵は十分成功している。

登は文机に向かって何か書き物をしている慊堂に声をかけた。

「素晴らしいですね。この影隈の付け方はなかなかできぬものです。ケンフルとは著者名ですね」

しめしめとばかりに慊堂が答える。

「そのようですな。わしは蘭語が全く駄目だから、先日お見えになった二階堂殿の受け売りになりますが、この本は日本の歴史や地理風俗をうまくまとめている書物らしいのじゃ。ただ、書いてあることは、時に的はずれだったり、理解不能だったりするとのことですよ」

「私も蘭語を読むことができませんから、この本を手に入れたとしても宝の持ち腐れになってしまいます。しかし、ここに収められている四十余扇の図は実に良く描けています。慊堂先生、ケンフルが先生の手許にある間に私にこれをお貸しくださいませんか」

「わしも、崋山外史（慊堂は登をこう呼んでいた）はこれに興味をお持ちになると思っておりました。ついでとは言ってもなんじゃが、崋山外史、巣鴨様にこの本の購入を働きかけてみてはもらえませんでしょうかな」

「購入の件はなかなか難しいと思いますが、一応、巣鴨様にお伺いを立ててみることに致します。先生もご存知のとおり、日光祭礼奉行に選任されて以来、わが家中は大倹約令を引いておりますから、巣鴨様とて自由になる金子は多くありません」

「そうでしたな。とりあえず、崋山外史にお貸しするということを、先方に伝え了解してもらうことに致します。その後、この本を崋山外史の所へお送りする、それで如何か」

「そうしていただけるとありがたいです」

購入は難しいと慊堂には言ったが、登はケンフルに魅了された。何とか都合をつけてそれを購入したいと思った。

時を経ずして、登は友信にケンフルのことを話し購入の内諾を得た。大倹約令の折、八方手を尽くした結果、翌年四月、友信御用ということで、ケンフルは巣鴨邸に収められることになった。

ケンフルが巣鴨邸に収められて間もなく、小関三英という四十半ばの者が登を訪ねてきた。

「私は、桂川甫賢先生の書生をしておる者でございます。先日、知り合いの二階堂と申す者と共に、松崎慊堂様のところで、ケンフルを読ませていただきました。そのことを師の桂川先生に申したところ、師もその本に興味を持たれ、是非とも目を通したいとおっしゃいました。そこで、松崎様にケンフルを借りたいと申し出たところ、ケンフルは巣鴨様の許にあるとのこと。そこで、こうして渡辺様の所に参ったわけです」

「そうですか。私は蘭書が読めませんが、巣鴨様が蘭書に興味を持たれております故、巣鴨様の手許に置くことになった次第です。小関殿は蘭書をお読みになるのでございますか」

「蘭書には興味を持っております。しかし、三年前のシーボルト事件以来、蘭書の取り扱いも厳しくなりまして、思うに任せません。蘭方の医学をもっと研究しなければならぬと思ってもいるのですが、なかなかそれもできないでおります」

三英の語り口は穏やかではあったが自信に満ちていた。

「差し支えなければ、ケンフルをお貸し願えませんでしょうか」

「わかりました。巣鴨様に事情を話し、その様に取り計らっていただきましょう」

「ありがとうございます。師も喜ぶと思います。それでは、巣鴨様のお許しが出たらば、私の所へ連絡くだされば幸いです」と言って、住所を告げ、早々に立ち去った。

登は友信に事の次第を話し、許可をもらって、三英に連絡した。

三英はすぐにやってきた。大きな風呂敷包みを抱えてきたが、その中身は蘭書が四冊。

「桂川先生が、ケンフルをお借りしている間、巣鴨様にお楽しみいただきますようにとこれをお遣いになられました」

登は一冊をめくった。そこには蝶（ちょう）、蟋蟀（ばった）、蜻蛉（とんぼ）などの昆虫が多色で刷られていた。その一つ一つが今にも動き出しそうに巧みに描かれている。登は息をのんだ。

その日登は日記に次のように認めた。

　小関三英が、洋書の虫譜ローセルを携えて来て云う。桂川甫賢がケンフルを一読したいのでこの書と一時交換して欲しいと。ローセルは四冊、蝶、蟋蟀などの譜であり、其の画は精妙で、実に珍品である。

その後まもなく、登は三英に友信の蘭語教師になってほしいと申し出た。三英は二つ返事でそれを引き受けた。登の率直な物言いと温かく和やかな人柄に触れ、三英は登が信頼のおける人物であると即座に思った。登もまた同じ思いであった。三英の飾らない朴訥な物言いは、友信の蘭語の指南役にまたとない人材であると思った。翌年、三英は岸和田藩の藩医に召し抱えられるが、友信や登との交流はその後も続くことになる。

ケンフルを得た年の六月、参勤で江戸に上った康直から登ら数名の江戸詰の藩士が酒肴の席に呼ばれた。その日康直は上機嫌だった。二度目になる今回の田原入りは、前回とは違って少し面白く感じられたし、何より今こうして自分が江戸にいるのが嬉しかった。

前回は、養子になって初の田原入りということもあり、不測のことに備え酒井家から二人用人をつけてもらった。すべてが初めてのことで、緊張の連続であった。更に城下で大火事もあった。そしてその復興のために窮屈な生活を余儀なくされた。こんな田舎暮らしはこりごりだと何遍思ったか知れない。

ところが今回の田原入りはまるで違った。田原国許の家臣たちは本当によく仕えてくれた。東照神君が始めたという山野狩り、実弾を発射する大砲(おおづつ)には心が躍った。田原の商人から趣向を凝らした接待も何度か受けた。何より、今回は火事もなく、窮屈な思いをしなくて済んだ。一言でいえば、康直にとって、この度の田原入りは面白かったのだ。そして江戸に戻って、一年ぶりに、奥方にあった。機嫌が悪かろうはずがなかった。

更に、姫路の河合から、今後江戸の上屋敷を支えてゆくのは渡辺登であろうから渡辺を軽んずること無きようにとの助言もあった。若い康直にとって、河合の言葉は父の言葉も同然であった。

「山野狩りを初めて見たが、面白かった。鈴木の話では、東照神君に由来するとのことだったが」

と康直は登に言った。

「鈴木様もお話になられたと思いますが、田原の山野狩り操練は東照神君様がお始めになったものと聞いております。二代台徳院様も慶長年間に、田原蔵王山から伊良虞に渡って山野狩り操練をなされ、その時は鹿五百頭余り、猪八十頭を仕留めたと記録にございます。鹿は享保年間を最後に狩ることができなくなりましたが、これは新田の開発によって山野に鹿の好む樹木が無くなった為と聞いております。猪はその後も捕獲され、今日まで、山野狩り操練は続いておりますが、その操練の目的は二つあるとも聞いております。一つには、百姓の作る作物を害獣から守るため、時期が春先というのはこのためでございます。しかし、これは実は表向きのことでございまして、この操練の真の目的は、家臣の軍事操練にあります。戦時の連絡系統、そして役割や隊列の組み方の確認が主たる目的となっております」

「ということは、余があの操練の大将という訳だ」

「そうでございます。殿のお指図のとおりに兵が動けるかどうかというのが山野狩り操練の肝要な点でございます」

　登の言葉を康直は嬉しそうに聞いていた。

　康直は田原藩の若殿として、地に足をつけた一歩を踏み出したようだった。

　その年の九月、先君康明の奥方の於利の隠居所が落成した。登はその建物の襖絵を担当した。落成披露の前日、登は巣鴨邸にいた。その日友信は一斎の門人昌谷精渓と会っていた。登は精渓を友信の師として招聘しようと考えていた。精渓が帰った後、友信は登に向かって言った。

「渡辺、学問をいくら積んでも学んだことを生かさなければそれは学ばぬことと同じことではないか。…学問は実践できて初めて学んだということになる。いくら四書五経の字句を諳ずることができても、それを実践できなければ何にもならぬ」

「そのとおりでございます」

「と言うことは、康直殿の方が余より多く学んでいるということか。明日が隠居所の落成と聞いているが」

「はい、落成披露は明日です」

「そうか。於利殿もさぞ喜んでおられるだろうな」とぽつりと言って、友信は言葉を切り、しばらく黙っていたが、またゆっくりと話し始めた。

「康直殿にとって於利殿は養母様だ。養母様のために隠居所を新築できる康直殿をうらやましく思う。それに引き換え余は、余を産んでくれたお方が今どのような暮らしをしているのかさえ知らない。孝養に努めたいと思ってもそれすら叶わぬ」

登は黙って聞いていた。

「余が黙笑院様の実の子ではないと知ったのは、黙笑院様がお亡くなりになってすぐだった。なぜ知ったのかは失念したが、その時以来、実の母上は何処にいらっしゃるのだろうか、どのようなお方なのだろうかと考えるようになった。しかし、実母のことは誰にも尋ねてはいけないと子供心に思っていたのも確かだ。余の周りにいた者は、渡辺を含めて誰一人として、実母のことを話さなかったから、尋ねてはいけないものだとも思っていた。余は母上の名が於銀であるということだけしか知らぬ。しかし、この二月に余も父になり、そして、養母に孝養を尽くしている康直殿のことを聞くにつれ、余も実の母に孝養してみたいという思いが強くなるばかりだ…。渡辺、余はどうしたら良いものだろうか」

すこし間をおいて、登が口を開いた。

「私も御母堂様のことは片時も忘れたことがございません。私が篤巌院様のお伽役に上がりました時に、幾度かお会いしております。御母堂の於銀様は、お美しゅうございました。そしてお優しい方でした」

「そうか。余を産んで、すぐに厚木の実家に戻られたということは聞いておったが、今どのようにお暮しになっているのか。お元気で日々を過ごされているのか、それだけでも知りたいものだ…」

登には友信の気持ちがよくわかっていた。その気持ちは日常坐臥に見て取れた。登はゆっくりと口を開いた。

「ご老公様、私が御母堂様のご様子を伺って参りましょうか。ご存知のように、今私は家譜撰集の命を承っておりますゆえ、他所勝手次第のお許しを殿よりいただいております。於銀様はご老公様の御母堂でありますから、家譜撰集に関わりがございます故、殿もご許可下さるかと思います」

「そうか、渡辺が行ってくれるか。それはありがたい。母上がどのようにお暮しになっているかよく見てきてほしい。頼んだぞ…」

落成披露の翌日、登は家譜撰集の進捗状況を康直に報告するとともに、顕微鏡を奉った。それは知人の蘭医大原洞斎から贈られたものであった。康直は鏡筒を上げ下げしては大きく見えると言っては喜んだ。その顔は藩主というよりも二十一歳の若者のそれであった。ついでに願った厚木訪問を康直は二つ返事で快諾したのは言うまでもない。

於銀様

九月二十日、登は高木梧庵とともに厚木まで大山街道を下る旅に出た。この旅の目的は友信の生母於銀の消息を探ることなのだが、久しぶりに江戸を離れるということと弟子の梧庵との二人旅ということもあって気持ちが軽かった。

「まず太白堂殿の所へ行こう」

「どうしてですか、崋山先生」

「泊まるところを紹介してもらった方が、先々都合がいいからね」

「ああ、そうですね」

梧庵は江戸に遊学中の青年で、出身は京都。出自が神官の家柄の割には屈託のない若者だった。縁あって、登の弟子になったが、絵も教養の一つと考えての弟子入りだったので、絵の腕はなかなか上達しなかった。絵の勉強はそうであったが、登の末弟の五郎とは年が近いこともあり、兄弟同様の付き合いをしており、お栄やおたかも気さくな梧庵を気に入っていた。

登と梧庵の二人は麹町から青山に出て俳人の太白堂萊石のところに立ち寄った。登は毎年太白堂の歳旦帖の表紙や挿絵を描いており、共に句を詠む間柄でもあったので、太白堂は喜んで二人を迎えた。

「相州には何人か昵懇の者がおりますので、紹介状を書きましょう」と太白堂は述べ、その場で、紹介状を書いてくれた。

「ありがとうございます。これから、梧庵と二人旅、『奥の細道』の芭蕉と曾良というよりは、『東海道中膝栗毛』の彌次喜多に近い旅となりましょうが、太白堂殿の紹介状で、この旅も心に残るものとなりましょう」

「彌次喜多ならではの一首、〝幾ほどもあらで帰らん旅なれどしばし別れに袖絞りぬる〟とでも詠じましょうか」と梧庵は澄まし顔。

「梧庵殿もなかなかやりますな」と太白堂。

「旅のはじめの一首としてしゃれた歌だね。梧庵、今のをここに書き付けてくれないか」といって、登は手控え帖を差し出した。梧庵は、したり顔で、さらさらとその一首を書き留めた。

登と梧庵は太白堂と別れ、道玄坂を上がりかけたところで、登は煙管を買った。十返舎一九が煙管を手放さなかったというのを思い出したのだ。買った煙管の絵を手控え帖の梧庵の一首の横に描いた。これで彌次喜多の旅の準備は整った。

登は、於銀にこれから会えるということで心が浮き立っていた。於銀は少年の登のあこがれの女性でもあった。会ったら何と言おう、於銀は自分を覚えているだろうか、そう考えると、心が弾むのであった。

太白堂の紹介状は思った以上の効果があった。宿泊した場所ごとにもてなしを受けた。

そして三日目、登と梧庵は大塚の宿にいた。

そこの茶店で、一服した後、登は店の主に聞いた。

「忙しいところすまないが、ちょっとお尋ねしたい。早川村の幾右衛門という方をご存じないかな」

「幾右衛門。ああ、知っておりますよ。しかし、幾右衛門は、酒に酔って川に落ちて死んだと聞いております」

「お亡くなりになったか」

登は言葉に詰まった。

「…幾右衛門の家はどなたが継いでおられるか存ぜぬか」と登が言いかけたのと同時に、店の主が思い出したように言葉を続けた。

「そうそう、幾右衛門には小園村に嫁に行った娘がおります。確か、清蔵とかいう百姓に嫁いだはずです。その娘はたいそう美しい娘であったから、清蔵との祝言はこの辺りでちょっとした噂になりました」

於銀だ、と登は直感した。

「しかし、人違いかもしれませんので、早川村に赴いて確かめてみてください」

「そうしよう。暇を取らせてすまなかった」

登は礼を言って、秋晴れの大山街道を早川村に急いだ。

道すがら、門口にむしろを広げて草鞋を編んでいる老夫がいた。

「精が出ますなあ」と登は声をかけたが聞こえない風であった。近くに寄って、

「ここらはもう早川村ですかな」と聞くと、老夫は顔を上げた。もう一度聞くと、

「早川村はこの先でございます。もう少し行ったところに地蔵様がありますでな、そのわきを左に折れてしばらく行くと早川村でございます」と老夫は答えた。

「地蔵様を左だね。ところで、じい様は早川村の幾右衛門という方をご存じかな」

「ああ、知っております」

「幾右衛門というお方は亡くなったと聞いたが」

「なんのなんの、幾右衛門は生きております。この辺りでよく知られた酒好きじゃが、もう八十になりますかのお」

「私は幾右衛門の娘様にお会いしたくてこうして参ったのだが」

「幾右衛門の娘は確か四人いたはずでございます。一番上の娘は江戸に出て宮仕えをしていたが、母親が死んで間もなく、村に戻ってきて、小園村の清蔵に嫁ぎ、清蔵の弟が幾右衛門の養子となっ

て次女と祝言を挙げました。他の二人の娘は幼いうちに亡くなっております。清蔵の家も幾右衛門の家も貧乏じゃが、皆働き者ぞろいです。特に清蔵は他村にまで出作に行っておりますでな」

「そうであれば私の探しているお方は小園村に嫁いだお方だと思われる。小園村はここからどのように行けば良いのだろう」

「早川村へ行くように行けばようございます。小園村は早川村の隣になりますでな。地蔵様の細道をしばらく行くと、作場道があるので、その辺りでだれぞにお尋ね下され」と老夫が答えた。

「ありがとう。仕事の手を止めて悪かった」と言って登と梧庵は小園村へ急いだ。

「あのじい様はなんでも知っているのですね」

「きっと村の三役をやったお方であろう」

作場道のところで、子供が数人遊んでいた。

「坊たち、幾右衛門さんの家か清蔵さんの家を知っているものはいないか」と聞くと、

「清蔵さんの家の方が近いよ」と一人が答えた。

「では案内してくれないか」と言って、登はその子に銭を渡した。

「こっちだよ」といって、子供は走り出す。

ほかの子供も面白そうに走り出す。

登も歩を速めた。

荷物を背負った梧庵も小走りになっている。

先頭の子供が道端の地蔵堂の前で止まった。他の子供も止まった。見れば地蔵堂の所に芥子坊主頭の子が立っている。案内していた少年が言った。

「これが清蔵さんとこの子だよ」と指をさす。

芥子坊主の子に近寄り顔を見ると、於銀の面影がある。

「家は何処だい」と登が訪ねると、答えもしないで、逃げ出した。

子供たちは芥子坊主を追った。登も追った。もちろん荷物を背負った梧庵も追った。

芥子坊主が飛び込んだのはゆったりした構えの百姓家であった。秋の光が明るく照らしている庭一面に粟が干してある。傍らでは鶏が餌をついばみ、犬が寝そべっていた。

「御免。誰かおりませぬか」と登は声をかけた。返事がない。

「誰かおりませぬか」ともう一度声をかけた。

すると、入口の戸が開き中から老婦が顔を出した。

「どちら様でございましょうか」そう言って老婦は登を怪訝そうに見ている。

「こちらは清蔵さんのお宅ですか」と登は聞いた。

「そうですが」と老婦は答えた。

とすれば、この老婦は清蔵の母なのだ。於銀の姑にあたる人だ、と思いながら老婦を眺めていると、耳の下に大きな疣（いぼ）があるのが見て取れた。於銀にも耳の下に疣があった。

…この老婦が於銀様なのか…

登は、まじまじと老婦の顔を眺めた。顔立ちが変わろうはずがない。ただ二十年余りの歳月が過ぎただけだ。しかし、その老婦のどこにも昔の於銀の面影はなかった。

…本当に於銀様なのだろうか…

登は思い切って聞いてみた。

「このお宅に、昔江戸にお住まいになられていたことのあるお方はいらっしゃいますか。私は、少年の頃、そのお方から良くしていただいた者です。その恩に報いるために、こうして厚木まで参りました」

老婦は登の話がよく呑み込めぬ様子で、

「お武家様、もしや人違いではございませんか」と言った。

…そうかもしれぬ…

だが、一縷の望みを抱いて登は尋ねた。

「お名前は何とおっしゃいますか」

「町と申します」

「昔は何とお呼ばれになっていらっしゃいましたか」

「町です」

…やはり人違いかもしれぬ、しかし、耳の下の疣を見まごうはずはない…

登は思い切って聞いてみた。

「於銀様と呼ばれたことはありませんか」

その言葉を聞いた時、老婦の表情が変わった。

心の底に降り積もっていた塵が払いのけられ、鮮やかな思い出が蘇ってきたのだ。

「昔、麹町にいたころ、そのように呼ばれていたこともありますが。では、あなた様はお屋敷からいらっしゃったのですか」

「はい。麹町から来ました」と登は答えた。

「あらあら、それでは、どうぞ家の中へお入りになって下さいまし」

家の中はひんやりしていた。土間から板敷きの間へ上がる。梧庵も後に続く。

隣の部屋の板戸が少し空いている。その隙間から、子供がこちらを窺っている。さっきの芥子坊主もじっとこちらを見ている。

於銀は花筵を囲炉裏の前に敷き、席を設けた。

登と梧庵は席に着き、於銀はその向かいに腰を下した。

「於銀様、私は誰だと思います。覚えていらっしゃいますか」

於銀は暫く考えて、ためらいながら、

「上田様でございますか」と言った。

「上田様はしばらく前に隠居なされ、今はご子息がお役に就いておられます」

「それならば、…渡辺様でいらっしゃいますか」

「そうです。渡辺登です」

登がそう答えた時、於銀は初めて微笑んだ。その微笑は少年の日に憧れた於銀のものに間違いなかった。

「渡辺様、何故わざわざ小園まで訪ねて来て下さったのですか。本当に夢のようでございます」

「この度、御家の家譜を作ることになりまして、私がその役に当たりました。家譜作成の一環として、於銀様をお訪ね致した次第です。また、於銀様のお子様は立派に成長なされ、三宅友信侯となられましたが、そのご意向もあり、こうして私が於銀様の許に参ったわけです」

「友信様はお元気でいらっしゃいますか」

「お元気でいらっしゃいます。友信様も、昨年父君になりました」

「そうですか。父君になられましたか。わたしは、お暇をいただいてからしばらくは、お屋敷のことを忘れようと努めました。でも、忘れようと思えば思う程、残してきた若君のことが思い出されました。親に言われるままに、すぐに祝言を挙げ、小園に嫁ぎましたが、道端で遊んでいる子供たちを見ると、麹町のお屋敷に残した若君のことが目に浮かびました」

登は於銀の言葉を黙って聞いていた。

「でも、心というものは弱いものです。嫁いで来て、一人目の子供を産んだころから、だんだんお屋敷のことを思い出さなくなってきたのですよ」

と於銀は言って、戸の陰からこちらを窺っている子供を呼び寄せた。

「夫の清蔵と長男は今出かけておりますが、これが次男の幸蔵です。十九になります。これは長女のもと、十一歳です。これが栄次郎、八歳です」

走って逃げた芥子坊主の名前は栄次郎というのか…於銀と登の話に入れず居心地の悪さを感じていた梧庵は、栄次郎の登場でやっと二人の会話に加われたように思い、心が落ち着いた。

「これが今年三つの留吉でございます」

その時、入口の戸が開いた。

入ってきたのはがっしりした若者だった。長男の清吉だ。その日朝早く清吉は家を出た。厚木まで馬を曳いて行くためだった。帰ってみると家の庭に人だかりができている。聞くと、お武家さんが二人訪ねてきたらしい。事情を呑み込めぬまま、緊張した面持ちで清吉は登に挨拶をした。

「まだお昼は召し上がっていないでしょう。今準備いたしますから」と言って、客の相手を清吉に任せ、於銀は昼食の準備に取り掛かった。

於銀の作ったそばがきは登の口にも、梧庵の口にも合わなかった。しかし、登は二椀、梧庵は一椀残さず食べた。濁り酒も飲んだ。梅干しや粟餅も添えられたが、梅干しだけはうまかった。

そのうちに、川に落ちて死んだと聞かされた於銀の父の幾右衛門が隣の早川村から飛んできた。八十と聞いていたが足腰のしっかりした達者なじい様であった。於銀も囲炉裏端に座り、話は尽きなかった。

於銀が仕えた康友は於銀が暇を貰ってすぐに逝去したこと、そのあとを嫡男康和が継いだが、二十六歳の若さで世を去り、その後を二歳年下の弟の康明が封を継いだこと。しかし、康明も継いでわずか四年で亡くなったこと。康明亡きあとは当然友信が世継ぎとなるはずのところ、事情により、姫路から康直を迎えたこと。

於銀は、黙って聞いていたが、そこまで登が話した時、口を開いた。

「友信様は、今、お幸せに暮らしておりますか」

「はい、友信様は、老公と称され、ご隠居様の格式を与えられております。巣鴨の下屋敷にお住まいになられ、先ほども申しましたとおり、この春には立派な男子を挙げられました」

「それはようございました」

「友信様は、心お優しく成長なされ、朝に夕に母君のことを案じております」

「もったいのうございます」と言って、於銀は涙ぐんだ。

話は尽きなかったが、いつまでも腰を落ち着けてもいられなかった。於銀には於銀の今の暮らしがある。その暮しを邪魔してはいけないと、登は暇を告げることにした。

別れ際に登は於銀に友信から預かった金子を渡した。於銀は、それを押し戴くように受け取った。

「於銀は元気に幸せに暮らしておりますとだけ友信様に伝えてくださいませ」

忘れられぬ言葉

登と梧庵は於銀に別れを告げて、その日の宿と決めていた厚木に向かった。久しぶりに於銀に会ったのと、その於銀が穏やかに暮らしていることを見届けた安心感から、登の足取りは軽かった。梧庵は於銀がどう見ても昔美人だったとは思えず、登の美的感覚はどうなっているのだろうと訝しがりながら後をついていった。

二日逗留した厚木で、登は町医者唐沢蘭斎と酒井村村長駿河屋彦八という二人の忘れがたい人物と出会うことになる。

二日目の夜、蘭斎は酒宴の席で次のように登に語った。

「渡辺様、今の世の中、官の仁は不仁、すなわちやぶ医者の慈のようではありませんか」

蘭斎は随分酔っていた。

「厚木は相模川で成り立っています。だが、その相模川は若い女と似ている。良い時は良いが、悪い時は手が付けられぬ。十年前の決壊の時の大水では十か村以上が水没しました。烏山公はすぐに決壊個所の補修を命じ、一千両の大金をつぎ込みました」

「それは大掛かりな工事だったたな」

「ところがですよ、実際に行われたのは決壊個所の盛り土だけだった。川浚いもしなかったので、実際にかかったのは三百両足らずだったようです」

「川浚いをしなかったというのか」と登は思わず尋ねた。

「そうなのです。完全な手抜き工事ですよ」

「……」

「烏山公は確かには千両つぎ込んだ。しかし、実際に、人足として働いた百姓に支払われたのは三百両ほど。残りの七百両は何処に消えたのか。そこですよ。まず工事担当の上役の懐へ消え、次に工事を請け負った元請けの商家の懐に消え、最後に中請けの口利きの懐に消えたという訳です」

「工事自体には三百両しか使われなかったということか」

「そのとおり。案の定、補修工事の直後再び大水増しがあって堤防は決壊し、溺死者その数を知らぬ大惨事が起こりました」

「それはひどい」

「結局、御家のお役人のやる仕事はこんなものですよ。渡辺様も仕官なされているようだから、あなた様にこんなことを言うのも何ですが、役人はおのれの利ばかりを考えている方が多いということですよ。まさに〝官の仁は不仁〟、やぶ医者ができもしない施術を試みるようなもので、そんな慈しみなど何の価値もない。ただ病人が苦しむだけです。渡辺様は、お見受けしたところ、そのようなお人ではないようですから、言うのですがね」

「蘭斎殿、貴殿は随分酔ったようだ」

「いや、酔ってはいません。私は考えたのですが、烏山公が相模川近辺の村々の長に工事を請け負わせれば、半分の官費で確実な工事ができたはずなのです。村民はそこに住んでいるわけですから、手抜きの工事などするわけがない。川浚えにしても、水増しに備え十分な深さ以上の仕事をするでしょう」

「村の長に請け負わせるということか」

「そうです。官の仕事は、中に入っているずるい輩が儲かるばかりで、民百姓のためにはなりません」

「殿様もそうならぬよう心を配っているのではないか」

「いやいや、一番始末が悪いのは、烏山家中のような石高の少ない御家の政事です。領国が狭いので領内に目が行き届き収税に抜かりがない。さらに臣下の序列が定まっており、役職に応じて付け届けが入るような仕組みになっている」

「…石高の少ない御家の政事」登は独りごちた。

「渡辺様、私は厚木が天領になるか旗本の知行地になればよいと思っているのです。天領は将軍様のご領地であるから、烏山家中のように重箱の隅をつつくような政事をすることはないし、領民の扱いが何事につけ鷹揚だと思います。民百姓の訴えにも、家臣たちの私利私欲が働かぬ分、誠実に対応してくれると思っています。いま私は密かに厚木が天領になるように画策しているところです。これは渡辺様だから言うのですがね、二人だけの秘密ですよ」と言って、蘭斎は横になるなりすぐに寝入ってしまった。

蘭斎の容赦のない藩政批判に登は驚き且つ返す言葉も浮かばなかった。

次の日の朝、登は蘭斎の言葉を手控え帖に記録し、〝余、聞きて愕然たり〟とだけ感想を記した。

登が手控え帖に向かっている時、訪ねてきた者がいた。

「私は、酒井村の村長をしておる駿河屋彦八という者でございます。江戸からお侍様が来ているということを小耳にはさんだもので、ご挨拶を申し上げようと思いましてね」

ふてぶてしい面構えの恰幅の良い男だった。登の前にどっかと腰を下ろすと、太い鉈豆煙管(なたまめきせる)を取り出し、刻みたばこを火皿にねじ込んで、岡炉の炭から火を貰い、大きく煙を吐き出した。

彦八の立ち居振る舞いに、梧庵は思わず正座した。登は振り返ると、

「それはわざわざかたじけない。私は田原三宅家の家臣渡辺登という者だが、この度は、病気の療養も兼ねて、弟子と一緒に、相州に参った次第。拙者、絵には少々自信がある…」

と言いながら、手控え帖に彦八の像を写し始めた。その像を見た彦八は、

「ほお、うまいもんですね。あなた様は絵師でございますか」

「絵を描くことを生業としたいと思ったこともあるが、何せ仕官している身の上そうも参らぬ。時間が空いたときに絵師の真似ごとをしておるという訳だ」

「あなた様はまじめな方ですね」

梧庵は彦八の様子が変わったのを見て取り、胡坐に戻った。

「厚木はいい所だね。昨日ここを散策したのだが、名所旧跡も多い」と登が言った。

「確かに厚木はいい所でございます。土地は豊かで、気候もいい。私ども百姓にとっちゃ働き甲斐があります。ただ、殿様だけはだめだ」と彦八が言ったとき、登の顔が曇った。「ここの殿様は慈悲の心を持っちゃいません。年貢の取り立てに忙しくて、百姓の懐具合を全く考えない。殿様を取り替えられるなら、取り替えたいと…」

「何を申しておる」彦八の言葉を登は遮った。

登は落ち着いてはいたが強い調子で話し始めた。

「おぬしは、年貢を納めればそれで奉公は果たしたことになる、だから、後は殿様に何を言っても良いと心得ておるようだ。形だけの奉公をなせば、殿様を殿様と思う心の奉公などはどうでもよい、今のおぬしはそう言っているようなものだ。

昔、ある百姓の飼い犬が殿様に向かって吠えた。百姓は恐縮して、その犬を懲らしめ、今後そのようなことが無いように躾けておくので、この度のご無礼を許してほしいと平に謝ったという。

殿様に飼い犬が吠えた、犬は畜生だから吠えるのも仕方がない。だが、その飼い主の百姓は、殿様を殿様とも思わずに吠えた飼い犬を恥じた。その百姓は飼い犬も殿様を敬わねばならぬと思っていたのだ。そう思うのが、民百姓の心得ではないのか。殿様を替えよなどと言い放つおぬしは、その百姓の飼い犬とさほど変わらぬと思われても仕方あるまい。もう少し言葉を慎むがよかろう」

登のその言葉を彦八はただ黙って聞いていた。梧庵はいつの間にか正座をしていた。

程なく、形だけの挨拶をして、彦八は帰って行った。

入れ替わりに、高名な絵師がいるとの噂を聞きつけて、鑑定をしてもらおうと、書画を持参した町衆が一人二人と部屋に入ってきた。町衆を迎える登はいつもの温和な登に戻っていた。

ナポレオン

相州の旅から戻ってすぐ登は友信に於銀の近況を伝えた。友信の喜んだのは言うまでもない。

数日後、小関三英が登を訪れた。桂川甫賢から、銅版画を預かってきたのだった。

その銅版画には、後ろ脚で立ち上がる白馬にまたがった人物が描かれていた。大きな烏帽子のようなものを冠り、視線をこちらに向け、右手で空を指さし左手は手綱を曳いている。背景には急な斜面が描かれ、山越えをしているところのようにも見える。

「これは素晴らしい。ローセルも良かったが、これもローセルに勝るとも劣らない。この人物は誰ですか」と登は聞いた。

「ナポレオンと申す者です」と三英は答えた。

「ナポレオン…ですか」

「そうです。ナポレオンと申します。この者は、武人で、幾多の戦を経て欧羅巴(ヨーロッパ)の大君主となりました」

「主君を倒したのですか。…実は、三英殿、先日の相州旅行の折に、殿様が殿様にふさわしくなければ取り替えればよいと話す百姓に出くわしたのです。その時、私は愕然として言葉も出ませんでしたが、ナポレオンというのはその百姓の様な御仁と考えられますかな」と登は言った。

「殿様を取り替えるというのは物騒な話ですね。しかし、欧羅巴では主君が主君らしからねば、その首を挿げ替えることは普通のことにございます。ただ、ナポレオンのことに関しましては、今読み始めたばかりなので、詳しくはお話しできませんが、英吉利（イギリス）では王を挿げ替えたということが何度かあったようです」

「王を替えるというのは、一揆か何かを起こして替えることになるのですか」

「いいえ、話し合いで決めるようです」

「ああ、老中首座を決めるようなものですか」

「その様なものだと思います。その上、それぞれの御領地を預かる領主も諸公の話し合いで決めているようなのです」

「御領地を預かる御家を話し合いで決めているということですか」と登は言った。

「欧羅巴の国々とわが国は政事の仕組みが違いますので、一概には言えませんが、概して、欧羅巴の国々の方が、旧弊を改めるに優れ、進取に富んでおるような気が致します」と三英は言った。

そして、次のように言葉を続けた。

「ただ、欧羅巴の国々は油断がなりません。世界各地に征服地を広げています。どのように征服地を広げていっているのか調べる必要もありましょう」

登は、目の前の版画を作り出したヨーロッパという世界のことをもっと知らなければならぬと思った。三英の見ている世界の広がりに比べれば、自分の見ている世界は井の中の蛙が見ているものと異ならぬのではあるまいか。藩主を替えればよいと言った彦八を言下に叱責したが、彦八や蘭斎の意見の発端を辿って行けば、自分が若い時分に藩改革を志す原因にもなった旧弊の害悪に行きつくのかもしれない。であれば、旧弊の害悪を改めるに優れている西洋のことをもっと自分は知らなければならない。

登はナポレオンの版画を見ながらそう考えた。

積年の思い

天保三年五月、年寄り役に欠員が生じ、登が年寄り役に抜擢された。欠員というのは、藩財政がいよいよ立ち行かなくなったため藩上層部内で議論が紛糾し担当の年寄り役が出仕を拒否したことによるものであった。登は藩の政事に直接関わる家老職に就いたのである。

登が側用人に取り立てられた文政十一年からその年まで四年が過ぎていた。側用人を拝命した年の暮れには老公友信付きとなり、登は下屋敷の差配を一手に引き受けることになった。次の年、巣鴨の下屋敷が火事になったため登は多忙を極めたが、友信に不便を掛けさせることはなかった。康直が日光祭礼奉行の命を受けた時には、康直が無事その職責を全うするように心を砕いた。天保二年二月に老公友信に長子の伈太郎が生まれた時、天保三年三月に康直に長女於銈が生まれた際にも登はその祝賀の儀式を何一つ欠けることなく見事に取り仕切った。その登の誠実な仕事ぶりを見て、藩の重役たちは誰一人として登の年寄り就任に異を唱える者はいなかった。そして、重役の誰もが、登と姫路藩との密接な関係に期待を寄せていた。

康直の長女於銈が誕生したその日に、登は国許の真木に書簡を認めていた。

三月十八日に貴君の封書を拝見。何よりもまず御息女誕生、そのことを貴君に伝えたい。これで、田原家中も末永く安泰と、喜びを禁じ得ない。

一、伈太郎君を田原に転居させ、国許でしっかり御身をお守りし、在国のまま仮養子に奉ることもできるという件については、明石松平家にも前例があり、可能かと思う。

一、殿に男子誕生ならば、伈太郎君の田原転居など、今後難しいことも起ころうと覚悟はしていたが、昨日のご息女誕生の慶事によりその憂いは氷解した。

一、伈太郎君を排しようとする謀が図らずも我々の耳に達したことを慮れば、我々も、軽はずみなことは言えないということだ。秘め事というものは必ず露見するものと心得、近頃は、ご養子問題に関しては一切口を閉ざしているところである。

手紙を書きながら、登は伊奈平八の言葉を思い出していた。伊奈の言葉に嘘はあるまい。あとは御息女於銈を仙太郎の夫人として公儀に届けを出せば、自分の役割は終わる。その後は康直を陰ながら助勢するというかたちで藩政へ関わりながら、友信の西洋事情研究の補助、そして何より自らの絵画制作に力を入れることができるのである。登は沸き立つ心を抑えながら、その書簡を綴ったのだった。年寄り役の話が持ち上がったのは、真木にその書簡を送って数日後だった。姫路酒井家との取り持ち役を登に期待した藩上層部は、欠員から生じる藩政の停滞を防ぐという表向きの事由を掲げ、登に年寄り役就任への働きかけを強めた。年寄り役就任に関して心慮していた頃、登は河合道臣の夢を見た。

河合は、仙太郎を嬉しそうにあやしており、脇には於銈の姿も見てとれた。背後から伊奈の声がした。振り向くと、

「御舎弟君も稲若様も、渡辺殿がお年寄りに就かれましたので、ご安泰でございます」と満面の笑みを浮かべている。

「渡辺殿、苦労をおかけしますが、御舎弟君をお守りする為でございますから…」という伊奈の言葉で、夢は途切れた。

…確かに、殿を支えることがご老公様をお守りすることになる、これは伊奈殿が話したとおりだ。ご老公様の為にも、ここは自分を二の次に考え、前に踏み出さねばならない…

翌日、登は年寄り役を引き受けた。そして、時を経ずして、登は康直に伯太郎と於銈の縁組の件を仰いだ。康直は快く承諾し、藩内にも特に異論はなく、その縁組の願は、六月十一日に幕府に許可された。

積年の思いを遂げた登の喜びはひとしおであった。

五郎

友信の嫡子伯太郎と康直の娘於銈の縁組が決まった翌日、お栄はぽつりと言った。

「お殿様のお世継ぎは決まりましたが、渡辺家の世継ぎはどうなるのでしょう」

「お世継ぎとは何ですか。おばあさま」とお可津がお栄に聞いた。お可津はもう七つになっていた。

お栄はそれに答えず、

「登殿とおたかは結婚して何年になりますか。結婚したのが文政六年、今年は天保三年だから足掛け十年にもなるというのに」とお栄はおたかに言った。

おたかはうつむいたきりである。

隣の部屋にいた登がそれを聞きつけ、部屋に入ってきた。

「母上、そのことですが、私に一つ考えがございます。実は、私は五郎に渡辺の家を継がせたいと思っておりました。結婚して三年目にお可津を授かりましたが、それから子どもを授かることができません。母上のご心配なさるのも尤もでございます。五郎は十七になりますが、考えもしっかりしており、私も安心して家督を譲ることができます」と登は言った。

「それは良い考えですね」とお栄は目を輝かせた。

「私も、お伽役に上がって以来、もう三十五年が経ちます。いわば、三十五年お勤めをしてきたということです。唐山では四十にして仕え七十にして致仕するという言葉がありますが、その言葉によると働くのは三十年です。私は年数だけで言うと十分に務めを果たしました。ただ、まだもう少し、五郎が家督を引き継ぐまで、お勤めを続けようとは思っています」

「隠居して何をするおつもりですか」とお栄が聞いた。

「絵を描いて、少しでも母上の孝養に努めたいと思っております」と登は答えた。

その時、五郎が帰ってきた。

「ただいま帰りました。兄上、斎藤様はご不在でした。奥様もご不在でいらっしゃったので、お届け物はお千代さんに渡して参りました」と五郎は言った。

「ありがとう。ご苦労だったね。お千代さんは元気だったかい」と登は言った。五郎は少し赤くなって座をはずそうとした。

「五郎、今、母上と五郎のことを話していたのだ。五郎も今年十七だ。殿が姫路からいらっしゃったのが十七。十七はもう立派な大人だ。実は今母上と話していたのは渡辺の家の跡継ぎのことなのだ。母上と話し合って、五郎に跡継ぎになってもらうのが良かろうということになった。五郎はしっかりしているし、私も心配なく家督を譲ることができると考えている。五郎、どうだろう」

五郎は、兄を心から慕い尊敬していた。その兄の頼みである。嬉しさと気負いで一瞬たじろいたが、すぐに気を取り直し、真剣な面もちで登の問いに答え、そして問い返した。

「私は、母上兄上が望むのであれば、何の異存もありません。しかし、私で渡辺家の家督が務まるのでしょうか。それに、そうなったら兄上はどうするおつもりですか」

「それも母上と話していたのだが、私は隠居して絵を描くつもりだ。絵を描いて、母上を少しでも楽にしてあげたいと考えている。ただ、今は、年寄り役を拝命したばかりなので、時期を見て隠居の届けを御家に出したいと思っている。それまで、家督として恥ずかしく無いよう五郎にも修養を積んでほしいのだ。」

その兄の言葉に、五郎は健気にも「兄上の期待に応えられるように精進を重ねます」ときっぱり答えた。

お栄はその会話を聞きながら涙ぐんでいた。それは背負っていた荷を下ろした安堵の涙だった。

青空

夏の空は何処までも青かった。しかし五郎の顔は曇っていた。平河天神の境内を隈なく歩き回ったがお千代の姿はなかった。約束した未の刻はとうに過ぎている。一昨日、斎藤の家を兄の使いで訪ねたとき、五郎は今日未の刻に平河天神で会おうとお千代に伝えた。お千代は、微笑んで頷いた。約束と言っても、それは自分だけがそう思っていたので、お千代にとっては気に留めるほどのことではなかったのかもしれない。五郎は天神の鳥居を出ると右に折れ、藩邸とは逆の平河町の方向へ歩いた。左手の馬場では蹄の音が響いていた。突き当りの貝坂を右に折れ、上って行くと、

「これ、そこの若者」と呼び止められた。

振り返ると、僧形の眼光鋭い三十を過ぎたばかりの男が立っていた。

「若者、貴君は蘭方医学に興味はないか」とその男は唐突に五郎に問いかけた。五郎は何も言えずに、その男をじっと見ていた。

「わしは高野長英と申す蘭方医だ。大観堂学塾を主催している者だが、塾生がさっぱり集まらぬ。だからこうして塾長自ら塾生を勧誘しておるのだ。貴君がもし蘭方医学に興味を持っているのなら、わが塾の門をたたきなされ」と長英は言った。五郎はあっけにとられ、「はあ」と言ったきり。

「貴君は、蘭方医学がいかなるものかご存じか。そもそも蘭方医学とは…」

五郎は、お千代が来なかったことでできた心の隙間をこの不思議な男が埋めてくれるのを感じた。

五郎は長英に誘われて大観堂に向かった。

五郎が貝坂を右に折れたとき、お千代が平河天神の鳥居をくぐった。外に出る口実は前日に考えていたのだが、急な客が訪れ、家を出る刻限が遅れたのだった。お千代は境内を隈なく歩き回ったが、そこに五郎の姿はなかった。

「お兄さんはもうお帰りになったのかしら」

お千代は五郎の四つ下、小さい頃は、二人でよく遊んだ。五郎はなんでも知っていた。お千代がわかるように何でも教えてくれた。二人はとりわけ晴れた日に空を見上げるのが好きだった。雲一つない青天井のもと、五郎はお千代によく将来の夢を語った。いつしか、その夢を五郎と一緒にかなえてみたい、それがお千代の願いになった。

二人は成長するにつれて、一緒に時を過ごすことが少なくなったが、それでも二月に一度、三月に一度と会っていた。しかし、四、五年前、父や母から、五郎と個人的に会うことを禁じられた時期があった。お千代には何故だかわからなかったが、藩邸には渡辺には近づいてはいけないという空気が満ちていたので、自然にお千代は五郎から遠ざかった。登が側用人になってからは、藩邸での空気も和らいだが、五郎はお千代に声をかけることはなかった。時折、優しいまなざしで自分を見つめていると感じることもあったが、お千代にはそれを確かめるすべはなかった。だから、一昨日、五郎から「会おう」と言われた時、お千代は涙が出るほどうれしかった。

「なのに…」

お千代は抜けるような青空が心の底から恨めしかった。

友信の若君と康直の息女の縁組をまとめた登の手腕を、藩の誰もが認めざるを得なかった。登は名実ともに田原藩の家老となったのである。

家老という役職は、しかし、登にとっては自らを束縛する以外の何物でもなかった。友信を守るということと三宅家の血筋を絶やさぬということが、三宅家臣として生まれた自分に課された責務であると強く思ってはいたが、藩務に忙殺され自分の時間を失うことを必ずしも良しとはしなかったのである。なぜなら、登も他の藩士のように、日々の生活を心配しなければならなかったからである。家老職とはいえ、一万石に満たぬ藩の家老である。役職上出費が増えるが、倹約令によって俸給は七人扶持である。親族に何か起これば、わずかばかりの俸給は消えてなくなってしまう。母に孝養を尽くすために、家族を養うために登は絵を描かなければならなかった。

文政十一年に側用人に取り立てられたとき、登は日課表を作った。それは登が二十代に作り実践した息つく暇もない類のものではなかったが、一日を幾つかに区切って、その時々に心身を没入させ、ともすれば眼前をただ流れ去ろうとする一瞬一瞬を登自身の色合いに染めようとした点では全く同じものであった。

一、旦明寅（午前四時）　読み終わった書の復習、暗誦。又、以前目にした法書名画を振り返る。

一、朝明卯（午前六時）　又、今日為すべきことを慮る。
一、早食辰（午前八時）　書を読み或は児童を教授す。
一、禺中巳（午前十時）　課、卯時に同じ、或は武を講ず。画いて人の索めに応ず。一日画を作らざれば、一日の窮を増す。ただ身窮するのみならず、上は母の養を虧き、下は弟や妻への慈を虧く。余の画、是を以て農の田、漁の畋（漁場）の如し。
一、正中午（正午）　巳時に同じ。或は君親に事うるの外、賓客に対し、万事に応ず。多くは此時に在り。若し畢らずんば、後時を以て之を補う。
一、日昳未（午後二時）　午時に同じ。
一、日旰申（午後四時）　伝模移写、意に随い、力を極む。
一、日暮酉（午後六時）　意に任せ諸部書を観る。或は抄録し、或は詩を作り、文を著す、最もすべき也。

しかし、日課表どおりに生活できたのはこの四年間を振り返ってみても数えるばかりだった。藩務が多忙になるにつれて、絵画の制作や研究の時間が制限された。

その頃登は自分の画の力量が高まっているのを感じていた。私淑していた清初の画家の惲南田に倣った花鳥画や西洋画の影隈を筆意に援用した慊堂像などの肖像画を描く中で、自分が表したいものを少しではあるが表現できるようになってきたことを自覚していた。そのため、絵画制作や古書画の研究の時間が圧迫されるのは本意ではなかったのである。その頃の日記に、〝自分の絵の腕前は世の中の人々が認めてくれるものとなった。しかし、自分は田原三宅家の家老として職務をこなさなければならないので、その腕前を十分に生かすことができない〟と認めている。

　さらに、家老という役職は、蘭学を研究するための時間をも登から取り上げていた。

　家老としての職務と画そして蘭学、そのどれもが登にとっては等しく大事なものであったが、鼎立（ていりつ）は叶わぬものと思えた。

　登は日々の生活において、藩政に邁進しないではいられない自分を、困惑しながら見ている別の自分の存在を四六時中感じていた。前方から押し寄せる藩務を片手でこなし、もう一方の手で絵を描き、歩き回りながら蘭学の研究をする自分が、もはや自分ではないような気がしていた。どれかを片手間にするのであれば、それなりに気も楽になるのだろうが、どれも片手間にできなかった。だが、すでに、その三方面の広がりは、登の持ち合わせている時間を超えつつあった。そうなるだろうことは、登には分かっていた。だから、年寄り役に推挙された時、その役を固辞したのである。おのれの性分として、与えられた御役目にはとことん向き合うことになるだろう、年寄りの役職は片手間にできるものではない、自分のために使える時間は限られてくるのは明らかだった。その時間の中で、蘭学の研究も、絵画制作も貫き通すだろう、となると、いずれ…、それはわかっていたことである。

政事と画と蘭学への絡み合った情熱がまさに登自身の心の堰を超えようとしていた天保三年の秋に、誰も夢想だにしなかった奇利が登に訪れ、登の立ち位置が定まった。

立ち位置

登は天保三年、年寄り役に進むとともに友信御用向きも命ぜられていた。

老公になった友信には様々な制約があったが、学芸に関してはかなりの自由が許されていた。いわゆる学問の檻に閉じ込め藩政に口出しをさせないというのが藩上層部のねらいであった。そして友信を藩政から遠ざけようとするその方針を推進したのは、他でも無い登自身だった。無理やり隠居させられた友信を不憫に思い、またすまなくも思っていた。その失意にある友信を救えるのは何かと思案したとき、登はビュルゲルの話に目を輝かせていた友信の姿を思い出し、蘭学こそが、友信の心を救えるものだと考えたのだ。〝ご老公様には日の本一の蘭書を進呈し学問に励んでもらう、そうすれば、ご老公様の御心も晴れるに違いない〟登はそう考えていた。

友信は元来学問を好む方だった。老公という立場上、蘭書購入の出費も比較的容易に認可され、また、友信の蘭書研究の一助として、小関三英や高野長英などの蘭学者の招聘も許された。長英が巣鴨に上がるようになったのは三英の仲立ちによるものだったが、登の弟五郎と長英との貝坂での出会いは、巣鴨邸の笑い話の一つになったのは言うまでもない。さらに長英が、二十代の頃に親しくしていた蘭医吉田長叔の弟子でもあったということを知って、長英との奇妙な縁を登は強く感じざるを得なかった。

友信はこの年天保三年にケンペル著『日本誌』の冒頭部分を『西洋人検夫児日本誌』と題して訳出した。家老職の忙しさから、ともすれば蘭学の研究から遠ざかりがちな登だったが、三英と長英、そして友信の存在が登を蘭学に引き寄せる役割を果たした。登は図らずも、二十代から憧れていた西洋のことに、絵画のみならずその学問一般にも触れ得る立場を得たのであった。

また、家老としての地位と康直の側近という立場は、藩内での登の発言権を高めていた。この年、康直は二十二歳になり、壻入りしてから五年が経っていたが、壻入りして以来、康直は藩の政事に興味を示し青年らしく何事にも前向きに取り組もうとしていた。河合の言いつけどおりに登や田原藩の諸家老の助言も素直に聞き入れていた。権門で育った康直の性分を考慮し、登に後見を願った河合の心配は杞憂であったかのように時は過ぎていった。登は康直の側近として、二十代に夢見た藩の改革を推し進めることができる立場をも得たのである。

更に、絵画に対する立ち位置も大きく変化した。家老としての登の生活は以前に増して忙しくなっていたが、幕府や他藩との交渉が多くなればなるほど、不思議なことに絵を描く時間が増えるようになったのである。それは、登が家老という仕事を円滑に進めるために〝崋山〟という画家の名声を最大限に利用したからだった。崋山の作品は文政十年の書画会以降人気が高まっていたから、その作品は様々な交渉事を進めるうえで十分な効果を発揮した。かつては、やっかみから登の制作活動を藩勤務の妨げになると非難した者もいたが、この頃には状況が一変していた。家中では、家老渡辺崋山の絵画制作を容認する雰囲気が醸し出されていた。これは、登が家老に登用された天保三年の七月に起こった難破船事件や代助郷（だいすけごう）問題が大きく関係していた。それらは家老になったばかりの登にとって難しい事案ではあったが、その交渉過程で登はこの立ち位置を得た。政事と画と蘭学研究の鼎立が曲りなりにも叶ったのだった。

この時分、作画の題材は広範囲に渡り、求めに応じて好まざる作画もしなければならなかったが、登は持ち前の探求心で、どのような作品であれ、一つ二つ登なりの工夫を画面上に残した。当時の登の絵画制作を牽引していたものは三英が持ってきたローセルの虫譜への憧憬であった。その中に描かれている昆虫はどれもみな迫真的で生気に満ちていた。その没骨淡彩の描法を研究する中で、登は輪郭線の強さと内部の色面の強さをどう調和させることができるのかという作画上の問題に神経を傾けるようになっていた。

色面の広さと輪郭の強弱との関係は微妙であり、輪郭線を敢えて強く描かねばならない時もあれば、色面の色彩を強調しなければならない時もある。作品一つ一つで、また同じ作品でもそれぞれの部分で描き方が違ってくる。一筋縄ではいかない。だからこそ、作品を完成させた時の喜びも大きい。そして何より絵を描いている時は、他のすべてを忘れることができた。すべてを忘れ、正直に作品と向き合う中で、目の前を流れていく慌ただしい時間にくさびを打ち、自分の心を自分の意識の真正面に繋ぎ止めておくことができた。このように政事と画と蘭学研究の鼎立は、登の絵画への強い愛念によって初めて可能となったのである。

難破船事件

天保三年の七月、仙太郎と於鉒の縁組が公儀に認められて一段落ついたと思った矢先、田原沖で紀州の商船が難破するという事件が起こった。

紀州の商船が難破し、田原の南浜に漂着したのだった。紀州沖の熊野灘で船が難破することは珍しくなかったが、散乱した積み荷を沿岸の領民がわれ先に持ち帰り、売りさばいたことで、問題が大きくなった。海岸に打ち上げられたものは、拾った者の所有と見做すのが当時の慣習ではあったが、その量が膨大である上に、積み荷の中には紀州藩御用達の物まであったから、荷主は黙っていなかった。紀州藩に泣きついて、田原藩に積み荷の弁済を強く迫ったのである。

積み荷の原価の何割を支払うのか、百姓の処分はどうするのか、難しい交渉になることが予想された。その交渉は、家老の登の手に委ねられることになった。登は、沿岸の百姓が何をどれだけ掠め取ったのかを聞き取ることから始めた。

しかし、事件の概要はなかなかつかめなかった。自分にどのような処罰が下されるのかという恐れからか百姓たちの口は一様に重かったし、荷主は紀州藩を仲立ちにして都合のいいことばかりを並べ立てるので、難破した船に何がどれだけ積んであったか見当がつかなかった。難破船事件は解決の糸口さえ見つからぬままひと月が過ぎようとしていた。

暑い日だった。

登は浜町の酒井家中屋敷を訪ねた。

応接に出たのは、河合道臣当人だった。

「先日お知らせした紀州船のことにつきましては、荷主に弁済を行うことで早期に解決を図りたいと思っておりましたが、なかなかうまくいきません」と登が切り出した。

「渡辺殿も大変でございますな。私もさる筋に働きかけておりますが、先方も運動するにはそれ相応の活動資金が必要ということで、話が前に進みません。渡辺殿、一度、そのお方にお目にかかって、お話なされてはいかがですか」

「そうですね。国許の百姓は、どのような沙汰が下るか大変心配しておるようですから早く解決しなければと思っています」

「私が働きかけていたというのは大野源十郎です。大野は昨年一昨年と田原に出向いておりますから、渡辺殿もあるいは面識があるかもしれませんが…」

「いいえ、面識はございません。江戸の大棚の主人に国許の勝手方の相談をしたという話は耳にしておりましたが」

「大野は姫路や紀州と深く関わっておる江戸の大店の主人です。諸侯の御用を承っておるだけに、多方面に広く顔が利く御仁ですから、何ぞ良い知恵を貸してくれるかもしれません。大野に話をなされば、弁済金の額は少なくて済むことになろうかと思います」

「大野殿でいらっしゃいますか。では今日にでも伺うことにいたします」

「そうですか。では、家の者に大野宅まで案内させましょう」と河合は言った。

「そうしていただくとありがたいのですが、河合様、今日は、もう一つご教示願いたく参ったのでございます」

「何でございましょうか」

「御家の勝手方のやりくりについてでございます」

「ほほう」と言って河合は座り直した。

「殿が壻入りなされた時にも河合様から、勝手方のやりくりについて懇切丁寧なご助言をいただきましたが、この度は難破船事件という切実な問題を抱えておるということもありまして、重ねてご助言をいただきたくこうして参った次第です。田原は、ご存じのとおり、海と中海に挟まれておるために土地が痩せております。百姓は汗水たらして米作りに取り組んでおりますが、石高はなかなか上がりません。そのうえ、近々田原に助郷の命が下るかもしれないのです。これは、私の知人から直接聞いた話で、命が下れば、助郷免除の運動をし、沙汰止みに持っていきたいのですが、失敗すればこれまた領内にとっては大きな負担となります。勝手方を少しでも楽にするにはどうしたら良いものかと思案しておるところです…」

「それは難儀なことですね…。まずは助郷のことについてですが、助郷については内示があった時点でなるべく早く、免除の内願をご老中に差し出すのがよかろうと思います。五十年も前になりますか、村に狼が出るので助郷を免除願いたいと訴えて、沙汰止みになったこともあるそうです。助郷は百姓に大きな負担になりますから、免除してもらうのが一番です」

「狼ですか…」

「その様なこともあると言ったまでで、それぞれの領内で抱えている問題が違いますから…。それはさておき、領内経済の方ですが、その目途は家中の平穏無事と考えます。そのためにも、次代を担う若い家臣の教育が何よりも大事だと私は常々思っています。それは、政事を担っているお方であれば、皆存じていることなのですが、若者の教育は時間がかかるとともに、結果がなかなか見えて来ない。施策の結果を求められる立場にあれば、どうしても目に見える方策を取らざるを得なくなります。従って、教育への出費が削られてしまうことになりかねない。それではいけないとわかっていてもです…」

「私も河合様のお考えのとおりだと思います。家中の規律を守り家臣の士気を高めてくれるものは教育以外にないと考えます。文政十一年以来、私も教育が政事の礎であるということは肝に銘じております。だが、教育だけでは目下の急を救うことができません。また、御家の懐具合が苦しくては若者に十分な教育の機会も与えてやることができません。そのように考えると、田原三宅家の差し迫った課題はやはり勝手方の立て直しということになろうかと思いますが…」

「それは何処の御家も同じく抱えている一大事だと思います。…勝手方の立て直しは難しい、これはその任に当たったこの河合が申し上げるのですから間違いありません。敢えて申し上げるとするならば、一つは出費を減らす策。出費を減らせば、百姓から年貢を厳しく取り立てなくとも済む訳ですから、仁政となり、ほころびも出て来ますすまい。出費の中で一番大きい割り前を占めるのが家臣の俸禄です。次に普請、そして借金の利子となるわけですから、家臣の俸禄をどう減らせるかが改革の鍵となりましょう。ただ、勝手方の緊縮ばかりやっていると百姓にとっては仁政となっても、家中の規律が乱れ、士気が下がるという弊害が出て来ます。本来それは教育で補える筈なのですが、教育が道半ばであれば、家中の不満を分散するために様々な工夫が必要となりましょう…。たとえば家禄制と職能給を取り合わせてやってみるとか、工夫すべきことはいろいろあると思います」と河合は静かな口調で言った。

「職能給ですか。田原では、ここ数年引米令を敷いておりますが、そのためか、家中の士気は今一つです。職能給であれば士気が上がるかもしれません。やる気のないものの俸禄は減り、やる気のあるものの俸禄が増える。有能な人材を登用することもできるようになるという訳ですね」

「そうですね。そして、二つ目として考えられるのは、御家の収入を増やす方策です。商品作物を作るとか、作物の栽培方法に工夫をするとか、作物の販路を開拓するとか、販路の仕方の仕組みを作るとか、いろいろできることはあると思います」

「作物の栽培方法を工夫する、それを商品化する、そして販路を開拓する…それらの施策を実践するためにはやはりその根底に教育がなければならない。朱子学を学ぶように、農事や商いを学ばなければならないわけですね」

「そうなのですよ。私が言いたかったのはそこなのですよ。実践の学問がこれからは是非とも必要になります。心の修養として朱子学を学ばなければならないように、家中を豊かにする実践の学問を学ぶ必要があるのです」と河合は一語一語かみしめるように言った。

「渡辺殿、是非おやりになってみてください。優れた農業実践家を田原にお呼びして、先ずは売れる作物の開発をおやりになってみてはいかがでしょうか」と河合は続けた。

それから半時ばかり話し合い、その後登は河合の用人の案内で、大野源十郎宅を訪れた。

大野源十郎は贅を尽くした広大な邸宅に住んでいた。河合との関係を手短かに述べ、登は紀州船難破事件を穏便に解決するために紀州藩の上層部に働きかけてくれるように大野に頼んだが、返事はつれないものであった。そのような働きかけをするのにはそれ相応の金子が必要だとその額まで真顔で言い切ったのである。河合からも口利き一件当たりの必要な金子の額は聞かされていたのだが、大野の提示した額は予期せぬものであった。登は藩の事情もあり、なかなか難しいことではあるけれども何とか努力してみましょうと答えて、大野の邸宅を後にした。

登は、その日の日記に、〝仕事だから仕方なく会って話もしたが、仕事でなければ、決して会いたいと思う人物ではない〟と、大野のことを記した。ただ、豪商の常として、大野は文雅に一目置いているということもあり、書画の話では、満更でもなかったので、「その内またお会いしましょう」と水を向けたら、案の条、「ひとつ、山水の軸を所望したいのですが」と応じたので、登も、「事が解決したならば、揮毫致しましょう」と返事だけはしてきたのだった。

代助郷問題

次の日、近いうちに田原藩に代助郷(だいすけごう)の沙汰があるという知らせが勘定組頭吉見儀助からもたらされた。十日ほど前に知らせて来たときは沙汰があるかもしれぬだったが、この度はあると断言していた。代助郷とは、正規の助郷である定助郷(じょうすけごう)が災害などでその職責が果たせなくなった時に、一定期間定助郷に代わって助郷の役割を担う夫役である。一家の働き手が駆り出される助郷は、百姓にとっては是非とも避けたい負担のひとつであった。藩としても百姓の疲弊を防ぎたいので何とか沙汰止みにしたい。それは急を要した。近日中に、田原藩の代助郷の件が道中奉行に諮られるということだった。

康直が国許に行っているので、留守居として江戸に残っている家老は、登と佐藤半助の二人だけであった。二人は思案し、幕府老中に助郷免除の内願を願い出ることにしたが、問題はその御免の理由であった。

「田原はここ数年作柄が悪いと訴えても沙汰止みにはなるまい」と登が半助に言った。

「恐らく。助郷の沙汰止みのことを調べたことがあったが、やはり大水や地震の被害が甚大だったりした場合は認められていたようだが、そうでなければ、なかなか難しい。ただ、五十年も前のことになるが、狼が出ると訴えて助郷を免除してもらった村もあったらしい。狼とはうまいことを考えついたものだ。田原で出るものは、猪と難破船くらいなものだろう」と半助が言った。

「狼については姫路の河合様もおっしゃっていた。だが、田原に狼は出ない…。熊野灘と遠州灘で難破する船は多いが、それと助郷は結びつかぬ。…待てよ、鹿島灘と言えば、文政七年頃、英吉利人が上陸したと水戸の立原殿が申しておった」

「大津浜の一件か。打払令のもとになった例の事件か」

「そうだ、そう考えると、田原にも、出没するものはある」

「何が出るというのだ」

「それは、猪や狼よりもある意味で恐ろしいものだ」

「…それは何だ」

「露西亜(ロシア)の船のことだ」登は続けて、「露西亜の船だけではない。英吉利の船も田原の近海を行き交っていると聞いている。異国船への対応は、文政の打払令以降、公儀の重要な課題だ。それを逆手に取るのだ」

「どういう意味だ」

「田原は三方が海に囲まれている。異国船の監視を怠ることはできないということだ。文政の異国船打払令が出てからは近在の百姓が遠海番所で昼夜異国船監視の任に当たっているが、その任の重要性を慮れば、心ならずも助郷の免除を願わざるを得ないという趣旨の内願書を作って公儀に差し出すというのはどうだろう」

「そうか。それは良いかもしれぬ」

「助郷の件を知らせてくれた吉見殿は、この件は勘定吟味役の中川忠五郎様に相談すべしという旨のこともおっしゃっていたので、助郷免除の内願書は中川様に見てもらおうと思う。中川様には、以前知人を介して、花鳥画を奉ったこともあり、全く知らぬお方でもない。それでよいだろうか」

「それでいいと思う。それにしても渡辺はいいところに眼をつけたな。これで田原に狼をうろつかせることもなくなった訳だ」と言って、半助は愉快そうに笑った。

その夜、登は内願書を認め、翌日、中川忠五郎にその添削を依頼した。中川からすぐ返事が来た。内容は良かろう、藩内の地図を添えれば申し分ないとのことだった。

「領内の地図を外に出すのはまずいのじゃないか」と半助が顔を曇らせた。

「確かに、殿の裁量を仰ぐ必要があるが、今は戦国の世でもあるまい。領内の地図を手に入れて悪用する輩もおるまい。地図一枚で百姓の負担が減るのであれば、出さない手はないと思う。殿には事情を詳しく伝え、おぬしと私の進退伺を付して書き送ればよいと思うのだが、どうだろう」

「時間がないのならばそれも仕方がないと思う。よし、そうしよう」

登は田原に送った十一日付の書面で、助郷免除の内願書と領内地図一部を幕府老中へ一存で提出したことを知らせるとともに、その責めの代償として留守居役二人の進退伺を添付した。

登の素早い対応が功を奏し、代助郷は一時中断されることになった。

格高分合制

一方、難破船事件は翌天保四年まで尾を引いた。年明けすぐに、各方面の有力者を訪れるなど、登は難破船事件解決に腐心していたが、折も折、国許に帰っていた康直から〝至急〟田原へ来るようにという呼び出しがあった。

〝これ迄難破船の事に骨をくだき心を苦しめ、ひたぶるに百姓の苦難を救わんと思ひしに、事半にして御召にしたがう事、心ならざれども〟と日記に記した登は、天保四年一月二十二日に田原へ向かった。

田原に着き、登城する前に、登は国家老の鈴木弥太夫に会った。康直の入り壻を率先した間瀬は黄泉に赴き、国許に帰った村松五郎左衛門も引退しており、江戸留守居役から国家老になった鈴木弥太夫が田原の政事を切り盛りしていた。

「久しぶりの田原はどうですかな。この度はわしも手に負えなくなってしまって、貴殿をお呼びした次第じゃ。殿は奏者番に成られたいとおっしゃっているのじゃ」

「そうですか」と言ったきり登は黙った。

奏者番とは、大名が将軍に献上するため持参した土産を将軍に知らせる係りである。役柄としては簡単なものだが、寺社奉行や若年寄りに出世する登竜門でもあった。

「難破船事件で奔走している貴殿を国許にお呼びするのは心苦しかったのだが」と鈴木は少しす

まなそうに付け加えた。

程なくして、登は鈴木弥太夫宅を辞して、城に向かった。

康直は登の顔を見るなり、

「このたび渡辺を呼んだのは、余が奏者番に成れるように取り計らってもらいたいと思ったからじゃ」と言った。

「奏者番に成れば、今回の難破船事件のようなものでも容易に解決を図ることができるだろう。余が、姫路から田原に壻入りしたのは、三宅家中の難局を解決するためではなかったか。そう思うにつけ、早く奏者番に成り、ゆくゆくは公儀の中枢に入って三宅家を安泰なものにしたいと考えておるのだ」

「奏者番ですか…奏者番にお成りになり、三宅家の権威を高め、御家を安泰なものになさろうとする殿のお考えはわかりました。それに関しましては、私も考えるところがありますので、日を改めて殿に申し上げたく思います」と登は言って、奏者番の話題から離れた。その後、難破船事件の進捗状況や藩が直面している他の問題を登は康直に詳しく報告した。

城からの帰り道、登は虚しい気持ちになった。奏者番に成るにはそれ相応の運動費がいる。それは、今自分が直面している難破船事件での出費をはるかに超えるだろう。若い康直はそのことを知らずにあのようなことを言っているのだろうが、それは一国一城の主としてあってはならぬことだ。康直は、民百姓が如何に苦労して日々を送っているのかご存じない。民百姓が日々何を願って生きているのか、康直は知るべきだ。登は、ふと、彦八の言葉を思い出した。

〝殿様が殿様の振る舞いをしないならば、殿様を替えるしかありませんな〟

その言葉を聞いた時、登は強い衝撃を受けた。今思うと、それは、民百姓がそのような考えを持っていることを知ったためのものではなく、その考えを臆面もなく大小を携えている自分に言い放ったという事実であった。

彦八がそこまで言い放つにはそれなりの覚悟もいるだろう。その覚悟は日々の生活の苦しさから鍛え上げられていくものに他ならぬ、であれば、上に立つ者の政事が如何に行われているのかが問われることになる。その時、登は彦八の言葉の非を咎めたが、咎められるものは本当に彦八だったのだろうか。殿様が殿様らしい振る舞いをしなければ、即ち為政者が為政者の振る舞いをしなければ、民の心が険しくなり、様々な問題が出来する一因ともなるであろう。幸い、康直はまだ若い。お諫めすれば、わかってくれるはず。河合も康直には理をもって説けばわかってくれるはず、と言っていた。

…少し時間をおいて、お諫め申し上げよう…

登は気を取り直し、その日の宿に決めていた雪吹の家に向かった。雪吹の家には親戚一同が集まっており、登を歓迎した。六年前に田原に来たときは目も合わせなかった者までが、登の家老就任をわがことのように喜んだ。

次の日から、登は精力的に領内、特に外海沿岸の村々を回った。案内したのは鈴木春山である。

文政十年に、春三と名乗ったその青年は昨年成章館の教授となり春山と称していた。春の早い田原ではあったが、その年の二月は寒さが厳しかった。

「いつもこんなに海風が強いのか」と登は聞いた。

「今日は特に強いようです。波の音は、耳を澄ませばお城でも聞こえますよ」と背を丸めながら春山が答えた。

登は、波音を聞きながら、水平線の彼方に目を凝らした…。登と春山が大手に戻ったのは日もとっぷりと暮れてからだった。

数日後、登は登城した。

「奏者番に成るにはそれ相応の経費が掛かります。しかるに、今、家中は疲弊の極みにあります。足許がしっかりしていなくては奏者番にお成りになったとしても十分なお勤めはできますまい。まずは御家の政事に精を出され、名君の誉れが高まれば、公儀役職への抜擢に繋がり、殿のお望みも叶いましょう」

康直は黙って聞いていたが、最後に「そうかもしれぬな」と独りごちた。登は安堵した。二十歳を過ぎたばかりの青年大名の功名心を抑えることはそう簡単ではない。河合が言っていたように理を通して説得したら康直もわかってくれた。これで康直も藩の政事のことを真剣に考えてくれるだろう。

だが、二日後、康直は登を呼びつけて次のように言った。

「やはり、いろいろ考えたのだが、できるだけ早く奏者番に成った方が先々三宅家のためになると思い直した。渡辺、姫路の河合に余が奏者番に成れるよう姫路の方からも支援してくれるよう書状を認めてくれぬか」

「一刻も早く公儀のお役職に就いてご精勤なさりたいというお考え、臣下としてありがたく存じ上げます。されども先日も申しましたように、御家の政事に精励なさるのが第一であると思います。御家の実情もご存じなく公儀の役職を務めるのは東照神君の御意に反するものであるかと思います。領内をまとめ上げることを前提と致しまして東照神君は殿に田原を安堵なされているわけですから、領内の実情も知らぬまま公儀の役職を務めるというのは、お勤めの順番が逆であるように私には思われます。そのように考えますれば、奏者番へのご内願は木に縁（よ）りて魚（うお）を求めるごときものだと思われます…」

登は静かな口調で続けた。

「私が田原へ参ってから十日も経ちますが、その間に殿はご領内のことを一言も申しませんでした。それでは田原を安堵なされているお勤めを十分に果たしているとは申し上げられません。まずは、領内に目を配ることからお始めになることが肝要だと思われます。いたずらに奏者番に就くことばかりを祈念するのであれば、根無し草の水面を漂うが如き一生を甲斐無くお過ごしなされぬとも限りません。〝黄粱一炊（こうりょういっすい）の夢〟の譬えにありますよう、人生は儚く短いものでございます。眼前のお勤めに邁進なされば、太い根も生え、茎も伸び、数をも知れぬ葉が繁り、やがては大輪の花も咲きましょう。そうしましたならば、自然とご仕官の道も開けてくるものと思われます」と言って登はひれ伏した。

登のその言葉を康直は黙って聞いていた。

…渡辺の言うことも尤もだ、奥は何もわからぬまま余の出世を願っているが、余は田原を安堵されている立場にある。そういえば、渡辺が今言っていることを以前河合が言っていたような気がする…

康直はじっとひれ伏している登に、「分かったから、面を上げよ」と声をかけた。

その後しばらくは、登の耳に康直の奏者番に関わる話が聞こえることはなかった。

登は奏者番内願の一件があって以来、登と志を同じくする藩の有志と談合し、藩内改革の構想を練り始めた。火急の問題は藩内収支の改善である。それには支出を減らし収入を増やす方策を取るしかない。収入を増やすには、河合が言ったようにその道の専門家を招聘するより他に手はないだろう。しかし、招聘するにも元手がない。その元手を作るためには、家禄を引き米などで今より減らすしかない。それでは、家中の者の生活が立ち行かなくなる。

では、どうすればよいのか。

引き米率を上げ手取りの俸禄を減らし、俸禄の減った分を職能給で補填する方法ではどうか。例えば家禄が二百石として、今現在百二十石の引き米で手取り八十石あるとする。それを家禄の引き米を百五十石に増やせば、手取りが五十石となる。役柄の職能給として二十石を補填すれば、実際の手取りは七十石になる。こうすれば藩で支給する俸禄が十石減る。その十石分を専門家招聘の原資に回すことができる。

初年度は多くの家臣の手取りが減るが、職能給が付加されることを周知徹底すれば、役職が上がれば俸給も増えることになるのだから、仕事に対する士気は下がらぬのではなかろうか。また、家禄が低い身分の者の人材登用に資することにもなる。

登も有志もこの方策が藩に定着するまでは様々な問題が生じてくるだろうが、力を合わせてその実現に邁進しようと誓った。その方策は、〝格高分合制〟と名付けられた。

登が江戸に帰ったのは五月になってからだった。

その年の暮れ、田原藩では藩主康直の命で格高分合制が発せられ、翌天保五年より施行されることになった。

巣鴨邸

天保四年十二月、その日、巣鴨邸には渡辺登、小関三英、高野長英が集っていた。話は天文台蘭書翻訳方でおこなっているオランダ語版の『厚生新編』の訳述事業に及んだ。三英が、今年からその訳述に加わっている。その事業が始まったのは文化八年頃らしいと三英が話した時、三人の話を傍で聞いていた友信が突然口を開いた。

「文化八年というのは、余が五歳の時だ。それから二十二年も同じ本を訳述しているとは驚かされる。よくもまあ、そのような長い文物を書いたものだ。書くのにも何十年もかかったに違いない。その者はさぞ長生きしたであろうな」

「その本の原本を書いたのは、仏蘭西(フランス)人のショメールという人物ですが、書き上げるまで数十年かかったと思います。したがって、随分長生きした者だと思われます」と三英は答えた。

「一つの著作に数十年も懸けるというのはなかなかできぬこと。して、その本にはどのようなことが書いてあるのか」

「一言では申し上げにくいのですが、強いて言えば、人の生活に関わる全てのことが書かれております。日常の健康の保持の方法や、農業に関する秘訣、植物のことや、織物の作り方、ありとあらゆることが、アーベーセーデーの項目ごとに整理されております。猪の足跡の見分け方などという項目もあります」

「それは、余が昨年訳したケンペルとは全く異なる蘭書だな。三英はケンペルの様な地理書は訳しておらぬのか」

「地理書と言えば、先日、古河土井家家老の鷹見様が蔵しておられるプリンセンを見る機会がございました。それは地理学の教本で、資料がケンペルより少し新しいもののように見受けられました。世界の実情を地図や数を用いて正確に示しているもので、譬(たと)えて申し上げれば、江戸の人口は何人で、橋はいくつあって、船は何艘あるといったことが事細かに記載されておるものでございました」

「江戸のことも書いてあるのか」

「江戸のことは書いてありませんが、英吉利の倫敦（ロンドン）という町のことなどが書いてありました」

「英吉利とな。渡辺、ケンペルにはそのような名があったか」

「なかったかと思いますが」と登が答えると同時に、長英が三英に問いかけた。

「三英殿、そのプリンセンとやらは、自然地理の書物ですか」

「いいや、人文地理も記載されております。しかし、異国の政事は日本の政事と根本的に違うところがございまして、役職名や業務内容をどう訳したらよいか、私にも理解できぬ部分が多々ありまして、そのような訳ですから、人文地理の項の方は詳しくは目を通しておりませんのです」

「確かに、異国の政事には理解できぬことが多々ある。衣服や調度品、飲み物まで異なっているのだから、当然と言えば当然の話だが」と登が付け加えた。

「渡辺様、しかし、違いがあってしかるべしとばかりも言っていられません。医学に限って言えば、漢方と蘭方は根本的に違っていると言って済ますことはできますまい。人間の体の仕組みを正確にとらえるという観点から見れば、蘭方の方が優れています。渡辺様もわが師吉田長叔の教えを受けていますからそのことは百も承知だと思いますがね」

「蘭方の人体解剖図は私も見たことがあるが、腑分けをすると人の五臓六腑は解剖図と同じ形になっているらしい。正確に人の体を把握しているのは確かに蘭方が勝っているようだ。長英子の言うとおりだ」

「そうでしょう。蘭学は医学においては、わが国古来の漢方よりも優れていると言えるのです。

しかし、医学だけではなく、その他の学問全般に渡っても優れているのではないか、とおのれは考えています」

「そうだろうか」と登は長英の話の腰を折った。

「確かに蘭学は物事の把握の仕方において優れている点があることは認める。だが、捉えたものをどのように活用していくかという精神的な問題については十分な議論がなされていないようだ。物事を前に進めてゆくには、理詰めで押し通すことなどできはしない。人と人との関わりの中で物事は前に進むものだ。したがって大切なのは心の領域の問題だということになる。その領域については十分に説かれていないので蘭学では心もとなくなってしまう。白石翁が『西洋紀聞』で述べたように形而下とか形而上とかの論になってしまいかねない」

その登の言葉に応えるように三英が口を開いた。

「渡辺様、実は異国にも耶蘇という精神の領域を扱っている学問があります。師と弟子の問答形式の書物がその学問の聖典となっております」

「それは耶蘇教のことですか」

「そうです。耶蘇教のことです。わが国では島原の一揆以降、禁教となっておりますが、蘭書を読んでおりますと、耶蘇教は世界の国々に広く普及しておるようでございます」

「三英殿、耶蘇教の中身についてはよく知りませんが、耶蘇教というのは宗教のことでしょう。真宗や、日蓮宗のようなものでしょう。それは精神の領域を扱ってはいるが、渡辺様が今言っているようなものの考え方、思考の様式とは少し違っているように思えます」

「確かに…」と三英は長英の言に頷いた。

長英は登の方を見て言葉を続ける。

「おのれは思考様式においても異国、特に欧羅巴の方が勝っていると思っているのです。まだ考えがまとまってはいないのですが、敢えて言えばこうです。ご老公様もお聞きください。たとえば、鳥という物を考えてください。鶏やら鶩やら烏やらを思い浮かべることができます。では、鶏を思い浮かべてください。それを馬や猪と区別するにはどう言えばよいでしょう」

「鳥と言えばよい」と友信が答えた。

「そうでございます。鳥と言えばよいのです。西洋ではこのように、個々の言葉から、それを括る言葉を見つけてゆきます。また、その逆のこともあります。括りの言葉から、個々の言葉を発明してゆくこともあります。その考え方を総称して、演繹法とか帰納法とか名付けております。そして、その間を取り持っているのが実測という学であります。実測を行い、その正確さを計測しながら、説が正しいのか正しくないのかを検証してゆくのです。そのような物の考え方ができる西洋をおのれは侮る事ができません。字句を捏ね回し老荘にも似た問答をしているわが国の儒者よりも大いに優れているのではないかと思っています」と長英は言った。

「長英子の言っていることは、本多利明翁の述べた〝窮理（きゅうり）〟という考えにも似ているように思われるが」と登が口をはさんだ。

「本多翁とはどなたですか」

「『西域物語』という本を書いた蘭学と算学に優れたお方だ。その本の中に〝窮理〟という言葉が出てくる。本多翁の言う〝窮理〟とは朱子学の〝窮理〟とは少し異なっており、自然の法を解き明かすと言った意味に用いられているようだったが、言葉が言葉なので、覚えていた。本多翁の説は、算学から勝手方の収支をわかりやすく説いているので、御家の政事について考え始めていた私はその説に魅了されたものだ。実測というのは窮理に近い考えから出てきているように思うのだが、どうなのだろう。長英子、その演繹法とか名付けられている考えをまとめておいてくれないか。何はともあれ、長英子の言によれば、西洋でも朱子学に匹敵する精神の領域を扱う学問があるということだ。そうであれば、その学についても私たちは研究する必要があるようだ」と登は言った。

「余も異国のことをもっと勉強しなければならぬ。異国の事情が分かれば、渡辺の仕事を少し手伝えるからな。いつも渡辺には助けてもらってばかりいるから、これからは余が渡辺を助けなければ」と友信も続けた。

「ご老公様、ありがとうございます。そうしていただければ、私たちの研究も格段と進むものと思われます。どうか、よろしくお願いいたします」

ビュルゲルを手控え帖に写した時に思いついた蘭学研究の体制が実現しようとしていた。最新の蘭書を収集し、優れた翻訳者の協力を得て、目前の問題の解決にあたるということがもうすぐ出来る。巣鴨邸は蘭学研究の拠点となり、これから友信も忙しくなることだろう。

藩の抱える困難な問題に忙殺されている登ではあったが、三英と長英のやり取りを聞きながら、未来に明るさを感じていた。

儒官と農政家と蘭学者

難破船事件は登にとって難しい問題ではあったが、その問題を解決する中で、様々な人と巡り合うことができた。紀州藩の遠藤勝助と知り合ったのもその頃だった。

遠藤は藩の儒官で、赤坂の藩邸内の明教館で子弟の教授のみならず、書籍収集整理の任に当たっていた。また、明教館が休みの日には気心の知れた儒者仲間と尚歯会という茶話会を開いていた。茶話会での話題は学問上の話から、時事問題、書画骨董など多岐にわたっていた。天保四年春からの天候不順を受け奥州羽州では天明期のような飢饉が再び起こるのではないかという風聞が広がる中、その年の秋の尚歯会では農業政策、その中でも特に凶作の際の救荒についての論議が焦点になっていた。中国の書である『救荒本草』や『農業全書』を教本とし、また、明和八年に出版された『民間備荒録』などを参照して、飢饉の対策を研究していた。

年をまたいで難破船事件が解決した翌年の天保五年五月に登は遠藤を訪れた。田原藩ではその年から、改めて五か年の倹約令と新法の格高分合制が施行されていたが、前年の大幅な年貢の減収から、勝手方の事情は改善するどころか悪化していた。

「農業は御家の土台になる生業ですが、今までは、幾分なおざりにしていた感がございます。冷夏になると反収が減り、俸禄の支給にも支障が出る始末です。冷夏であっても反収が減らぬ米栽培、それは夢のようなものですが、遠藤様、そのような農法を心得る方がいらっしゃれば三顧の礼をもって迎えたいと思うのですが…」

「米の栽培ということに限らず、農作物の品種改良とか商品作物の栽培に詳しいお方ならお探しすることができるかもしれません」と遠藤は言った。

「商品作物が栽培できれば、それに越したことはありません。御家の勝手方の立て直しの一助ともなりますからね。そのお方はどなたでございましょう」と登が聞いた。

「大蔵永常というお方です。私は未だお目にかかったことはございませんが、先日閲覧した『農家心得草』という書冊の作者です」と言って、遠藤は座をはずし、奥の部屋から、書物を一冊携えてきた。

「この本です。今年の二月に出版されたもので、農業をかなり詳しく解説しております。大蔵殿とは会ったことがありませんが、版元に問い合わせたところ、なかなかのお人らしい。これをお読みになって、考えてみてはいかがでしょう」

と、『農家心得草』を登に差し出した。

「ありがとうございます。お借りして、私も農業について理解を深めたいと思います」

登は家に帰ると、早速読み始めた。前半部分では、麦作のことが詳細に述べられていた。麦は米とは異なり、年によって豊作凶作となりにくく、作柄は一定している。さらに麦は米に比べ換金されにくく、比較的長期間貯蔵され、飢饉時には大切な食物となる。換金されにくいのは、貸付利子が低いためで、米と比較した麦の貸付利子を実際の計算結果から導いている。さらに麦の花の顕微鏡図を示し、麦には雌雄が無いと断言し、それまで信じられていたような栽培法の難しさはないと論じ、麦作を強く推奨していた。

後半部分には、飢饉の時に誤って食することがないようにとの配慮から、有毒草木の絵図が示されており、筆者の温かい人柄が偲ばれた。

麦作推奨の理由の一つに換金されにくいことを挙げているのは、換金作物を多く作りたいと考えていた登の考えと相反するものではあったが、この書物の底流を流れている作者の実証的な物の見方と百姓への愛情に魅力を感じた。

作者大蔵永常と会いたいと版元に問い合わせたところ、快くその住まいを教えてくれたが、大蔵は研究のため方々出歩いているので、連絡を取りたければ、先ず花井虎一に会って繋ぎを頼むのが良い、花井は『農家心得草』の麦の花の顕微鏡図を描いた蘭学者で、本所林町に住まいしているということだった。

案の定、大蔵は不在だったので、登は花井を訪ねた。

「私は田原三宅家家臣の渡辺登と申す者です。花井虎一殿でいらっしゃいますか」と挨拶をすると、花井は驚きとも喜びともとれる表情で、

「それがしが花井ですが、何かご用でございますか」と言った。

「『農家心得草』の麦の顕微鏡図をお描きになった花井殿ですか」

「はいそうですが」

「花井殿はあの図をどのようにお描きになったのか興味がありまして、こうして訪ねてまいりました。また、大蔵永常殿にもお会いしたく、花井殿が、大蔵殿と昵懇とお聞きしましたので、大蔵殿と連絡を取っていただきたいとお願いに上がった次第です」

「渡辺様と言うと、あの渡辺崋山様でいらっしゃいますか」と花井は登をまじまじと見つめながら尋ねた。

「はい、号を崋山と申します」

「お噂はかねがね伺っております。蘭学の泰斗であると誰もが申しております。そのような先生がわざわざお越しになるとは、恐悦至極に存じます。それがしは宇田川榕庵先生にお世話になっているものでございます。大蔵永常殿の著書の図は、榕庵先生から、お声が掛かり、榕庵先生の顕微鏡を使わせていただいて描いたものでございます」

「榕庵先生のお弟子さんでいらっしゃいますか。私は、榕庵先生の兄弟弟子の吉田長叔先生の弟子に当たりますから、花井殿と私は蘭学の上では従兄弟にあたるわけですね」

「もったいないお言葉です。それがしは小人頭柳田勝太郎組小人納戸口番をしている者でして、ご家老様でいらっしゃる渡辺様が従兄弟とおっしゃって下さるなど夢のようでございます」

「花井殿、そう硬くならずに。ところで、花井殿の麦の図ですが、線が達者でしたので、絵の方もおやりになられるのですか」

「蘭書を見ての独学です。昨年、榕庵先生が著わしました『植学啓原』にも関わらせていただいたので、絵の方は自分ながら随分上達したと思っています。今、それをお持ちいたしましょう」と、花井は隣の部屋のふすまを開けた。その部屋にはおびただしい数の書籍が整然と積み重ねられていた。花井はその中から一冊取り出し、丁をめくり、真っ赤な花の図が描かれている項を示しながら、

「この『植学啓原』という本は、西洋の植物学を紹介したものです。植物の分類の仕方と植物の形態や生理を詳しく解説しています。また、彩色が施された植物図が豊富に掲載されています。渡辺様、よろしかったら、お近づきのしるしに、これを進呈したいのですが、受け取っていただけますでしょうか」

「これは、これは。ありがたいのですが、このような貴重な本を頂いてよろしいのでしょうか」

「いいですよ。榕庵先生から、もう一冊いただいているものですから。渡辺様のお役に立てるのなら、光栄です」

「花井殿の専門は植物学でございますか」

「植物もやっているのですが、今一番興味があるのは、硝子(ガラス)の製法に関することです。榕庵先生の訳されているショメールにも記述がありますので、それを自分なりに研究しておるところです」

「花井殿もショメールを読まれているのですか…そして硝子ですか…。面白いところに目を付け

られましたね」

「いや、そうでもありません。硝子をやっているものはそう多くありませんし、本当に緒に就いたばかりの研究ですので、華々しいところが全くありません。日陰の蕨のようなものです」

「そうおっしゃらず、学問の石組を築く研究は最も大事なものです。花井殿の研究を私も楽しみにしています」

しばらく歓談した後、登は大蔵永常と連絡を取ってほしいと再度頼み、住所を知らせ、花井と別れた。

それから数日後、花井は大蔵を伴って、登の家を訪れた。

程なくして大蔵永常は天保五年九月二十八日、田原藩に、殖産政策の推進役として六人扶持で迎えられることになった。また、花井だが、その後、硝子製造の研究に打ち込むとともに、登と連絡を取り合っては、蘭学談義に花を咲かせた。

『客坐掌記』

登は日課表を作り一日の時間の使い方を割り振りはしていたが、ここ二年は、代助郷問題や難破船事件、藩財政改革に紛れ、家老職に就いた当初にも増して、日々の生活は日課表で思い描いたような生活から離れたものとなっていた。とは言っても僥倖にも恵まれ、思い描いた程ではなかったが、絵画制作には取り組むことができていたのも事実であった。そして、その絵画制作を支えていたのが、登一流の絵画の研鑽の方法だった。

若い頃、登は、同好の友と「絵事甲乙会」を組織し、また文晁の写山楼に通い、絵の研鑽に努めた。写山楼で師の文晁や兄弟子の喜多武清と接する中で粉本縮図の大切さを学び、その学びを深める中で絵画とは現実世界の縮図であり現実世界の挿絵であると考えるようになった。それは、文化十四年の七月、親交を温めていた俳人の太白堂萊石を何の気なしに素描した時に起こったある感覚に由来していた。その時登は絵画が粉本の世界を飛び出して日常生活に紛れ込み、ともすれば泡沫のように過去に流れ去る日常に忘れ得ぬ彩を与えてくれるという新鮮な驚きを味わったのである。しばしば会って文雅の話をしていた太白堂が縮図の手控え帖に納まることで、その素描は太白堂の人生に光を当てた読本の文化十四年七月吉日の挿絵となり、それはまた登自身の人生に光を当てた読本の同日の挿絵ともみることができた。読本は未だ完成せずとも、挿絵から未刊の読本を思い浮かべることができる。絵画が現実世界の挿絵であると思い至った時の驚きを、登は、四十を過ぎた今もまざまざと思い出すことができた。それ以来、登は文晁に倣って懐にいつも携えていた手控え帖に、粉本縮図だけではなく日常生活の中で目についた物や人物を頻繁に写すようになった。

さらに、見聞きしたことを素描ばかりでなく覚え書きとして言葉で記入するようにもなり、縮図帳はいつの間にか雑記帳の体をなした。登はそれを『客坐掌記』と名付けることにした。それはいつも登とともにあり、その中の素描はあたかも登の行状の挿絵とみることもできた。『客坐掌記』に描かれた軸、屏風、扇面の模写を集めれば粉本縮図冊となり、行楽や旅に出かけたときの素描を切り取れば旅行の真景図巻となった。折々に描いた人物の素描を集めれば人物画集に、見聞きした蘭語の記載を集めればちょっとした蘭語辞典になり、日々の感想を記録した部分を集めれば日記帖ともみることができた。『客坐掌記』の中で、登は日常の世界と絵画の世界を切り結び、日常生活の空間の一部を過不足なく切り取る技、そしてそれらの形を表わす筆さばきの鍛錬を重ねていたのである。

不断の研鑽で技量を高め、崋山を名乗り始めた三十代半ば、画名が上がるとともに知り合いの子弟が登の許に集い、画の教えを乞うようになった。積年の思いであった継嗣問題が一段落した頃には、登は、毎月一と六の日に後進の指導に当たっていた。忙しさに紛れ、ともすると感性が乾いてしまうの防いでくれたのが、画家仲間、弟子との絵画談義であり、そして『客坐掌記』を軸とした自らの絵画研鑽であった。

家老になってから、画家としての評判はさらに高まり、依頼画が増えたが、登には制作する時間も限られていた。そのため、特に懇意にしていた画家仲間、すなわち椿椿山や小田甫川、福田半香、平井顕斎、桜間青涯などを依頼者に紹介することも多くなった。皆腕は確かだが、一癖も二癖もある輩である。彼らとのやり取りも登に活力を与えてくれた。

また、入門してきた子供とのやり取りも登に別な意味での活力を与えてくれた。立原春沙、永山茜山、斎藤香玉、その他、皆入門時は十代前半の子供だった。その弟子の成長は登に大きな喜びと楽しみを与えてくれたのだった。

加えて、この時期、登は時間的な制約もあり、依頼画を数多くこなすことは困難ではあったが、家老という立場にあったために豊富な人脈を築くことができた。そのことが、数多くの先達の優れた絵画に接する機会を登に与え、『客坐掌記』に縮写の紙面を多く加えることになった。これが登の絵画作品群の土壌ともなり種ともなっていたのである。

破の章　禍福相貫

大風

天保七年は前年にも増して天候不順が続いていた。その年の六月に藩主康直が田原へ立ち、登は江戸留守居役を仰せ付かった。田原は田植えの時期にあたる。苗が丈夫に育っていればよいがと念じつつ、登は康直の行列を見送った。

前年の不作で、格高分合制は見直しを余儀なくされた。暮れに、窮余の策として特別倹約令を発したことにより、格高分合制はわずか二年に満たぬ実施をもって、事実上棚上げされることになった。

格高分合制は、登の藩改革の根底をなすものであったから、登は勝手方の家臣とともに藩の財務状況の把握に努めていた。しかしこの年の六月も雨が続き気温も低かったので、年貢米の増収は見込めなかった。田原にいる大蔵永常は、米の増産を考えるよりも、救荒作物の植え付けを優先すべしと登に伝えてきた。ここに至って、登の藩改革は、一時頓挫せざるを得なかった。

七月十七日、午後から急に風が強くなってきた。夕刻、登は表御殿の連子窓（れんじまど）から表御門を眺めていた。表御門の向こうには江戸城の西丸の木立が見える。その木々は右に左に激しく風に揺れていた。

真木重郎兵衛が息急ぎ切ってかけつけた。真木は養父の死後江戸詰の用人となっていた。

「渡辺殿、西稽古所の破風板が風に飛ばされたようです」

「慌てて直すことはない。外に出るのは危ないから、室内にそれぞれ待機しているように伝えてくれないか。風が少し落ち着いたならば、各自持ち場の巡回と小破修理をできる範囲で行うようにとも伝えてくれ」と言って、登は、道具類の身廻りから戻って来た中小姓支配の佐藤清左衛門に「佐藤、南御殿は変わりないか見てきてくれ。お方様のご様子も合わせて聞いてきてくれ」と命じた。

風は収まるどころかますます勢いを増してきている。もうすぐ日が暮れる。

火の始末と合わせて灯りの始末だ。藩邸の皆に周知徹底させなければならない。

「渡辺様、南御殿の方は異常がないということです。お方様も落ち着いておられるようです」と戻って来た佐藤が言った。

「そうか。それは良かった。佐藤、もう一つ、火の始末のことと灯りの扱いに注意するように、表御殿と南御殿に触れてくれ。風が強いので、万一火事にでもなったら、大変なことになる。周知させるように」

「はい、早速」

「井坂、おぬしは長屋の方に火の始末をしっかりするように触れてくれ」と登は傍らに控えていた納戸役井坂与十郎に言った。

「はい、渡辺様」

「井坂、外は風が強い。注意して動くように」と登は言い添えた。

「わかりました」と言って、井坂は御長屋に向かった。

田原藩江戸上屋敷は広さ約三千坪、中心に表御殿、敷地南側に南御殿が建ち、櫻田堀の通りに表門、他の三方を二階建ての御長屋が取り囲むという配置であった。御長屋は一階部分が板塀であったが、二階部分は漆喰塗りのため、風雨には強かった。寛政の大火事直後に再建されて以来四十年がたつが、御長屋はびくともしなかった。しかし、表御殿の傷みはひどかった。贅を凝らし作られてはいたが、長年風雨に晒され傷みがひどかった。藩の財政にゆとりがなかったために、補修もままならず、痛みはそのままに放置されていた。そして今回の大風である。井坂は長屋に声をかけて表御殿の登のところへ戻った。

夜になっても、風の勢いは衰えなかった。表御殿の破風が引きはがされ、瓦が飛び、渡り廊下の板壁が破損し荒れ狂う風が御殿内に吹き込んだ。登は、南御殿への調度品の移動と、康直の正室や息女の安全を家中に指示し、破損個所の把握とその対策に追われ、その夜は一睡もしなかった。

明け方になり、ようやく風の勢いも弱まってきた。

登は邸内の破損個所を調べ報告するようにと詰めていた家臣に告げ、外に出た。空を見上げると、上空では西から東に勢いよく雲が流れていた。時折音を立てて突風が吹く。井坂も出て来た。表御殿の屋根の破損は特にひどかった。また報告によると、西稽古場も半壊、南の物置も傾いたということだった。

「渡辺様、私は長屋の方を見てきます」と言って、井坂は長屋に向かった。戻ってきた井坂の話では長屋の破損個所はほとんどないとのことだった。

風はまだ収まってはいなかったが、峠は越したようだった。登は、側用人など主だった家臣と善後策を協議した後、家臣全員を表御殿の大広間に集め、今回の大風の被害状況を確認し、今後の対策について指示を出した。

多忙

この度の大風で田原藩江戸上屋敷は大きな被害を受けた。その知らせはすぐに国許田原へ届いたが、藩財政は思うにまかせず、修繕工事は難航した。先例に法れば、江戸屋敷の造作は田原領内の寄付によって賄われるはずであったが、前年には国許に寄付金によって〝報民倉〟(備蓄米倉庫)を建てたばかりであり、また、前年の米の作柄も良くなかったことを勘案すれば、寄付金を募ることはできない相談であった。登もそのことを承知していたので、修理費の工面をどうするか、金策に走り回らなければならなかった。

登の置かれている立場も変化していた。昨年までは、金策をするときに一番の相談相手は姫路酒井家の河合道臣であった。藩政に関しての河合の助言は体験に裏打ちされたものであっただけにどれも説得力があった。登は、河合を藩政の上での先達と考え、河合の後を追うように藩政の改革を行ってきた。格高分合制、農政家の招聘、藩校の運営、そして救荒対策の〝報民倉〟建築など、河合が折に触れて話したことを登なりに具体化してきたのだった。

その河合が昨年職を退いた。そのことは、登にとって、藩政の道案内と後ろ盾を同時に失うことを意味した。

康直は、河合が致仕してから変わった。以前は、登の言をしぶしぶでも受け入れたのだが、河合が藩政から退いてからは、登の言葉を聞き流すようなこともしばしば見られるようになった。そして康直は、自分に都合のいいことを建言する者を傍に置き始めた。

また、家臣の登に対する接し方も変わった。登の打ち出す様々な改革を快く思わなかった者も藩内には少なくなかったが、中でも、入堺派の者は、康直が藩主になった後、登が姫路の河合の後ろ盾を得て藩政に力を持ったことが容認できかねた。彼らは、登の藩改革案に異を唱えたかったが、康直の後見人ともいうべき河合が登の後ろにいては、黙っているしかなかったのである。しかし、今や、河合道臣は藩政から退いていた。入堺派は息を吹き返し、康直と一緒になって、登の施策に異を唱え始めた。

それは真っ先に、友信の蘭学研究への苦言となって表れた。勝手方が苦しい折、なぜ、友信だけは、蘭書を自由に購入できるのか。蘭書は一冊五両とも十両ともいわれているのに、その払いはどのようにしているのか。さらに、蘭書の訳料として小関三英や高野長英に金子を渡しているということだ。我々の俸給が減らされている時に、こんなことはおかしいのではないか。友信は登からそそのかされて蘭書を購入しているに過ぎないのだから登こそが君側の奸なのだ。

声にならぬ声が少しずつ嵩を増してきているのを誰しもが感じていた。もちろん登の耳にもその声が届いていた。

そして、登はと言うと、それをあっさりと受け入れた。立場が違えば、考え方も違う。登はそう考えていたのである。立場の違いはあっても、目の前の問題の処理の仕方さえ間違えなければそれで良い、登の考えはいつもこうだった。登には敵も味方もなかった。藩にとってどうすることが一番の得策なのか、それを効率よく実行できる人物は誰か、それが誰であれ、その人物を信頼し後は任せる。それが登の終始一貫した姿勢であった。登が藩政に関しては全く私心がないことは藩の誰もが認めるところであったので、登を君側の奸と言っている人間ですら、登の施策を表立って強く非難する事は出来なかった。

登が蘭書に興味を持っていたのは海岸掛という役職上のことであるということも広く知られていたことであったから、君側の奸と言っている本人ですら、登が君側の奸であるなどとは思っていなかった。ただ、登が気に食わなかった、いつも正論を述べ持論を理路整然と展開する登が鼻持ちならなかっただけなのである。

藩の仕事を登は煩わしく思うこともあったが、それは祝宴の贈答品のような期限の決められた依頼画を請け負った時に限られていた。真木重郎兵衛や鈴木春山にはもう少し時間があれば、もっとまともな絵が描けるのだが、と言ったこともあったが、登は根っからの田原藩家臣であった。彼は、

〝今〟の中に自分を寸分の隔絶もなくはめ込むことができる人であったから、藩の仕事に取り組んでいる時には、その仕事をどのように処理するかということだけが関心事であって、絵がどうのこうのとか同僚が敵か味方かなどということは二の次のことであった。ただ、どのような時であっても『客坐掌記』が登の懐に納まっていたのは言うまでもないが。

天保七年の七月後半から、八月前半は忙しく過ぎた。そして登は体調を崩す。しかし、留守居役としてやらねばならぬ仕事は次々に沸き起こった。病をおして出勤を続けた登は、上屋敷の修繕が終わった九月半ばに床に臥せってしまった。十月初旬には高熱が続き、一時は死をも覚悟しなければならぬ程の重病に陥った。しかし、家族の必死の看病が功を奏し、十一月に入って小康状態に復したものの、その後しばらくは床を離れることができなかった。

『救荒二物考』

「旦那様、お加減はどうですか」

おたかはおかゆを持って二階に上がった。

「ありがとう。今日は寝覚めもいい。ぐっすり眠るというのはいいものだ。あと二、三日も休養すれば仕事に戻れると思う」

「それはようございました。高野様もお喜びになられると思います」

とその時、玄関の引き戸ががらりと音を立てた。

「渡辺様、高野が往診に参りました」

お可津と長男の立は大喜び。十歳になるお可津は、

「高野様、お待ち致しておりました。父は二階におります。わたしがご案内いたしましょう」とにっこり笑って長英の手を引いた。階段を下りたおたかが、

「高野様いらっしゃいませ。どうぞ二階へ。お可津、高野様を困らせてはいけませんよ」

二階は、画室兼書斎に使っていたのだが、ここに登は床を延べていた。

二階に床を延べると不便なことも多かったが、ゆっくり休むのが一番という長英の計らいであった。

「渡辺様、ご気分は如何ですか」

「ずいぶんよくなった。この調子ではあと二、三日で仕事に戻れると思うのだが」

「何をおっしゃるのです。お顔の色一つ診ましても復帰は相当先のことと思われます。渡辺様、慌てる必要はございません。五郎殿も、しっかりお勤めをしているのですから、渡辺様は、少しお休みになって下さい。今まで、休みなく、倒れるまでお仕事をなさったのですから、ゆっくりお休みになっても罰は当たりません」

「そう言ってもらうと気持ちが落ち着くが。しかし、ゆっくり休んでばかりもいられない。今年も国許では大変なのだ。米の不作は昨年よりひどいらしい。大蔵永常殿には商品作物の開発は一時

中断し救荒作物の普及を頼んだ。領民の生活をどう守ってやれるか、私たちがしっかり考えねば」

「そうではありますが、人の心配をするのと同じようにご自身の体の心配もしなければなりませんよ」

「その言葉、若い頃吉田長叔先生によく言われたものだ。そのころの私は体のことを顧みずに生活していたために、よく癪を起こした。先生に薬を調合してもらいに行くと、先生は、いつも自身のことを大事にしなければ人のことも大事にできない、という意味のことをおっしゃっていた。先生のお弟子さんから、同じ言葉を貰うとは、時の流れの速さを感じるね」

「長叔先生は、人にはそうおっしゃっていたのに、ご自身のお体のことには、いたって無頓着でした」

「そうだった。先生が存命であられたならば、私たちもいろいろご教示願えたのにな。でも、弟子の長英子が、長叔先生のやり残した仕事をしっかりやってくれているので、先生も、彼岸で穏やかに日々を送っていると思うよ」

「そうだと嬉しいのですが」

「ところで長英子、おぬしが執筆していた『救荒二物考』の出版はいつ頃になるのだろうか」

「遠藤勝助様に序言を書いていただき、版元に原稿を送ってからしばらくになりますので、出版はもうじきかと思います」

「おぬしの著作は多くの人々を救うことになると思う。馬鈴薯と早生蕎麦の栽培はあまり天候に左右されずに済むからね。多くの人が読んでくれるとありがたい」

「渡辺様からそう言っていただくとありがたいです。出版の段取りがどこまで進んでいるか、版元に確かめてみましょう」

長英は処方した薬の飲み方をおたかに伝え、見送りに出たお可津の桃割れの髪を一撫でして帰って行った。

病中閑あり

登の体調は徐々に回復し、十二月一日から、藩務に復帰した。しかし、本復とはならず、家から出ることがままならぬ日も多かった。

天保七年大晦日、登は一年を振り返り、飢饉対策や上屋敷修理など忙しさに紛れた年ではあったが何事に対しても至心を以て取り組むことができたと総括した。病に伏し死線を彷徨ったが無事生還し今は小康状態を保っている。あとは養生に努め体力の回復を待つだけだ、登はそう考えて眠りについた。

明けて天保八年の正月、登は国許の康直から、飢饉の対策のために田原へ至急来るようにとの達しがあった。登は、すぐ出立の準備に取り掛かったが、長英や真木に止められた。

「お体がまだ本復しないうちに、長旅は禁物です。ご老公様も心配しておられます。ご老公様におきましては、渡辺様だけが頼りですから、どうかご老公様の意をくんでいただけませんか」と長英は言った。

「渡辺殿、拙者では心もとないかもしれませんが、拙者を渡辺殿の代理として国許へ参らせてはいただけませんか」と真木は言った。

登は、自分の体力に自信はなかったが、康直の役に立ちたいという一心で、田原行きを考えた。しかし、万一田原で自分が倒れでもしたら、皆の迷惑になってしまうと思うと心が揺れた。結局、長英や真木の言うとおりに、登は江戸を離れず、代理として真木を国許へ遣わす方策を取った。

登は、康直に救荒施策における為政者の心構えを助言した。上に立つ者の心が定まっていなければ、救荒策など絵に描いた餅になってしまうからである。国許でも、様々な施策を試みていた。真木は逐一その施策の内容を登に伝えた。登はそれを吟味しできうる限りの方策を考え、真木に伝えた。国許の筆頭家老鈴木弥太夫とも連絡を取り合い救荒の対策は十分に講じられた。

その頃だった。

大坂で大塩中斎が乱を起こしたという知らせが登の耳に飛び込んできたのである。大塩中斎は元与力、職を辞してからは洗心堂という私塾を開き、後進の指導に当たっている陽明学者であった。天保七年の飢饉に対して幕府が無策であることに業を煮やし一揆を企てた。登が最初に知り得たのはそれだけの情報であった。

大塩の乱を登に知らせたのは鈴木孫助だった。大塩の檄文を手に入れたからと言って、登にその檄文を見せ、聞き知ったことを登に伝えたのであった。

登は、大塩の行動を武士にあるまじきものと捉えた。もっと他に方法があったはずだ。大塩の立場は酒井村の駿河屋彦八の立場とは異なる。為政者が民衆を扇動して自分の意見を通すとはとんだ痴れ者である、それが登の偽らざる感想であった。

春になり、登の具合も少しずつ良くなった。息をするたびゴロゴロとなる肺臓の音も随分小さくなった。少しずつ藩務にも戻り始めたが、病後ということもあり、藩務の時間はそう多くない。そのため、図らずも時間に余裕ができた。生来無為に過ごすことが性に合わない登は、それを見逃すはずはなかった。さっそく登は時間的な制約もあって手を付けることが難しかった少し大きな作品の制作に取り掛かった。

「渡辺様、高野が参りました」

そう言って長英は二階に上がってきた。

登は横二尺、縦三尺ほどの画紙に向かっていた。隣にはその縮図が置かれている。画紙を見ると、奥に竹林、手前に藤の花が今を盛りに咲いている、その下に渓流があり、その岸辺に二羽の雉、今まさに手前の雄の雉が渓流の水を飲もうとしている。その雄の視線が水面のきらめきと切り結んだその一瞬、大自然が静寂に包まれ、緊張が走る。しかし、奥に控える雌の雉の眼差しは、あくまでも穏やかで、そこに描かれているすべてのものを安らかに見守っている。張りつめた緊張は雌の眼差しの中で淡雪のように溶け、落ち着いた静寂だけが広がっていく。施されている淡彩が清澄な気を醸し出している。

「これは、素晴らしい。おのれは絵については素人ですが、素人なりに、絵の良さが伝わってきます」

「仕上げまでもう少しだが、そう言ってもらえると嬉しい。これはさるお方の所蔵されている呉維翰という唐山の作家の作品『溪澗野雉図』を模したものだが、雉や藤の花、岩の描き方に少し工夫をしてみた。狙いはあくまでも清澄さと気韻なのだが、雉や藤の花の輪郭はなるべく線を抑えて、逆に岩の輪郭線は強調して、その対比で動きも表したいと考えた。少し時間ができたので小下図を拵えておこうと思い立った。これを何時か絹本にしたいと考えている」

「そうですか。これが下図なんですか。十分本画として見ることができますが…。ただあまり、根を詰めないでください、今度は死にますよ」

「そうは言っても、寝てばかりいる自分は許せぬし、寝ているのは死んでいるのと同じではないかと思ってしまう」

「ショメールを研究した渡辺様らしくない言いぐさですね。ところで、渡辺様、幡崎殿のことなのですが、今度長崎に出向くということで、昨日おのれの所へ挨拶に来ました。シーボルトの一件もあり、長崎は方角が悪いと笑っておりましたが…。渡辺様へも来ましたか」

と長英は何くわぬ顔で言ったが、実は長英もシーボルト事件の当事者であったのである。長英はシーボルトの開いた鳴滝塾で、シーボルトの助手をしていたが、事件が起こるや否やいちはやく熊本へ逃れ捕縛を免れた過去を持っていた。

幡崎鼎と登は、紀州藩儒遠藤勝助の主催する尚歯会で何度か会い、顔見知りになっていた。幡崎は、以前、藤一と呼ばれるオランダ商館の傭人であったが、シーボルト事件に連座し町預となった。その後逃亡し、幡崎鼎と称し大坂、江戸で蘭学塾を開き、四年前に水戸藩に招かれていた。

「私の所へも来た。この度の用向きは、兵備に関わる蘭書の買上にあるそうだ。水戸様はこのところの英吉利の動きを案じて、海防の点から、幡崎に白羽の矢を立てたに違いない。だから、幡崎も御役目を断れなかったと思うのだ。その上、水戸様の家中は、旧守派と改革派の反目がまだ続いている。水戸様はその反目を収めようと海防の兵備に家中の心を向けていると考える者さえいるようだ。そうであれば、なおさらのこと、幡崎が己に過去の災厄があるとしても、長崎行きを断ることはできぬ相談だっただろう。長崎行きが避けられぬとなった時、幡崎は万一のことを考えて、蘭書を預かってほしいと私に申し出た。…彼にとって、この度の長崎行きは一つの大きな賭だ。勝てば、水戸様の強い信を得ることになるが、負ければ腹を切らねばならぬかもしれぬ。…実のところ、私は幡崎の口から、幡崎がシーボルトの一件に関わりがあったというのを聞くまで、そのことを全く知らなかったのだ。幡崎の胸中を察すると千言万語を費やしても足らぬ思いがする」

「おのれも同じ思いです。…近いうちに幡崎の送別の宴を開きたいと思いますので、よろしくお願いします。長々とお邪魔しました。それでは、高野この辺でお暇を」と言って長英は階下へ。おたかとひとしきり話した後渡辺家を後にした。

登は筆を執り縮図と目の前の小下図を交互に見つめていた。小下図の右奥から左手前に流れる川は中央で一度右に折れ、画面右端で反転し、水量を増して緩やかに画面左下に流れていく。斧劈(ふへき)皴(しゅん)の岩を配し、穏やかな川の流れを浮かび上がらせる。点苔(てんたい)を岩に描いていく登の画筆は流麗で少しのよどみもない。

登にはせせらぎの音が聞こえていた。薬草を求めて吉田長叔と歩いた山道の木洩れ日、虫の声、草いきれ、頬をなでる風の感触、登はそれらのすべてを実感し、絵の中に没入していた。登は、今を生きる人であった。今自分が行おうとしていることに自分のすべてを投入できる人であった。登は画家として、今この時を生きていた。今この時に、飢饉のことも、藩政のことも、家計のことも、幡崎のことも、そして何よりも、自身の体調のことなども全く頭になかった。あるのは『渓澗野雉図』、それだけであった。

大塩とナポレオン

「大塩にも理があるということではないですか、おのれはそう思うのです。しかし三英殿はあくまで大塩を極悪人にしたいわけですな」と長英はむきになって突っかかる。

「そうです。大塩は自らの狭い了見で乱を起こし、町に火をかけた張本人ですからね」と三英は答える。

友信は二人を交互に見ている。

のどかなある日の午後、巣鴨邸では、今まさに長英と三英の討論の幕が切って落とされようとしていた。

「三英殿は五年ほど前に、ナポレオンを訳しましたよね。身分の低いナポレオンが、不羈(ふき)の世を求め国王に立ち向かう。身分の低いものが、力のあるものに立ち向かうという点ではナポレオンも大塩も同じではありませんか」

「ナポレオンは根っからの武人です。生まれ変わったばかりの仏蘭西を守る戦いの中で出世し、将軍となって他国の王と戦ったのです。また、それまでの自国の虐政に抑屈してきた民からの大きな支持もありました。自らの狭い了見でもって蜂起した大塩とは全く異なります。米価の高騰ごときで謀反を起こした大塩と、天下国家の存亡を背負って戦ったナポレオンを同じ土俵に上げることはできないと思います」

「そうですかね…。洋の東西はあっても、門地をものともせず自らの思いの実現に邁進するという点で、二人は重なると思うのですが…」

「門地をものともせず自らの思いを遂げるというのであれば、太閤様が一番でしょう。その太閤様が作った大坂に火をつけたのですよ、大塩は」

「三英殿は、大塩に個人的に恨みでも持っておられるのですか」今までの調子とは打って変わって、静かに長英は言った。

「…いや、残念で仕方がないのです」と三英はぽつりと答えた。

「と言いますと…」と長英が聞いた。

「大塩は急ぎ過ぎたのです。機を見るに疎かった。大塩は天下の仕組みを正しくかみ分けてはいたのですが、心が逸り過ぎた。機が熟すのを待てばよかった。機が熟さねば、機が熟すまで、自らの思索を深めておればよかった…」と三英がそこまで語った時、静かに登が入ってきた。友信に型通りの挨拶を述べ、二人の脇に座った。

「大塩のことは先日渡辺から一とおり聞いてあらましは理解している。大坂城代の土井殿に数日で鎮められ大事に至らなくて何よりと思っていたのだが、長英は大塩にも理があると言い、三英も気が熟すのを待つべきだったと曖昧な評価をしておる。渡辺は大塩事件をどのように考えておるのか」と友信は登に尋ねた。

「大塩の一件は公儀の迅速な対応によって大事に至らず鎮圧されました。大塩は未だ捕縛されていないようですが、手負いの大塩には何もできますまい。大塩の件は乱というよりは、公儀に反感を持つ集団の暴力事件の体で収束しました。そこが肝要です。と言いますのも、もし大塩の乱が長期化するようなことがあれば、大塩の考えに賛同する輩が各地から集まり、鎮圧が難しくなった可能性があります。そうなった場合、堤防も鼠穴から崩落するの譬えのあるとおり、国中が戦乱の渦に巻き込まれないとも限りません」

「そんなことはないでしょう。話が飛躍し過ぎではありませんか」と長英が話を遮った。

「そうだろうか。話が飛躍しすぎだというが、そうとばかりも言えない。たとえばある国で内乱が起こったとする。西洋の諸国は、仁や義の題目を掲げ、その国の為政者に取り入り、強大な軍隊を派遣し乱を鎮めるであろう。しかし、それで事は収まらぬ。西洋の諸国はその国を意のままにすることができるまで軍隊を退けることはないであろう。これは西洋の歴史が示すとおりだ」と登は静かに語った。

「日本は国を閉じ阿蘭陀（オランダ）と唐山とだけ通商を行っているが、その阿蘭陀でさえ、日本の国情を細かく探っている。それはなぜか。一旦事が起きれば、阿蘭陀でさえこの国に手を伸ばしかねないということだ。三英殿が訳してくれた『ニューホイエンス』には、日本との商いは利潤が多く英吉利や露西亜が日本に興味を抱いていると記されているが、二国と同じくまたはそれ以上に阿蘭陀が日本に興味を抱いているのは論を俟たない」そこまで登が語った時、友信が話に割って入った。

「孫子に〝兵は詭道（きどう）なり〟とあるが、正にそのことではないか」

「そうでございます。敵の弱みに付け込み、敵の意表を突くのが戦術の要諦でございます。また、敵に乗ずる隙を与えず、逆に敵が隙を見せるまで自軍の態勢を強化するともあります。今は西洋諸国に隙を見せてはならぬ時期だと私は思うのでございます」

「大塩の一件は、その隙に成りかねないと渡辺は思ったのだな」

「そうでございます。今は何事も起こってはならぬし起こしてもならぬ時期であると心得ております」

「渡辺様の考えはわかりました。しかし、民を悩まし苦しめる諸役人を誅伐せよと言った大塩の言葉をおのれは打ち捨てておけない。大塩は役人だったからこそ、そう言えたのだと思うからです」と言って長英は登をじっと見た。

「大塩がそう言ったかどうかはわからぬが、民を苦しめる役人はやめるべきだと思う。家柄や門地で役人になり、何の定見もなく食い扶持の為だけに日々政事に関わっている輩は今すぐにでも退散してほしいと思っている。領内に格高分合制を取り入れたのも、御家の出費を抑えるというよりは、優れた家臣を登用しようと考えた結果だった」

「では渡辺様も大塩に少しは理解を示すということですね」と長英は言った。

「否、大塩の取った行動は毫も是認されるものではない」と登は即座に答えた。

その登の勢いに、何か言いたそうだった三英は言葉を飲み込んだ。

長英は、時間も空間も生起する現象もすべて同じ世界であっても、その解釈の違いで世界は全く違うものに見えてくるということを思い知らされた。

その後、話は国許の飢饉対策のことになった。先日、報民倉を開き蔵出し米を行ったこと、奇特の志のある者から施しが行われていること、『救荒二物考』などの書物の効果もあって、領内には餓死者が一人も出ていないこと等々、国許に派遣した真木の報告をもとに登がその詳細を語った。『救荒二物考』の話が出ると、それまで、欝々としていた長英の顔色が目に見えて明るくなったのは言うまでもない。

五郎とお千代

湯島の天神様の境内、五郎はお千代を待っていた。ここ一か月ほど、耳の後ろが腫れて痛みが走っているが今日は耳の痛みもあまり気にならない。陽気に誘われて、行きかう人はみな幸せそうに微笑んでいた。

上野の時の鐘が鳴り、待ち合わせた刻限ぴったりにお千代が現れた。

「五郎お兄さん、待ちましたか」

「いいや、今来たところだ」

「嘘おっしゃい、ずうっと待っていたくせに。わたしは向こうで見ていたのですからね」

「なあんだ、お千代さんも早く来ていたのか。そんならそうと、早く出てくればよいのに。大切な時を無駄にしたじゃないか」

「そう言われるとそうね」お千代は屈託なく笑った。

お千代は今年十八歳、五郎は二十二歳になる。二人は不忍池までゆっくり歩いた。弁天堂をお参りし、それぞれ心のうちで、将来を願った。

「兄上から、家督を継いでくれと言われた」と五郎は切り出した。

家督のことは五年ほど前に言われてはいたのだが、甥の立が生まれたので、五郎としてはその話は無くなったものと一人で思っていた。だが、先日、登に再び家督のことを言われた。そのためにも、早く身を固めてくれとも言われたのだった。

「兄上は隠居をして、絵を描きたいと言っている。いや、表向きはそう言っているが、何かなさりたいことがあるようだ。それで私が渡辺を継ぐことになるわけだが、お千代さんがお嫁さんに来てくれると嬉しいと義姉様が言っていた。お千代さんはどう思う。うちに来てもいいかい」

「五郎お兄さん。なにかお間違いになっていないですか。お義姉様が来てくれというからわたしに来てくれと頼んでいるのですか。それは違うと思うのですが」

「私も来てくれると嬉しいのだが…」

「そんな言い方はずるいわ」と言って、お千代はぷいと横を向いた。

二人は弁天堂から戻り、寛永寺の山門へは向かわず、不忍池のほとりをゆっくり歩いていた。

「本当はね、私がお千代さんに嫁に来てほしいと言いたいのだが、家はあのとおり狭いし、兄上と義姉様、そして母上もいらっしゃる。兄上が隠居願いを出して、お殿様から隠居を許されれば、兄上は羽沢の慊堂先生の近くに家を借りるつもりらしいが、まだはっきりしていない。だから、お千代さんにお嫁に来てくれと私から言うのはまだまだ先のことのような気がしていたんだ」

「そうなの。五郎お兄さんがわたしをお嫁さんにしたいのなら、わたし待ってあげても良くってよ」

お千代は五郎の目を見ながら、まじめな顔で言った。

「照れるなあ。そんなに見られるとこっちが恥ずかしくなるよ」

「そうでしょうとも。美人に見つめられると殿方は恥ずかしいでしょうよ。でも、いつまでも待ってくれ、というのはできない相談だわ。わたしだって、もう十八。なるべく早くお嫁にしてくださいな。そうしないと、わたし誰かのお嫁さんになるかもしれないわ」とお千代は心にもないことを五郎に言った。お千代は、嫁になるなら、五郎の嫁にと決めていた。五郎の嫁になれるなら何年でも待つ覚悟はできていた。

「私も、その時期が早く来ることを願っている。ところで、もう真正面から見つめるのはやめてくれないか」といって五郎は笑った。つられてお千代も笑った。

五郎は昨年、康直公について田原へ行った。想像していた田原と現実の田原はまるで違っていた。実際に目にした田原は、何もかもが疲弊していた。五郎は、その様子を見ながら、登がいつも言っている藩の改革が急務であることを実感した。領民の暮らしぶりを少しでも良くしてやることが藩の改革の要である、五郎はそう強く思った。

「私は家中の皆が幸せになるような改革をしたいのだ。自分の幸せは家中の皆の幸せの後からやってくるものだと思うのだ。でも、そんな風に考えると、おいしいものも食べられない、粋な着物も着られない、立派な家にも住めない、なぜなら、すべての人が幸せになるなんて、ありえないことだからね」

「それでもいいじゃないの。五郎お兄さん、わたしは自分の幸せはみんなの幸せの後からやってくると言ったお兄さんの言葉が好き。みんな幸せな顔をしていたら、わたしたちも心から幸せな顔ができる。不幸せな人がいるのに、わたしたちだけが幸せになっていいはずがないもの。だってそうでしょう。隣に食べるものがなくて困っている人がいるのに、わたしたちだけおいしいものが食べられるわけがないでしょう。おいしいものも、まずくなってしまうわ」

「そうだ。だから、私は今の世の中を少しでも良くしようと頑張ろうと思っているのだ。お千代さん、一緒に頑張ろうな」

「もちろんよ。だから、五郎お兄さん、早くわたしをお嫁にもらってくださいね」

その日、五郎とお千代が家に帰ったのは夕焼けが長屋の白壁を茜色に染めるころだった。

珍しい客

五郎とお千代が不忍池で楽しく語り合っている頃、珍しい客が渡辺家にやって来た。

「渡辺殿、久しぶりでございますな」

現れたのは登より八歳年上の鷹見十郎左衛門その人であった。鷹見は大坂城代に任じられた主の古河侯土井利位に従って大坂に赴き、家老職にもあったので、時に応じて古河、江戸、大坂を行き来していた。

「やっと大塩の一件がすべて片付いて、江戸に戻ることができましたぞ」と鷹見は晴れ晴れとした表情で語り、そして続けた。

「江戸の空気はやはりうまい。ところで、渡辺殿、加減はどうですかな」

鷹見は登の顔を見つめた。

「書状でも申し上げましたように、昨年九月に体調を崩しまして、それ以来、本復とはならず、養生に努めております」

「大変ですな。昨年四月に会った時には、元気そうだったが…。それでは、このように突然お邪魔しては、却って迷惑だったのでは…」

「いいえ。この頃は、体力も回復してきまして、役所にも出ることができるようになり、その合間に絵画制作もできるようになりました。ところで、鷹見様、先ほど、大塩の一件が落着したとおっしゃいましたが」

「いかにも。やっと片が付いたという次第、随分難儀したがね」

「それは良うございました。これで、鷹見様も一安心でございますね」

「この度の一件は、島原以来という旗本軍の出陣となり、公儀にとっても気を抜けぬ一揆だったゆえ、大坂城代であらせられた殿のご心労を思うと、私も気が気ではなかった。一揆自体は一日で鎮めることができたのだが、首謀者の大塩親子の行方が分からず、その探索に難儀し、日数がかかってしまってね」

「大塩の行方が知れぬとは聞いておりました。先日田原領内にも大塩親子の人相書きを配布したばかりです。しかし、落着したということは、大塩親子が捕縛されたということですか」

「そのことだが、一揆後一月ばかりは、大塩の行方が知れず、近郷にも人相書きを配布し探しておったのだが、何の手がかりもなかった。そこで、私は一計を案じ、通報した者には報奨金を倍額出すとともに通報者が下男下女奉公人であればその主人の罪を一等減じるという旨の触れを出した。案の定、通報があり、私の手勢で、大塩親子を捕縛することができ、殿の面目を保つことができたというわけじゃ。これは私の生涯の中で殿への一番の奉公になったと思っている」

「左様であれば、大塩の捕縛は鷹見様のお手柄ですね」

「いやいや、それは私を信じてくださった殿のご功績だよ。先に捕縛と言ったが、捕縛と言っても、大塩親子が爆死したので、本人確認をするのが難しかった。どうしたら良いものかと思案していたが、その時、殿は、状況から判断して本人に間違いないとご聖断を下された。それで、大塩の乱は一件落着となった次第なのじゃ。最後の最後まで殿にはご心配をお掛けしたと恐縮しておったのだが、殿は私に懇ろなねぎらいのお言葉を下された。そのお言葉に私は感じ入った。家臣としてそれに勝る喜びは無いと、その時しみじみ思ったものだよ…」

「そうでしたか…」

「そうなのじゃ…。渡辺殿には大坂へ旅立つ際にはいろいろと心温まる励ましもいただいたので、取り急ぎ帰府の挨拶だけと思い参ったのだが、話が少し長くなってしまった。挨拶に暇取ってすまなかった」

「その様なことはありません。こちらこそご帰還のご挨拶をいただき光栄に思っております。思うに、大塩の一件はおのれの不満憤慨を町民まで巻き添えにして晴らそうとした一揆の類で、武士としては断じて許すことのできぬ所作であると私は考えております。お上に対して不満があれば、上書を認めて腹を切れば良いだけのことで、何も町民を巻き添えにしなくても良いというもの。武士としてあるまじき振る舞い、その大塩を短期間で捕縛なされたこと、鷹見様であればこそと感じております」

「そう言っていただきかたじけない」

「して、古河公も帰府なされたということは、大坂城代のお役目は満了なされたということで、鷹見様もこれからは少しゆっくりできますね」

「ところがそうもいかぬのじゃ。私が江戸にいられるはあと半月程。この度、殿が京都所司代の役に就くことになりましてな、すぐに京都に出立することになりましたのじゃ」

「それは急な話ですね。昨年の暮れには時間ができたから、海外事情の研鑽を積みたいとおっしゃっていたのに、その後直ぐに大塩の乱がおこり、それを鎮めたと思ったら、今度は京都とは…」

「そうですな。しかし、大坂では、蘭学に詳しい方や諸国の物産文物を収集している方などと懇意になり、いろいろと面白い物も手に入れることができましたのじゃ。二代目木村蒹葭堂殿とは昵懇になり先代の蒹葭堂殿の収集されたものをあれこれと見せてもらえた上に、文晁殿の描いた蒹葭堂殿の写真も目にすることができました。先年、文晁殿から話を伺ったところでは、笑っておる姿を描いたということだったが、まさに蒹葭堂殿は笑っておった」

鷹見はいつになく饒舌であった。鷹見の所作には大きな仕事を成し遂げた後の充実感が見て取れた。

…描いてみたい…

不意に登の心にその思いが湧いて来た。大塩の乱を平定した鷹見十郎左衛門という人物の姿を描き残したい、登流に言えば、将来記されるであろう鷹見十郎左衛門という人物の評伝に付される〝挿絵〟としての鷹見の写真を描き残しておきたいと思ったのだった。

「鷹見様、今日はこれからどちらへ行かれますか」

「今日は、藩邸へ戻るだけだが」

「それなら、少し時間をくださいませんか。鷹見様のお姿を写してみたいと思いましたので…。

四半時ほどあれば、出来上がると思います」

「時間はあるが、四半時で描けるものなのですかな…養生中とあっては渡辺殿にも負担がかかるわけだし…」

「先ほども言いましたように体の方は随分回復いたしましたので大丈夫です」

「渡辺殿には、昨年でしたか、古画の真景図の写しを描いていただいたが、この度は私の姿を写してもらうということになるわけですな。写真を短時間で描くということは、渡辺殿、例のドンクルカームルという写真鏡を使うのですかな」

「この度は、写真鏡を使わずに描いてみたいと思います。実は、近頃鬢鏡(びんきょう)板（七寸角の硝子鏡をはめ込んだ板）を二枚用いる方法を発明いたしまして、ここしばらくは専らそれを用いて、人物の輪郭を決めております。準備を致しますから、しばしの間ここでお待ちになって下さい」と言い置いて、登は二階へ上がった。登は描きかけの絹布をしまい、部屋の隅に置いてあった二枚の衝立を部屋の中央に持ち出した。そして鬢鏡板を衝立に一枚ずつ取り付けた。一方の鏡には縦横の線が等間隔に引かれそれぞれの線に数字が振られていた。

鷹見が登に招かれて二階に上って行くと、登は用意していた床几を差し出した。床几に腰を下ろすと、登は縦と横に等間隔に線が引かれた鬢鏡板を鷹見の顔の左前近くになるように衝立を設置した。そして、鷹見の背中越し右後ろ四尺ほど離れたところにもう一枚の衝立を立て、その衝立の鏡に顔の左前に据えた鏡の像が写るように衝立の角度を決め、その鏡をのぞきやすい位置に自分の床几を置いた。

「これは大仕掛けなドンクルカームルですな」と鷹見が言った。

「これで、こちらの鏡に映る鷹見様のお顔の輪郭を取ってしまえば、あとは、影隈を付け加えながら、気韻生動（きいんせいどう）を究める、ということになります」

登はそう言いながら、鬢鏡板と同じように線が引かれた白地の板に、半透明の雁皮紙を留めた。下敷の板に引かれた線が透けて見えるのを確認し、登は矢立ちから筆を取り出した。

「これでは、どんな面相でも即座に描けますな」

「そうですね、笑った顔も描けるかもしれません」

「それは面白い」

「やってみましょうか」

「そうですな。どんなものになるのか、やってもらいましょうか」

「では…。頭は動かさずに…すこし笑っていただけますか」

「…こうですかな」

と言って、鷹見は口角を上げた。

登は、板に留めた雁皮紙に、鬢鏡板に映る鷹見の顔を素早く写し取ってゆく。程なくして雁皮紙に鷹見の笑い顔が写し取られた。

「これで面相の白画はでき上がりです。これを基に下絵を仕上げます」

登の差し出した像を見て、鷹見は唸った。

「これは素晴らしい。正に笑っている私がそこにおる。…そうじゃ、渡辺殿、明日、私は殿の名代として浅草誓願寺へこの度の一件の解決の報告とお礼を申し上げる為参拝するのじゃが、その帰りに渡辺殿の許へ参るので、その姿を写してはくれまいか」

その姿を描き残したいと思っていた登にとって、鷹見の言葉は願ったりかなったりだった。しかも、正装の姿を写すことができるのだ。

「わかりました。ぜひ描かせてください。私も、この度の一件を落着させた鷹見様の晴れ姿をぜひ写しとうございます」

「そうですか。明日が楽しみになってきましたな」と鷹見は嬉しそうに登に言った。

鷹見十郎左衛門像

「渡辺殿、昨日は楽しかった。今日はお手柔らかに」

その日の鷹見のいで立ちは、浅葱色の素襖（すおう）に烏帽子を被った正装であった。腰の刀には六つ水車の目貫が見て取れた。まさに藩主の名代という身拵えである。

「鷹見様、昨日の写真を試みに半身像に仕立ててみました」と言って、登は縦二尺半、横二尺弱の紙を差し出した。数枚の紙を貼り合わせて作られたその紙には肩衣を着た笑顔の鷹見の肖像が描かれていた。

「これは見事でございますな。まさに笑っている私がそこに居るようだ」

「昨日は肩衣をお召しになっていませんでしたので、弟の五郎に肩衣をつけさせ半身の凡その形をとってみました。鷹見様の家紋を存じ上げませんでしたので、家紋は適当に案配しました」

「そうでしたか。いやいや素晴らしい。今日の写真、ますます楽しみになってきましたぞ」

「では、昨日のように、二階へ上がって下さい」

登は鷹見を二階へ案内し、昨日の要領で、顔の輪郭を何枚か写し取った。さらに、顔の左前に設置した衝立を除き、その方向から正装の半身像を数枚描いた。その作業も半時ほどで終わった。

「鷹見様、一応下準備は終わりました。あとは本画制作に入りますが、できれば烏帽子と刀を画が完成するまでお預かりできれば幸いに存じます」

「そうですか。それでは、後で届けるとしましょう。いずれにせよ、渡辺殿、あまりご無理をなさらぬようにな」

登はにこりと笑って頷いた。

「出来上りを楽しみにしている」

と言って、床几から立ち上がり歩きかけた時、

「そうそう、一つお願いしてもよろしいかな。この写真の日付を四月十五日にしてほしいのだ。四月十五日は、大塩の一件がすべて落着した忘れがたい日なので、よろしく頼む」と鷹見は言い加えた。

「そうでしたか。では完成の日を〝槐夏望日〟としては如何でしょう」と登は言った。

「それは良い。槐夏望日、響きも良い。ではそれでお願いする」

次の日、登は鏡で写し取った下図を、本画の大きさに拡大する作業にかかっていた。鏡を利用する前は、一斎像にしても慊堂像にしても、十以上の画稿を描いたが、今、画稿は一枚か二枚で済む。鏡で人相の輪郭を取るので本人の特徴は捉えられている、その輪郭に彩色と影隈を施し、面相筆でそれぞれの部位を描き込んでいく、するとある瞬間に、顔が画面の中に浮かんでくるようになる。正に浮かぶのだ。登はその感覚をまざまざと知覚するのだが、それを言葉で掬い取って他に伝えることはできなかった。後年登は弟子の梧庵にその感覚について、〝その上は画人の才不才に任せ候義、口伝にも及びかね申し候〟と書き送っている。

顔が画面の中に浮かんでしまえば、その顔に合わせて衣服の線の強さが決まってくる。衣服の色も自ずと決まってくる。顔が浮かぶまでが、勝負なのだ。

顔全体を明るい肌色で塗り右目の眼窩外周部、左目の眼窩上部、唇と顎の間の皺を明るさの異なる茶色がかった肌色で手際よく隈取りし、色の強さを見ながら、鼻と右側面の際に淡い茶色を引き、左の小鼻には輪郭線を入れずに色の濃淡のみで、そのふくらみを表したところで、画面に顔が浮かんできた。浮かんだ顔の相を崩さぬように左頬骨の外側、鼻の孔、唇に濃い色を入れ、色と形を決めてゆく。そして、両の頬に淡い朱を加え、さらに上唇の輪郭の内側にもその朱を施す。

登は、昨年、友人の滝沢琴嶺の写真を描く機会があった。琴嶺の父の馬琴に懇願され、琴嶺の死に顔を写したのだった。死に顔を写生しながら、登は在りし日の琴嶺を心に描き、写真に仕上げた。しかし、死に顔から生前の顔を彷彿とさせる写真を描く作業は思った以上に難しかった。ただその難しい制作過程の中で、登は写真を描く際の彩色の方法を自分なりに確立することができたのだった。

登が琴嶺の写真を描く際に、最初につまずいたのは、鏡が使えなかったために顔の輪郭がうまく取れなかったことだった。登は琴嶺の死に顔を一時ほどかけて写し取ったが、やせ衰えたその顔は在りし日の琴嶺とは大きく異なっていた。やっと顔の輪郭を描くことができた時は、馬琴に琴嶺の姿を届けられると安堵したものだったが、本当の大変さは、その写真に色彩を施す作業の中にあった。生命感溢れる写真に仕上げるためには色彩をどのように施せばよいのか、難しい制作が続いた。そして、ついに、登は次のような理論に達した。顔には五色ある。一つに皮色、これは人それぞれが持つ皮膚の色、二つに血色、皮膚を通して現れる血の色のことだが皮膚の色と不即不離の関係がある、そして三つに陰色、光が当たらぬ部分の色、四つに陽色、光が当たっている部分の色、そして五つに生色、これは色本来の持つあでやかさが生きている色のこと。生色は写真に、生き生きとした生命感を与えてくれる。その五色が適切に施された時に写真は真の写真となる。死に顔を写す中で、登は生きた顔を写す要諦をわが物としたのだった。

　鷹見の顔を描く登の手は片時も動きを止めない。唇全体に朱がちの肌色、上唇に朱をさした後、下唇に茶色みがかった淡い朱を重ね唇の形を整える。これで顔の部分が一段落した。

　次は衣服だが、画の中に浮かぶ顔の位置を確かめながら、慎重に衣服の色の強さを決めていく。画面の中の顔を固定してその顔を基準として着衣を描くためには衣服の色の強さが肝要となる。明る過ぎず暗過ぎず、強過ぎず弱過ぎず、なかなか難しい。まずは、素襖からだ。登は全体を浅葱色で塗り、影となっている部分にやや濃い色を置いた。全体の調子を見ながら、衣服の皺を境として明色と暗色を置き、後に引くことになる皺の線の筆遣いを考えながら、慎重に明色と暗色を描き加えていく。作業は申の刻まで続いた。

　薄暗くなった部屋の畳に置かれている完成した下絵は、〝真〟と〝気〟を兼ね備え、まさに鷹見十郎左衛門その人を彷彿させるものであった。あとは本画の制作となるが、本画の良し悪しは下絵で決まるもの。本画の制作が今までになく楽しみに思えた。

そして、七日後、登は烏帽子と刀そして完成した鷹見十郎左衛門の写真を携えて鷹見家を訪れた。

西日

七月に入ったころ、五郎が床に臥せった。五郎は四月に耳の後ろに腫れ物ができ、それ以来体調が優れず、六月の晦日に急に熱が出た。暑さで体が弱っていたために夏風邪でも引いたのだろう、寝て養生すればすぐに熱は引くと家族の皆は思った。案の定、床を延べて三日目に、熱が下がった。お千代が見舞いに来た時には、五郎は床を払っていた。

「大変だったわね。熱がひどかったと聞きましたわ。五郎お兄さん、もう大丈夫なの」

「まだ、体はだるいが、熱は引いた。もう大丈夫だろう」と五郎が答えた時、お千代は五郎の首筋に、豆粒状の膿疱を見つけた。

「お兄さん、豆のようなふくらみが首のところにあるわ。あら、こっちにも」とお千代は指さす。

「そうか」と言って、五郎はそのあたりを触ってみる。触ってみると、あちらこちらに、水膨れのようなものができている。

「耳の後ろの腫れには気づいていたんだが、なんだろうね」と五郎が言う。

「なんでしょうね」とお千代も言った。

それから三日目にはその膿疱は全身に広がった。その一部からは膿が出始め、また高熱が出た。母のお栄は気が気ではなかった。

「時疫ですかねえ。登殿、高野様に来てもらって診てもらったらよいと思うのですがね」

「私もそう思って、高野に連絡した所です」

「夏風邪だとばかり思っていたのですがねえ」

「そうですね。大事に至らねば良いのですが。母上、五郎のは水疱瘡だと思うのですが」

「水疱瘡というと、子供がかかる時疫ではありませんか」

「稀に二十歳を過ぎて罹る者もいると聞いております」

「水疱瘡なら、十日ぐらいで治りますね。五郎は晩生だから、水疱瘡も晩生なのかねえ」とお栄は言った。

「そうかもしれません」と登が相槌を打って二人は笑った。

間もなく長英が渡辺家を訪れた。

「五郎殿の具合、どうですか」長英は家に入るとすぐに五郎の枕元に行った。症状をお栄から詳しく聞き脈をとった後で、二言三言お栄と話して、登とともに、二階へ上がった。

「渡辺様、五郎殿は天然痘だと思います」と言った長英の声はくぐもっていた。

「天然痘…それはもしや痘瘡かい」

「そうです、たちの悪い時疫です。熱が出るので、体を冷やさなくてはなりません。それに、体力もなくなるので、滋養のあるものを食べさせなければなりません。咳も出るとも聞いておりますから、のどを冷やさないように。おのれはすぐに熱さましの薬を調合してきます」と言って出ていった。

しかし、長英の処方した熱さましは効かなかった。五郎は熱が上がり、咳も出るようになった。

〝高野様はやぶではないのですかねえ〟とお栄は登に言いたかった。五郎の熱は下がらず、咳き込む姿を見るにつけ、お栄には薬を調合した長英が恨めしかった。登と一緒に、この二日間付きっきりで看病しているお栄にも疲労の色が濃く出ていた。その日の夕方、登は、

「母上。もうすぐ日も暮れます。私が看ていますから、少しお眠りください」とお栄に声をかけた。

お栄は登に従い、隣の部屋で横になった。隣の部屋には西日が差し込んでまぶしかったが、お栄は直ぐに寝入ったようだった。

登は五郎の寝顔を見ていた。

すると、五郎がゆっくり目を開けた。

《父上、私はどれくらい眠っていたのでしょうか。随分寝たようにも思います。もう大丈夫です》

…そうか。それは良かった。

登はお栄を呼び、おたかを呼んだ。いつの間に来たのか、長英までが五郎の枕元に座り、回復を喜んでいた。

次の日には、五郎は床から離れ、藩務に戻った。病み上がりなので随分心配したが、五郎は仕事をそつなくこなして帰宅した。

登は五郎が時疫からすっかり回復したのを確かめ、お千代との祝言の日取りを決めた。五郎とお千代の祝言が済んだ日、登は母に深々と頭を下げた。すべてを引き受けてくれた母に登は感謝しても感謝しきれぬ思いだった。母も登の思いを察し、涙した。日を置かずして、登は藩主康直に、隠

居願を差し出した。藩家老の中には登の隠居に異を唱える者もいたが、その願は康直の英断によって聞き届けられることになった。後で聞けば、河合道臣が康直に助言したとのことであった。

晴れて隠居の身になった登は、羽根沢の慊堂の居宅近くに一軒家を借りた。上屋敷からの引っ越しの際には、椿山初め杏所や梧庵などの絵画の弟子や、長英や三英などが手伝いに来た。吉田長叔や友信の顔も見えた。定通も心配顔で引っ越しの様子を見守っていた。

登は、羽根沢のその屋敷を〝寓画堂〟と名付け、弟子の教育にあたった。写真の注文は思ったより多く、登はそれに応じるのに忙しかった。画塾の運営は椿山に任せ、登は写真の制作と巣鴨での蘭学の研究に勤しんだ。

ある日、登の許に将軍家からの使者が来た。近々幕府で江戸湾防備の対策を講じることになった、よってその資料として『公與探勝図巻』の続巻を制作してほしい、文晁は老齢で依頼できるのは登だけであるとその使者は言った。

江戸湾の防備については、尚歯会で度々話題にもなったことであるから、登は二つ返事で引き受けた。『公與探勝図続巻』を完成し江戸城に上がると、奥まった部屋に通され、今の世界情勢について貴君はどう考えるかと鷹見十郎左衛門から聞かれた。鷹見の主人、土井利位が幕府重役となり、江戸湾防備の任にあるとのことだった。登は、切迫した世界状況を鷹見に語り、必要なのは天文方に置かれている蕃書和解御用の人員を増やし、世界情勢を正確に把握し、的確な対策を講じることであると述べた。鷹見は登に上申書を提出するように勧め、登はそれに従って上申書を幕府に提出した。程なく幕府は、田原藩巣鴨邸を田原藩から譲り受け、そこを西洋学問所とし、初代頭取に三宅友信を就任させた。西洋学問所には多くの蘭学者が招聘され日夜を分かたず蘭書の翻訳が進められた。長崎でシーボルト事件での脱走の旧罪で逮捕された幡崎鼎も罪を許されそこに勤務した。登は、幕府の海防掛の相談役となり、翻訳された蘭書をもとに海防対策の骨子を作成する任に当たった。このころになると、生活の糧は、幕府からの役料で十分に間に合ったので、登は依頼画を描かないでも済むようになっていた。

登の晩年は、『公與探勝図続巻』を描いた絵師そして西洋学問所設立の立役者として輝きに満ちたものになった。今こうして喜寿を迎えた登は、人生のあらゆる場面でいつも精一杯生きてきた自身を誇りに思うのだった。

…旦那様。

「旦那様」

おたかが登を呼んだ。

「五郎さんが、おかしいです」

登は目を覚ました。おたかは登を見つめていた。少し寝入ってしまったのだった。日はまだ暮れていなかった。登は五郎を見た。五郎は静かに寝入っているようだった。だが、その顔には血の気がない。

「五郎」

登は五郎の体を揺すった。体は温かいが反応がない。…五郎は息をしていなかった。

一筋の光

五郎の初七日の法要が終わった。五郎のいない家は寂しかった。六つになる長男の立、三つになる次男の諧（かのう）までが、周りの大人たちの様子を見て、静かにしていた。諧が大きな声を出そうものなら、長女のお可津が諧を抱き寄せて、「いい子だから、静かにしてね」と優しく諭すのだった。

お栄の気持ちの落ち込みはひどかった。四六時中、五郎の在りし日の姿が心に去来し、その度ごとに五郎の死という現実に向き合うことになり、お栄の心を暗くした。五郎の思い出の一つ一つがお栄の悲嘆の一つ一つを生み出すのだった。しかし、お栄には武士の妻であり武士の母であるという気概があった。いくら落ち込んでいても、いくら外見がやつれていても、お栄は気丈に振る舞った。

登も五郎の死によって、打ちのめされていた。弔問の者にはいつもの登と変わらぬようにも見えたが、登の声の調子がいつもより少し高いのにおたかは気づいていた。

八月になって、斎藤弥九郎が登の家を訪れた。

「この度は誠にご愁傷様でございます。御母堂様、渡辺様のご悲嘆お察し申し上げます」

斎藤弥九郎は神道無念流の流れを引く江戸三大道場と称された練兵館の道場主であるが、江川太郎左衛門に請われるまま江川家の江戸詰の用人として務めてもいた。練兵館の三羽烏の一人、金子健四郎の練兵館入門の労を取ったのは登であり、また健四郎は登の絵画の弟子でもあったので、登と弥九郎は面識があったが、互いに行き来する間柄ではなかったので、登はいささか驚いた。

「斎藤殿には金子のことで大変お世話になりました。今は江川様の許でご活躍なさっていると聞き及んでおります。お忙しい中、わざわざおいで下さり、供物までいただき、何とお礼を申したら良いものか。きっと五郎も喜んでいるに違いありません」と登は答えた。

「我が主人の江川も、渡辺様のご活躍のことは以前よりお耳にし、是非ともお目にかかりたいと申しておりました。この度の弟御のご逝去の報に接し、渡辺様の悲しみ如何ばかりかと心を痛めておりました」

「江川様が、そうおっしゃって下さいましたか」

登は、江川という名を度々聞いていた。幡崎鼎によると、先ごろ家督を継いだ伊豆の代官で、進取の気性に富み将来を嘱望されている人物である、特に、西洋の事情に興味があり、幡崎自身も江川と話す機会があったが、その問いかけは的を射ていたとのことであった。登は幡崎に、自分を江川に引き合わせて欲しいと依頼していたが、幡崎の長崎行き、その後の幡崎の逮捕でそれきりになっていた。また、尚歯会で知り合った水戸藩の藤田虎之助からも、江川が海防問題に詳しい登と会いたがっていると聞いたことがあった。藤田と江川は神道無念流撃剣館主岡田利吉の同門であった。また、斎藤弥九郎も岡田利吉の薫陶を受けていた。

「主は、出府なされて以来、渡辺様がよろしければお会いしたいと申しております。弟御のお弔いのこともありますので、しばらくは叶わぬものと思いますが、お心にそのことを留めておいてくだされば幸いに存じます」

「ありがたいお言葉。私も江川様とは一度お目にかかりたいと思っておりました。水戸の藤田虎之助殿から江川様のお噂をよく拝聴しておりましたもので…。よろしく江川様にお伝えください」

短い会話ではあったが、これは登の心に変化をもたらした。五郎の死によって閉ざされてしまった明日へ続く扉が、ほんの少しではあるが、開いたような気がしたのだ。そこから差し込む一条の光を信じて進めば、この闇の世界から抜け出すことができると登は瞬時に確信した。

それから数日後、登は、江川を訪れた。あいにく江川は留守だったが、登は江川の江戸屋敷に向かっている時、近頃に無かった心の張りを感じていた。

急の章　蛮社の獄

新しき世代（目覚めた者たち）

五郎の死による名伏し難い喪失感は、江川太郎左衛門との会話によって癒されていった。登が初めて江川と会えたのは天保八年九月二十三日であった。

江川は、その年三十七歳、登より八つ下だったが、落ち着いた物腰は、不惑半ばの貫禄さえあった。良く日焼けした顔に大きく鋭い眼、対座していると威圧感もあった。登は、彼に新しい時代の息吹を感じた。

…そういえば、長英子や水戸の幡崎鼎や藤田殿、近頃親しくなった幕臣の川路聖謨殿なども江川様と同じ世代だ。そして、その誰もが、現状に満足せず、改革意欲にあふれ、私心がなく、個性的で活力に満ちている。彼らが新しい時代を切り開いていくのだろう。

藤田殿は、斎藤弥九郎殿と同門の剣客で、しかも水戸の儒官の子息であることから儒学、国学に造詣が深い。海防の観点から、海外事情にも強い関心を持っている。御家の継嗣問題では持参金付きの養子縁組に反対するという気骨も示した。

川路殿はとにかく弁が立つ。勘定吟味役の職務の関係から西洋諸国の動向に関心を持ち、海外事情や西洋の技術にもある程度通じているが、彼の持ち味は何といっても巧みな話術だ。彼といると時がたつのも忘れるくらいその話に引き込まれてしまう。彼も新しい時代の人なのだ…

「渡辺殿も異国船の往来について憂慮していると聞いておりますが」

「異国船がわが田原領の海浜にも現れておりますので、その動きを注視いたしております」

「伊豆近辺にも異国船が現れております。拙者は、その脅威に対抗するための手だてを早急に講ずる必要があると考えております」

江川のその言葉に登は軽く頷いた。そして少し間をおいてから登は言った。

「異国船の動きを、海防の観点から見ますと、特段注意を払わぬとも良い場合と、国家の大事に関わる場合があるように思われます。と申しますのも、異国船が日本近海に姿を現すのには様々な理由があるからです。難破したものは、特段の注意を払わずとも解決できます。しかし、薪水（しんすい）を求めるもの、通商を求めるものは下心がある故注意を怠ってはならぬと考えます。また、北辺の露西亜などは『赤蝦夷風説考』でも述べられているように、国土の膨張をその目的としておりますから、これは国家の大事に関わりますゆえ、看過できぬものと考えます」

「拙者は、打ち払いを国是としている限り、その理由如何に拘わらず、打ち払わなければならぬと考えておりますが…」

「おっしゃるとおりです。特に国家の大事に関わることにつきましては、早急に対策を講じなければなりません。また同様に、〝彼を知り己を知らば百戦殆うからず〟と孫子にもあるように、海外の事情を知る必要もあります。海外の事情の研究は私も始めたばかりですが、江川様のお役に立つ資料などがありましたら、早々にお送り致しますので、ご研究の一助としていただければ幸いです」

二人はそれから四半時ほど話し、今後密に連絡を取り合うことを約し別れた。

登はこの日、五郎の死によって潰えたかのように思えた自分の夢が息を吹き返したのを感じた。そのきっかけを与えてくれたのが、これも五郎であった。五郎の死は無駄ではなかった。五郎が、江川と自分をこうして引き合わせてくれたのである。

登が家督を五郎に譲ってまでもやりたかったのは、孝養の為に絵を描くということだけではなかった。確かに絵を極めれば、生活も楽になるだろう。しかし、登が本当にやりたかったことは他にあった。

登は十二歳の時に、日本橋辺りで、大名家の駕籠の供先の者につきあたり打擲（ちょうちゃく）を受けた。自分がうっかりしていたのだから、打擲を受けるのも当り前と思ったが、その時駕籠に乗っていたのが自分と同じくらいの年格好の少年であり、その少年の自分に向ける冷たい表情に登は打擲に勝るとも劣らない強い衝撃を受けたのだった。いつか見返してやると幼い登は強く思った。その少年と肩を並べたい、そしていつの日か見下ろしてやりたいという思いが幼い登の心に芽生えた。幼いなりに、あれこれ考え、そして、その頃、絵の手習いをしていたこともあって、絵を極めれば大名とも肩を並べられると思うようになったのだった。

しかし、いくら幼い登であっても、大名を見下ろしたり、肩を並べたりすることは土台無理な話であることに思い至るのにさほど時間はかからなかった。それでも『一掃百態』を描き長崎へ思いを馳せたのは、絵が好きであったし、絵の真髄を知りたいというやむにやまれぬ思いに突き動かされてのことであった。そして長崎行きを断念しなければならなかったのは、登が田原家臣という立ち位置にあったためだった。だから家督を譲れば、誰に気兼ねなく絵が描けるし絵の道を修め、孝養もできる。若い頃にはそのように考えたことがあり、今もその思いは登の心に無くはなかった。だが、この度家督を譲りたいと強く思ったのは、それとは別の思いが登の心を捉えていたからだった。

登は打擲を受けた際にいだいた憤懣(ふんまん)の思いを片時も忘れることはなかった。実は打ち据えられた直後、その憤懣に耐えかね、儒者になることを思い描いたのである。絵師ではなかったのである。と言うのも儒官になれば、大名に講釈もでき同じ立場で政務を論ずることもできる。まさに肩を並べることができるのである。しかしながら儒者になることは家の事情から許されるものではなかった。勿論、儒官になり大名と肩を並べるなどということは幼い日の自分自身へ言葉足らずの慰めだったのだが、その思いを登は心の奥に秘め、絵の道を邁進してきた。併せて藩務の傍ら学問の研鑽にも努めてきた。その中で蘭学と出会いその研究を進める中で、他藩の儒官とも懇意になり、政務について懇談する機会も増えた。そうした中で、心の奥に秘めていた大名と肩を並べたいという子供じみた虚栄心は少しずつ変様し、ついにはみずからの知見を幕政の中で生かしてみたいという切実な思いとして登の意識に浮かび上がって来ていたのだった。

日本の置かれている立場は危うく、その対応は難しく、しかもそれは喫緊の案件であり、少しの猶予もない。今や登の関心はもはや藩を超えていた。

〝諸外国の事情を踏まえた対外政策の改変を公儀に進言する〟、登が家督を譲るのは何の為かと問えば、畢竟そういうことの為だったのである。

そんな折、五郎が黄泉に旅立った。

藩務から離れることができなくなり、海外事情の研究をより深く修める道が断たれた登の気持ちは察するに余りある。江川が登に声をかけたのは正にその時だった。歩みを止めた登は、また歩き始めた。江川の思いに答えることが、とりもなおさず今わが国が抱えている問題の解決の糸口を探ることになるのではないか、そして藩の中にあってもそれができるのではないか、何より江川は幕政と無縁ではない…登の胸は高鳴った。

数日後、江川から異国船の船印に関わる手簡が登の許に届いた。

無人島

秋も深まったころ、登は江川から、伊豆七島の代官羽倉簡堂が近々伊豆諸島を巡検するという話を聞いた。

「実際に見ると聞くとでは大違いですからね。拙者も、大塩の一件の時に、斎藤と一緒に領内を回ったことがありますが、やはり天領を預かる身としては巡検も必要でしょう」と江川が言った。

「羽倉様は上野、下総の代官様とお聞きしたことがありますが、伊豆諸島は伊豆の江川様の管轄ではないのですか」と登が聞いた。

「かつては伊豆の管轄でしたが、寛政年間に関東代官に管轄が移り、その後は関東代官の持ち回りとなっているようです」

「そうですか。それでは飛び地ということで、なかなか伊豆諸島は縁遠くなってしまいますね」

「そこですよ、渡辺殿。だから拙者は、天領を預かる身としては飛び地であってもおろそかにはできませんので巡検なさっては如何ですか、と羽倉殿に申し上げたのです。そうしたら、羽倉殿も巡検してみたいと思っていた、とおっしゃるのです。聞くところによると、先々代の代官も任期中に、伊豆諸島を巡検されたそうです」

「そうでしたか。…伊豆諸島の先には無人島もあるということですね」

「無人島のことは拙者も聞いたことがあります。異人がわがもの顔で住んでいるということです」

「英吉利人が住んでおるということを聞いたことがあります。彼らは無人島のことをボウニン島と呼んでいるそうです」

「そうですか。拙者も、無人島には異人が住んでいるという噂を耳にしておりましたから、無人島の方まで巡検してみてはどうでしょうと冗談のつもりで羽倉殿に申し上げたところ、それは一考に値すると真顔でおっしゃったのです。羽倉殿はわが国の沿岸を荒し回っている異人をどのように考えているのでしょうね」と江川はあきれたように言った。

「ボウニン島に住んでいる英吉利人は性格が穏やかだと聞いております。林子平翁もそのようなことを書いていたのを記憶しております」

「いや、いや、渡辺殿、異人と遭遇したら何が起こるかわかりませんよ」

「そうですね。やはり注意は怠らぬ方がよろしいかと思います。…ところで、江川様、私も海防の観点から常々近海の島々を見てみたいと思っておるところでした。羽倉様の伊豆諸島巡検に、私も加えていただけるよう働きかけてくださいませんでしょうか」

「渡辺殿、巡検の渡海は大変危険ですよ」

「それは承知しています。その上で、異人が何を考え、わが国をどう見ているのかそれを聞き出したいと考えてもおるのです。〝彼を知り己を知れば百戦殆うからず〟と孫子にもあるとおり、彼を知る必要はあると思いまして…。江川様、どうか私も伊豆諸島の巡検にお供させていただきたいと羽倉様にお伝えくださいませんでしょうか」

「…渡辺殿がそれほどまでに海防に強いお気持ちを持っていらっしゃるならば、そのことを羽倉殿にお伝えいたしましょう」

「ありがとうございます。よろしくお願いいたします」

登は江川に海防の観点から巡検に加わりたいと言ったが、その実、言葉に置き換えられぬ心の高鳴りが登の口を借りて巡検という言葉を発したのであった。

登は、西洋というものに直に接したかったのだ。彼らがどのような生活をしているのかを直接この目で見てみたかったのだ。本に書かれている世界を実際見てみたかったのだ。そして、直に感じてみたかったのだ。書物で理解したことと、実際に見て感じたことの間に齟齬はあるのかないのか、確かめてみたかったのだ。オランダ人のビュルゲルと、イギリス人はどう違うのか、彼らはどのような人種なのか、実際に会えばその端緒が得られるかもしれない、その心の高鳴りは登の心中に様々な言葉を途切れることなく紡ぎ出していた。

数日後、江川から書面が届いた。

「羽倉殿は渡辺殿の同行を歓迎していらっしゃいます。一度会ってお話をしてみたいとおっしゃっていました」という内容の文言が大ぶりな澱みの無い筆で書かれていた。

登はその日のうちに江川を訪ね、羽倉と会う段取りをしてくれるよう江川に頼んだ。江川は快く引き受けた。

江川から書面を受け取って数日もたたぬうちに、羽倉の役宅で登は羽倉簡堂に会った。登より三つ年上の羽倉はこう切り出した。

「初にお目にかかりますが、江川殿から渡辺殿のことは良くお聞きしていました。この度の拙者の伊豆諸島の巡検にご同伴なさりたいとのことですが、いかなる理由から、そのようにお考えになったのですか」

「江川様から、羽倉様が、伊豆近海に現れる異国船の動向を探るべく伊豆諸島の巡検にお出かけになられるとお聞きいたしまして、常々海防のことを心がけておりますす私の血が騒いだと申しますか、どうしても自分の目で異国船の動向を見ておきたくなったのでございます」

「いや、渡辺殿、今回の巡検は伊豆諸島を割り当てられた代官としての職務の一環でして、異国船の動向を探るという目的はありません。…実は、伊豆七島は御領ではありますが無高です。収税は無く、反対に勘定方から、流人経費が出ております。しかし、その額は少額であり、代官自らが七島の運営をするのにはとても足りません。七島の管理は幕府から代官に割り当てられているのですが、以上述べたようなわけで、島の実際の運営は島会所に委託しています。島会所は流人管理を含めた一切の管理運営を勘定方からの御用金で賄っております故その管理が適切になされているかを確認してくるのがこの度の巡検の目的なのです。したがって、各島の砲台視察や鉄砲訓練は型通り行うつもりですが、それ以上のこととなると話が大きくなってまいります」と羽倉は言った。

「そうですか。私は公儀の巡検と考えていたのですが…。聞くところによれば、伊豆諸島の先の無人島に異人が港を整備し小さな村を作っているようなのです。それで、どのような村を作っているのかをこの目で確かめたいと思ったわけです。また、できればその異人と実際に話をして、その目的を探り出せれば、海防の点からも役立つと考え、この度の渡海にお供できればと考えた次第です」と登は言った。

「無人島までは行けません。と言いますのも、伊豆諸島を巡検するのも難儀なことなのです。外海の波は荒く、年に一度、手代を巡検させているのですが、大風によって危ない目に何度もあっております。この度の巡検も拙者にとっては、大げさに言えば命を懸けたものになりましょう。しかるに、渡辺殿もご存じのとおり無人島はその伊豆諸島の遥か先にありますから、その危難は伊豆諸島の比ではありません。なかなか拙者の手に負えるものでないと考えます」と羽倉が言う。

「そうですか。渡海の危険があるわけですね。私は無人島まで足を延ばすのはそれ程まで難しいものとは思ってはいなかったのですが、羽倉様のお話をお聞きいたしまして、その危難がわかりました。…しかも、そう考えれば、なぜそのような危難を冒してまでも、異国船は日本の近海にまで来ているのか、その訳を一層知りたくなっても来ました」

「そうですな。危難を冒してまでも異国の船が日本近辺まで来る訳が何であるのか。そうまでして来るのにはそれ相応の訳があるに違いない。それを拙者どもが知らなくて異国の者どもが知っている。それはおかしなことだ。そう考えれば、是非調べる必要がありそうですな」

「彼らには危難を冒してまでもたどり着かなければならない目的があると思われます」

「それが何なのか。渡辺殿、一度このことはご老中の水野様にもお話してみましょう。無人島巡検が必要であると公儀が考えるのであれば、話は違ってきます。用意される船も大きなものとなりましょう」

「できれば、地図なども改めた方がよろしいかと存じます。北辺は間宮林蔵殿が、詳細な地図を作り上げましたが、無人島辺はまだ詳細な地図がありません。地図の作成が俟たれます」

「そうですな。地図の作成に関しても水野様にご提案申し上げることに致しましょう。それが幕閣に了承されるとは限りませんが、その必要性を知っておいてもらうことは大事なことですからな」

「よろしくお願いいたします。…羽倉様、やはり、無人島まで行くことができなくとも、私も羽倉様の伊豆諸島巡検に同行させていただけませんでしょうか。私は絵をやっているので、風物を記録することはできます。羽倉様のお役に立てることと思います」

「渡辺殿は絵をお描きになるのですか。それはありがたい。風物の記録ができ、しかも伊豆諸島を海防の観点から見る眼もお持ちになっておられる。願ってもないことです」と言って、羽倉は微笑んだ。

登の真の目的は無人島のイギリス人の村を訪問することであったが、それが叶わなくとも、長い船旅に慣れることも今後のためになるだろうと考え直し、登は羽倉に同行を願ったのだった。

「しかし、渡辺殿は田原三宅家のご重役であるので、土佐守様からお許しが出ますでしょうか。危険を伴う渡海ですし、御身も多忙でもあるでしょうからすんなりとはゆかぬかもしれませんよ。拙者の方は喜んで、随行願いたいと思っているのですが」

「私も是非ご同行致したいのですが、万一叶わぬ場合は、私の弟子に水戸家中の鈴木半兵衛という者がおります。その者を記録係として同行させていただけませんでしょうか。お役に立つと思います」

「水戸の鈴木半兵衛殿ですね。承知いたしました。渡辺殿も随行願えると助かります」

「わたくしも、早速伺い書を認めてみます。殿のご承諾をいただいた暁には、どうかよろしくお願い申し上げます」

登は羽倉の役宅を出た。外は鮮やかな彩に輝いていた。これから始まる航海の行先は何処なのかはまだ分からなかったが、登にはこの航海が自分を生き返らせてくれるものであることだけはわかっていた。この航海に身を任せれば、自分の目指す場所にたどり着けるという確信があった。

その夜、登は無人島渡海願を認めた。

海防などと羽倉には言ったが、登にとって、海防というのは建前に過ぎない。打払令が出ているといっても、わが国の海岸線は幾万里あるか知れない、島の数も数え切れぬ、そこに出没する異国船を皆打ち払うことなどできはしない。今、できることと言えば、出没した異国船を穏便に帰らせることだけだ。異国船がなぜ無人島に来ているのかを知り、何よりもその目的を探り、それが交易であればどのように対応すれば穏便に事が進むのか考え、対処することが登にとっての〝海防〟だった。

登が危険を冒してまでも無人島に行きたかった本当の理由は、今まで探求し続けてきた西洋というものを自分の肌で感じ取りたかったからなのだ。ローセルの虫譜やナポレオンの肖像、そして数々の優れた銅版画を作り出し、教政の道と造士の道が共に盛んで、更には他国を自己の所有とすることにも長けた西洋を実際に見てみたいという思いからだったのだ。見て触れて、そして自分が何を感じるのか…。願書を認める登の筆は澱み無く進んだ。

様々な思いが脳裏を駆け巡る中、登は渡海願を認めた。

私こと、未熟者ながら重要な役職を命じられ、五年が過ぎましたが、何の実績も上げられず、面目ない次第でございます。その上無理なお願いを申し上げるのは誠に申し訳ないと思うのでございますが、この度、関東代官羽倉外記様が地図改めのために、伊豆の島々より八丈島を経て無人島へ渡海することになり、その地図作成係として私の門人の水戸御家来鈴木半兵衛という者が指名されました。私もこの地図改めに参加して、今まで培ってきた様々な蘊蓄を傾け不朽の功名を残したいと思いました。できますれば、しばらくお暇を頂き、その間、母を上屋敷の奥仕えにしていただければ、安心して志を遂げられるものと考えます。このようなお願いですが、是非お聞き届けくださいますように、偏にお願い申し上げる次第でございます。

登は、渡海願を藩重役に提出し、沙汰を待った。

沙汰はすぐに下された。渡海はならぬというものであった。

理由はいたって簡単であった。藩の重職にある者が、幕領管理者たる代官の巡検に同道する道理はないということ、そもそも藩重役に危険な渡海をさせることはできないということであった。

登は藩の役職に就いていることの窮屈さを改めて感じた。これでは自分が本当にしたいことをやることはできない。目の前に見えていた一筋の光は消えかけている。自分を取り巻く景色にもはや鮮やかな彩はなかった。自分はどうしたらよいのだろうか。

「あの時、踏み倒されて見上げていた空には烏と鳶が舞っていた。鳶が二羽の烏に追われていたのでよく覚えている。不思議な光景だった。そして起き上がろうとした時、ちょうどその行列の真ん中を進む駕篭が目に入った。その駕篭に乗っていたのは自分と同じくらいの子供だった。同じ子供だが、こちらは供先に散々に打ち据えられ土にまみれて横たわっており、あちらは打ち据えられた私を見ても何事もなかったように駕篭に揺られてすましている。その時は、子供ながら悔しい思いをした」

長英は黙って聞いている。

「どうしたら駕篭に乗った人間と肩を並べることができるのかと悩みもした。御家の祐筆だった高橋殿に聞いたところ、儒者になれば良いとのことだったので、爽鳩先生の門をたたいた。しかし、家の事情から学問に時間を割くことはできなかった」

登は随分酔っていた。

年賀の挨拶をしに来た長英だったが、挨拶を言う前に、登の昔語りを聞く羽目になった。

「渡辺様、それで学問をあきらめたわけですか」

「そうだ。絵を描くことができれば内職もし易い。初午灯篭の絵を描くために入門したわけではないが、絵師の白川芝山の門では随分それで稼いだよ。だが、絵描きは所詮絵描きだ。大名たちと肩を並べて、国の政事を論じることなどできはしない。大名の多くは、少年の頃駕籠に揺られて育った方たちだ。国をどうしたいのかなどとは考えたこともなかろう。ましてや異国のことなど夢にも見まい」

「どうしたのですか、渡辺様」

「私は御家の家老職にある自分を恨めしく思うのだ。執政の中には私が殿の昇進を邪魔していると考えている者もいる。殿の昇進のために金子を使っている場合ではない、今は民百姓のために金子を使うべきだと私が言うものだから、殿の周りの者は私を良く思ってはいない。私が江戸にいては都合が悪いから、国家老にしてしまおうというのが向こうの一致した考えらしい」

「国家老ですか。田原に追いやられるということですか。それは困ったことですね」

「ますます窮屈な立場に追い込まれてしまう。本当に困ったことだ。もっと自由な所に立つことができれば良いのだが、五郎がいなくなった今では隠居もできぬ」

「役を解いてもらうことはできないのですか」と長英が言った。

「役を解いてもらうとはどういうことだ」

「家老職ではなく、極端なことを言えば無役になるということです。格高分合制を敷いているので、俸給が少なくなるわけですから、心苦しく思わなくても良いわけだし、渡辺様なら、絵でも生活できますからね」

「それは良いかもしれぬ」登は少し酔いがさめた心持ちがした。

「ただ退役をする理由を何としたらよかろう。まさか、西洋から天下のご政道をお守りするためとも言えぬであろう」

「渡辺様、やはり酔っていますね。理由は簡単です。病気療養のため、それが一番の理由です。なんなら、おのれがそう言っていたと書いてもらっても結構です。さらに、五郎殿のこともあります。御母堂のお心を思うと、おのれまで胸が痛みます。御母堂へ孝養を尽くすためにも、役を解いてもらうのが一番です」

「そうは言っても、無人島渡海を願った身だ、それが未だ病気療養中だというのでは筋が通らない。また、無人島渡海願に、〝老母をも顧みず願い候云々〟とも認めている。母への孝養を尽くすために職を解いてくれと願うのも筋が通らない」

「渡辺様が病気療養中にあるにもかかわらず無人島渡海を願ったのは、海防の見地から止むに止まれぬ思いの致すところ、田原の人であれば皆知っていることですよ。孝養に努めていることも、田原中の人が知っているではありませんか。その渡辺様が、老母を顧みず願ったのだから、その願いの一途さが計り知れるというものですよ。何の問題がありますか」

「そうだろうか…。長英子、私はこの頃、自分が分からなくなることがあるのだ。私は若い頃から蘭書に記されている欧露巴の文物に関心があった。初めは単なる驚きからだった。そして次第に憧れに変わった。白石翁の『西洋紀聞』を読みその思いを強めた。しかし、近年になって欧露巴の国は複雑な様相を私に見せ始めてきている。この頃は欧露巴の国への恐れというか不信感というか憧れではない何かが自分の中に芽生え、その思いが、一刻も早く西洋事情を詳らかにしなければと私を駆り立てる」

「それはわかります。おのれもシーボルト先生の話す欧露巴すなわち西洋の社会に強いあこがれを抱きましたし、知れば知るほどその計り知れない奥深さに恐れを感じましたからね」

「さらに西洋を知れば知る程日本のことが見えてくる。日本の悪い所も良い所も見えてくる。日本のことをよりはっきりと見たいがために私は西洋のことを知りたいのかもしれない。

助郷免除の際に方便として海防という言葉を使ったが、海防に関することは蘭学のほんの一部でしか無い。そして、海防とは言っているが、長英子も知ってのとおり、私の願いは日本を世界に開くことにある。圧倒的な力を持つ西洋から、わが国を守るためには国を開くことが一番だと確信している。したがって国の開き方をどうするかというところに私の海防の要があるわけだが、私を海防論者だと思い近づいてくる人々は、海岸の防御をしっかり固め永世の禁を維持するということが海防だと信じて疑わない。そしてその方法を私に聞きたがる。西洋国の真意を知り、何を求めて日本に近づいてくるのかをつかめば、自ずとその対処の仕方が分かり、それが広い意味での海防となるのだが、それを彼らにどのように伝えたらよいものか、自分でもわからなくなる時がある」

「渡辺様、今日は本当に酔っていますね。それは時間のかかること、今日明日の仕事ではありません。ゆっくり時間をかけ、国を徐々に西洋に向かって開いてゆけば良いことです。まあ気長にやりましょう。そのためにも、役を早く解いてもらって、自由な位置に立つことが肝要です」

「そうだな。長英子の言うとおりだ」

登は、次の日、退役願を認めた。体調が思わしくないことを先に記し、自分の生い立ちを述べることで母の人生の困難さを示唆し、その母への孝養に努めたい旨を次に記した。最後に、政事に於いては壮健な者がその中心となって取り組まなければ目的を達成できぬものであるから、自分のような病弱な者は閑職に就けるべきと記し願書を締めくくった。

天保九年三月初め、三宅康直が参勤で出府したのを見計らい、登は退役願を提出するとともに、藩の子弟のためにと数百冊の蔵書を進呈した。併せて、数十幅の書画も奉った。それは飢饉の際などに、それを売って米に変え救民に役立ててほしいという思いからであった。

藩からの回答は、蔵書、書画はありがたく頂戴するが、退役は受理できないという素気無いものであった。ただ、その後、国家老の話は登の耳に一切届かなくなった。

品川

「そんなに落ち込んでいないで、渡辺様。元気を出してくださいよ」という長英に誘われて登は品川へ向かった。品川の宿（しゅく）には若い頃には何度か足を運んだこともあったが、一緒に行った友との語らいが楽しかっただけで、品川には魅力を感じなかった。なぜなら、そこには登の琴線に触れる何物もなかったからである。目を楽しませてくれる情景や風景そして絵画や書は勿論、心に染み渡る言葉、舌を喜ばせてくれる料理や耳に心地よい音曲などもそこにはなかった。そして、五郎の誕生を境に登の足はその種の方面から遠のいた。登は、気が進まなかったが、無理強いする長英の気持ちを汲んで、品川まで足を運び、こじんまりした茶屋の貸座敷に上がったのだった。長英は既に馴染みがいるらしく、すぐに姿を消した。

一人残された登の許に、若い飯盛り女が入ってきた。長英が揚げたらしい。

「初めまして。お竹と申します。今後ご贔屓にお願いします」と飯盛り女は挨拶した。

登はお竹には視線を送らず自分の心を見つめながらじっと部屋の片隅を眺めていた。何を考えていた訳でもない。お竹は、お茶をついで、黙ったままこちらを見つめている。お竹の視線を登は感じ取ってはいたが、話すこともないので黙っていた。

数瞬だったが、お竹には長く感じられた。

やっと登は口を開いた。

「そなたは、お竹さんと申しましたか」

「はい」

「私は自分のことを松に例えたことがあった。余り仲が良くない上役から絵を所望されてね、その絵の賛に〝世の中は花に浮かれているが私は松のごとく一人醒めて佇む〟と書いたことがあった。なぜ、こんなことを思い出したのだろうね」

「お武家様は絵をお描きになられるのですか。…あたしは広重が好きです」

「広重が好きなのか」

「はい。『東海道五十三次』の『品川の図』を見て素敵だなと思いました。実際の海はあのようには青くはないけれど、あまりにきれいなので、海をあの色に染めたくなってしまいましたわ」

「海を広重の青に染めるのは難儀なことだ。紺青がいくらあっても足りない」

「広重の青は紺青というのですか」

「そうだ。青には紺青の他に群青というのもある。群青は美しいが目が飛び出るほど値が高くつく」

「絵具には安い絵の具と高い絵の具があるのですか」

「赤や白は比較的安いが、群青は目が飛び出るほど高い。安易な気持ちでは使えない色だ」

「そうなのですか。お武家様はどのような絵をお描きになられるのですか」

「何でも描く。花鳥画や人物写真を描くことが多いが」

「今はどんなものをお描きになっているのですか」

「今は訳があって描いておらぬ。描く意欲がわかぬというのか、描く暇がないというのか、とにかく描けないでいる」

「駄目ですね。絵が好きならお描きになればよろしいのに。暇がないなら作れば良いではありませぬか。描こうという気持ちは、描いているうちに出てくるものではありませんか」

そう言ってお竹は微笑んだ。登はお竹との他愛もない会話を楽しんでいた。そう、楽しんでいたのだ、と登は気づいた。

「どうやって暇を作ればよいのだろう」

「それは時間を区切ればよろしいのでは。午の刻には何をして、未の刻には何をすると決めて、申の刻には絵をお描きになれば良い。それで一件落着ではありませんか」

登はお竹を見つめた。決して美人という訳ではない。だが、嫌いな容姿ではなかった。

「私も若い頃、そなたと同じように考えて生活したことがあった」

「お武家様、あらまあ、あたしはまだお武家様のお名前を聞いていませんでしたね。まあどなたでもよろしいのですが、あたしは〝若い頃〟というお言葉をお遣いになる人を好きにはなれません」

「ほう、それはまたどうして」

「だってそうでしょう。若い頃という言葉を遣っておっしゃろうとすることは二つだけですもの。自分は偉いと威張るか、自分は年を取ってもうだめだと卑下するか、その二つしかありませんわ。あたしはどちらも嫌いです。あたしは威張ったり自分を卑下したりしたくはありませんもの」

「そうではない。私は威張ったり卑下したりはしない。ただ、お竹さん、そなたと同じように考えていたということを伝えたかっただけだ。寅の刻に起きて子の刻に寝るまで、やることを決めて生活をしたこともあったと言いたかっただけだ」

「ほら、嘘ばっかり。威張りたかったのですね。寅の刻に起きて子の刻に寝るなんて、ほとんど寝る時間がないではありませんか」

「威張りたいのではない。私の家は貧しかったので、内職をしなければならなかった。だから無理もした…」

「…そうなのですか。お武家様も苦労なされたのですね。そうなら、あたし信じますわ」

「私の名は渡辺登、崋山と号している」

「渡辺登様とおっしゃるのですか。わあ様ですね。これから、わあ様と呼ばせていただきます。それはそうと、あたし、やっぱり、若い頃こんなことをしたあんなことをしたというのは聞きたくありません。今何をしているのか、今に生きているのかどうか、それが一番聞きたいことですわ」

「そうだね。今何をしているのか、だね。今はとりあえず、品川に来てお竹さんと話している、そう答えてはいけないか」

「そうではなくて。でも、それもよろしいのでしょうけれども」

その日、登が藩邸に戻ったのは子の刻をとうに過ぎていた。

西洋の風（『鴃舌或問』）

今何をしているのか、お竹は登に問いかけた。その無邪気な問いかけに、登の心は潤った。確かに思いどおりにいかぬことは多い。だからと言って、心が委縮してしまって、日々を無為に過ごしてはいけない。どんな状況にあってもやれることはあるはずだ。問われるのは今何をしているかということだ。

品川に行った翌日の午後、登は三英の訪問を受けた。三英は岸和田藩に藩医として仕えるとともに、その頃天文方で翻訳の仕事もしていた。三英が言うには、近々、天文方の者が、語学の勉強も兼ねカピタンと面談することになり、その節の質問を用意すべきようにと達しがあったので、登のもとを訪れたということだった。何をカピタンに質せば良いかとの三英の問いに、

「あり過ぎて何から質したらよいか困ってしまいます。書面にまとめて、後で三英殿の所へ届けますから、三英殿の方で取捨選択してカピタンへ質してみてください」と登は答え、その後は三英の天文方の翻訳についての話に移った。

お竹に会ってから登は少し変わった。一時、登の視界から消えていた色彩が徐々にではあるが蘇って来たのだった。登は再び今に生き始めつつあった。今しかできないことをやれるだけやってみようという気持ちが蘇ってきたのだった。

ビュルゲルに長崎屋で会った時の胸の高鳴りは今でも覚えている。未知なるものへの好奇なる思いが胸間に充溢（じゅういつ）するあの感覚。前に向かって進まざるを得ないような心持ちが登の心の堰に一穴を穿ち、そこから尋ねたいことが沸き出て来た。

…西洋の最新の情報を得るには何という本を手に入れれば良いのか。

…その最新の本の和蘭陀語訳は出ているのか。また、英吉利や独逸都（ドイツ）の学術書の和蘭陀語訳が少ないのはなぜか。

…西洋に割拠している国々のこと。仏郎機（ポルトガル）、独逸都連邦、大貌利太尼亜（ブリタニア）、第那瑪爾加（デンマーク）、孛漏生（プロイセン）、

波羅巴亜(ボロニア)国など。

…新大陸のこと。南北亜墨利加(アメリカ)と亜烏斯太剌利(オーストラリア)について。

登は質問を項目に分け、三英に書き送った。その書き付けの文末に〝この度のニーマンの会見のことは、後日二人でまとめたいので時間を取っていただきたい〟と書き加えた。

十日後、登は巣鴨邸で三英と会った。もちろん長英も来ていた。三英はこの度の会見の要旨をまとめた詳細な覚え書きを携えて来ていた。また、ニーマンの人となりについてもまとめてきた。

「一応、私なりにこの度のニーマンの会見をまとめて来てみたのですが、いかがでしょう」と言って三英は細かい字でびっしり書かれた書面を登に差し出した。書面には、問答形式の文が書き認められていた。

……

一、問　江戸の将軍のことを、地理学者は何とお呼びしていますか。

　　答　ケイズルと申し上げております。

一、問　江戸のような広い町は世界にありますか。

　　答　わが国の都の俺特担(アムステルダム)とは比べ物にならないくらいの広さです。把理斯(パリ)の広さぐらいでしょうか。把理斯(パリ)を都とする仏蘭西は和蘭陀の二十八倍の大きさです。日本は乞食の多さと大火事が頻発することでは世界一です。

一、問　わが国は百年間戦をしていませんが、そのような国が他にもありますか。

答　このように平和な国は他にはありません。西洋では一日たりとも安心して寝食を取ることができません。そのためどの国でも現実に即した政事が求められています。為政者は国家存亡の観点から寝食を忘れて働いています。為政者が昼夜を問わず熱心に働くというのは、欧羅巴の外の国では見られないことです。

・・・・・

「三英殿、さすがですね。渡辺様が手を加えるところが無いではありませんか」

「三英殿のまとめたものを私なりに書写してもいいですか。カピタンの最も新しい情報ですからね」

「もちろんですとも。順序などを代えれば、もう少しわかりやすくなるところがあると思います。質問の順番は会見でなされたそのままですから、重複するところや内容の似た質問が離れていたりしています。校正していただければ幸いです」

「ありがとうございます。三英殿、出来上がりましたら、是非読んでいただきますのでよろしくお願いします」

「おのれも是非読ませていただきたいものですがね」と長英が口をはさんだ。

「もちろんだ」と登が言うのと同時に、友信が口を開いた。

「余も読みたいものだ」

「はい、ご老公様には誰よりも先にご覧に入れます」

「そうか、これで余も安心じゃ」

巣鴨邸は笑いにつつまれた。

後日、登はその問答集を、海外、日本、医学、その他の項目に分け『駃舌或問』と題する小論にまとめた。また、三英から聞き及んだニーマンの人となりについては、稿を改め『駃舌小記』と題して書き記した。

もう一つの無人島渡海計画

羽倉外記が伊豆七島に旅立った翌日、四月二十三日の午前、登は『小笠原島記』の写本を捲っていた。そこに掲載されている地図は、『三国通覧図説』に掲載されていた地図と比較すると随分見劣りがし、記述内容も手抜かりがあるように思われた。

その日の午後、この頃よく顔を見せる花井虎一がやって来たので、花井にそのことを話すと、「斎藤次郎兵衛殿にお聞きになればいいと思いますよ。斎藤殿は無人島渡海を願い出たこともあり、この方面の地理に明るい方だともっぱらの評判ですから」と言って、

「…すると、渡辺様はその筋の方から問い合わせがあったのですね。では、次の無人島巡検は渡辺様の番ではないのですか」と独りごちた。

花井とは知り合った四年前にはよく会っていたが、その後はしばらく顔を見せなかった。昨年登

が無人島渡海願を書いていたころにひょっこり訪ねてきて、それ以来、また会うようになった。無人島渡海願を書いていたころの登は、気鬱になったのかと自分でも思うくらい気持ちが沈んでいたが、花井の話はその気持ちを紛らせてくれた。

花井は気の置けない人物だった。登が無人島渡海のことや海外の情勢について語り、花井はその話を黙って頷き受け止めた。無人島には本土では手に入れることができない貴重な資源が溢れるほどに満ち満ちていると登が語った時、硝子の素材である硼砂（ほうしゃ）や亜鉛などもあるのでしょうか、と花井は口を開いた。資源があるとは書かれているが、どんな資源がいくらあるかは、やはり現地調査をしてみないとわからないでしょうね、と登は答えた。

無人島に行ってみたいという気持ちが花井の心に沸き起こったのはその時だった。

…本土ではほとんど産出しない硼砂があるかもしれない…

…無人島に村を作っているという英吉利人が持っている硝子細工を見ることができるかもしれない…

花井はその時から、方々手を尽くし、無人島渡海を計画している人物を探し回った。無人島へはどう行けばよいのか、その手続きはどうなのか、それを訪ねたかったからだ。

そして、やっとその人物を見つけた。日本橋の旅籠山口屋の彦兵衛と言う人物である。

彦兵衛によると、無人島への渡海は常陸国鹿島の無量寿寺の住職順宣とその息子の順道が計画しているもので、それに関心を持つ者が不定期に会合を開き、渡海の計画を実行に移す話し合いをしているとのことだった。

花井がその会に参加した時の出席者は、順宣親子と彦兵衛、深川佐賀町の蒔絵師秀三郎であった。元御徒の斎藤次郎兵衛が参加する予定であったが、火急の用事ができたため欠席した。その日は順宣が無人島の絵図を持参し、どの島に上陸すべきかを討議した。斎藤は無人島渡海を願い出たこともあり、無人島の地理にも一番詳しいので、彼の欠席を参加者の誰もが残念がっていた。数日前のこの集まりを思い出しながら、花井は先の登の問いかけに応じたのだった。

「斎藤次郎兵衛殿ですか…。無人島のことは誰から聞かれたということではないのですが、少し気になっておりましてね。それにしても花井殿は博識ですね」と言って登は微笑んだ。そしてこう付け加えた。

「では、近々、その斎藤殿の所へ出向き、お話を伺うことに致しましょう」

褒詞内願上申

「それは、褒められたら誰でもうれしいに決まっていますわ。褒められたらあたしだって頑張っちゃいます」

お竹の言葉は登の心を落ち着かせ、新たな活力を与えてくれた。登はそのような言葉が欲しかった。自分を丸ごと肯定してくれる言葉が欲しかった。小さい頃母がよくかけてくれたような言葉、そのような言葉が欲しかったのだ。

「そうだろうか。人は褒められて動くのだろうか」

「そうですよ。庭を掃くのは当たり前なことだけれど、だれかにお疲れさまなんて声を掛けられたら、隣の家の庭まで掃いてしまいたくなります。言葉ですよ、言葉」

「褒め言葉だね」

「そう、褒め言葉。それですよ。わあ様だって、きっとご家中ではお役に立っていると思いますわ」

「お竹、今度は私が褒められる番なのか」

「そうですよ。絵ばっかり描いていらっしゃるわあ様でも、探せば良いところがあるはずですわ」

「探さないと良いところが見つからないということか」

「探さなくても良いところって見つかるのですか。そういうのは神仏ですよ。良いところがなかなか見つからないのが人だとあたし思っています。だってそうではありませんか、人は生きていかなければならない、だから嘘もつくし、ずるくも立ちまわる。でも、芯からの悪人という人はいないと思います。何かほんのちょっとしたことを褒められるだけで、人は善良な心を取り戻すと思うの」

「みんな善良な心を持っているのかい」

「持っているわ。あたしだって、わあ様だって」

「そうか。では、何故、みんなで心を一つにして困難に立ち向かうことができないのだろう」

「みんな、善良な心を持ってはいるけど、困難に一緒に立ち向かいたいとは思っているけれど、欲が邪魔をするのよ。きっと、欲ってものは立場で違ってくるのだと思うわ」

「なんとなくわかる気がする」

「小さい頃、あたしは赤い鼻緒の付いた小さい下駄が欲しかった。でも、今のあたしが欲しい物はワの字を入れた平打簪かな、だから、欲っていうのは変わるものなの。あたし、欲深いことはいけないことだは思わないの。人の性だから。大事なのは、その欲をどこで抑えるかってこと」

「そうだ。それが難しいのだ」

「そうなの。だから、褒めるのよ。褒めることで、その人の欲を抑えるの」

「諌める代わりに、褒めろということか」

「そうよ」

お竹の歯切れの良い一つ一つの言葉に登の心は安らいだ。

「今日はこの辺で失礼するよ。ちょっとやることを思い出した」

「あら、もうお帰りになるのですか…。残念ですけれど、男の人はやることをしっかりしないといけませんからね。今度を楽しみにお待ち申し上げておりますわ」

登は、急いで家に帰ると、筆を取り書面を書き始めた。


三宅土佐守領地田原では、一昨年、畑作の実りが悪かったのに加えまして、八月十三日の大風により石高一万二千石の内、一万一千十一石八斗二升余り減作となりました。さらに昨年は、八月五日、十四日、九月十一日の暴風雨による高波で一万一千六百五石三斗四合の被害が出ました。この度々の災害により御城はじめ領内の至る所が破損致しました。例がない大災害でありますので、土佐守自ら領内を回られ、怪我をしている者には治療を施し、死者が出た家に対しては残された者の生活を見守るよう指示なされました。

登の筆に澱みはなかった。康直の褒詞内願を幕府に差し出そうと決めたのは一刻ほど前、お竹の言葉によってだった。

先月、登の許に、国許の百姓たちから、昨年の助郷を沙汰止みにしてくれた礼として、謝金が贈られて来てから、登の心は落ち着かなかった。助郷の回避は藩の課題でもあり、百姓から礼を言われては心苦しい。登はその謝金を基金として村々のために使うように手配したが、肝心の百姓に自分の思いが伝わってはいない。この度の飢饉でも生死を懸けて苦労したのは百姓だ。その苦しさから一揆を起こさぬように、海防という名目で火器試射まで行って、百姓を威圧したのはこの私だ。その私に、百姓は礼を言ってくれている。申し訳ない。その百姓の気持ちを少しでも鼓舞するにはどうしたらよいのかと思い悩んでいた時、お竹の言葉で考えがまとまった。

飢饉でわが田原では一人も餓死者が出なかった。そのことを幕府に喧伝して褒詞をもらえれば、殿にあっては浪費癖に対する歯止めになるであろうし、民百姓にあっては荒廃した田畑を復活させる活力にもなるであろう、と登は考えたのだ。

…囲い米差し出し、御救いになられましたが…囲い米では十分の一も足らず、土佐守自ら書画骨董の類、さらには武具までも手放し飢える者を救いました。…このようにして田原では、飢える者一万余人、さらに非人乞食の類の者まで、一人の餓死者を出さずに済みました。…これも、定例の参勤を猶予下された御公儀のご英断の賜物とありがたく思っております。重ね重ねのお願いになりますが、上様の御褒詞を頂けるのでしたら、土佐守はじめ家来御領内一同のこの上ない喜びとなりましょう。この御褒詞内願は、いたずらに栄誉を求め外面を飾りたくて行うのではありません。二年続けて大飢饉に見舞われ、それでも何とか力を合わせて凌いでまいりましたが、御領内の疲弊は極みに達し、何も手につかぬありさまです。もし、内願が叶いましたならば、御領内一同の気持ちも奮い立ち、上様の御威光の許、御領内一丸となって復興に邁進することができましょう。このようなことを考え、思い切って内願致した次第です。

書き終えた時、登は何とも言えぬ心地良い疲労を感じていた。いつも見慣れているはずの調度品一つ一つが不思議なほど鮮やかに輝いていた。江川への文を認めていた時と同じように、退役しなくともやっていけるかもしれぬという思いが登の脳裏に再び過った。

平井顕斎に贈る　その一

天保九年閏四月半ばからは、登は何事もなかったように、藩務をこなしていた。褒詞内願の幕閣への提出事務、国許の飢饉対策のてこ入れのために大蔵永常に加えて佐藤信淵の招聘の手続き、さらには海岸防備の一環として定例化した国許田原での火術試射の準備などに余念がなかった。

三月の参勤で鈴木弥太夫が江戸に上ったため、登の負担もその分軽くなってはいたが、やるべきことは多かった。二年続きの不作で借財が嵩み、その打開策として大坂加番を幕府に申し出ようと藩では協議がなされていた。役高が一万石支給される大坂加番は魅力的ではあったが、任命されるまでの運動費も安くはない。とりあえず、十人の藩主供減らしをすることで、この度の幕府倹約令を忠実に履行している姿勢を示すとともに、大坂加番の運動費の一部を捻出しようという方向で議論が進められていた。

藩務は多忙であったが、留守居役の時のような精神的な負担はなかった。また、無人島渡海願や退役願を出したことによって、家中の登に対する接し方も変化した。

それまで、藩の旧守派（多くは入壻派）は登を目の敵にして事あるごとに異を唱えていた。それは、彼らが登を頑強な壁のごとくに認識していた為であった。いくら異を唱えても登は動じないという不思議な安心感があったからだ。そして、旧守派の誰もが、登が藩にとって必要な人材であるということを認めていた。しかし、退役願の一件で、登は頑強な壁ではないということを知ってしまった旧守派は、登に対してどう接すればよいのかわからなくなってしまった。今まで安心してぶつかれた壁のごときものが、次の瞬間跡形もなく無くなっているかもしれないのだ。力を込めでぶつかれる対象ではなくなっていたのだ。

その様な状況の変化で、登は、比較的自由に時間を使えるようになった。退役の願いは潰えたが、今自分が立っているところで、やれるだけのことはやってみようという気持ちも蘇って来ていた。巣鴨での蘭学の研究や尚歯会、絵画制作にも以前と同じように取り組めるようになった。

六月の初め、弟子の平井顕斎がひょっこり登を訪ねてきた。

「崋山先生、ご無沙汰しております。田植えも無事終わりましたので、こうして出て参りました。一昨年はひどい凶作で、往生しました。昨年は作柄も良かったので、今年は何とか江戸へ出てくることができました」

顕斎は登より十歳年下で今は故郷の遠江国で農を営んでいる。十二歳の時掛川藩の御用絵師村松以弘に入門し画道に打ち込んでいたが、二十三歳の時家督だった兄が急逝した為、妻を娶って実家を継いだ。平井家は代々続く豪農で、使用人も多く村役も務めていたこともあり、顕斎は絵画の修業を一時中断せざるを得なかったのだ。しかし、その二年後、画家になる夢をあきらめきれずに、江戸に出た。以弘の紹介で、文晁に入門し、登とも交わった。農繁期は農業に、農閑期は画道に勤しみ絵の力量を高めていった。天保六年には正式に登に入門し、直接登から、絵の手ほどきを受けるようにもなった。

登は、家と画道の板挟みになっている顗斎が自分と重なって見えた。また彼の言葉の端々に現れる彼の母への優しい気づかいにも共感できた。

「今年は豊作になるといいね」登は言った。

「そう願っています。おっかさんは、富士の農鳥が早く出たから今年は豊作だと信じ切っていますがね。一昨年の凶作の時にも、甲斐の叔父は農鳥が早く出たと言っていたのですが、おっかさんに言ってもしょうがないので…」

「ところで顗斎、その包みの中身は軸のようだが」

「はい、この冬描いた作品です」と言って顗斎は風呂敷包みから数点の軸と白描画を取り出した。軸の出来もまずまずだと登は思った。顗斎の持ち味である透明感が出ている。気韻がどの絵にも溢れている。この清澄な画風こそが顗斎の真骨頂なのだ。登は率直に思ったことを顗斎に伝えた。軸を見終わると、一枚の白描画に目が留まった。滝の図らしい。真景らしく、構図と描線がまだ揺いでいる。しかし、妙に心を引く絵だった。

「これは何処の滝だろう」

「遠州の白糸の滝です。近景に白糸の滝、背景に富士という絵を描きたいと思っています。これはその習作ですが、まだ滝と中景をなす森の木々をどう描いたら良いか自分の中でもはっきり決めかねています。木々の葉を南田のように柔らかく描けば、滝の強さを描けなくなるような気がしますし、北周画のように強い線で中景を描けば、滝は真景から離れ観念的な物に堕してしまうような気がするのです。私は滝も森も富士も目に映ったように描きたいのですが、どのようにまとめたらよいか、今のところ見当もつきません」

「顕斎ならきっと描けるよ。真景から山水を描こうというのは山水画の王道だ。真景をよく見ていれば山水画の良し悪しが自ずと分かってくる。真景を見もせずに、古今の山水の模写ばかりしていても空疎な絵しか描けない。真景を深く観察してこそ模写も生きてくるのだと思う」

「ありがとうございます。三年前に、先生から、『四州真景図』という白描画の冊子を見せていただいた時、私はそのことを得心致しました。それまで、私も武蔵や安房など東国を巡って真景図を描きためておりましたが、先生の真景図は私の真景図とはまるで違っていました。うまく言えないのですが、先生の真景図は、その風景を先生がどう感じていたのかがはっきりわかるものでした。その風景を描くときの先生の気持ちまで私に伝わってきました。その風景の中を先生がまさに歩いている、そのような錯覚にとらわれました。

私のそれまでに描きためた真景図は、見た儘を描いた物ばかりで、その絵に私の気持ちを見取ることができませんでした。できるだけ気持ちを抑え風景をあるがままに捕えることが真景図なのだと、私は無意識に思っていたのでしょう。誰もが同じように見ていると思っていた風景が、人それぞれに見え方が違うのだということを、先生の白描画は私に教えてくれました。

そこで、私がどういう気持ちで風景に向き合っているのか、それが分かる真景図を描きたいと思いました。私がやってみたのは、同じ風景を、嬉しい時、悲しい時に描いて、それを見比べてみるということでした。しかし、どんな心持ちであれ、描き上がった風景はいつも一緒でした。私の心がどうであれ、目の前の風景はいつも同じ風景でした。そこで思ったのです。どんな心持ちの時であってもそこにある風景をあるがままに見つめることができるというのが、私の風景の捉え方なのだと。私の見方なのだと。

だから、無理して、他の人の目を通して風景を見る必要もない、私の見方で風景を描けばそれでいいのだ、そう思えるようになりました。そう思えるようになると、模写が楽しくなりました。今までは古の作家の筆法とか構図とかばかりに目が行って、その技術を早くわがものにしようと焦るあまり、模写画を数多くしていた割には、実際はあまり楽しくなかったのです。しかし、今は、こんな見方もあるのだ、私ならばこうする、と思いながら、時には私なりに構図を変えたりして、模写なのか、私の絵なのかわからなくなるくらい描き込んだりもしています」

登は、顕斎の話を聞きながら、彼は自分の絵を見つけたのだと思い、嬉しくなった。

「良いことに気が付いたね。それに気が付けば、後は自分の道を邁進するだけだ。顕斎の絵には、描きこんでいるところにも清澄な気が溢れている。それを大事にするといい」

「はい、何とか頑張ってみます」

「ところで、顕斎、花鳥画や人物画はやらないのかね。今見た軸も白描も、すべて風景だが…」

「はい。若い頃はいろいろやっては見たのですが、私の趣向に合わぬというか、頼まれれば稿本を見ながら描くこともありますが、どうも気が進みません」

「そうか。人物もやってみると面白いのだが」

「先生の写真の話は、半香や椿山殿から聞いています。半香は、先生の人物画には書道で言う楷書、行書、草書の描き方があり、そのどれもが別格であると話していました。私は、人とじっくり向き合うことが苦手ですので、楷書体の写真は描けませんし、筆も早くないので、草書体も駄目です。その間を取って行書体の写真はどうかと思うのですが、それがどのような物か想像すらできません。やはり、私には人物画というのは無理だと思います」

「そんなことはないよ。顕斎ほどの技量があれば人物もやれると思う」

「自信がありません。…では、崋山先生、私にお手本をくださいませんか。楷書体や草書体は私には無理ですから、気楽に描ける行書体の様な人物画ならば、それを手本にして私にも描けるかもしれません」

「行書体の人物画か。顕斎の言わんとすることは何となく分かるが、人物画というものは、その人の特徴が描いた絵に出ていれば上手く行ったと言えるものだと思う。写真となると話は少し違うが、普通の人物画はその人の特徴を掴めば、行書も草書もないと思うのだが」

「そうでしょうか。やはり、相手の特徴を捉えるとなると、私には時間がかかるし、似ているとか似ていないということもあるし」

「承知した。顕斎に人物画の手本を贈ろう。人物画とはどう描くのか、その描き方が分かるような手本を描いてみよう」

登のその言葉を聞いて、顕斎は小躍りする思いだった。登は十日後来るようにと言って顕斎を見送った。

次の日、登は品川まで足をのばした。もちろんお竹に会うためである。

「話だけしに会いに来る人は前にもいたけれど、話だけじゃなくあたしの絵も描きたいという人は初めてですよ」といってお竹は笑った。

「いやですよ。あたし、じろじろ見られるのは好きじゃないから」とお竹は付け加えた。

「でも、わあ様なら、いいかも」とお竹は言う。

「でもやっぱりいやかな」と続ける。

「どちらなんだ。描かせたくないなら仕方がない、誰かほかの人を探すしかない」

「まあ、仕方ないわね。他でもない、わあ様がどうしてもと言うお願いだから断れないわ」とお竹はいたずらっぽく笑った。

お竹の画稿を五枚ほど作って、登は早々に引き上げた。後に残ったお竹の思いは察するに余りがあるが、お竹は登に生きる力のみならず作画意欲までも蘇らせていたのだった。

登は家に戻ると早速下図に取り掛かった。

人物を得意としない弟子の絵手本を描いているという気楽さからか、登の筆はいつになく軽やかだった。写真を描く際には、画面に散らばる透明な無数の線から正しい一本を慎重に選び出さなければならないし、その選び出した一本を過たずなぞらなければならない。更に、数え切れぬほどの色彩の組み合わせから最も的確なものを一組見つけ、それを画布にしっかり定着させなければならない。写真の制作は気の抜けない作業の連続なのである。合わせ鏡を使うようになってからは、線を選ぶ作業だけは短時間でできるようにはなったが、全体の作業の流れは同じなので、緊張の連続であるということに変わりはなかった。

…顕斎も上手いことを言ったものだ。確かに写真は楷書のように一点一画もゆるがせにはできない。行書体の人物画を描いてほしい、上手いことを言ったものだ…

登は、画面の下半分にお竹の像を描き、上半分に人物画を描く時の心得の賛を書き入れようと考え、下図を描き上げた。

…柔らかな線で形を取り、着物の模様はたらし込み、帯の黒と髪の毛の黒で画面を引き締めて、顔には陰影をつけて…

本画用の絹本に向かっている時も、登の筆は面白いように動いた。着物の絞りを表わすたらし込みも思った以上の効果を画面にもたらした。その赤は黒を引き立て、黒は赤を際立たせた。赤と黒は、お竹と私。お竹は私の心を照らし、私はお竹の…、とそこまで考えて、いったい自分はお竹にとってどのような存在なのだろうかと登は自問した。

「わあ様って不思議。お年は取っているのにあたしと考えることが同じみたい。昔、わあ様とあたしはあの世で、一つだったのかも。ある時、わあ様がこの世に生まれてしまって、あの世に残った半分が寂しくなってこの世に生まれたのがあたしなのかも。きっとあたし、わあ様を捜しにこの世に生まれてきたのね」と、いつだったかお竹が海を眺めながら、静かに言っていた。

登には、着物の絞りのその赤と黒がますます冴え渡って見えた。

平井顕斎に贈る　その二

お竹の絵は程なく出来上がったが、賛をどのように書いたものか、登は苦慮していた。人物画は、写真でなければ、似ることを考えなくとも良い、相手から受け取った印象をそのままゆったりとした気持ちで描けばそれでよいのだ。登はそのようなことを賛として書こうと上半分を空けておいたのだが、そのような無粋な長い賛を書いたのでは下の絵を殺してしまいかねない。

短く分かりやすい賛を書こう。

登はお竹の像の左上に筆を下ろした。


　與可は竹を、思肖は蘭を、華光は梅を愛し、自由にのびのびと描いた。そして友人にその絵を贈った。ところが、人の好き嫌いは一人一人違う。王衍はお金を嫌い、欧陽公は蠅を嫌い、眉山翁は将棋を嫌った。人の好みは人それぞれなのだ。

そこまで書いて、読み直し、自分の絵を顕斎が気に入ってくれるかどうかの問いかけで賛を締めくくろうとした。しかし、すぐに思い直した。人物画とはそんなものではない、顕斎に欠けているのは情なのかもしれぬ…、そう思い登は次のように書き継いだ。

私には六如と老蓮の癖がある。眄々にお酌をしてもらわなければ楽しくはなれず、蓮香に添い寝をしてもらわなければ眠れない。好きなことであればやる気も出、力も発揮できよう。そもそも、人間として生まれたからには、食欲と情欲は必ずあるもので、それが無ければ人間とは言えない。このように考えると、私の癖は天下に認められているものであり、竹だ、蘭だという與可や思肖の好みは個人的な趣味にすぎないものなのである。

少し筆が走り過ぎてしまったかとも思ったが、人物画は心の赴くままに自由な気持ちで描くのが大事だということを強調できている、と自分に言い訳してさらに続けた。

だから私の愛妓を描いて顕斎に贈る。顕斎も私と好みは同じだろうか。今は奢侈が禁止されている。私の愛妓も玉の櫛や金の簪を取り、素顔で浴衣姿だが、それはあたかも雨の後の蓮の花のようだ。天保九年六月十日、崋山戯れに描きまた記す

登は画面左上に画面構成上では不具合にも見える賛を書き終えた。

六月十日、顕斎は登の家を訪れた。

「何とか人物画の手本を仕上げることができたよ。顕斎の願ったような行書体の人物画になっているかはわからぬが…」と言って、登は愛妓図を顕斎に示した。

「これは素晴らしい。…しかし、先生。これでは手本にはなりません。何枚摸写しても、満足のいくものができそうにありません。模写をする気さえ失せて、見入ってしまいそうです」

「何を言っている。人物画を描く奥義まで賛に記したのだよ。是非人物もやってほしいと思ってね」

顕斎は登の自画賛を読み始めた。

「先生、この眄々というのは、唐山の酌婦のことですか」と顕斎が聞いた。

「眄々や蓮香というのは絶世の美女だったそうだ」

「そうですか。そして、食欲と情欲ですか。両方とも私とは無縁かもしれません。私は、粗食であっても苦になりませんし、人と会わなくても、寂しいと感じることはありません。やはり、私には人物は合わないのかもしれません」

「人物画は合わぬか…。困ったねえ。ではこうしよう。この絵は椿山殿か半香に進呈することにしよう。そして、今まで以上に人物にも励んでもらうことにするよ。そうすれば、この絵も喜ぶだろうから」

そこまで聞いて、顕斎は慌てて口をはさんだ。

「先生、ちょっと待ってください。賛のここに顕斎と書かれていますよ。私なりに人物もやってみますから、どうかこの絵を私に、お与えください。お願いします」

「そうだ。その意気だ。腹をくって、人物もおやりなさい。顕斎なら、人物も物になると私は思っている」

「先生もお人が悪い…」

そして、顕斎は何度も何度も登に礼を言い、その愛妓図を大事に持ち帰った。

風凪

この九年前の文政十二年、登は弟の五郎を椿椿山（つばきちんざん）に入門させた。それまでは、自分で五郎に稽古をつけていたのだが、身内の稽古には身内なりの難しさが伴う。また、側用人となり、藩務も忙しくなったのを機に、椿山に五郎の稽古を委ねた。椿山は恐縮したが、師がそれほどまでに自分を信頼してくれていると思うと、嬉しくもあった。もともと五郎とは馬が合っていたので、二人はすぐに打ち解けて、妙妙たる師弟の関係になった。椿山は五郎に南画の描法のみならず、その精神を良く教授した。五郎も椿山の教えを守り稽古に励んだ。

そんな五郎が昨年急逝した。

五郎の死後、椿山は師の心痛を慮り、登と距離を取っていた。それは福田半香も同じだった。天保四年に田原で登の弟子になった半香は、その後江戸で絵画修業を積んだ。椿山は花鳥画を得意としたが、椿山に花鳥画が及ばないと感じた半香は、風景画に心血を注ぎ、影隈を施す独自の風景画を模索した。花鳥画と風景画、描く対象は異なっていても、気韻生動の横溢した作品をものにしようとしていた二人はお互いの画業に敬意を払っていた。椿山も半香も五郎の死を心から痛み、登の悲しみを深く理解していた。だから、安易に登と会うことはできなかったのだった。

五郎の一周忌を前にして、顗斎からもたらされた愛妓図の話は、椿山や半香の心をどれだけ軽くしたか計り知れない。特に椿山は、五郎の件では師の信頼に十分に答えることができなかったと思っていただけに、顗斎の話に救われた。椿山は、改めて師の役に立ちたいという思いを強くした。

異国船打ち払いの噂

勘定吟味役の川路聖謨が、「木曽から戻りました」と登の家を訪ねたのは天保九年七月の半ばだった。三月に焼け落ちた江戸城西丸再建に使う木材伐採に立ち会ってきたのだ。

「再建の費用は馬鹿になりません。一坪百両にして、西丸は建坪が六千六百坪ほどありますから、ざっと見積もっても七十万両になります。勘定吟味役の立場としては申し上げにくいのですが、一体どうなっているのでしょうね、何処からその様な金子を捻出するつもりなのか皆目見当がつきません」と川路は苦笑した。

「本当に。金がどこから出てくるのか、重役の方々はご存じなのでしょうか」と登も微笑んだ。

「ところで、昨日、役所で妙な噂を耳にはさみました。モリソンとかいう英吉利の船が日本の漂流民を乗せて昨年九月に江戸湾に入港したが、浦賀で砲撃を受け、漂流民を乗せたまま濠鏡(マカオ)まで戻ったという内容の文書が、カピタンから長崎奉行に提出されたそうです。その文書には漂流民を濠鏡から蘭船にて送還すべきかどうかについての伺いも付されていたので、長崎奉行は直ちに公儀へその文書を進達し、今、沙汰を待っているということらしいのです」

「ということは、今そのことを評定しているということですか」登は聞いた。

「水野様は、勘定奉行、大目付さらに公儀儒官の林大学頭に諮問し、その答申を評定所に回そうと考えておられたようです。勘定方では、モリソンの目的が通商であるならば論外であるが、そうでなければ、漂流民については蘭船での送還は問題なかろうと答申し、他も同じような答申となったらしいのですが、それらの答申の内容について評定所での評議がもめているらしいのです」

「何ももめるような答申ではありませんね。ごく常識的な答申だと思われるのですが」と登は言った。

「拙者もそう思います。しかし、評定所では、文化年間の無二念打払令の趣旨に照らせば、浦賀での砲撃は当然のことで、漂流民の有無で対応を変えるべきではない、という論が多数を占めていると聞いています」

「ということは、もし仮に、評定所で無二念打払令の厳守という評決がなされたとしたら、モリソンがもう一度漂流民を連れてきた場合も、やはり砲撃をするということですか」

「評定所の決議がそのまま幕府の施策に繋がるわけではないのですが、やはり、評定所の評決を無視するわけにもいかないでしょうから、何らかの強い対応策は講じると思います」と川路は答えた。

「モリソンといえば…」と登が言った。

「何か思い当たるのですか」と川路が聞いた。

「記憶違いでなければですが、カピタンによると、モリソンという者は、英吉利の支那学の泰斗だそうです。儒学にも精通しているらしいのです。そのモリソンと関係があるのかもしれません」

と登が言った。

「モリソンとは学者なのですか。船の名であるとばかり思っていたのですが」と川路は言った。

「カピタンのニーマンによれば、『書経』や『周易』を翻訳したそうです。その彼が、漂流民を連れてくると言うのは、端的に言えば、仁の心からであり、義の心からだと思います。また、英吉利が彼を使節として送ったわけも推察できます。それは、高名な学者であるモリソンに対して、国を閉ざしているからと言って、いくら何でも非礼な扱いはしないだろうと考えたからに他なりません。そう考えれば、一応は筋が通ります」

「だとすれば、砲撃したのは誤りだったかもしれませんね」と川路は言った。

「砲撃がなされることはモリソンも予想していたと思われます。しかし、濠鏡から蘭船での送還を拒めば、仁の心が厚いモリソンは、幕府に直接掛け合おうとして、今度は漂流民と共に浦賀沖に現れるかもしれません。その時に、再び砲撃をして、万一モリソンが命を落とすということにでも成れば、これは忌々しき問題です。それは、英吉利にわが国攻撃の名目を与えることにもなりかねません」と登は語気を強めた。

「確かにそれは大変なことになります。しかし、評定所の面々も、毎年風説書を読んでおり海外の事情もある程度は理解しておりますから、猛々しい議論はされても結論は落ち着くところに落ち着くことになるのではないでしょうか」と川路は言った。

「モリソンを使節にしたところに英吉利の意図が感じられますが、評定所では、そのことも議論されているのでしょうか。評定所の決議がどのようなものになるか、目が離せませんね」

「渡辺殿の話で、この度の事件の問題点が随分明らかになりました。仔細が分かりましたならば、またお知らせします。また色々と教示ください」

「川路様こそ、お忙しいのにわざわざお越しくださって、ありがとうございました」

川路が帰った後、登は『鴃舌或問』のモリソンの項目に目を通した。

一、或る人問う、英吉利のモリソンはどのような人でございますか。
答えて曰く、モリソンは倫敦の人で、幼少より大志を抱き、名を上げようと兄弟で広東に到り、濠鏡に十六年間留学した。志那文に通じ、『五車韻府』を著わし、其の外『周易』『書経』『通鑑綱目』『東華録』『西域碑文』を翻訳し、『支那誌』『日本誌』『蝦夷誌』という著作もある。但し、この三誌は未完であるという。

褒詞褒賞

八月になって、田原藩は幕府より褒詞を受けた。内願が幕府に取り上げられたのだった。褒詞を受けたという知らせは田原領内に広まり、大蔵永常や佐藤信淵の農事指導を後押しすることになった。また、幕府よりの褒詞授与を受け、田原藩でも九月十三日に凶饉救済関係者二十六人に褒賞をおこなった。そのことも、藩運営の円滑化に寄与した。

飢饉に際し、餓死者を一人も出さず、一揆に苦しめられることもなく、しかも、海防訓練を連年続けている田原藩の名声はにわかに高まった。

「田原の評判が良くなったのは渡辺殿のおかげですよ。田原に家老渡辺あり、家老渡辺あっての田原三宅家ですね」と声を掛けられると、登はこう答えた。

「そのようなことはありません。殿のご英断の賜物です。また、強いて言うならば田原は石高が少ないが故にいろいろ考えなければ御家を運営していくことができないものですから、家中一同の尽力の結果が、田原の評判に結びついたのだと思います」

登は田原藩に寄せられる賛辞に頓着することはなかった。しかし登は、殊イギリスにだけは大いに頓着していた。三英から伝聞したニーマンとの問答を、『鴃舌或問』と題してまとめて以来、西洋におけるイギリスの動きが気になっていたからである。

自国の石高が少ない謂わば小国のイギリスが、国外に領土を広げることができたのはなぜか。登の関心はそこにあった。そしてその小さい国のイギリスに目を向けるようになったのは、於銀を訪ねた時に耳にした〝石高の少ない御家〟という言葉からだった。その時以来、登は〝石高の少ない御家〟という言葉に特別な思いを抱いていたのである。

その日は、九月末にしては暑い日だった。奥の間では、長英が友信に蘭語の教授をしていた。登は前室で、長英が翻訳した『ブーランズソン』を読んでいた。そこへ三英が入って来たのだった。三英が着座をするやいなや、

「三英殿、英吉利が国外に領土を広げることができるようになったのはストームマシーネの発明のおかげですかね」と、登が問いかけた。

「そうだと思います。自行火船は風の力を借りずとも何百里も進めますからね。それと、強力な武器の発明、それらが無ければ、広大な領土を獲得できなかったと思われます」

「だが、そのような発明は一代ではできない。三英殿の聞き書きにもありましたが、二代三代を経て完成するとのこと。そうであれば、その技術の伝達が必要となり、学問所の拡充が前提となってくるわけですね。それは、家中の学問所の規模でできることなのでしょうか」

「難しいことだとは思いますが、全くできないことだとも思われません。先日もお話いたしましたが、あの部分は、ニーマンの言ったことではなく、私が訳していた『鋳人論』の一節なのです。小さい御家の利を生かして、実学を教授する学問所を特化して設立すれば、そのようなことも可能かと思います」

「そうですか。可能ですか」

登はそう言って、また長英の翻訳文に目を落とした。

登は、ふと先日帰郷した春山のことを思い出した。

「父の病が重篤になりましたので国許へ帰ります。我輩の力をもってすれば、父の病を治すのは朝飯前ですので、近々また戻ってきますので、その時は宜しくお願いします」

春山は春山らしい別れの言葉とともに、田原に向かった。

春山に『駃舌或問』を見せた時、

「唐山は瀕死の状態ですね。脈が弱っていますよ。大国は体が大きい分、動くのもなかなか難しい。それに比べ、英吉利は溌剌としている。小国は、小国なりに、鍛錬を怠らぬからと見受けられます。そう考えれば、渡辺殿、わが三宅家中もやれることはいろいろあるのじゃないですか。まずは教育ですね」

春山はそう切り出した。

「なぜ教育なのだい」と登は言った。

「教育は、体の鍛錬にもなりますし、滋養強壮の薬としても使えます。血液のめぐりが良くなれば、集中力もついて、有用な物の発明もできます。ストームマシーネよりも素晴らしいものをいくらでも発明できますよ」

「春山子、そうは言っても、まずストームマシーネとはどういうものか知るということ、そこから始めなければならぬのではないか」

「それはそうですが。人間の脈よりも天下の脈を診る医者だと標榜している我輩の見立てだと軽く受け流してくださいよ、渡辺様」

実は、登も春山と同じことを考えていた。

教育の充実、そこにこそ小藩である田原の生きる道がある、春山の喝破したとおりだ。

「成章館で、実学を教授してみてはどうかと考えている。しかし、西洋のように実学の根底に帰納法とかという西洋の学問を据えるのは賛成できない。長英子によれば、古の学師の説は妄説であり、それに類するものとして儒学も含まれているらしい。長英子はその妄説を払拭したところに実学が成立したのだと強調していた。長英子の説がどうであれ、私は、実学の根底にはやはり朱子学が無ければならないと考えている。春山子も同じ考えだと思うが…」と登は言った。

「それは勿論です。そうでなければ、西洋人と同じになってしまいますからね。長英殿は、天馬空を行くがごとき説を論ずる時がありますからね。やはり、実学の根底には朱子学があってしかるべきです。新井白石翁が『西洋紀聞』で述べたとおりです。…そう考えるのであれば、成章館に伊藤鳳山を招聘したらどうですか」

「鳳山は確か朝川善庵の養子になっていて、田原へ来ることはできないだろう」

「いや、今彼は尾張の名護屋にいるのです。そして儒者ではなく、医者となっているから、世の中は面白い。名護屋の浅井塾で塾頭をしています。我輩も浅井塾に顔を出していましたからよく知っています」

春山のその話で、登の構想も固まった。蘭書に精通している春山には実学を、朱子学を鳳山に教授してもらえば、田原の将来も明るいものになる。

長英の『ブーランズソン』の翻訳を読み進めながら、登は心に浮かんでくる様々な思いを反芻していた。

天保九年十月十五日の尚歯会

その日の尚歯会は盛会であったが、長英は体調が思わしくなく欠席していた。

紀州藩儒の遠藤勝助が主催する尚歯会は学問についての茶話会に端を発し、天保の飢饉の際は救荒問題に取り組み、『救荒便覧』や『二物考』などを生み出した。救荒問題へ取り組む過程で、尚歯会は、遠藤が時事問題を取り上げその対応策を出席者各自が持ち寄り論じ、その後、会に参加した者が自身の作品や研究を披瀝し皆の意見を請うという体裁になっていた。

十月十五日に回答を求めた問いは〝飢饉の遠因の一つが奢侈であるから、奢侈を防ぎ倹約を行うにはどうすればよいのか〟というものだった。その問いに対し、中国の古典を援用しつつ奢侈の弊とその対策を説く者が多かったが、中には幕政批判とも受け取れる意見もあり、会自体は盛り上がりに欠けた。

会の後半、評定所の記録方を勤める芳賀市三郎が、巡検使となって上野・下野・甲斐・信濃を巡った時に自作した紀行記数編を朗読した。それぞれの国の珍しい物産や変わった風俗を客観的に克明に記録したそれらの紀行記は、批評の対象として打って付けのものであったので会は前半とは打って変わって活況を呈した。

「紀行記として、実に良く書けている。物産風俗ともに眼前に彷彿させるものがある」と絶賛する者もあれば、「紀行記とは目に映る物をとおして自身の心情を発露すべきものであると考えれば、残念ながら紀行記の体をなしておらぬ」と言う者もいた。芳賀の記録した物産のことを問う者もいれば、芭蕉の『奥の細道』についての蘊蓄を披露する者もいた。半時程は、それでも芳賀の紀行記の加除訂正に関わる議論が中心ではあったが、いつの間にか、会の議論は、現今の出版事情に移っていた。

「まだまだ論じ足らぬとは思いますが、今日はこのくらいに致しましょう。芳賀殿、どうもありがとうございました」という遠藤の言葉で会は閉じた。例会が終わっても雑談は続いていた。その内、一人帰り、二人帰り、半分ほどが帰ったころ、青い顔をした長英が現れ、

「遅くなってすみません。ちょっと野暮用があったものですから」と咳き込みながら言った。

「実は、弟子の内田と奥村が蘭書にある羅針盤という機械を作りまして、おのれの所へ持ってきました。それは、船の航行を容易にさせる機械でして、なかなか立派にできておりましたから、尚歯会の皆様にもお見せしようと、病をおして、こうして持参した次第です」

長英の後から羅針盤を大事に携えた内田弥太郎と奥村喜三郎が入ってきた。内田は伊賀者で空屋敷番の御家人、奥村は増上寺御霊屋領代官、二人はそれぞれ算術と測量に優れていた。

「その機械は、外国の船にも備えられているのだろうか」と遠藤が聞いた。

「備えているものが多数です。拙者どもの作りましたものは、二十年ほど前の設計図を基にしていますから、今はもっと改良されているかと思われます」と内田が答えた。

「ストームマシーネを搭載している船にもそれが取り付けられているのだろうか」と登が聞いた。

「外洋を航行する船には必ず搭載されていると思われます」と奥村が答えた。

内田と奥村はその機械の実演を始めた。

その時、芳賀市三郎が登の所に近づき、次のように囁いた。

「例の評議の議決がなされました。これがその答申の写しです」と言って、書面を登に差し出した。

一、長崎在留の和蘭陀甲比丹から鎮台久世伊賀守殿へ提出された訴状

・英吉利のモリソンという船が、近々日本の漂流民七人を護送し、長崎には寄らず直接江戸近海の浦賀に船をつけ、漂流民の送還を口実に交易を願い出ようと計画している。

一、英吉利船の昨今の動向

・英吉利船は、先年長崎で狼藉を働き、近年は処々に乗り付けて薪水や食料を乞い、去る寅年に至っては、みだりに上陸して廻船の米穀や島方の野牛などを奪い取るなど、

怪しからぬ振る舞いをしたうえ、邪宗門まで勧めているとのこと、いずれにしても捨て置く事でき難く候。

一、異国船に対しての対応のこと

・そもそも英吉利に限らず、南蛮西洋は御禁制の邪教の国であるから、以後どこの海岸でも異国船が近づいてくるのを見たならば、その所に居合わせた人夫に命じ、一図に打ち払い、逃げるのであれば追い船を出す必要はないが、強いて上陸を試みるのであれば搦（から）めとり捕虜にしても良い。また、沖の本船を攻撃するのもその場の判断とする。

・もっとも、唐船や朝鮮琉球の船などは、船の形や乗り組みの人間の姿で区別のつくものの、和蘭陀船は他の西洋の船と見分けられないかも知れない。しかし、万一、間違っても差し支えなく、無二念打払を心掛けること。

一、蛮夷の姦計への対処の仕方

・殊に、近々来航の目的は交易を願うことにあるにもかかわらず、信義を掲げ、漂流民をおとりにし、有利に事を運ぼうと画策するなど、誠に不届き千万の仕方であるから、大学頭が〝邦人を連れて来てくれた好意を斟酌（しんしゃく）すれば、無体と打ち払うのもどうかと思うので、この問題の取り扱いはなかなか難しい〟と答申なされたが、蛮夷の姦計に対して接待の礼など設ける筋合いは更々ないものと考える。

一、評定所一座の評議の断案

・たとえ漂流民を連れて来ようと、文化年間に露西亜船が長崎へ日本人を連れて来た時の仰せのとおり、わが国の災害を除くためには、漂流した数人の賎民の存亡などを斟酌すべきではない。君徳を汚す恐れは決してないから、向後もまた文化年中の御書付の御趣意とおり、無二念打払が肝要と存ずる。
・もっとも、海岸お備え向きについては、従前よりそれぞれ心得ておることであるから、この度の一件については通知するには及ばず。

登は、息もつかず一気にその書付を読んだ。読み進めるうちに、登の表情はみるみる曇っていった。

…これは大変なことになる…

登のただならぬ気配を感じ取った長英は、登に声をかけた。

「後で知らせる」とだけ答え、登は芳賀に向かって二言三言何か話し、芳賀からその書付を預かると、遠藤に挨拶をして、帰途に就いた。

今何ができるのか　その一（『慎機論』）

家に着くと、おたかが、「お早いですね」と、登を迎えた。子供たちは既に寝ていた。お可津は十二歳、立は七歳、諧は四歳になる。二階に上がり、先ほどの書付をもう一度読んだ。

…公儀評定の決定は外国の事情を全く考慮に入れていないものだ。これをそのままに実行すれば、英吉利にわが国を攻撃する口実を与えることになってしまう。慎重に事を図らなければ取り返しのつかないことになる…

その夜、登はモリソンの一件に対する自分の考えを『慎機論』と題する草稿を仕上げた。自分の考えを整理し、それを同行の士との議論のたたき台にしようと考えたのであった。草稿の要点を示せば次のようになる。

・田原領は海に面しており、海岸防備の任を負っているが、防御するにしても相手を知らなければ対策の立てようもないので、海岸掛となって以来外国の事情の研究を続けてきた。

・そのような中でモリソンの噂を聞いた。モリソンという人物は唐山の学問に通じ、その著述も多い。彼の日本渡来にはそれ相応の理由があるに違いない。

・日本は外交を厳しく制限しているが、それを続けるにしても外国の事情を詳しく知ることは必要である。まかり間違ってもその見識が郡盲象(ぐんもうぞう)を評するようであってはならない。

・西洋の国々は世界各地を自己の所有としており、亜細亜ではわが国、唐山、波斯(ペルシア)の三か国のみがその所有を免れている。その中で西洋の国と通信していないのはわが国のみ。飢えた狼にとっての路上に捨て置かれた肉の様なものである。

・しかし、いくら飢えた狼と言っても、西洋の国は理屈抜きで戦争はしない。様々な言いがかりをつけて、戦端を開こうとするであろう。

・英吉利も露西亜も最終的な目的は唐山の所有である。露西亜は北から陸戦で唐山に攻め入ることを考えている。一方、海戦に長けた英吉利はまずわが国を侵略し、唐山に海から攻撃を仕掛け、その後陸戦に持ち込もうと考えている。

・唐山侵略の手始めとして、英吉利がわが国に海戦を仕掛けてきた場合、四方が海に囲まれているわが国はどうなるであろうか。海運の邪魔をされ、海防の不備を突かれるであろうから、その損失は計り知れないだろう。

・わが国のこのような状況を招いたのは、唐山の観念的な学問を後生大事にしてきたためであり、それはあたかも明末の世相に似ている。明末には士風が軽薄になり、国が危機に瀕しても、為政者たちは相変わらず詩歌音曲に耽っている有様であった。

・このことを具申しようとしても、公儀執政は紈袴子弟（がんこしてい）（世襲のお坊ちゃん）で危機意識など全くない。それを諫めるはずの公儀役人は賄賂の倖臣（こうしん）（賄賂で成り上がり忖度ばかりしている者）で信が置けない。状況の把握ができるのは儒官だけだが、彼らは喫緊の重大事から目を背け字句解釈に血道を上げている。このような現状であるので、わが国がいずれ外敵に侵攻されるだろうことは疑いようもない。

草稿を書き終えた時には辺りが白んでいた。

新しい一日が始まっていたのだ。

一息ついて、登は、長英と松本斗機蔵に手紙を書いた。松本は八王子の千人同心組頭で、水戸藩藤田虎之助を介し知り合った尚歯会の常連で、登と同年代だったが二十歳前後に最上徳内と出会い、早くから海外事情研究に取り組んでいた。松本は昨年、イギリスとロシアにオランダ同様の通商を許すべしと説いた『献芹微衷（けんきんびちゅう）』を水戸の中納言に献上している。

火中書　昨日の尚歯会にて、幕府評定所の評議内容の書付を入手致しました。至急相談致したいことがございますので、明日申の刻にお会いしたいと思います。

渡辺　登

松本斗機蔵様

同様の手紙を長英にも書いた。

次の日、申の刻、登の家の二階に三人が集まった。長英の風邪はずいぶん良くなっていた。

登は、モリソンの一件の概略を二人に説明した。

「昨年九月のことになるが江戸湾に入港しようとした異国船が浦賀沖で砲撃されるという事件があったようだ。その船はモリソンという名で、日本人の漂流民を送り届けるために澳鏡（マカオ）から日本に向かったのだが、浦賀沖で砲撃を受けたため、そのまま澳鏡に戻ったらしい。その話を聞いた和蘭陀が、漂流民送還の労を取ることを長崎奉行に申し出たが、長崎奉行は事の重大さを慮り、判断を仰ぐために江戸に急使を送り、それが評定所に回された。そして、この度評定が出たのだが、その内容は、和蘭陀の申し出を断り万一モリソンが今一度現れたならば打ち払うべしというものだ。これが評定所の評議の概要だが、その答申写しがこれだ」

そして、登は芳賀の書き付けを二人に見せた。

「渡辺様はこの一件について、前々から知っていたのですか」と長英が聞いた。

「知っていた。知り合いが以前噂話として話してくれたのだ。その件で評定所がもめているとも付け加えていたが、評定所も、帰する所は和蘭陀の申し出をすんなりと受け入れるものとばかり思っていた」

「渡辺殿、この書付には、漂流民の送還は認められない、万一英吉利船が自ら漂流民を送還しに来たならば、打ち払えという意味のことが書いてあります。それが実行されましたならば、どのような事態が生じますか」と松本が登に質した。

「どのような事態になるか想像もできなかったので、私なりに、これまで得た知識を基に考えてみた。それをまとめたのがこれなのだが」

登は出来上がったばかりの『慎機論』を松本に渡した。

松本は食い入るように読み始めた。長英も横から覗き込み、一緒に読んだ。

読み終えて、

「確かに、渡辺様のお書きになったように、英吉利はわが国との戦端を開くかもしれませんね。公儀執政は世襲のお坊ちゃん、公儀役人は賄賂で成り上がった者ども…われわれでそれを防がなければならないということですか」と長英が言った。

「モリソンとは、人名なのでしょうか、それとも船の名前なのでしょうか。芳賀殿の書付には船名とあり、渡辺殿の書き物には学者の名前とありますが」と松本が登に聞いた。

「渡辺様がお書きになったように、学者の名前です。おのれもシーボルト先生から直接その名前を聞いたことがあります。シーボルト先生も尊敬しておりました」と長英が口をはさんだ。

「高野殿、モリソンというのは、この書付では、船名となっているようですが」と松本が再び言った。

「いや、これはモリソンが使節となって乗り込んでいる船ということですよ」と長英がむきになって言い返した。

「まあまあ、二人とも落ち着いて。書付を素直に読めば、松本殿のように船名とも解せる。それに、漂流民の送還の使節であるというよりも、交易を求める使節のようにも読める。唐山の学を深く研究した学者が交易を求める使節になるということがあるだろうか。私もいろいろ考えたのだが、そう考えれば、モリソンというのは船名であるということも十分あり得る」と登は静かに言った。

「いや、やはりモリソンは、人名です」と長英は繰り返す。

「長英子はモリソンに随分ご執心のようだね」

「そうなのです。先ほどシーボルト先生も尊敬するモリソンと言いましたが、おのれはモリソンという人物がどうも兵学の心得のある間諜ではないかと思われるのですよ。三英殿と調べてみたのですが、モリソンは耶蘇の伝道師という肩書を持っていたらしく、それで、唐山にすんなり入ることができ、その後は学者として、唐山の高官たちとも人脈を持つに至るのです。彼は唐山の言葉を研究しながら、唐山内部を探っていたのではないかと思われてならないのです」

「モリソンが間諜だというのか」

「そうです。間諜を放ち国情を知るのが何よりも大事なことですからね」

「長英子、それでは英吉利が唐山にすぐにでも戦を仕掛けるとでもいうのかね」

「そうかもしれませんし、そうでないかもしれません。しかし、相手国の内部の事情が手に取るようにわかれば、何をするにもしても有利です」

「では、出島の仕組みを作っているわが国は賢明だというのかい。常々、国を開くことが肝要と言っている長英子だが」と登が微笑んだ。

「そう来ましたか。これは一本取られましたね。確かに出島の仕組みがあるおかげで日本には間諜が入りこむ隙はありません。いや、おのれが言いたかったのは、間諜などを放つ外国の知略に嵌(は)まらぬようこちらも十分に準備をしておかねばならぬということです。それを疎かにしてしまうと、国を開いてすぐに、外国に首根っこを掴まれて、国富を搾られるだけ搾り取られてしまいかねないことにもなりかねないということです」

「高野殿、いずれにせよ、モリソンが来た際に打ち払いで対応すれば、英吉利が攻めてくると言うことになりますかね」

「攻めてくるでしょうね。大軍では来ないでしょうけれど、火器が優れていますから、わが方には相当数の死傷者が出るかもしれません」

「高野殿、そのように他人事のようにおっしゃらないで下さい。英吉利が江戸湾に現れれば、その戦で先頭に立って戦うのはわれわれ千人同心ということになりますからね。戦えという命令が出れば命を懸けて戦いますが、もっと何か方策があるような気がします」そう言って松本は登の方を見た。

登は松本に向かって言った。

「この書き付けが評定所の決議であるとすれば、ご老中もこの答申に沿って沙汰をお出しになるものと考えられる。しかし、この書付にもあるように、儒官は現実に即した答申をご老中に提出したようなので。もし我々にできることがあるとすれば…」

「それは、今回の評定所の決議は現実に即さないということを公儀に伝え、これから出される実際の沙汰を現実に即したものとなるように働きかけること」と松本が口を挟んだ。

登は頷いた。

「それでは拙者は上書を認めましょう」と松本が言った。

「それは良い思案です」と長英が言った。

「早速、槍奉行様に上書を認めてみましょう。また、水戸様にもこの状況をお知らせした方が良いと思われます。『献芹微衷』を奉った時、海防について何かあればまた具申せよとおっしゃってくださいましたので」

「そうですか」と登が言った。

「ただ、芳賀殿に迷惑がかからぬように情報の出どころは単なる噂としておかねばならない。松本殿が『献芹微衷』を水戸様に上書したことは公儀でも知らぬ方がないから、この度のモリソンの一件についての上書はご老中のご判断にも影響があるものと考えられる」と登は続けた。

「他にどんな手がありますかね。…おのれができることと言えば…」

「実は、長英子にこの件を知らせるかどうか私は悩んだ。シーボルトの件もあるからね。しかしこの度の一件は、国難になりかねない大問題だ。是非とも、長英子の知恵が必要だと考えたのだ」

「当たり前ですよ。もし、この様な一大事をおのれに知らせなかったら、おのれは渡辺様と絶交します。これは大変な事態です。だが、渡辺様が書いたように、ただ手をこまねいている他ないのですかね」

「高野殿、読み物をお書きになっては如何ですか」と松本が言った。

「そうなのだ。私もそう考えておったのだ。長英子には何事をも明快に描き出す筆力があるから、それを使わない手はない」

「モリソンが来た場合、できるだけ穏便に事を解決するのが得策だという旨の読み物を、という訳ですか」

「そうだ。私と違って長英子は柔らかな文も書けるからね。なるべく平易な言葉で、読みやすい物を書いて、それを皆に読んでもらう」

「いいですね、やってみましょう」

「そして私だが、直参の方々に『慎機論』を読んでもらい、それぞれの立場から、公儀に働き掛けてもらえるよう図りたいと考えている」

「松本殿が上書で公儀執政、渡辺様が公儀役人、そしておのれが陪臣や、学者そして好事家にという訳ですね。多方面から攻めてゆけば、お坊ちゃんも、国の行く末を真剣に考えざるを得なくなるというわけですね」

「そうだと思う。そして写本を多く取ってもらうことにしよう。写本は写本を生むから、それが多くなればなるほど穏便な解決策が得策であるという考えも公儀に浸透することになる。だから、丁数も少なければ良いと思っている」と登は言った。

「ただ、モリソンを人名にするのか、船名にするのか、だね」と登は続けた。

「やはり、人名としましょう」と長英が提案した。そしてこう続けた。

「松本殿のお話のとおり、この書付を読むと、やはり船名なのかもしれません。しかし、おのれは噂話をもとに打ち払いをやめさせようとするわけだから、噂話として扱うのであれば、あまり正確な情報をそこに持ち込む必要はないわけなので、少し的が外れていた方が、後々の為にもなるし、そう考えると、人名の方がよいのかもしれません。畢竟、おのれはモリソンなる間諜と離れられぬ運命なのでしょうかね」

「拙者はうわさ話で上書という訳にはいきませんから、書付のとおり〝モリリン〟は船名とします」と松本が言った。

「松本殿は千人同心組頭というお立場もありますから、確証の高い情報をもとに上書を書いても、幕政私議云々として情報の出どころを詮索されもしませんでしょう」と登が言った。

「この一件に関していえば、レサノフと同様厚く遇し、漂流民の送還の礼を述べ、通商に関してはわが国の国是に照らして不可であると述べ、それでも通商を迫った場合にのみ打ち払う、ということですね。ただ、将来的には英吉利・露西亜との通商もやむを得ない情勢だと思われますので、東照神君の御代には和蘭陀と同じように英吉利とも通商をしていたということを付け加えて論を締めくくれば良いかと思われますが」と松本が言った。

「それは良いお考えだ。さすが松本殿。それでいきましょう」と長英が言った。

「とりあえず、早急に作業に取り掛かり、打ち払いを是非とも阻止しましょう」と登はその談義を締めくくった。

今何ができるのか　その二（『夢物語』と上書）

その六日後、長英は書き上げた原稿を持って登の所を訪れた。

「書き上がりました。題は『夢物語』としようと思っています。甲と乙の問答形式にしました」

そう言って、長英は書き物を登に手渡した。以下はその要約文である。

冬の夜半過ぎ、読書の疲れからうとうとしていると、或る方から誘われ、行ってみると、広間で数十人の学者が議論を交わしている。

聞けば、モリソンという英吉利人が日本人漂流民を引き渡す為に江戸近海に来るとの噂があるが、実際に来た場合、どのように対処すべきか、と参会者の甲が皆に質している。

その問いに対し、乙が次のように答えた。

英吉利人モリソンの下心はともかく〝仁義〟を掲げ漂流民を送って来るのだから、長崎まで誘導し、そこで漂流民を受け取り厚く礼を述べるのが良かろう。ついでに、通商を匂わせ、和蘭陀からも得られぬ諸国の詳細な情報を得るのが得策だ。彼の口から通商の案件が出たところで、他国との通商は禁制であるという国是を断固として申し伝える。これがこの一件に対する最善の策であると。

続けて、乙は、モリソンは軍師であり、多数の軍艦が彼の指揮下にあると語る。文化年間にレサノフが日本に交易を求め、叶わず、故国で自殺した時、それを恨みに思った部下のホーシトウが、たった一艘の船で蝦夷地沿岸を荒らしまわり、わが国に多大な損害を与えたが、モリソンがわが国に恨みを持ちひとたび事が起こればホーシトウの比ではない。したがって、モリソンを非法に扱えば、今後どのような事が起こるか予測不可能だ。何しろ、モリソンが来るということ自体、尋常なことだとは思えないと、乙は話を締めくくった。

その時、拍子木の音がし、目を覚ますと、議論をしていた部屋も甲も乙も跡形もなく消え失せ、独り部屋に居り、外は白んできている。あまりに不思議なことなので、心覚えにこれを書いた。


登は読み終えると、長英を見つめ微笑んだ。

「実にうまく書けている。モリソンを武人としたところなど、長英子らしい。説得力がある」

「渡辺様の『鴃舌或問』の形を参考にし、問う者と答える者を甲と乙にしました。問答形式は物事の問題点を明確にできるだけでなく、それをどう考えるのかというところがはっきり書けますからね」

「そうだね」

「紈袴子弟諸君、モリソンの一件は、この『夢物語』を読んで、その解決策を検討されんことを願い申し上げ奉る」と言って、長英はいたずらっぽく笑った。

次の日、松本斗機蔵が上書稿本を持参した。

「この度は、『献芹微衷』とは違い、モリソンの一件だけに絞っての上書でしたので、筆が進みました。大筋は先日の打ち合わせに沿っています」と言って、稿本を登に渡した。

その上書きは〝高参拾俵一人扶内御足高二俵千人頭志村又右衛門組同心頭松本斗機蔵戌四拾六歳〟と書き出し、初めにモリソン号来航の風説を記し、今回のモリソン号の来航は〝…遠海万里労費を厭わず、漂民を憐み送り越し候事と申す儀は、たとえ内実願望指し含み、一時の謀略に候供、名義においては殊勝なる儀を捉え、はかりごととは言え形式上だけを見れば感心なことのように見える…〟と述べ、その対応を誤った場合、〝…当時強大の英吉利の儀に御座候えば、万一怨憤を懐き候節に至り候はば、終には両国の戦争をも相成申すべくも測り難く…〟と推察し、よってモリソンへの対応は〝…レサノフの如く御手厚之礼節有之、漂民御受け取り成られ、但し交易の件は許されぬことと諭し、それを承諾しない場合にのみ、打ち払うべき…〟と結論づけていた。

松本の上書はそこで終わらず、さらに日本とイギリスの交流の歴史が付記されていた。

「松本殿、工夫しましたね。東照神君の頃は、英吉利も和蘭陀と同様わが国と交流していたということを歴史上の事実として、その是非を問わずに付け足しましたね」

「そうでございます。英吉利との交易の垣根を少しでも低くできないかと思ったものですから…。ただ英吉利との交易を是認するとは申しましても、私は英吉利や露西亜を信用しているわけではございません。『献芹微衷』でも書きましたが、英吉利や露西亜の人間は鼻持ちならぬ輩でございます。連中は表面上、理に適っていることを申しますが、腹の中ではおのれの利益しか考えておりません。ならば、表立って交易をし、時間を稼ぎ、彼らの腹を探り、逆にわが方の利となる方策を取る工作をした方がどれだけ良いことか。交易をする中で、彼らの火器や艦船の仕組みをつぶさに調べ解明し、わが方でもそれに劣らぬものを作り出せば、英吉利や露西亜もわが国においそれと手は出せなくなると思うのです」

「確かにそうですね。英吉利は、海外進出に長けている国です。自国の版図は小さく土地も痩せているために、海外に自国の繁栄の活路を見出してきましたからね。彼の国を学べば、わが国も豊かになれます。手始めにしなければならぬことは、彼の国との交易です。そうすれば、最新の知識がもたらされますからね。英吉利の新知識が直接日本にもたらされるのと和蘭陀経由でもたらされるのでは、大きな時間の差が生じます。また、和蘭陀人は英吉利の言葉を理解することができるので、和蘭陀語に翻訳される英吉利の本も限られています。ですから、本当に英吉利の新知識を手に入れるためには、英吉利と交易をしなければなりません。と申しましても、英吉利の言葉を解するのが先決なのですが」と登は言った。

「渡辺殿、英吉利は新知識をどのように手に入れているのでございますか」

「やはり、教育の制度が整っているということが挙げられるでしょう。研究に携わる者の身分が保証され、研究に打ち込むことができるらしいのです。そして、一つの研究に世代を超えて取り組むことができるようなので、その成果も著しい。その辺りのことは小関殿が詳しいようです。また、英吉利は小国なるが故、鍛錬を怠らず、身を律して、事に当たっているようです。そこに、わが田原の活路もあるのではと考えておるのです。小国であるが故、様々な改革が行いやすい。英吉利のことを探れば、他にも有益な情報が得られると思いましてね」

「やはり、〝彼を知り己を知れば百戦殆うからず〟というわけですな」

「如何にも」

松本が帰った後、登は『慎機論』を取り出した。

…何かが動き出した、確かに動き出した。これがどこに向かうことになるのか…

外は夕方になっていた。いつになく烏の鳴き声が響いていた。

安積艮斎邸にて

登は天保九年十二月十八日に、安積艮斎の新築振る舞いの席に呼ばれた。艮斎は登より二つ年上の四十八歳、二本松藩儒を勤めていた。登とは佐藤一斎を通じて古くからの顔なじみであった。参集した者は七人。登の知る者は川路聖謨のみだった。艮斎によると、慊堂の所で登が何度か会った赤井東海も来るはずだったが、身内に不幸が起き、欠席ということだった。

「今日はお忙しいところ、拙宅の新築振る舞いにお越し下さり、誠にありがとうございます。やっと私も居を構えることができました。狭いながら、工夫したところもありますので、家の中を一回りご覧ください」

艮斎は先頭になって部屋を回り、土台は檜だの、柱も檜で五寸角、一部に八寸角を使用しているだの、障子は雪見に仕上げ、釘隠しに家紋を入れたなどと、いつもの艮斎からは想像もできないほど饒舌であった。

登は床の間の掛け軸に目を止めた。

「これは素晴らしい。文晁先生の富士ですね」

「さすが崋山先生、お目が高い。文晁先生に頼み込んだ一品です。それにこれ、床柱は唐木の紫檀を用いてみました」

「渡辺殿は絵の鑑定もおやりになるのですか」と川路聖謨が登に聞いた。

「少しやりますが、あまり詳しくはありません」

「何をおっしゃいます。大変な鑑識眼の持ち主ですぞ、川路様。それに渡辺殿は崋山と号する画家でもあります。一斎先生をお描きになった写真は大変な評判ですよ」と艮斎が言った。

「絵もお描きになるのですか。私は全く存じ上げませんでした。」

「そうそう、先日これを手に入れましてね。『和蘭陀新訳地球全図』という世界地図でございます」

と言って、艮斎は袋戸棚から細長い二尺ばかりの桐箱を取り出した。

「先日去るお方から借りた『夢物語』という写本を読み、英吉利や和蘭陀という国を知りたくなりましてね。今日は渡辺殿もいらっしゃるということでしたので、楽しみにしておりました」

艮債は桐箱を床の間の前に置き、部屋の障子を開けた。そこには、小作りではあるが贅を凝らした庭が現れた。

一同は庭のしつらえに感嘆の声を上げ、艮斎にあれこれと質問した。艮斎は満更でもなさそうにその問いに答えている。

「渡辺殿」と川路が小声でささやいた。

「例の件の公儀の方針が決定しました。長崎で和蘭陀より漂民を受け取るということになったようです」

「それは良かった。これでひとまず江戸近海に漂民を引き連れて来ることはなくなったわけですね」

「そうです。さらに、水野様は、江戸湾の防御のために相州の巡検を本丸目付の鳥居殿と江川殿に命じました。江川殿からお聞きになっていましたか」

「巡検のことは聞いていました。それはモリソンの一件とも関わっているやに聞いておりましたが、…何はともあれ、モリソンの件は漂民を和蘭陀から受け取ることになりましたか。本当に良かった…」

登はここ二か月ばかりの心の緊張が少しずつほぐれてゆくような気がした。これでモリソンへの打ち払いは起こらないであろう。戦争の危機はこれで回避できた。冬枯れの庭が鮮やかに輝きだしたように感じられた。

「寒くなりましたな。どうぞ座敷へいらっしゃってください」と艮斎は皆を促した。

昼餉の膳が一段落すると、艮斎は世界地図を広げた。

「渡辺殿、よろしくお願いします。ところで、皆さまは『夢物語』なる書をお読みになりましたか」

と艮斎が皆に聞いた。

「なかなか面白い読み物でした」と答えたのは井戸弘道であった。井戸は西丸小姓番士の職にあり、艮斎、登と同年代であったが、登とは面識がなかった。

「作者は、世界の情勢に詳しいものと見えます。モリソンについては誤解をしているようですが、この件は穏便に取り計らうようにすべきという作者の思いは良く伝わってきました。読みやすく、歯切れも良いので、読み物としては面白いものでしたよ。ただ、拙者の職務上、あのような読み物が市中に広まるということは困ったものだと思いました」と苦笑いした。

「拙者も面白く読みましたよ」と川路が言った。

「やはり、相手を知らなければ、対処できませんからね。英吉利という国は一筋縄では行かぬなかなかの強者と思いました。わが国も心してかからぬと痛い目に合いかねない、そのように思いました」

「渡辺殿、ところで西洋とはどこからどこまでの範囲を言うのですか」と良斎が地図に目をやり、登に尋ねた。

「西洋の範囲は正式には欧羅巴と申しまして、その範囲は、亜細亜の西、北緯七十度から四十五度の間にある地域です。この地図で言えばこの辺りになります。その大部分は、五十五度以北に位置しており、蝦夷地より北に当たります。五十五度の線はこれです」

「その様な北にあって、太い木は育つのでしょうか。八寸角の材木は取れますかね」と篠田藤四郎が聞いた。篠田は川路と同じ勘定吟味役を務めている。

「四十五度付近では土地が乾いているために丈の高い木は育たぬようですが、五十五度以北では、松や樅の巨木が育っているようです」と登が答えた。

「松や樅では使い物になりませんね。杉や桧、欅でないとこのような良い日本家屋はできませんな」

篠田藤四郎の言葉に、すかさず、川路が、

「欧羅巴には日本家屋を建てるような酔狂者はいませんでしょう」と付け加えた。

その一言で、一座は打ち解け、世界地図を囲んで話が弾んだ。

「まるで、尚歯会の会合のようですな」と言って艮斎は嬉しそうに笑った。

やがて酒宴が始まった。川路は一人一人に酒を注ぎ、巧みな話術で座を盛り上げる。登は艮斎の脇へ行って文晁の『公輿探勝図巻』についてひとしきり話した後、北宗画の伝統に法って描かれた富士の絵の技法について一つ一つ丁寧に説明していた。

「式部殿、何か気に病むことでもあるのですか。今日は一言もお話になりませんが」と井戸弘道が隣に坐していた林式部に声をかけた。林式部は、公儀儒官大学頭林述斎の六男で、鳥居耀蔵の実弟、天保九年書物奉公から二の丸留守居に転じていた。

「いや、私は書物奉行を長く務めたものですから、西洋のことは全く興味がありません。しかし、兄の鳥居は、西洋に興味がある者に強い関心を持っているようですが」と式部は答えた。

「どうなのでしょう、拙者も、先ほども言いましたように、あの種の書が市中に出回ることに対しては、はっきり申しまして、不愉快な心持がいたします。評定所の答申に異を唱えられているような気がいたすものですから」

「そうですか。私はあまりその種の物には興味が沸きませんが、十年二十年の知恵は、孔子の時代から連綿と継承されている知恵に比べれば、所詮付け焼刃の知恵に過ぎないものだとは思っております」と式部は言い捨てた。

その日の宴は夜まで続いた。

帰り道、登は川路にこう言った。

「今日の月は、澄んでいる。目を凝らせば、遠くまでよく見える。今日集まった方々が、知恵を寄せ合って未来を見通すならば、今日の月と言わず太陽のもとで遠くを見るように未来を見晴るかすことができるでしょうね」

東の空には十八日の月が上っていた。

江戸城　その一

本丸目付役所。

「どうかなされたか。西丸の井戸殿が直々に参られるとは」と言って鳥居燿蔵は書類から目を上げた。

「鳥居様のお耳に入れておきたい事案が出来いたしまして。鳥居様は『夢物語』という書をお読みになりましたか。拙者は、一度読んだ方が良いと知人から勧められまして、目を通しましたが、評定所の評議を批判している書き物と映りました」

「そうですな。私も読んではみたが、政事に関わらぬ者の気楽な創作物と見受けた。評定所を蔑ろにしているような箇所があったのは気になりましたが」

「噂では、高野長英という蘭学を研究している者が書いたとのことです。この度、高野ではありませんが、知人宅で渡辺と言う蘭学の施主と評されている者と会いました。渡辺と申す者は田原三宅公の家老と言うことでしたが、有名な絵師でもあるそうです。その渡辺が、世界地図を前に、それぞれの国の位置、政事や経済のことを澱みなく流れるように話しておりました。その話は巧みで、拙者までその話に引き込まれてしまいそうでした。その席には勘定方の者も二人ほど出席していましたが、渡辺の話に魅了されておりました」

「ほう」

「その席で、尚歯会という言葉が出ました。その会の内容は良く分からなかったのですが、なにやら、蘭学の研究をしている会の様なのです。その会に、公儀役人が出入りしているとすれば、これは忌々しき問題だと思われますが…」

「そうですな。蘭学の浸透は社会を不安定にしかねないですからな。医療や天文、兵器に関する蘭学の知識は、有益なものが多いが、政事の方面となると、話は違ってくる。西洋はわが国とは異なる仕組みを持っているから、それをわが国に当てはめて考えようとすると、様々な点で軋轢が生じるのは必定、そこに一抹の不安を感じないわけにはいきませんからな」

「そこなのです。流ちょうな弁舌からは得体の知れぬ熱情がはじけ、私は渡辺に年に似合わぬ血気の様なものを感じました。渡辺は話に引き込んだ者を何処に連れてゆくのか、そこのところが一向にわかりませんでした。そこに危うさを感じた次第です」

「…大塩のようにならなければよいが…。生真面目な熱情は時に人をあらぬ方へ導くこともありますからの」と鳥居は答え、読みかけの書類に再び目を向けた。

推薦

十二月二十三日、登は、十日ほど前に斎藤弥九郎が持参した江川太郎左衛門の書簡への返事を書いていた。もらった書状には、江川が備場新設のための江戸湾の巡検を老中水野忠邦から命じられたこと、江川は副使で正使は本丸目付の鳥居であること、巡検は一月初旬から始まることが記されていた。そして、備場の候補地を決めるにあたって周辺の地図作成に正確を期したいので測量の技術者を推薦してほしいと結んであった。

登は、モリソンの一件について江川に詳細を書き送っていたが、そのこともあってか、江戸湾巡検に対する江川の並々ならぬ覚悟がその書簡からは滲み出ていた。

登は長英と相談し、奥村と、内田を推薦することにした。十月の尚歯会で自作の羅針盤を披露した例の二人である。

登は次のような返事を江川に送った。

お手紙拝見いたしました。この間はわざわざ訪ねてくださり、誠にありがとうございました。さて、測量家の件ですが、次の両名を推薦いたします。

奥村喜三郎

増上寺御霊屋付きの代官。この方は測量の専門家でございます。

内田弥太郎

伊賀組同心。この方は測量の方は奥村より劣りますが、算術の専門家でございます。他にも測量のできるものはおりますが、此の両人なら間違いはなかろうかと思います。

右、御返事のみ申し上げました。頓首

十二月二十三日

渡辺登

斎藤弥九郎様

…この度の巡検の任は江戸湾防備の段取を立案することにあるようだ。公儀の海防意識の高まりが、この巡検の申し渡しということになったのだろう。

文化年間にレサノフが現れた時、その対策として白河、会津両松平家に江戸湾防備の命を下し、三万石の加増を行い、加増分の兵力を江戸湾の防備にあたらせたが、文化十年の露西亜との和議で、海防の差し迫った必要性が薄れると、両家の御家事情もあって、江戸湾の防備体制の規模は著しく縮小した。文政に入ってからは、江戸湾防備は浦賀奉行と代官の管轄に移り、江戸湾は丸裸同然となってしまっている。

そこに、今回のモリソンである。

江戸湾の防衛論は林子平翁を嚆矢(こうし)とするが、彼は奇人として処された。彼の発想は奇抜だが、今も新鮮である。蒸気船が現れたことで、世の中が林翁の考えにやっと追いついたとも言えようか。

では、どのように、江戸湾を守ることができるのか。江戸の情報はカピタンによって西洋諸国に筒抜けになっている。それを踏まえた上で、対策を考えなければならぬ…

登は文箱から『鴃舌小記』を取り出し、読み始めた。

間もなく、「旦那様、お昼の支度ができました」とおたかの声。

下に降り、昼餉を食べ始めた時、ひょっこり花井虎一が現れた。

「花井殿、今ちょうど昼餉を食べ始めたところです。しばしの間、二階に上がって待っていてくれませんか」と登が言うと、「ゆっくりお食べになって下さい」と言って、花井は二階に上がった。

二階の文机の上には、読みかけの『鴃舌小記』が置いてあったが、花井とは昵懇の間柄でもあるので、登は気にも留めなかった。

昼餉を済ませ、二階の部屋に入るなり、

「待たせてすみません。先日のお願い、何とかなりましたでしょうか」と登は言った。

「それが、林子平翁とお会いしたのは、榕庵先生の先々代の玄随先生であるとのことで、榕庵先生は子平翁の著作を所蔵していないということでした。お役に立てなくて済みませんでした」と花井は言った。

「そうですか。仕方ありません。ただ、五十年も前に、参考となる資料もない中で、海防のことを考えていた先人がいたということに心を動かされましてね、無理を承知で花井殿にお願いしてしまいました」

「それにしても、渡辺様、西洋では読書好きの人間が多いようですね。机の上にあった冊子に、〝書をよみ光陰を惜しむ事、客座飲食の間も、手書を手放すこと無し〟とありました。その冊子は、渡辺様がお書きになったものですか」

「ええ、人から聞きかじったことを私なりにまとめたもので、心覚えの様な雑文です」

「渡辺様はすごいですね。絵も達者、文も達者、御家にあっては立派なご家老様ですからね。ところで、その冊子に、日本人の学問は浅薄だというようなことも書いてありましたが、西洋では様々な学問が深く研究されているのでしょうか」

「西洋には、技術に詳しい者が大きな利益を得られるような仕組みがあるようで、様々な学問が発達しておるようです」

「西洋では、硝子の研究のようなものでも利を生むのでしょうか」と花井は聞いた。

「そうですね。花井殿も、専門の硝子で大きな利益を得ることもできましょう。いずれ、日本もそうなります。ただ、天保の今は、まだそうなってはいません。花井殿は早く生まれ過ぎたのかもしれませんよ」

「…そうかもしれません。渡辺様は、政事の研究をしているので、時代が渡辺様を必要としていますが、それがしの場合は、硝子の製法の研究ですから、だれも見向きもしません。やっと、江戸切子と銘打って硝子細工の販売が始まったようですが、硝子が世の中に普及するのはまだまだ先のこと。歌麿のビードロの娘さんが婆さまになっているのにですよ」と花井は自嘲気味に言った。

「ところで、渡辺様、ニーマンという男、七尺三寸あると書いてありましたが、和蘭陀の人間はみなその様に大きいのでしょうか」

「それは私にもわかりませんが、我々と比べると大きく肉付きがいいのは確かなようです。七尺三寸は、少し誇張があると思いますが、私が実際に会ったビュルゲルと言う男は六尺を優に超えていました。尤も、力士の大空武左衛門は七尺五寸ありましたが」

「大空武左衛門は力士の中で特別に大きかったわけですから、彼と比較しても意味がないと思いますが、西洋人は誰でも体格が良いわけですね。実際に会ってみたいものですな。それに、男同様、女もやはり大きいのでしょうね」

「どうですかな…。花井殿、そういえば、ゾンガラスという大きな遠眼鏡で月を見ると、月に住む人物が見えるらしいのです。月の人物は背が低く猿に似ているそうですよ」

「月に住む人物まで見えるのですか。それは素晴らしい。それがしもそのような大きな遠眼鏡を作ってみたいものです」と花井は目を輝かせた。

「花井殿、いつか、ゾンガラスを作ってみてください。私もそれで、月を見てみたいと思います。月に住む生き物をこの目で確かめてみたいものです」

「そうですね。ゾンガラスを少し研究してみましょう」

間もなく、花井は暇を告げ、帰って行った。林子平の著作に目を通すことができなかったのは残念だったが、花井との話はそれを忘れさせてくれた。その日の夜、まだ昇らぬ二十三夜の月を心に浮かべ、いつの日か花井が作るゾンガラスでこの月を眺めてみたいと思った。

江戸湾巡検

正使鳥居燿蔵と副使江川太郎左衛門の江戸湾巡検一行は、天保十年一月九日に江戸を出立した。江川からの連絡によれば、登が推薦した奥村喜三郎は江川の手代として、伊賀組同心の内田弥太郎は江川の随員として巡検に参加する手筈であったが、内田の随行許可がなかなか下りず一月二十一日になってやっと下りたとのことだった。

登には、斎藤弥九郎から金子健四郎を通して、巡検の様子が知らされていた。

一月中に三浦半島の巡検を終え、一月末、浦賀から房州富津に渡った。

二月七日、房州洲崎に至ったところで、奥村が増上寺御霊屋領代官であることが鳥居の知る所となり、「この度の巡検の趣旨に照らして不適格である」ということで、帰府を命ぜられた。幸い、これも登の推薦で、内田弥太郎の従僕と言う名目で田原藩家臣上田喜作が随行していたので、測量の方は何とか進めることはできたようだった。上田は奥村から、ここ一年ほど測量の手ほどきを受けていたのである。

その後、浦賀に戻りそこを拠点として剣崎、三浦三崎を巡り、伊豆半島の東海岸を南下し下田まで至ったところで、予定していた江戸湾巡検の日程を終えた鳥居は川崎へ、江川は伊豆大島まで足をのばし、下田経由で川崎に至り鳥居と三月十四日に合流した。

江川との面談

帰府した翌日、江川の使いで斎藤弥九郎が登の長屋を訪れた。聞けば、至急ご相談申し上げたいことがあるとのこと。登は、斎藤とともに、江川の許へ向かった。

江川は例の精悍な面持ちに、満面の笑みで登を迎えた。

「本来ならば、こちらからお伺いしなければならぬところでありますが、手が離せぬこともあり、わざわざご足労願いました。本当にありがとうございます。渡辺殿にも折々知らせましたように、この度の巡検はいろいろな面倒が生じ、心配をおかけいたしましたが、何とか所期の目的を達成することができ、こうして帰府する事ができました」

「お役目ご苦労様でした。やはり、公儀の御用となりますと、様々な役所の手続きも必要で、江川様も随分ご苦労なされたかとお察し申し上げます」

「そこなのです。この度の巡検では、鳥居様が正使を務められました。鳥居様と拙者は、御領地が近いという関係から、長い付き合いをしていたもので、拙者も鳥居様を十分に存じ上げているつもりでした。鳥居様は、職務に関しては何事にも熱誠に取り組まれ、拙者の範たる方とお慕い申し上げておりました。今もその考えにはいささかも変わりはないのですが、拙者が思っていた以上のお方でした。鳥居様は本丸目付という職務上、身分職分には殊の外厳しく、一点もゆるがせにしないというお方でした。その点で、渡辺殿には随分ご迷惑をおかけ致しましたこと、お詫び申し上げます」

「そうですか。鳥居様と言いますと、慊堂先生からお噂は伺ったことがあります。林述斎先生のご子息でいらっしゃいますね」

「そうでございます。朱子学の大家で、世が世であれば、昌平黌の学頭にもなられるお方です。ところで、渡辺殿、拙者がこうしてお呼び致しましたのは、この度の巡検の報告書を作成するにあたり、渡辺殿のご助言をいただきたいと考えたからです」

「この度の巡検で、江川様は何を一番感じられましたか」と登は問うた。

「やはり、備場の体制の不十分さです。備場の位置の問題もありますが、何よりもそこに詰めている人員の増員と、置かれている大砲(おおづつ)の性能を上げることが急務です。今のままでは、不測の際には対応できかねると感じました。鳥居様にもそのことを申し上げたところ、鳥居様も同じことをお考えになっていたようで、備場の位置、人員、装備を至急改める必要があるとおっしゃっていました。ただ、拙者は、備場を如何に充実したところで、外敵の上陸を阻むことはできぬと考えておりましたから、江戸湾防備の抜本的な強化を考える必要もあるかと思うと申したところ、では、その防備案を復命書として提出するようとのお言葉をいただきました。

そこで、渡辺殿に助言をいただきたいと思ったわけです。端的に申し上げれば、二点。

一点目は、直近の西洋事情の詳細な解説、二点目はその西洋事情を踏まえての江戸湾防備の構想、以上二点のことについて助言いただければと切に願うものでございます。その助言を踏まえて、拙者なりに江戸湾防備案を作成し上申致したいと考えております」

「わかりました。できるだけ早く書面にてお伝えいたします」と言って、登は江川の邸宅を後にした。

登は、江川の言葉が嬉しかった。自分を信頼してくれている、そのことを有難く感じた。そして、江川を通じて、自分が幕府の施策に貢献できるかもしれぬと考えると、心が高揚した。さらに、江川ら新しき指導者とともに幕府の対外政策を時代に合ったものに是正することが自分の天命のようにも感じられた。

翌日の早朝、登は江川から要請された西洋事情書の稿に取り掛かった。登は、江川への賛意を込めて、次のように書き始めた。

西洋事情についてお尋ねを蒙り、恐縮に存じます。不案内ではありますが、お尋ね下さったことについての大凡を次のとおり申し上げます。そもそも人の考えというものは、その知ると知らずとに関わっているものでございます。何も知らなければ井の中の蛙同様の考えに陥り、論ずるに足りません。

また、天ばかりを見ているのでは地のことが分かりません。そのために、目の見えぬ者が蛇を恐れず、耳の聞こえぬ者が雷を恐れぬようなことになりかねません。また、島人が盗賊を恐れず、田舎の者が火を粗末にする、これは盗賊や大火事の知識がないために起こることだと思われます。風が生臭いから近くに虎がいるのを知り、雉が鳴いているから地震があることを知る、その前兆を捉えるには知識が必要です。西洋諸国の事情を知るのは、誠に今日の急務と考えるものでございます。

と、ここまで書いて、筆を止めた。

…江川様は現実をありのままに見、対処できる新しい人々に属するお方だ。夜明け前の今であるがすでに覚醒している。視野が狭く、高尚なことばかりを並べたて現実を見ないこれまでの役人とはまるで違う。江川様が西洋の事情を知りたいというのは的を射ている。〝雉鳴いて地震の来るを知る〟、モリソンの一件があって、次に何が起こるのか、それを予見するには西洋の事情を精査し慮る以外に方法はないのである。雉鳴いて地震の来るを知る、ではその地震に対する備えはどうすればよいのか…

登の筆は止まったままだ。

…江戸湾防備、ひいてはわが国を守るということは、口で言う程、簡単ではない。今本当にやらねばならぬことは、西洋諸国がわが国に何を求めているのかを的確に知り、彼の求めるものを小出しにしながら時間を稼ぐことだ。そうすることで、国力を高めることもでき、最終的には彼と対峙し、互角の交渉をすることも可能になる…

登は、再び書き始めた。その概略はこうだ。

一、地球規模で見れば南半球は恐れるに足らず。北半球では、南方は文化の程度が高く、北方は武力に秀でていると言える。五大州という言い方で言えば、亜細亜・欧羅巴が優れているが、特に近年は欧羅巴諸国が力をつけてきている。

一、欧羅巴ではナポレオンが出て世界征服を企てたが、露西亜に敗れ敗走し、その後西洋諸国は戦を避ける為に、盟約を重視するようになり、加えて大義名分の立たない戦を起こさぬようになった。

一、西洋諸国の中で、わが国と交易を望んでいるのが英吉利と露西亜である。それは唐山を得たいがためである。

一、それゆえ、英吉利と露西亜を知ることが肝要である。前者の海外政策は主に知略を用い航海によって海外の諸地を経略している。後者は仁義を政策の根底に置き、陸続きの国を自領に編入している。両者の政策は巧妙で、表面では平等の教えを宣布し、武力を用いることなく世界を支配している。両者を〝夷狄(いてき)〟などと軽んじることは見当違いである。

一、日々、世界の情勢は変化している。日本も太古の代は僅かに十八州に限られていたが、熊襲(くまそ)、新羅(しらぎ)を征し、国を拡大し、終に太閤の征戦となった。しかるに、その後、耶蘇の反乱に懲りて、規模狭小になり、専ら国内の政事にのみかかずらった結果、昨今では、海外諸国の侮りを受けることになった。このままでは後にどのような変事が起こるか予想できない。

一、では、西洋諸国がわが国を侮るまで発展することができたのは何故か。そもそも西洋では、雷を聞いて耳をふさぎ、目を閉じることを第一の悪と考えている。何故雷は音がするのか光るのか、それを探求する。その窮理の心得が西洋諸国を発展させたと考えられる。さらに窮理の心得は自然現象に止まらず、人間世界まで明らかにしようとしている。日本を研究している本だけ挙げても十指に余ることからも、それが分かる。

一、西洋の軍事制度は陸軍と海軍からなり、兵力は人口の百分の一から五十分の一程度。今すぐ欧羅巴の禍を蒙ることは無いと思えるが、亜細亜は国防をゆるがせにすることはできない。ニーマンは「英吉利の海岸警備は厳重で、世界中の攻撃を一時に受けても守り通せる」と言っている。

（略）

そして結びに登は次の様に認めた。

一、西洋は世界中の覇権を握っているので、実に大敵中の大敵と言える。何卒此上は御政徳と御規模の広大なることを祈念するところである。

…西洋は、侮れない。彼の力は強大だ。彼は、地球の覇権を握っているのみならず、それを確実なものにするために、日々努力を怠らない。彼の根底には功利の心得があり、利を得る為には手段を選ばない。しかし、彼はまた大義名分をも重んずる者でもある。そこに、付け入る隙がある。もし、我が彼と互角に渡り合おうとするのであるならば、大義を前面に振りかざし、彼の論のほころびを指摘しながら、時間を稼ぎ、我の力を増強するということ以外に手だてはない。事を起こさず、時間を稼ぎ、力をつける、それが肝要なことだ。そう思い、この事情書を書き上げたが、その思いは江川殿はじめ幕閣の方々に伝わるのだろうか…

そして登は書き終えたばかりの『西洋事情書』に目を通した。すると〝何卒此上は御政徳と御規模の広大なる…〟という一文に目が止まった。〝御規模の広大〟という文言は強過ぎるのではないか、公儀の政事に対して私議することになるのではないか、登はそう考えて、他にもそのような文言はないかと再度冒頭から読み直した。すると気になる箇所が幾つか見つかった。登は思い悩んだ末、その文書を書き直すことに決めた。要旨は〝初稿〟に倣い、そして事実の記述を前面に押し出し、私見をなるべく挟まぬよう細心の注意を払って登は稿を書き直した。登の筆は思いの他速く進み、一気に『西洋事情書』の〝再稿〟を書き終えることができた。

登は、それを一読し、軽く頷き、そして筆をおくと、下へ降りた。

江川へ送る『西洋事情書』の下書きが終わったことで、ふっと心に穴が開いたような、張りつめていた心が緩んだような気がした。五郎の死の悲しみから救い上げてくれた江川にこれでやっと恩返しができると思うと、登はささやかな喜びを感じた。

「父上、おやすみなさい」

立と諧は床に入る所だった。

その日登は、早朝から二階に籠り、『西洋事情書』の稿本作成に没頭していた。いつしか夜になっていたのだ。

「旦那様、お疲れさまでございました」

「一本付けてもらおうか」

「はい、今用意しますから少しお待ちになって下さい」

おたかが台所に立つ。

おたかの料理は本当にうまい。〝義姉様の料理は天下一品ですね〟、と五郎がよく言っていたものだ。母も、おたかの料理の腕を認めていた。おたかは良くやってくれている。だが、私と祝言をあげて本当に幸せだったのだろうか。おたかは生れつきのんきな気立だったのだろう、輿入れした当時は良く笑っていた。しかし、嫁いで来てから、母に厳しくしつけられ、笑顔が消えた。私も役目柄、おたかとの時間があまりとれなかった。おたかは、誰にも言うことのできない寂しさと向き合っていたのかもしれない…登はふとそんなことを思った。

「斎藤様から鯛をいただきましたのでお造りといたしました」

「お千代さんが来てくれたのかい」

「はい。この度、ご結婚なさるとおっしゃっていました。五郎さんに香を上げ、両手を合わせていらっしゃいました。随分悲しそうなお顔をして、帰っていらっしゃいましたが、五郎さんはきっとお喜びになっていると思います」

「そうだな。五郎はお千代さんの幸せを心から願っていたからね」

「お千代さんのお心を考えると、心が痛みます」

登とおたかは、久しぶりに、語り合った。夜は静かに更けていった。

江戸城　その二

鳥居燿蔵が役所で江戸湾巡検の上申書を作成しているところに、同僚の池田長溥が声をかけた。

「熱心になさっていますが、少し休みませんか。外はもう初夏の陽気ですよ」

「そうですね。私もゆっくり、四季の移ろいに心を添わせたいのですが、期限がある仕事なもので…」

「大変でしたね。この度のお役目は」

「確かに…。江戸湾巡検の際には、江川殿から、注文がいろいろあって、随分戸惑いました」

「とおっしゃいますと」

「まずは巡検の場所のこと。相州だけではこの度の巡検の目的は達せられぬと思い、房州及び伊豆下田までの巡検を水野様に願い出たのですが、それに江川殿が横やりを入れましてね」

「副使の江川殿が鳥居殿に従わなかったということですか」

「まあ、そういうことになりますか。伊豆は手前の管轄であるから、水野様に願い出る前に手前に一言相談があっても良かろうというのです。そしてそのことで鼻を曲げられたのか、手前は相州の備場の検分のみを仰せ付かったのだからそれ以外の検分は致さぬと申し出る始末。其の上、私に相談もせず、伊豆大島への渡海と浦賀奉行組下の砲術見分を勘定所に願い出られたのです」

「そうだったのですか」

「勘定所からすぐにその旨の連絡が私に参りまして、江川殿の申請を却下したいが巡検正使として如何なされるとの内容でした。巡検に出発する前から、正使と副使の心にわだかまりがあったのではよろしくないだろうと思い、私は勘定所に江川殿の申請を受理する様にお願いいたしました。その結果、相州房州、伊豆下田の備場巡検は二人で、大島渡海、砲術検分は江川殿のみで行うということになったのです」

「大変でしたな」

「江川殿とは十年来のお付き合いでしたので、私も随分驚かされました。だが、それだけでは済まなかった。さらに、従者の件で問題が起きましてね」

「はて」

「田原の陪臣の渡辺と申す者が推薦した者を従者に使いたいと言い出したのです」

「従者はあらかじめ決まっていたのではありませんか。江川殿はなぜその様な申し出をしたのですか」

「それが、西洋式の測量をして、備場の地図を作りたいからだというのです」

「それは、話の筋が違いますね。この度の巡検の狙いは、江戸湾防備をどのようにするかの下調べと申しますか、その方策を図るための資料を上申することにあったと心得ておりますが」

「おっしゃるとおり。江川殿の海防にかける並々ならぬ思いは私も十分に存じておりましたし、公儀の為に殉ずる覚悟を誰よりもお持ちであることも心得ておりました。しかしそのお気持ちと、江戸湾岸の備場の地図を自らの意思で作るということとは別の問題ですからな」

「江戸湾岸の備場の地図を公儀の下知無しで作成するということなどあり得ません」

「そうなのです。海防からの見地も大切ですが、地図を作成するとなると江戸の防御にとって別な意味での問題も生じかねません。それは目付の職分からは決して見過ごすことのできない忌々しき問題です。従者の問題では、江川殿のあの性分なので、一歩譲ったのですが、地図作成になると話が違います。一応、地図作成の巧みな者については角が立たぬよう取り計らって江戸に返したのですが、江川殿は残った従者と共に地図作成を強行したようですので、出来上がった地図の管理だけは間違わぬようにと念を押して、此の度の巡検を終えたという次第です」

「江川殿はどうなってしまわれたのでしょう」

「私は、江川殿が渡辺に言いくるめられているのではないかと思っているのです」

「あの江川殿が、陪臣ごときに言いくるめられるとは思いませんが」

「私も、その様に思っておったのですが…。江川殿は何事にも熱心に取り組まれるお方です。だが、その取り組み方に、いささか気負い過ぎるところが見受けられます。そこに付け入られる隙が生じたのだと思います。一本気な性分ですからね…」

「そうでございますな。確かに生一本であり、何事にも熱心過ぎるところがございますからな」

「渡辺から、何を吹き込まれたのか、それとなく尋ねてみたところ、海防を行うには、西洋の事情の研究から始めなければならないと申しておりました。敵を知り己を知らば、と兵学書にもあるとおり、まず、西洋の大砲、小銃、船の作り、兵の動かし方を研究しなければならぬ、そして、ことが起これば外敵を打ち破ることが肝要であり、わが国の方針は護持しなければならないと、力を込めて申しておりました」

「至極尤もな考えではありませんか」

「そうなのです。従前から知悉しておる江川殿らしい考えなのです。蘭学に染まっている渡辺に師事しているとのことですから、江川殿がどのようなことを思料しておるのかと案じておったのですが、余りにまっとうな考えでしたので、こちらが拍子抜けしたくらいでした。ただ、江川殿は、自分も復命書を作成したいと言い出しましてね」

「ほう。巡検の復命書が二通できるわけですな」

「そうです。江川殿は言い出したら聞かないお人です。まあ、復命書が二通あったほうが、施策を立案する上で、どちらかと言えば足しになるでしょうから、良いお考えですと江川殿には申しておきました。もちろん、正使である私にも復命書の写しを提出するようにと付け加えてはおきましたが…」

「江川殿の復命書が楽しみですな」

「そうですな」

かみ合わぬ二人　その一

江川太郎左衛門が田原藩上屋敷の登の長屋を訪れたのは、登が『西洋事情書』を江川に送ってから幾日も経っていなかった。

「『西洋事情書』を読みました。おかげで、西洋事情のあらかたを承知することができました。渡辺殿、感謝いたします」と江川は言った。

「恐縮でございます。ただ、書面では、言葉に尽くせぬところもありまして…。また、この度の巡検の復命書の参考になさると伺っておりましたので、乱筆乱文も顧みず、取り急ぎ認めたものですから、文意も通じぬところも多々あったと思いますが…」

「いや、非常にわかりやすく、西洋の事情について駆け出しの拙者でも、承知できる内容となっておりました。しかし、渡辺殿、拙者はもっと西洋の脅威を強調してほしかったのです。確かに英吉利が他国を奪うことが最も巧妙で策略の形跡を残すことが無いとは書かれておりますが、そうであれば、どのようにして征服したかを詳細に示してその脅威をもっと強く説いてほしいのです。実を申しますと、私は文章が不得手なので、渡辺殿の『西洋事情書』を清書致しまして、復命書に添付する心積りでした。しかし、送っていただいた『西洋事情書』は、西洋の脅威についての記述が思っていたより少なく、さらに政事向きのことも書かれていましたので、そのまま清書して提出することができませんでした。少し書き直していただけませんでしょうか」

「そうでしたか。では早速書き改めることに致します」

「そこで、一つお願いがあるのですが、できれば、記述の典拠となる書名も書き入れていただきたいのです。そうすることにより、より西洋の脅威が強調できると思ったものですから」

「それは良い考えでございます。西洋の脅威を強調することで、江戸湾の防備も現実的な施策を行うことができましょうから」と登は言った。

「そうなのです。先日送って下さった『諸国建地草図』に述べておられたように江戸湾岸に、十万石級の大名の移封は文化年間に実際に行われたとは申しても、言うは易く行うには難しいことです。それを後押しするような喫緊の事案がないことには、泰平の眠りについている公儀役人は何もしませんからね」と江川は語気を強めた。

「そうですね。西洋の軍が攻めてくるようなことがあれば、わが国は海岸線を防備できません。必ずや陸戦に成りますから、せめて、江戸湾岸の守りは固めねばなりません。しかし、公儀ご重役はそれは今すぐに実行しなければならぬ問題ではないと考えておられる節があります。江戸湾防備の献策が急がれるところです。とは申しましても、『西洋事情書』にも書いておきましたように、英吉利も露西亜も、大義なく攻めては来ないと思われますから、その大義を与えぬ方策を各々の事案に応じて立てなければならぬことは申すまでもありませんが」と登は静かに言った。

「英吉利の大砲（おおづつ）についての研究も必要ではないでしょうか。彼と同等以上の威力を持つ大砲を作ることが、打ち払いの基本だと考えております。打ち払いを徹底するには、備場の位置の吟味と大砲の性能の向上が何よりも大切になってきます」

「大砲の製作となると、大掛かりな反射炉の製造が不可欠ですが」

「そこなのです。大砲はあくまで、自前で作らねばなりませんから、反射炉の製造は急務です。和蘭陀から大砲を購入することはできましょうが、和蘭陀も最新式の大砲をわが国に譲り渡すことはしないでしょう。旧式の大砲では英吉利や露西亜と渡り合うことはできません。そのことを是非とも明らかにして、公儀役人の目を覚まそうではありませんか」

登は軽い疲れを感じた。

…江川様は海外に門戸を開くという意味がまだ分かっていらっしゃらない。外国の様々な知見に触れ、それを咀嚼することで異国船問題に対する方策を練る、門戸を開くとはその謂いなのだが、江川様にそのことをわかっていただくには、もっと時間が必要なのかもしれない…

江川が帰った後、登は早速『西洋事情書』という呼称を『外国事情書』に改め、その執筆に取り掛かった。主要な事項の記述についてはその典拠を示したが、それは、漢籍、和書、蘭書に渡るものであった。

登は、書き進める中で、『西洋事情書』で用いた〝西洋〟〝西洋諸国〟をあえて〝西夷〟〝西夷共〟に改めた。

それは、登にとって、中々骨の折れる作業であった。登にとって、西洋は憧れの地であり、範とするに足る地であったのだ。英吉利が他国の領土を植民地にするのでさえ、それはそれで有益な国策と捉えていた登は、国を開き他国と交易を盛んにする中で国家を膨張させなければならぬと考えていた。その西洋を〝西夷〟と蔑称することへの違和感を登は強く感じないわけにはいかなかった。しかし、それでも事情書の改訂を引き受けたのは、違和感よりも江川という人物への期待の方が勝っていたからだった。藩では、四月初めに大坂加番につき早参府する藩主を迎える準備が、家老川澄又次郎の差配の許、滞りなく行われていた。大坂加番の事務処理も済み、国許の藩校の改革も一段落していたので、特に差し迫った事務処理もなかったことに加え、有職故実に殊の外熱意を持って取り組む川澄が水を得た魚のように精力的に動き回っていたので、登は風邪と称して役所を休み、『外国事情書』の執筆に時が経つのも忘れ没頭することができた。

かみ合わぬ二人　その二

次の日も、江川は登の長屋を訪れた。

「復命書の稿を認めておるのですが、江戸湾の備場の箇所について、拙者も思案するところがあり、このように書いてみたのですが、ご教示願いたい」と言って、江川は稿本を差し出した。

それには、平根山・観音崎・竹ケ岡・富津の四か所の備場を適地に移し、さらに三軒屋岬・十石埼・旗山岬の三か所に備場を新設すべきことが述べられていた。さらに、異国の軍が上陸した場合に備えて、相州、房州、総州の三か国に十万石以上の譜代諸侯を移封すべきことも提案されていた。

相州は三浦・鎌倉、房州は富津・外浦から白子まで、総州は九十九里から犬吠埼の守りを固めるという内容であった。

「これでよろしいかと思われます。やはり陸戦になった場合を想定致しますと、十万石級の大名が必要かと思われます。先日お送りいたしました『諸国建地草図』に私は四侯が必要だと申しましたが、三侯でできるのであれば、それに越したことはありません。移封には時間と莫大な金子がかかりますし、何より馴染んだ土地を離れるわけですから家臣一人一人の心の問題もありますし」

「そこなのです。やはり、移封する御家は少なければ少ないほど良いと思います。東照神君が配置した譜代の枠組みを変えるわけですから、よほど慎重に事を進めなければ、計画倒れになってしまいかねません。文化時の改革は、すぐに旧に復しましたからね」と江川が言った。

「神君の築かれた国体を変更することは公儀中枢にいらっしゃる方でも難しいと思います。ですが、江川様のようなお力のある若い方々が、改革を促してゆけば、いずれ、公儀も動きます」

「拙者は、公儀の改革を云々するつもりはありません。ただ、海防の一点で公儀に尽くしたいと考えております。西洋夷狄からわが国を守ることにおいて、二百年の泰平の世に胡坐をかいていた付けが回ってきている今この時、何ができて何をしなければならないかを懸命に思案しているだけです」と言って、江川は登を真正面から見つめた。

「渡辺殿、この建策を幕閣に採り上げてもらうためには外国の事情が逼迫していることを理解してもらわねばなりません。どうか、西洋夷狄の危険性を書き直される事情書では十分に強調してください。お願いいたします」と江川は続けた。

江川はそれだけ言うと、慌ただしく帰って行った。

一息つく間もなく、

「渡辺様、いらっしゃいますか。長英が来ました」と下で声がした。

「今、入口で江川様と会いましたが、何を密談していたのですか」二階に上がって来るなり、長英は登に聞いた。

「嗅ぎつけられてしまいましたな。では仕方がない。長英子にだけ教えよう。実は、わが国をどのように改革していこうか話し合っていたところなのだ」

「それでは幕政私議ではありませんか。与力に知れたら捕えられますぞ。壁に耳あり障子に目ありというではありませんか」と長英は真顔で言った。

「これで捕えられるのであれば、江戸の牢屋敷はいくつあっても足りない。牢屋敷を建造する金子だけでも馬鹿にならぬ」と登も真顔で答えた。

そして二人は、同時に微笑んだ。

「江川様は、なかなかどうして、筋金入りの攘夷論者だ。その根底には公儀への忠誠心がある」と登はぽつりと言った。

「門戸を開いて交易をという考えに耳を傾けませんか」

「今のところ全く駄目だね。江川様が、蘭学に興味を示されているのは、海外の事情を知るためだ。

特に、武器の製造技術を学ぶのがその目的のようだ」

「彼我の差を分かっておられないのですか」

「全く存ぜぬようだ」

それを聞いて長英は、腕組みをして、天を向いて、地を向いて、

「江川様は変わらぬのかもしれません」と小さくつぶやいた。

その日、江川は心なしか元気なく役所に戻ってきた。それをみとめた斎藤弥九郎が声をかけた。

「どうなさいました。渡辺様はご不在でしたか」

「いいや。渡辺殿は在宅であったが、どうも釈然としない。渡辺殿の本心が読めないのだ」

「先日の『西洋事情書』を読む限り、やはり渡辺様は西洋にかぶれているとしか思えないのですが。渡辺様は〝西夷共〟をどちらかというと範としているようなところがございます。拙者は、これ以上江川様が渡辺様を頼みにすることには反対です。江川様は、自分の信じる道を進むべきではないかと」

「弥九郎の言うとおりかもしれぬな」と江川は考え込んだ。

「いずれにせよ、外国事情に関しては、渡辺殿に勝る人物はおらぬから、渡辺殿の事情書を手に入れてから、復命書を提出するという運びで良かろう」と江川が言った。

「そうですね。事情書はこちらでどうとも書き直しすることができますからね。それが良いかと思います」

江川は暫く考えて、ぽつりと言った。
「私は、渡辺殿を買いかぶっていたのだろうか」
「ある意味で、そうかもしれません」と弥九郎は答えた。

『外国事情書』

『外国事情書』が江川の許に届いたのは、江川が登の家を最後に訪れた七日後であった。届いた書面は、浄書ではなく朱書きの書き込みが多数ある稿本だった。江川は部下にその稿本を浄書させ、四月十日に登の許に届けた。

浄書を持って登を訪れた弥九郎は、『外国事情書』をもう一度確認願いたいと登に告げた。また、鳥居に復命書の下書きを提出するときに添付したいので急いでほしいとも付け加えた。登は快く引き受けた。翌日の夕方までには添削も終えると思うので持参する、と言うと、弥九郎は受け取りに来るとのこと、登は快諾した。

登にとって、江川から依頼を受けたこの『外国事情書』は、特別な意味を持っていた。長年研究してきた西洋の事情についての己の知見が藩を超え幕府の政策に反映されるかもしれぬのだ、登はかつて味わったことがないほどの高揚感に包まれていた。

幕閣に放つことができる矢が掌中にある。『外国事情書』はまさにその矢なのだ。その矢に思いを乗せて放つことで、幕閣に新風を吹き込むことができる。それができなくとも、開かれた知の往来の必要性を幕府要人が気づいてくれる小さい風穴を開けることができる。本当にそんなことができるのか。いや、吹き込まねばならないし、開けなければならないのだ。それほど、事態は差し迫っている。海浜の四里の沖合にイギリスのそしてロシアの船が此方をじっと窺っているのだ。ことは江戸湾防備の議論の枠を超えている。今ある彼我の差を考慮しつつ彼とどのように対峙すべきか、圧倒的な武力の差がある中で、彼らとどう向き合っていけば、対等な武力を内に醸成する時間を確保できるのか、これは幕政の喫緊の案件だ。そのことを幕閣に伝えなければならない。

登は早速『外国事情書』の添削に取り掛かった。

江川復命書

翌日、添削された『外国事情書』に目を通した江川と弥九郎の顔は曇っていた。

「江川様、この度の復命書に、渡辺様の事情書をそのまま添付するのは如何かと思うのですが」

「実は拙者もそう考えていたところなのだ。前回の『西洋事情書』と比べれば、この度の『外国事情書』は比較にならぬほど更改されてはいるが、よくよく読むとまだ、夷狄を尊崇しているがごとき感を与える字句が散見されるのが気になる。例えばこの一節だ。外国の地理誌からの引用らしいが。わが国のことが〝人の性は外国の人に交わり、或は一地球を逍遙し、規模を大にするを楽しみとするなるに、外洋を閉じて他国に交らず。我欧羅巴人には安からぬ事なれども、二百年戦争のなきと、釣合如何にぞや〃と記されている。文言に含みはあるが、これでは公儀の政事に異を唱えているようなものだ」

「やはり、『外国事情書』は全面的に書き改めて提出した方が良いかと思われます。これでは江川様の心底が鳥居様や公儀に誤解される恐れがございます」

「そうだな。鳥居様には、復命書の写しのみをお出しし、『外国事情書』については、後日提出するということにした方がよさそうだ」

江川が、鳥居に復命書の写しを送ったのは四月十三日だった。江川が送った復命書には登の『諸国建地草図』を参照した江戸湾防備改革案が示されていた。そして、文末に、近日中に『外国事情書』とそれに関わる絵図を提出するという旨の但し書きが記されていた。

江戸城　その三

「昨日、江川殿から、巡検復命書の写しが送られてきました。それを見て、わが目を疑いました」

と鳥居が同役の佐々木三蔵に言った。

「と言いますと」と佐々木が聞いた。

「備場の移動と新設に関しては、私とさほど変わらない、現地で話し合ったとおりに献策してるのですが、問題は備場の充実の方策です。私は文化時に行われたように、譜代諸侯に湾岸部の加増を行い、その分の兵力を幕臣の指揮下に置き、備場戦力の充実を図るべしと献策しました。しかるに、江川殿は、江戸湾岸に十万石級の譜代の大名を配置せよと献策しているのです。移封の際には新しく築城も行い、江戸湾岸の防備を固めるというもの。江川殿は東照神君を誰よりも欽慕なされているお方と思っていたのですが、思い違いだったようです。江戸湾岸に十万石級の大名を配置するということは、それが譜代の大名だとしても、言語道断の策と言わざるを得ません。江川殿はどうなされたのかと、私は言葉を失ってしまいました」静かではあったが、鳥居の声は怒気を含んでとげとげしかった。

「江戸湾に十万石の大名ですか。江戸城の近くに大名が城を構えるのでは、上様も枕を高くしてお休みになれませんね」と佐々木は鳥居をなだめようとしたが、鳥居は次のように続けた。

「いや、それだけではないのです。その十万石級を三家配せよと献策しているのです。思うに、例の渡辺が公儀を混乱させるために、江川殿に吹き込んだとしか考えられぬのです。モリソンごときで国替えを行うことなどあってはならぬこと。ただ、江川殿の復命書を読む限り、国替えが喫緊の案件だとは記されてはいない。その意味では絵に描いた餅ともなり得ますが…」

「であれば、江川殿の復命書を鳥居殿預かりとなされればよいのではないですか。この度の巡検の正使はあくまで鳥居殿でありますから」

「そうも思ったのですが、佐々木殿も知ってのとおり、江川殿は水野様のご推挙で副使に据えられております。握りつぶすわけにも参りません。江川殿の一徹にも困ったものです」

「鳥居殿、いずれにしても渡辺がそのようなことを江川殿に吹き込んでいるのであれば、それは明らかに公儀の私議にあたると思われますが…。さらに、渡辺は川路殿とも懇意にしておるとのこと。川路殿など、これから公儀に深く関わる方が、渡辺に何を吹き込まれるか気がかりでなりません」

「確かに。私もそれを心配しているところです。だが、それ以上に気に掛かることがあるのです」

と言って鳥居は佐々木を見据えた。

「…」

「公儀の情報が、渡辺のような陪臣や一部の町人に筒抜けになっているということ、これは忌々しき問題だと思うのです。それを鑑み、私は、綱紀粛正が急務であり、われわれが火急に取り掛からねばならぬ事案だと考えるに至りました」

鳥居は以前、下役の井土鉄太郎が『夢物語』について話をした時、それは市井の知識人の一時的な熱狂であろうとそれほど気にとめなかった。と言うのも、公儀評定に加わっていた父の林述斎からモリソン号の一件の子細はすでに聞き及んでいたからである。〝モリソンという英吉利の伴天連は唐山で布教を行い天保五年に病死した〟という知見を持っていた鳥居にとって、天保九年の今日、そのモリソンが多数の軍艦を率いてわが国に来るということなど、まさに〝夢物語〟であり、蘭学を嗜む者どもの力量を『夢物語』は端的に表すものであると考えていたのである。

何より『夢物語』の件は、鳥居の職分に一切係わらぬものだった。そこに何かしら問題が生じたとしてもそれは町奉行の管轄である。自らに関係しない事柄には何のこだわりも持たず寛大であるようにさえ振る舞える鳥居ではあったが、そのような鳥居であるからこそ、ひとたび物事が江川との案件のように自らに直接関係してくると心の堰が切れたような過敏な反応を起こすことにもなりかねない。

鳥居の言葉の裏側に隠れているただならぬ気配を慮りながら、佐々木三蔵は鳥居の言葉を受け止めた。

「…情報の漏えいを如何に防ぐかと言うことですね」

「そうです。『夢物語』にしても評定所の審議が漏れたとしか思われません。誰が漏らしたか調べることは容易ではないが、だからと言って、それを見過ごすわけにもゆかない。私は、職分上その監督をする立場にありますから、渡辺のような陪臣に公儀の情報が伝わるのを許すわけにはいきません」

「それでは、渡辺の身辺を徹底的に調べてみてはどうですか」

「できればそうしたいのですが、何の容疑も無い者の身辺調査をすることは、少し無理があるので…。渡辺が公儀に口を差し挟んでいるとはいえ江川殿を通して申しているだけで、渡辺が直接申しているのではないから始末が悪いのです。江川殿は、『外国事情書』というものを復命書に添付する考えのようなのですが、その草案を作るのが渡辺だとしても、公儀に差し出すのは江川殿ですからね」

「しかしそのことは、有り体に申せば陪臣の渡辺が公儀に口を挟むということにはなりますまいか」

「…。さらに、江戸湾防備のための大名の配置換えというのは、もう一つ大きな問題をはらんでいるのです…。私が危惧するのは、老中筆頭の水野様が大名の江戸湾岸移封をどう考えていらっしゃるのかということなのです」

「と申しますと」

「水野様も江戸湾岸に譜代大名を移封することを江戸湾防備策の選択肢の一つに考えられているようなのです。江戸湾巡検を私に申し付けるときにそのようなことをおっしゃっていました。水野様は国替えを自ら行ったお方です。江戸湾岸への譜代大名の移封に興味を持たれたとしてもおかしくはない。その水野様に、江川殿の復命書と『外国事情書』です。復命書は国替えの必要性は説いていてもその拠り所となるものが記されていないために、勇ましいお題目のような書き物となっているが、問題は『外国事情書』の方なのです。蘭学に造詣が深く筆の立つ渡辺が草稿を認めるのであれば、水野様がその書を読み、どのようなお考えを持つのか予断を許しません。水野様は江川殿をある意味買っていらっしゃることも事実。だから、私は何としても『外国事情書』の上申を阻止せねばならないと考えています。東照神君のご機嫌を損ねぬためにも、江川殿の『外国事情書』を上申させてはならぬ、そのように考えておるのです」

鳥居はこう言って口をつぐんだ。と同時に、佐々木が口を開いた。

「いや、あります、鳥居殿」

「何があるというのですか」

「渡辺が直接書いたものがあるのです」

「直接書いたもの。それは何ですか」

「『夢物語』と言う書き物です。その書は巷で随分広まっているようです」

「『夢物語』ですか。あれは、井戸殿の話によると、町医師の高野とか申す者の手によるもので、渡辺は関係していない、それは、佐々木殿もご存知のはず」

「鳥居殿、誰が書いたものでも構いません。ただはっきりしているのは蘭学を研究している者がそれを書いたということ。いや、蘭学者が書いたのでなくともかまいません。しかし、調べてみる価値はあるということです。渡辺の身辺を調べてみましょう。何か出てくるかもしれません。出てくれば、しめたものです」

「出てきますかな…。荒唐無稽の戯言に渡辺が絡んでいるかもしれないということで、身辺を探るという訳ですか…。あまり気が進みませんが、国の一大事になるかもしれぬ懸案を未然に防ぐことを考えれば、気が進む進まぬの問題ではないということでしょうか。第二の大塩を出さぬためにも必要なことなのかもしれませんね」

「鳥居殿、嫌疑はモリソンの一件についての私議ではどうですか。江川殿を通して公儀に口を挟んでいるということを立証するのは、なかなか難しいし、いろいろな差障りもでてきますから…。

徒歩目付、小人目付など配下の者を動かす名分としては使い勝手が良いかもしれません」

「…公儀の私議…。これで、江川殿の上申が未然に防げれば良いのですが…」と鳥居はひとりごちた。

調査命令

四月十九日、本丸目付鳥居燿蔵は、小人目付小笠原貢蔵と大橋元六を江戸城に呼んだ。

「近頃、『夢物語』と言う書物が巷で評判となっているそうだ。この書物は、モリソンの一件を取り上げ、異国を称賛しわが国を誹謗しているらしい。それについては、町奉行の管轄ではあるが、目付としても見過ごすわけにはゆかぬ事案であると考える」

「…」

「そこで、そこもとを呼んだ次第だ。まず、モリソンなる者のことを調べてほしい。次に、『夢物語』の作者を特定し、その者のことを調べてほしい。噂では、薩摩の正庵、町医師の玄界、三宅土佐守家来の渡部登の名が挙がっている。この者の身辺は特に念入りに探ってほしい」

「…」

「本来、町奉行の管轄である、と先ほど前置きをしながら、目付であるそこもとに探索を命じたのは、実は、越前守様からの直々の指図があったからじゃ。モリソンの一件は公儀に関わること、それを私議するような『夢物語』が市井に瀰漫するのを越前守様も憂慮なされていらっしゃるとのこと」

「…」

「さらに、内々の消息では、『夢物語』の作者らはモリソンの一件を利用して公儀転覆を謀っているらしいのじゃ。この事に鑑み、そこもとには心して探索にあたってほしいと思っている。頼んだぞ」

「はっ。謹んで承りました」

小笠原と大橋は深々と礼をして辞した。

花井の訪問

早参府のため、三宅康直が江戸に出府したのが四月九日。それから十日余り、登は忙しさに紛れて過ごしていた。康直の出府前は、風邪と称して自宅に引きこもり、江川のために書き物を認めることもできたが、康直が出府して以来、それまでの付けが一気に回ってきたような忙しさだった。

その日も、午前中、役所で国許の藩校の運営について話し合いがもたれ、議論が沸騰し、長屋に戻ったのが、未の刻になろうかという頃だった。遅い昼食を終えて、一服していると花井虎一がやってきた。

「渡辺様、しばらくでございます」と言って花井は入ってきた。花井が来るのは昨年の暮れ以来である。

「しばらくぶりです、花井殿。ゾンガラスの方は進んでいますか」

「それが、まだまだでございます」と花井は答えたが、いつになく元気がない。

「ゾンガラスの原料となる硼砂(ほうしゃ)をどのようにして手に入れようかと悩んでおりまして。…先日、知人から、金華山の沖合の離れ島に異国船が停泊するので、その近辺の漁師に金子を与えれば自由に異人と交渉ができるという話を渡辺様がなされていると聞きましたので、こうして訪ねて参ったのです。もし、その話が確かならば、秀三郎と同行して金華山に行ってみたいと思います」と花井は続けた。

「花井殿、それは誰からお聞きになったのでございますか。金華山沖の離れ島のことは、取るに足らぬ俗説でございます。そのことを私が誰かに申し上げたことはございません」と登は言った。

「そうでしたか。それではそれがしの聞き違いだったのですね」と言って、花井は、暇を告げ、そそくさと登の家を後にした。

報告

四月二十九日、小笠原貢蔵は鳥居燿蔵に次のような探索の報告を行った。

モリソンのこと

印度地方の島国を十八島支配する総奉行で、現代の英雄、漢字の読み書きもできる人物とのこと。彼は、わが国の漂流民七人を浦賀へ連れて来て、交易を願い、もし交易が許されなかった場合には、沿岸の官舎や民家を焼き打ちし、海上交通を妨げようとしているということです。

『夢物語』について

これは蛮国の書から想を得、『夢物語』と題し、蛮国の政事、人情等の善悪を評した書物であります。高野長英が訳し、渡辺登が執筆したとのことです。

渡辺登

此の者は文武に優れ、書画も嗜む。平素、身を飾らず長剣を帯び、物腰は柔らかで、一度会ったら親しみを覚えるとのこと。近年蘭学で名を知られ、幡埼鼎や高野長英と交わり、土佐守隠居へも蘭学を勧め、隠居も蘭学好きになったとのこと。

渡辺登は公儀の政事を度々誹謗しているばかりか、蛮船と交易を行わないならば、蛮船は交易の許しが出るまで海上交通を妨げ、江戸中を困窮に貶めるだろう、と蘭学仲間に語っているということであります。また、奥州金華山の沖合の離島に蛮船が停泊しており、沿岸の漁民に金子を渡せば、蛮船に案内してもらえると言っていたそうです。

無量寿　順宣・順道

順宣は、かねてより無人島渡海を強く願っており、息子の順道が西本願寺の用事があったことをいいことに出府し、同じ志を持つ者を集め、無人島の地図を手に入れ、鉄砲や火薬の用意までしていると語っていたそうです。

山口屋彦兵衛

此の者は順道に同意し、食物其の外の手当を世話し、船にて渡海する計画を持っていたとのことです。

斎藤次郎兵衛

此の者もかねてより無人島渡海を願っていたところ、無量寿寺の計画を聞くに及び、五月節句後、仲間の者と順宣の一行に加わると申し合わせ、支度用意整えていたとのことです。

大内五右衛門

此の者もかねてより無量寿寺と志を同じくし、八百石、五百石の持ち船があり、渡海に向けて準備を怠りませんでした。水戸領内には、名前までは把握しておりませんが志を同じくする者が多くいるとのことです。

本岐道平

此の者は去る三月の代官羽倉外記伊豆七島巡検の際、随行した者です。かねてより蘭学を好み、外記方へ常々出入りし、来年の外記方手代の伊豆七島派遣の際にも道案内として同行させてほしいと申しておるようですが、その実、漂流したと偽って、亜墨利加（アメリカ）辺へ直々に行きたいと同士の者と語り合っているとのこと。伊豆七島への渡海を経験しているので、難しくはなかろうと言っております。

鳥居は小笠原の報告に何ら期待はしていなかった。案の定、モリソンや『夢物語』については巷の風説を聞書きしたようなものだった。だが、報告書を読み終えた時、鳥居の表情は一変していた。

江戸城　その四

「良いものが出て来ました。市井の好事家が、無人島へ渡海し異人との交易を企てているらしいのです。それに渡辺も一枚噛んでいるという。渡辺は、先の羽倉殿の伊豆諸島巡検の折、渡海願を土佐守に出しておるから、その話はあながち空言ではありますまい。いや、空言であっても良い。これは使えます」と鳥居が言った。

「使えますね。異人との交易となりますと、『夢物語』の比ではありません。御政道の定めを破るものですから」と佐々木が言った。

「それは、公儀の根幹に関わることゆえ、しっかりと吟味せねばなりません。その出所が、公儀小人頭の配下にある者らしいことも都合がよい。われわれが深くその探索に関わることができますからね」常日頃、自身の感情を表に出さぬ鳥居ではあったが、この時ばかりは、その意気込みが顔に表れ、その口調は歯切れが良かった。

「確かに。町人と陪臣だけでは、町奉行の管轄になってしまいかねませんからな」

「これでやっと渡辺の口を封ずる糸口を手にすることができました」

「鳥居殿、とにかく、慎重に事を進めなくてはなりません。渡辺は利発で相当に弁が立つ男ですから」

「そうですね。心してかからねば。糸をゆっくりと手繰り寄せ、無人島での異人との交易という事案を掌中におさめるまで気を抜けません。大塩のように大きな杭になっては叩くのもなかなか力がいる。小さな杭の内に叩いておくのが肝要ですからね」

虎の尾を踏む

大坂加番の出発日は七月二十一日と決まっており、まだ、二か月も先だというのに、田原藩上屋敷では、誰もが気ぜわしく動き回っている。

川澄又次郎や鈴木弥太夫ほどではなかったが、登も多くの決済事務を抱えていた。

その日も慌ただしく一日が過ぎた。

朝から雨模様だったが、夕方には風も強まり、登が家を出た時には雨が横殴りに降っていた。悪天候の中、登は小田切要助の許へ向かった。二日ほど前、珍しい古画を手に入れたので鑑定してほしいという連絡が入った。登は二つ返事で承知した。慊堂を介しての古くからの知り合いである小田切は、水野忠邦の用人をしており、お互い仕事が忙しくなったここ数年は会う機会もなかった。

「渡辺殿、雨の中、ご足労願いかたじけない」と、小田切は快く迎えてくれた。

「先日、これを手に入れましてね」と言って軸を広げた。

見ると、雪村風の山水画で、落款は雪村とあり雪村の白文方印が添えられてはいるが、明らかな偽画である。古色を付けてはいるが、江戸中期の手のようだ。

「趣がある絵です。良く雪村の趣意を組んだ山水ではありますが、時代が少し下るようです」と登は言った。

「と言われますと、真作ではないということですか」

「そうだと思われます」と登は申し訳なさそうに答えた。

「残念ですなあ。良いものが手ごろな値で手に入ったと喜んでおったのですが」と小田切は言ったが、あまり残念がる様子はない。

「実は拙者も、妙だと思っておったのです。雪村は、関東の在にはまだまだ埋もれていると聞いてはおったが、あまりに容易く手に入ったもので。まあ、雪村の孫弟子の作品とでも思って、大事に致しましょう」と言って、小田切は笑いながら軸を巻いた。

登はその時、床の間に飾ってあった扁壺（へんこ）に目を留めた。首の部分で金継ぎをした青花の壺である。

「これは素晴らしい」

「渡辺殿、やはりお気づきになられましたか。これは、拙者も気に入っている物でして。以前は、このような古物には興味が無かったのですが、慊堂先生の薫陶もあり、いつの間にか、その虜になっておりました」

「これを描いてもよろしいですか」

「どうぞ、どうぞ」

登が、青花の扁壺を素描している時、小田切がその素描を見ながら、小声で言った。

「さすが、渡辺殿、達者なものですね。…時に、これは、小耳に挟んだ風聞ですから、聞き流していただいて結構ですが、近頃、巷で、渡辺殿が虎の尾を踏んでいるという噂が流れているようなのです。虎の尾を踏んでは、その後何が起こるか予断を許しません。注意なされた方がよかろうかと」

「これは異なことを」と言って登は筆を止めた。

「何も心当たりがありませんが、それは何か例えでございましょうか」と登は質した。

「噂なので、何とも申し上げられませんが、用心はなさっていたほうがよろしいかと」

小田切は登を真顔で見つめた。

「何か私のことで良くない噂が小田切様の耳に届いたのだと思いますが、私に関する悪い噂は、今までにも数え切れぬほどございました。どのような噂がありましょうとも、私は大丈夫でございます。心覚えもないことで、罪に陥れられるという時世でもございませんし。何か嫌疑があれば申し開きもできますから、心配には及びますまい。小田切様、お気遣い嬉しゅうございます」と登は言った。

小田切はそれ以上何も言わなかった。程なくして、登は小田切の邸を辞した。
登はその日の日記に次のように認めた。

五月六日　この古物は（図略）水野相公の用人小田切要助様の物。小田切様を訪れ灯火に見る。その節、小田切様は私が虎の尾を踏んでいると言ったが、これは何の謎かけであろうか。いずれにせよ、単なる噂話に過ぎぬものであろう。

鬱々

登は、ここ二、三日、寝つきが悪かった。いくら眠ろうとしても頭が冴えて眠れない。こんなことは、今までになかったことだった。小田切から、虎の尾の話を聞いて以来、何かが自分の身に迫って来ているようで、ふと気が付くと、何を自分は踏んでしまったのだろうかと自問しているのだった。

その日も、雑多な書類に目を通し、多忙の内に一日が終わった。

「高野様が参りました」

夕食を終えて、『夢物語』に目を通していた時、おたかの声が聞こえた。

長英は、顔色が悪かった。

「体調が優れず、少し横になっておったところです。それにしても昨日今日は急に暑くなりましたね。この暑さは、身に応えます」

「具合が悪いのに、呼び立ててすまない。実は、気になることを聞いたものだから、長英子の耳にも入れておこうと思ったのだ」

「どのようなことですか」

「先日、あるお方から、私が虎の尾を踏んでいるという噂があると指摘された。差し迫ってはいないが、注意を怠らぬようと言うことだった。これは、私の身に何か良からぬことが起ることを暗示したものと思われるのだが、私にはそれと言って思い当たるふしがない。ただ、考えられるとすれば」登が言い終わらぬうちに長英が口を挟んだ。

「それは、あるいは、『夢物語』のことではありませんか。『夢物語』は写本で随分広まっており、さらにこの頃では、『夢々物語』などという書も出回っているようですから」

「私も、『夢物語』を指して、虎の尾を踏んだと言っているのではないかと思ったのだ。『夢物語』は、一部では、私が書いたものと言うことになっておるからね」

「であれば、どうなるのでしょうか。手鎖の刑ということにでもなるのでしょうか」

「どうであろう。『夢物語』は出版されてはおらぬものなので手鎖は無いと思う。それに、万一、捕えられたとしても、『夢物語』には、公儀を誹謗中傷するようなことは何も書かれていない。十分に申し開きができるはずだ。ただ、私が捕えられた場合、偽りを申すこともできぬから、長英子の名前を出すが、長英子もそれを含んでいてほしいのだ」

「承知しました。おのれも、しっかりと申し開きを致しましょう。…とは申しましても、蓋し、それが差し迫っているのであり、捕縛されるのが明らかならば、おのれはすぐにでも姿をくらましとう存じます。シーボルト先生の一件もありますからね」

登は、腕組みをし、天を仰いだ。ちょっと間をおいて、

「それはできぬ相談だ」と言って目配せした。

「残念至極でございます」長英も微笑んだ。

「ただ用心のために、気になる書付の類は処分するか誰ぞに預けるか、手立てを講じた方が良いかもしれません。シーボルト先生の一件では家探しがなされたそうですから」と長英は言い添えた。

「そうだな。互いに用心するに越したことはない」

長英と話していると登は心が和んだ。

間もなく長英は登の許を辞した。

日もとっぷりと暮れたころ、もう一人の客人があった。弟子の椿山である。

「どうかしましたか、椿山殿」

「崋山先生、本日妙な噂を小耳にはさみました。小人目付が先生の近辺を探っているというものです。先生は大丈夫か、そして、拙者の方も大丈夫なのか、と心配してくれる友人がおりまして、どういうことかとその者に尋ねますと、その筋の方から直接そのことを聞いたというのです。先生、

近頃何か変わったことはございませんでしたでしょうか」

「その噂は、私も聞いた。しかしだからと言って、どうすることもできない。そのことを家中で誰かに話そうものなら、国詰めを内命されるかもしれない。捕縛逃れに国許に姿を隠したと思われるのは私の意に反する。何かあったら、私は堂々と申し開きをするつもりだ。私はいつもそうしてきたからね」

「そうでしたか。やはり、何か身辺に変わったことがお有りになったのですね。先生、拙者にできることは何でもやります。何なりとご用命ください」

「かたじけない。椿山殿が今日来てくれたのも何かの縁。それでは一つお願いしてもよろしいかな」

「何なりと」

「しばらく書類を預かっていてほしいのだ。近日中に支度し、揃い次第知らせることにする」

「承知しました」

「五郎が亡くなってから、私もいろいろ思案するところがあり、それを書き綴っていたら、随分な量になった。また書付の中には五郎の手跡などもあり、そのうち整理しようとは思っていたが、整理できずにいた。噂のこともあるので、一旦椿山殿に預け、その後ゆっくり整理しようと思う」

「五郎殿の手跡などは、一つ一つに思い出もあろうかと思いますから」と椿山は言った。

「そうなのだ。とは申しても、書付、反古類の大方は二、三日中に整理処分するつもりだ。実は、先ほど長英が参って、反古類を処分しようと言う話をしたばかりだ。その後すぐに、椿山殿が参った。渡りに舟とはこのことだ」

「先生、兎にも角にも、今は用心に越したことはありません。書付が揃い次第、すぐにお呼びください」

「その時は宜しく」

「他に拙者ができることがあれば、遠慮なくお申し付けください」

「その言葉で十分。差しあたって、他に喫緊のことは何もない。どうか心配なさらずに。ただ、画会の切盛りは、今後とも、椿山殿に任せることになるが、そちらの方は宜しくお願いする」

「承知しました」

その後、一時ばかり、登と椿山は弟子の消息を語り合い、夜も更けてから椿山は登の家を辞した。

青天の霹靂（召喚）

五月十四日、その日も朝から蒸し暑かった。長英と椿山に会った日から登は書付の整理を始めたが、五郎の手跡ばかりか蘭書からの書き抜きや折々に書き写した画論など捨てがたいものが多く、作業は遅々として進まなかった。さらに、大坂加番の事務も煩瑣（はんさ）で、書付の整理の時間は限られていた。たまたまその日は、藩の仕事も一段落したので、朝から自宅で書付の整理をしていた。

八つの頃、筆頭家老の鈴木弥太夫から「至急」という呼び出しがあった。大坂加番の準備で何か支障が生じたのかと、急いで鈴木の許に向かった。鈴木は登を見るなり、「先程、町奉行から差し紙が届いた。これなのだが」と書状を差し出した。〝渡辺登儀、御尋の筋有之候に付き、差し添え人付き添い即刻安房守役宅へ罷り出づべく候〟とその書状には認めてあった。

何としたことか…。登は自分の身に何かが起こることは予期していた。長英との会話から、それは『夢物語』に起因するものであろうことも予想していた。であれば、藩主からのお咎めの様な穏便な形のものだろうと漠然と考えていたのだが、その書面はそのような胸積りを粉微塵に打ち砕いた。藩という慣れ親しんだ場所から引き離し公儀の罪人として評定に引き出すというのだ、少なくとも登にはそう感じられた。周りの景色が一変した。目の前の鈴木弥太夫の姿まで、今まで接していた彼とは異なっているように見えた。すべてのものが、よそよそしくなり、音も立てずに遠ざかって行き、その色彩を無くした。

「渡辺殿、何か心当たりはござらぬか」

鈴木は、静かに登に問いかけた。

「特に、これと言って思い当たることはございませんが」

「そうか…」と鈴木は、登を気遣うように言い、そして続けた。

「では何も心配に及ばぬ。お尋ねの件が済めば、すぐに帰ることができるだろう。とりあえず、安房守様の役宅の方へ、至急」

「承知しました。早速伺いましょう」

「付き添え人だが、松岡でよろしいですかな」

「はい、よろしゅうございます」

登は、そう答えたが、その言葉は、鈴木の問いかけに反射的に発せられたものであり、登は「何としたことか」との思いから離れられずにいた。

「渡辺様、お供いたします」と部屋の外で待っていた松岡が声をかけた。この年、二十二歳になる松岡次郎は、一斎門下の先輩であり家老でもある登に尊崇の念を抱いていた。

「よろしく」と短く答え、出口に向かって歩き始めた登は、後に付き従う松岡よりもいつも行き来していた上屋敷の廊下はこんなにも長かったかということだけが気になった。

長屋に戻って安房守の役宅へ向かうことをおたかに伝え、登は長屋を後にした。

藩邸の表門で、僚属の与力が待っていた。与力の後を歩きながら、自分の身に何が起こっているのか、この事の発端は何処なのか、何処まで遡れば、今の自分の背景を正確にとらえることができるのか…、断片的に心に浮かんでくる問いを登は捉えようとしていた。しかし、その試みも、何としたことかという思いに、その都度かき消された。その時、鳴き声がして、その方向に目を向けると、二羽の鳥が大空めがけて飛び立った。

…そうだ、私が町奉行所に召喚される謂れは何もない、私はいつも、自分の言葉に嘘はちりばめなかった。何も悔いることも責められるべきこともない。これは何かの行き違いなのだ。しっかり言葉を伝えればたちどころに消え去る誤解なのだ。きっと何かの間違いだ…

与力と共に安房守役宅すなわち町奉行所へ向かっている時、周囲の景色に色彩がもどっているのに登は気づいた。

奉行所に入るなり、登は後ろ手に縄を掛けられ、その後白洲に面した縁に正座させられた。陪臣は白洲に正座するのではないことを登はその時初めて知った。松岡は登の後ろに控えた。

程なく、初回吟味の吟味役北町奉行の大草安房守が正面に威儀を正して着座し、与力の中島嘉右衛門が脇に控えた。

しばしの沈黙の後、大草が口を開いた。

「三宅土佐守家来、渡辺登」

「はっ」

「そのほう、かねてより蘭学を好み、好事の徒を集め、蘭学を講じているとのこと。それに相違ないか」

…後ろに控えている中島殿とは、これまでに何度か会い歓談もしたが、ここでこのような形で、会おうとは…

「私は、蘭書を読むことができません。そのような私が、蘭学を講ずることなどできましょうか」

「そうか。だが、蘭学に詳しい幡崎鼎や高野長英と交わり、蛮国の事情を深く穿鑿（せんさく）し、当今の御政事を誹謗するとともに、無人島への無断渡海を首謀しているのではないか」

「私が、幡崎鼎殿と懇談いたしましたのは、海岸掛の職務を全うするためです。無人島への無断渡海とは、何の謂れでございましょうか。田原は、海に面しているおり、公儀より打払令も仰せ付かっておりましたので、孫子の如く、敵の実情も知るべきと思い、幡崎殿に、問い質すことが数度ありましたことは間違いございません」

…具体的な名前が出てきている。注意するに越したことはない…

「己の職務を全うするために、蘭学者と交わったというのだな。他に、懇談した者はおらぬか」

「幡崎殿の他は特に懇談したという者はおりません。幡崎殿からは、和訳されている幾つかの書を紹介され、それを参照し、職務遂行の一助と致しました」

「長英との懇談についても調べがついているぞ」

「長英は、私の主治医で、折々、本草の話をしておりました」

…長英は、どうなっているのだろうか。幡崎は長崎でシーボルトの件が露見し、御家御預けになっているから特に新しい罪は得ないだろう。長英が心配だ…

「そのほうが」と大草の尋問は続く。

「そのほうが、蛮船が江戸湾交通の邪魔を致せば、江戸が困窮し、ひいては万国との交易も開けるであろう等と常々雑談同様に申しておるそうだが、それは誠か」

「どなたが申し上げたのかは存じませんが、私はそのようなことをどなたかに申し上げたことは一度もありません。海岸掛としては勿論のこと、また、家臣として上屋敷のある江戸の困窮を願うことなどあろうはずがございません」

登は大草を見つめながら、静かに、そしてきっぱりと語った。

「ところで、金華山沖の離島に異人が頻繁に来ており、その沿岸の漁民に金一分を遣わせばその異人と随意に会うことができると、そなたが同好の者へ申しているとのこと、そのことは如何じゃ」

「それも全く身に覚えのないこと。そのようなことを申した覚えはございません」

「偽りを申しても、突合せ吟味で真実が明らかとなるのじゃが、それでも身に覚えがないと申すのか」

「全く身に覚えがございません」

大草は登の言い澱みの無い答弁を聞いて、しばらく思案し、そして口を開いた。

「そのほう、何か人に恨みを買うようなことはござらぬか」

「特にこれと言って思い当たることはございません」

「そうか、無いと申すのじゃな。まあ、それも突合せ吟味で、明らかとなろう。さすれば、次回の吟味まで、その方に、揚屋(あがりや)を申し付ける。これにて、本日の吟味を終えるとする」

町奉行所から揚屋までは駕籠で移送された。揚屋に着くと、獄卒に呼び止められ、これは差し入れだと言って包みを手渡された。包みを開くと、〝これを牢名主へ〟という書き付けとともに、小判が出て来た。牢に入ると、畳を重ねた上に胡坐をかいている恰幅のいい男に声を掛けられた。

「おぬしはどなたじゃ」

牢名主は穏やかな口調で登に聞いた。

「これは、名主殿でござるか。少しばかりだが、お納め願いたい」と言って、包みを牢名主の脇に控えている取次の者に渡した。

「私は三州田原、三宅土佐守家来で渡辺登と申す。期限はわからぬが、ここに厄介になることになった。よろしくお願いする」

取次から包みを受け取った牢名主はその中身を確かめると、

「さようか。結構な品物、ありがたく頂戴する。拙者はここの名主を仰せ付かっておる阿留多伎長門之助と申す者じゃ」と登に言い、さらに牢内の者に次のように申し渡した。

「皆の衆、この渡辺殿を客分とする。失礼のないように」

登は牢役人の導きで、半畳ほどの畳を与えられた。

「早速のご芳情、かたじけない。牢名主殿、牢役人殿、そして皆の衆、これからどうぞよしなに」

畳に腰を下ろすと隣に座っていた男が無言で礼をした。牢内は三間四方もあろうか、暗くてよく見えない。収監されている者が何人いるのかもわからない。ただ、異様なにおいが鼻についた。

「ところで渡辺殿、そもそも貴殿は何をしでかしたのじゃ」と牢名主の長門之助が良く通る声で登に尋ねた。

「それがさっぱり分からぬ。罪状は、無人島への無断渡海の首魁ということらしいが、心当たりが全くないので当惑しておるところだ」

「それは困り申しましたな。まあ、今日の所は疲れてもいるだろうし、ゆっくりお休みになったら良い」

「かたじけない」と言って登は目を閉じた。

…昼八つに大草安房守の役宅に拘引され、その後一時ばかり吟味され、暮れ六つ過ぎに揚屋に入れられることになったが、一体何が起こったのか。無人島への無断渡海の一件とは何か…

「あんまり取り調べに関わることは話さねえほうがいいですよ。誰が聞いているとも限りませんからね」と隣の男が囁いた。

「そうだな。今度から何事も注意して申すこととしよう」と登も小声で答えた。

突合せ吟味　その一（無人島渡海）

よく眠れぬままに、夜が明けた。薄暗い牢内で、登は前日の町奉行の吟味を振り返っていた。無人島渡海とは何か、そして、町奉行が最後に言った、人に恨みを買うようなことはないか、と言う謎のような文言は何の謂いなのか。答えの出ぬ問いを登は何度も反芻した。

昼過ぎ、牢屋同心が来て、これから吟味があるという。駕篭で向かった先は前日の北町奉行大草安房守の役宅であった。

白洲に面した縁に向かうと、縁の向こう端に花井虎一と本岐道平が正座していた。

…花井殿も本岐殿も捕縛されたのだろうか、一体何の容疑でここにいるのだろうか…

登が縁のこちら側に正座するのと同時に、白洲に数人の男が引き出されてきた。僧形の親子らしき二人（この二人とは初対面だ）、武家の隠居らしい老人が一人（この方には一度会ったことがある）、町人風の男二人（一人は蒔絵師で話したこともある、もう一人の方は初めて見る顔だ）、都合五人、みな後ろ手に縛られている。

…長英はいないようだ。昨日の取り調べでは、蘭学関係の事案で検挙されたとばかり思っていたのだが、どうやら違ったらしい…

その日、中の間正面に座ったのは吟味役与力の中島嘉右衛門であった。中島と登はこれまで幾度か顔を合わせ言葉も交わしたが、これほど厳しい顔を見るのは初めてだった。北町奉行大草は上の間に着座しこちらをじっと見ている。

中島は重々しい口調でこう切り出した。

「三宅土佐守家来渡辺登、そのほう、ここに出廷して参った僧順庵・順道親子と共謀し無人島へ渡海し、異人と交易を企てんとしたということ、誠であるか」

「その様な企てを協議したことはございません」と落ち着いた声で登が答える。

「されど、金華山辺において、漁師になにがしかの金子を渡せば、異国船と渡りをつけられると申したとのこと、調べはついているぞ」

「金華山のことについては、そこにいる花井殿から話が出たことがありますが、それは愚にもつかぬ俗説故、信じなさいますなと申し上げたことがございます」

中島は花井の方を向いて、

「そのほうの申し立てでは、渡辺の方から、金華山への渡海を勧められたとあるが、それは誠か」

「確か、渡辺殿から、勧められたように存じます。それがしは、硝子作りに取り組んでおりまして、透明な硝子を作るには硼砂や亜鉛が欠かせぬのですが、異国船と渡りをつければ、それらを入手できるとの助言をいただいたように記憶しております」と花井は澱みなく答えた。

「渡辺、どうじゃ。これでも金華山のことは俗説だと言ったと申すか」

「花井殿は、記憶違いをしているかと存じます。私は、硝子の研究もしておりませんし、昨日申し上げたように、蘭書も読めません。硝子の原料が何であるかがわかりませんし、わからぬものを入手が可能であるなどと人に言うこともできません」

「硝子の原料が何かわかるかを尋ねたのではない。金華山への渡海を花井に勧めたかどうかを聞いておるのだ」

「そのようなことは勧めておりませぬ」と登は、静かだが良く通る声で言った。

その言葉を聞くや否や、中島は順庵の方に向き直り、

「僧順庵、そのほう、金華山を含め無人島について渡辺と懇談していたとのこと、調べはついているぞ」と語気を強めた。

「恐れながら、申し上げます。愚僧はそのお方と会ったことも話したこともございません。そのお方の名前が渡辺様だということを、今初めて知りました」

「なに、渡辺と初対面だと申すのか」

「はい、初めてお目にかかります」

中島は、花井の方を向き、

「そのほうの申し立てによると、順庵の無人島渡海計画に渡辺が深く関わっているとのことだが、それに相違ないか」と詰問した。

「それは間違いないことでございます。そこにおる斎藤次郎兵衛殿が渡辺殿のお宅を訪れて、無人島のことについて懇談したやに聞いております」と花井は落ち着いて答えた。

「斎藤次郎兵衛、今の花井の申し立てに相違ないか」

「申し上げます。確かに渡辺殿のお宅を訪れたことはございますが、それは、花井殿から勧められ訪問致した次第です。渡辺殿が無人島に詳しいと花井殿がしきりに言うものですから、後学の為に話をお聞きするのも良かろうと思いましてお訪ねいたしました。しかし、渡辺殿は無人島のことについてはあまりご存じ無いようでしたので、四方山話を致しまして、すぐにお暇致しました」

「されば、斎藤が渡辺と会っていたということは事実であるな」と中島は言明し、白洲の一同を見回し、一呼吸おいて、

「無人島渡海の企てが行われたということ、これは明白な事実となったが、国外渡海は固く禁じられているということを知らぬはずはないと思うが、蒔絵師秀三郎、そのほうはそのことを知っておったか」と、秀三郎に問い掛けた。

「手前は、難しいことはわかりませんが、無人島が国外だとはこれっぽっちも思っておりませんでした。人の話によると、無人島は暖かくて食べる物に困ることもなく、安楽な生活を送ることができる所だそうです。手前は、昨今、働きたくとも、仕事がありません。先の飢饉のこともあり、皆さんの財布の紐も堅くなってしまいました。蒔絵はぜいたく品と思われているようなのです。それなら、いっそのこと、無人島に渡って、百姓にでもなって生活できるのであればよいと思っておりました」

「秀三郎、そのほうは安楽な生活を送れると思い渡海を思い立ったと申したが、百姓となれば年貢を収めねばならぬことぐらい承知であろう」

「はい、承知しております」

「食べ物に困ることが無いと先に申したが、それは年貢のことを考えに入れていなかったためではないか」

「そうかもしれません。年貢のことは考えていなかったかもしれません」

「年貢を払わずとも良いと考えたのは、そこが日本ではないと考えていたからではないのか」

「そうかもしれません。そこは何でも年中暖かいところで、種をまけば勝手に作物が実るとか聞いておりましたから、江戸とは全く違う所だと考えておりました」

「秀三郎、そのほうが今自分で認めたように、無人島を国外と思い、そこへ渡海しようと図っていたということがこれで明白になった。国外への渡海は御法度であるぞ」

「少々おまちください。手前は、国外へ渡海しようと思ったことはこれっぽっちもないんです。無人島が国外だと思ったこともございません」

「黙れ。それでは先ほど認めたことは偽りであると申すのか。そのほうは白洲で偽りを申したのか」

中島と哀れな秀三郎のやり取りが続いている。

…この取り調べは、無人島渡海事件を立件しようとするためのものだ。花井が、この事件の中心にいるのは確かだが、何故、私がその事件に加えられたのか…

「申し上げます」と隠居の斎藤が語気を強めていった。

「無人島は、今は無人島ですが、そこは歴とした日本領で、国外ではありません。その島は、小笠原貞任が領有を主張致しましたが、その主張はお上によって、却下されたということを聞いております。すなわち、その島々は、誰のものでもなく、お上のものであるということでございます。拙者は、その島へ、お上の許可をいただきまして、渡海しようと相談していただけでございます」

「何のために渡海しようと考えたのじゃ」中島も語気を強めて斎藤に詰問した。

「その島々を開墾いたしまして、お上のお役に立とうと考えていたのでございます」と斎藤は答えた。

「花井、そのほうも渡海の密議に加わっておったそうだが、今斎藤が言ったことは誠か」

「申し上げます。それがしは無人島には異人が村を作っているやに聞いておりました。その異人と交易をすれば、利益が得られるのではないかと話し合っていたように記憶しております」

中島は、少し間を取り、そして次のように締めくくった。

「お上に許可を得て無人島に渡海致し、手続き上は国禁を冒さぬように成りすまし、その実、異人と交易をなさんとしたことが、この一件の動機であったことがこれで明らかとなってきた。今後の取り調べにて、このことがより明白になるであろう。本日の吟味は、これまでとする」

帰りの駕籠の中で登は考えた。

…どうやらこの一件は国禁である国外渡海の一件として立件しようとしているらしい。とすれば、調べが進む中で、彼らと私が無関係であるということは明らかとなるに違いない。まずは一安心だ。ただ、花井がなぜ渡海仲間に私を入れたのかが分からない。取り調べの中で分かったのは、花井が、渡海の件の中心にいるということだ。取り調べを受けた全ての者とつながっているのは花井だけだ。

花井と無人島の話をしたのが昨年の四月ごろだった。また、昨年の暮れにも会っている。江戸湾防備策の参考にと林子平の著作を探していた時だったが、あの時は、花井に変わった様子はなかった。だが、ひと月ほど前に来たときは様子がおかしかった。金華山の話をしたが、いつもの花井ではなく、話も上の空で、来たと思ったら、すぐに帰って行った。この二、三か月の間に、花井に何か起こったのだろうか。

花井がこの一件の中心にいるとしても、今日の吟味からすると、花井の申し立てのみで町奉行が動いているとは思えない。後ろで誰か糸を引いている者があるようだ。

監察の鳥居様か。江戸湾巡検の際には江川様と少なからぬ行き違いがあった。その原因の一つが奥村と内田両名の派遣であり、その推薦をした私を逆恨みして、この一件を仕立てた、…あり得るが、鳥居様はそのように了見の狭いお方であろうか。誰からか恨みを買っておらぬか、と昨日町奉行が問い質した。やはり、黒幕は鳥居様なのか…

登が揚屋へ戻る駕篭の中でそう考えていたころ、弟子の椿山は登捕縛の善後策を練っていた。椿山は師の牢内環境を整える策を講じ、さらに、この一件にまつわる情報を些細なものまで収集することに意を用い、出牢の可能性を模索していたのである。その甲斐あって、登は揚屋に入って五日もたたぬうちに、牢隠居と言う牢役人扱いになり、畳一畳分を与えられ、筆と紙の差し入れも認められて外部と通信することも可能となった。

感謝の言葉と、無人島渡海の一件は讒言(ざんげん)から起こった根も葉もない事件であるから、もうじき身の潔白が証明されるであろうという見込みを登は、五月二十日の椿山宛の手紙に認めた。

江戸城　その五

登が、花井と突合せ吟味を行っているちょうどその時、江戸城本丸、目付役所では、鳥居燿蔵が佐々木三蔵と押収物について言葉を交わしていた。

登が召喚され、揚屋入りを命じられたその日、登の家は数人の与力によって探索され、数多くの蘭書や様々な草稿、そして手簡類が押収されていた。

「鳥居殿、出てきましたな」

「左様。出ましたな。しかし、思ったほどの書き物でもありませんでした。事情書の末段辺りに、江戸湾沿岸の防備策を大名の移封などに言及し、より具体的に献策しておるのかと思っていましたが、単なる西洋事情の報告書であったのには、私も驚きました。あの程度の事情書であれば、水野様がご覧になっても何の心配もありません。これで江川殿の献策した江戸湾岸への大名移封の話は立ち消えになるでしょう」

「確かに…。その上、役に立ちそうな書付も出てきましたな」

「書付の中にあった〝規模の広大〟という文言は使えます。押収した書付は、端から端まで十分に吟味し、渡辺が今後公儀役人と関わりが持てぬよう、しっかり処置しなければなりません。それが、蘭学を持て囃す輩への一罰百戒ともなりましょうから…」

翌々日、鳥居燿蔵は江川太郎左衛門に次のような書簡を送った。


御無沙汰しております。暑さが厳しき折、御清栄にて御活躍のことと存じます。ところで、巡検の復命書を勘定所に提出なされて以来、その後提出なさるはずの絵図面と外国事情書が未だ提出なされていないと伺っております。急ぐわけではございませんが、提出を考えていた物を提出いたしませんのでは、区切りがつきません。何か、差障りでもありますのでしょうか。あまり遅くならぬよう、近々提出されるのであろうとは思っておるのですが。不躾な物言いになりましたが、ともに巡検を拝命した者として、また長年お付き合いさせていただいておる者として申し上げたまで、失礼の段御容赦ください。

五月十七日

追伸　さて、本文で申し上げました外国事情書のことですが、復命書と同様、下書きを見せていただければ幸いです。ところで、昨日知ったのですが、渡辺崋山が揚屋入りになったとのことです。何の罪でそうなったのでしょう。江川様は、渡辺と御懇意なので、詳細を知っておることと思います。ただただ驚いておる次第であります。

燿蔵

江川太郎左衛門様

突合せ吟味　その二（幕政批判）

五月二十二日。登はこの日の吟味を待ちわびていた。一回目の突合せ吟味が十五日だったから、まだ七日しか経っていないのに、一月も二月も経ったような気がしていた。

…今日で、無人島渡海の嫌疑は晴れるであろう。これで出牢となるだろうが、一度揚屋に入った身であるから、この先は家中での風当りも強くなるであろう。しかし、風当りがどんなに強かろうとも、揚屋に捕えられているよりはましである。とにかく一刻も早く軛（くびき）から放たれたいものだ…

北町奉行所に着き、例の如く白洲の前の縁に正座していると、例の五人と長英が白洲に引き出されてきた。長英の逃亡とその後の自首については二日前に差し入れられた椿山の手紙で初めて知った。やはり長英も無人島一味として挙げられていたのかという軽い驚きと、自首したことへの大きな驚き、理不尽な捕縛に対抗し逃亡し続けてほしかったと思う半面、逃げ隠れせず堂々と申し開きをしてほしかったという気持ちが登の心の内で交錯した。そうではあっても、こうして白洲で実際に会うと、やはり嬉しい。不思議な感覚であった。

…まあ、程なくして、嫌疑も晴れ、出牢出来るだろうから、これも忘れがたい思い出になるだろう。しかし、三英殿は杞憂で命を落としてしまった。三英殿のことを思うと、この無人島渡海の一件をでっち上げた輩を憎んでも憎みきれない。これが果たして花井が仕組んだ事件なのか、あるいは花井の後ろに誰かいるのか、それが鳥居様なのか、他の誰かなのか。このことは今日はっきりするだろう。また、何故自分や長英が巻き込まれたかもはっきりするだろう…

吟味役与力中島が座に就いた。上の間には奉行の代わりに先日の吟味の時にはいなかった一人の役人が座った。着衣から、役職が高い人物だと登には思われた。

「僧順庵、これまでの吟味で無人島渡海の真の目途が異国との交易であるということが明らかになったが、それに相違ないか」と中島は言葉を発した。

「申し上げます」

順庵はここ数日で随分やつれ、声にも力がなかった。

「先日も、昨日も、一昨日も申しましたとおり、異国との交易など考えたことがございません。そもそも、この度の渡海につきましては、お上の許可を得なければならぬことは重々承知しておりましたし、愚僧どもはその許可をどこでいただけるのか、どのような書式の書類を提出すればよいのか、それすら分からず、今考えればまるで雲をつかむような話をしていただけでございます」

「そのほう、水戸家中の大内清衛門の所有する船でこの六月頃に出帆する計画あったとのこと、調べがついているぞ」

「何のことでございましょうか。出帆する計画とおっしゃられても、船を借りる資金がございません」

順庵の言葉を受けて、中島は花井の方を向き、

「そのほうの申し立てに六月頃の出帆を計画しているとあるが、偽りはないか」と訊いた。

「確かにそのような計画はあったと聞いております。間違いございません」と花井は言った。

「誰から聞いたのだ」中島は間髪を入れず花井に問い質した。

「それは、その…」と花井が言い澱んだ。とその時、吟味役の後ろから声がした。

「人の記憶には曖昧なところがございます。失念するということもございましょう。中島殿、そのように急がずとも良いのではございらぬか」

「とは申せ、佐々木様、ここがこの一件の核心に当たります故」

…奥に座っておられる御仁は佐々木様というのか…

「いや、この一件はもう少し時間をかけてじっくり吟味してもよろしいかと思いますが。どうでしょう」

「はっ」

「それよりも、別の事案の方の吟味を急がれた方がよろしいかと…。大草様も気をもんでおられるようなので」

本丸目付佐々木三蔵は吟味役与力中島嘉右衛門にそう言った。

中島は少し間を置き、長英の方に視線を向け、

「町医師高野長英、そのほうは『夢物語』と言う書き物の作者と言われておるが、それは誠であるか」

「確かに、おのれの書いたものですが、誰に見せようというつもりもなく、心覚えとして認めたに過ぎません」

「では何故に写本が斯(か)くも多く流布しておるのじゃ」

「そのことについては承知しておりませぬが、そうであれば、日本にも、国のことを考えているお方が多くいるということの証ではございませんでしょうか」と長英は中島に答えた。

「国のことを考えてのこととはどういう意味じゃ。国のことはお上が十分に思慮して取り仕切っておられる。その仕切り方をお上と共に思慮するということなのか」と中島が言う。

長英は口を閉じたままだ。

中島は続ける。

「それとも、お上の司ることが信用ならぬので自分が国の在り方を思慮するということなのか。さあ、どちらなのだ」と中島は長英に詰め寄った。

この中島は言葉尻を取って、自分に有利に論を進めるやり方を取っている。しかもここは白洲だ。言葉で勝ち目はない。長英はそう思い、言葉を慎重に選び始めた。

「国とは国許の意味でございます。ご自分の御家を如何に切り盛りしようかと、お武家様たちは頭を痛めているようですから」

「長英、おぬしの書き物には、御家の政事のことは一言も出ておらぬが」

「それなのです。何故『夢物語』が、このように流布したのか、おのれにも分からぬのです」

中島の表情が曇った。

…うまく切り抜けた…

と登が思ったのと同時に、

「三宅土佐守家来渡辺登」と中島の声。

中島は登の方に向き直り、脇に置いた文箱から書面を取り出し、次のように問い掛けてきた。

「先日、そのほうの家から、『鴃舌或問』と題する成稿、『鴃舌小記』と題する草稿、『慎機論』と題する成稿の一部、モリソンのことを記した草稿、『西洋事情書』と題する草稿、都合五種の書き物が見つかった。それらはそのほうの書いたものに相違ないか」

「画の下書きや提出書類の下書き、また心覚えなどの反古は、毎年、年の暮れに焼却処分致しておりましたが、一昨年は弟の死、昨年は藩内の褒賞事務に取り紛れ、焼却できずにおりました。今挙げられた書付はそのような反古の類でありますが、それらは私の書いたものに相違ありません」

「そのほうの書いたものに相違ないのであれば尋ねる。〝西洋事情についてお尋ねを蒙り、恐縮致しております。不案内ではありますが、お尋ね下さったことについての大凡を次のとおり申し上げます〟と言う書き出しで始まる草稿を、そのほうは誰に申し上げるつもりで認めたのだ」と中島が登に尋ねた。

その時、上の間にいた佐々木の口元が少し緩むのを登は見逃さなかった。

「私が禄を頂いている三宅侯の御領地田原は、三方が海に囲まれており、海岸防備が御家の重要な施策の一つとなっております。私は家老に挙げられて以来海岸掛を兼務致しておりましたので、職務上、海防における有益な情報は、些細なことも収集するよう心掛けておりました。そのような折、モリソンが漂流民を連れて来るという噂を耳に致しました。モリソンは唐山に赴任した英吉利の高名な学者であります。英吉利が漂流民のことを口実にわが国と交易をおこなおうという腹だろうということが容易に想像されました。そうではあっても、これに打ち払いで対処するならば、御仁政の趣旨に反し、また外国の恨みを買いかねず、その解決法は一筋縄では行かぬと考え、自身の考えをまとめるために、質問に対する答えと言う形で草稿を認めました」

「そのほうは、自問自答の形式を用いて自らの考えをまとめたと申すのだな」

「はい。これは、『鴃舌或問』を認めた時に思い付いたもので、考えをまとめるのに都合の良い流儀と存ずる次第です」

佐々木は、登と中島のやり取りをじっと見つめていた。

中島が続けた。

「『鴃舌或問』のことは後で問い質すこととし、そのほうの『西洋事情書』なる草稿に、〝耶蘇の反乱に懲りて、規模狭小になり、専ら国内の政事にのみかかずらった結果、昨今では海外諸国の侮りを受けることになった。このままでは後にどのような変事が起こるか予想できない〟と記し、〝西洋は世界中の覇権を握っているので、実に大敵中の大敵と言える。此の上は何卒御政徳と御規模の広大なることを祈念するところである〟とその草稿を締めくくっている。これは、祖法の改変を意図している言辞であり、公儀への私議にあたるのではないか」

「これは思いもよらぬお言葉。草稿にも書きましたように、日本が海外諸国の侮りを受けるのではなかろうかと強く危惧したため、それを払拭する為には、海防の規模を広大にすべきことが肝要ではなかろうかとの結論に達したので、その様に認めたのだと思います。ただ、それでは十分に意を尽くしておりませんので、新たに『慎機論』と題する草稿を書き始めました」

「海防の規模を広大にということか」

「そのとおりでございます」と登が答えた。

その時、吟味役の中島が、佐々木の方を窺った。佐々木は黙って頷いた。

「そのことは、後々詳しく問いただすことにする。次に、『慎機論』について問う。『慎機論』は、『慎機論』と題した浄書一枚の他は見当たらぬが、その末尾から他に続くものと思われる。浄書の残りはどうしたのだ」

「『慎機論』の草稿は、モリソンの噂話から書き起こしている書付でございます」

「モリソンのことを記した草稿が、『慎機論』の草稿と言うのか」

「はい」

吟味役の中島は文箱から別の書面を取り出し、吟味を続けた。

「モリソンのことを記した草稿には、〝明末には士風が軽薄になり、国が危機に瀕しても、為政者たちは相変わらず詩歌音曲に耽っている有様であった〟とあり、さらに〝公儀執政は紈袴子弟で危機意識など全くない。それを諫めるはずの公儀役人は賄賂の倖臣で信が置けない。状況の把握ができるのは儒官だけだが、彼らは喫緊の重大事から目を背け字句解釈に血道を上げている〟と記してある。これは公儀に対する誹謗ではないのか」

中島は語気を強めた。佐々木は、相変わらず、登をじっと見つめたままである。

「これもまた思いもよらぬお言葉でございます。『慎機論』の草稿はいちいち覚えておりませんが、昨年の冬ごろ外患に関して憤慨のあまり、思いついたことを書きましたが、あまり狂言じみた書き方なので、執筆の半ばで取り捨てました。もっとも言語を慎まぬ部分は草稿であったがためであり、それを、政事を批判されたと言われては心外です。この上はお奉行様のご賢察にお任せいたします」と登は静かに澱みなく答えた。

「『慎機論』は、草稿で打ち捨て、一枚のみ浄書したが、それも含めて他に見せずにしまっておいたから、一向に構わぬと申すのだな。では、草稿であるならば、公儀の私議にあたる言辞や政事に対する誹謗中傷の言辞は使用しても差し支えないと考えておるのか」

「差し支えないと考えていた訳ではございません。したがって、書き捨てたのでございます。先にも申し上げましたとおり、本来ならば、それらの反古は年の瀬に処分致す筈のものでしたが、ここ二年、家事都合と職務多忙にて処分できなかったものですから、このようにお奉行様のお目に留まるようになった次第でございます」

「では、『鴃舌小記』はどうじゃ。これはまとまった稿本となっており、現に花井虎一が見ておるのだが、『慎機論』もいずれは『鴃舌小記』のように、成稿と成し、他見させる目論見があったのではないか」

「『鴃舌小記』も草稿でございます。先ほどお奉行様が草稿と申されたとおりでございます」と登は静かに言った。

「『鴃舌小記』も草稿だと…。そのほう、『鴃舌小記』も人に見せるためのものではないと申したいのだろうが、花井虎一は見たと申し出ているのだ」

中島は花井の方に向き直り、

「そのほうは、確かに『鴃舌小記』を見たのか」

と、花井に問いかけた。

「見ました。確か、昨年の冬だったと思います。カピタンがわが国の政事を批判していることを記した書付だったように思います」と花井は落ち着いて答えた。

中島は花井の答えを聞くと、登の方に視線を向け、

「このように答えているが、それでも、見せてはおらぬと言い張るのか」と、強い調子で問い質した。

「お言葉ではございますが、私は花井殿に『鴃舌小記』を見せたことはございません。確かに、昨年の冬に、花井殿が一度訪ねてきたことがございますが、ちょうど昼餉の時間だったもので、書斎である二階でお待ちいただいたことがございます。その折、文机の書付が目に触れたのではないかと思われます」と登は答えた。

「そのほうは花井が勝手に見たと申すのか。花井、どうなのじゃ」

「勝手に見たというのではございませんが、手持無沙汰だったこともありまして、文机の上にありました冊子を何気なく数丁捲(めく)ったのでございます。大事な書付であればそのように無造作に置いておくことはありませんので、それがしも軽い気持ちで丁を捲った次第です。しかし、そこには異人の言辞が無批判にそのまま書き連ねてあったものでありますから、これは容易ならざる書き物であると感じました。改めて表紙を見ると『鴃舌小記』と記されておりました」と花井は悪びれず答

えた。

「すなわち、花井、そのほうが勝手に見たということなのだな。それでは渡辺の申しているとおりではないか」と中島は語気を強めた。

「しかし、異国を賛美する言葉が……」

と花井は食い下がる。

「黙れ。字句の解釈は吟味の者が行う。そのほうは問われたことに応えればそれでよい」

登の申し開きに一点の偽りもないことに、中島は戸惑った。そして苛立った。

「中島殿、異国を賛美する危うさを直感した花井の心も少しは汲み取ってやるべきではありませんか。問題なのは、そのような危険な言辞を弄した者の方だと思うのだが」と佐々木が口をはさんだ。

佐々木の言葉を聞いて中島は気を取り直し、再び登に問いかけた。

「ところで、他見させる目的がないのであれば、そのほうは何故『鴃舌小記』を書いたのだ。『鴃舌小記』だけではない。そのほうの宅からは『鴃舌或問』と題する書付も出てきておる。そのような書付をそのほうは何のために書き認めたのか、正直に申せ」

登は、言葉を区切りながらゆっくりと答えた。

「『鴃舌或問』は、七年ほど前に書き始めたもので、その時々に知り得た西洋諸国の事情を、問に答えるという形で書き綴ったものでございます。長英や知り合いの小関三英、幡崎鼎殿などからの伝聞や、蘭書に記載されていて参考になると私が思いましたものを書き記したものでございます。

再度申し上げますが、七年前に家老を拝命しました折、私は海岸掛も兼務いたしました。海防に関しては何も承知していませんでしたので、職務を全うするために、海外事情の把握に努めたのでございます。その過程で、『駃舌或問』は形を成しました。ですから、誰に見せようと書いたわけでもなく、全くの手記でございます。また、『駃舌小記』は、昨年参府したカピタンのニーマンの談話の趣旨を青山因幡守様ご家来湊長安殿や其の外の者から伝聞しましたものを、『駃舌或問』の付録のつもりで記述した物でございます。その内容はニーマンがご老中様方や若年寄り様方に出向いた折のこと、江戸城内のお座敷に関すること、西の丸炎上の際にニーマンが話したことなどです。序文も草しましたが、まだ清書には至らず、下書きのまま所持しておりました」

「『駃舌或問』と『駃舌小記』は職務を全うするための心覚えとして書いたと申すのか」

「お言葉どおりでございます」

「では聞く。『駃舌小記』に〝学問の問答において検使は同席すべきでないという旨のことを和蘭陀人が述べた〟という記述があるが、これは、わが国の政事の慣習を暗に否定していることをそのほうが殊更取り上げたということではないのか」

「それは湊長安殿から伝聞したことであり、和蘭陀人の気質を知る上でも記録しておいた方がよかろうと考えてのことであろうと思われます。何しろ、藩務多忙の合間に、書き綴った故、しかと覚えておりませぬが、異人の傲慢さに私も憤りを覚えたことは記憶しております。わが国の政事を暗に否定していることを無批判に取り上げたというのではございません」

「憤りを感じ、記載したというのだな。しかしその記載事項は、公儀への誹謗にあたると考えておったのだな」と中島は重ねて問う。

「お言葉ではございますが、私は公儀を誹謗しようとしてそのような記述をおこなったのではございません。和蘭陀人がそのように考えているから、よくよく注意しなければならぬと考え、心覚えの為に書き記したまででございます。これもお奉行様のご賢察にお任せいたします」

「中島殿」と佐々木が口を開いた。

吟味役の中島が佐々木の方を向くと、佐々木は目くばせして席を立った。

中島は軽く会釈して一同の者に向き直った。

「斎藤次郎兵衛、過日の吟味で、渡辺宅を訪れたと申したが、その節、異国等の話などはなかったか」と尋ねた。

「その様な話は全くなかったと思います。とりとめの無い雑談を致しましたが、途中から俳句の話をしたように記憶しております」

それからの吟味は、無人島渡海の件に終始した。無人島渡海に関しては、その日の調べでも確たる証拠は出て来なかった。

軽く候て遠島・お預け

吟味が終わり、揚屋に戻る駕篭の中で、この獄は自分と長英を処罰するために設えられたものであることを登は了解した。無人島渡海の吟味は偽装で、その核心は自分と長英を罪に陥れることにあることを登は確信した。

…この吟味を仕切っているのは、中島殿に声をかけた佐々木という御仁。無人島渡海の企てのありや無しやを問うているが、白洲の吟味によって無人島渡海の企てはなかったのは明らか。無人島渡海の企てというのは私を捕縛するための方便だ。私や長英の口をふさぐのが、真の目的であるとすれば、この獄を企図した人物は誰なのか。例の佐々木という御仁だったのかもしれぬ。理由はどうであれ、相手方は家宅捜索を行いたかったのだ。そうすれば、何かが出ると踏んでいた。それにまんまと嵌(はま)ってしまったのだ。連中は反古を振りかざし、こちらを攻めて来るだろう。こちらもできるだけの手を打っておかなければ…

その日、登は椿山に近況を伝えるべく筆を執った。紙に向かっていると、牢名主が登の横に来て小声で囁いた。

「手簡を認めて外に送るのは勝手だが、牢屋同心は仕事柄それに目を通すことになりますよ。荷に隠しても連中はそれを探し当てる、それが連中の仕事だからね。つまり、手簡文の中身は奉行所に筒抜けという訳だ。それを思案し、手簡を認めなさいよ」

ここで話を区切って、牢名主は登を見つめ、そして続けた。

「貴殿は申し開きをしかるべく行えば何とかなると考えているようだが、吟味に理屈は通じないに等しい。もし通じるものがあるとすれば、それは情のみ。牢屋同心たちも、理で固めた手簡には目を吊り上げるが、情で綴られた手簡には目溢しすることもあるようだ」そう言うと、何食わぬ顔で登から離れ、重ねた畳に座り直した。

突として、登の心に母の姿が浮かんだ。それは牢名主の「情」という言葉から紡ぎ出されたものだった。

…何よりも家族のことを考えて生きてきた母上だ。五郎の死からやっと立ち直ったばかりだというに、今度は私のことで心を痛めていらっしゃることだろう。その母上の為にも、私は一刻も早く出牢しなければならない。その為には、様々な方面から、私に御政事誹謗の意図がなかったことを公儀に訴えてもらい、仮にこの獄が何らかの意図に基づく疑獄であり早期の出牢が叶わぬとしても、罪一等減ぜられるよう図ることが肝要だ…

登は筆を取り直しこう書きだした。

私事、全くの讒言で禍を得てしまいました。讒言は吟味の過程で事実無根であることが判明いたしましたが、家よりつまらぬ草稿が出て来たために昨日そのことに関しての吟味がありました。

思うに、御政事を誹謗し外国を尊奉したという罪名を与えられるのではないかと思われます。そうなれば、軽くても遠島か御預けとなりましょう。そうなると、母のことが気がかりでなりません。妻や子とは会わなくとも構いませんが、年老いた母には終生仕えたいと思っています。しかし、私が御預けになった場合は、会うこともできなくなり、生き別れ同様となりましょう。私の心をどうかお察しください。

…この期に及んで罪一等減じてもらうことに汲々としていると思われるのは本意ではない。だが、牢名主も言ったように、吟味に理屈は通じぬ、若し通じるものが有るとすれば、それは情のみ、情は、時に温情となって罰を一等軽くしてくれることもあり得る、理屈が通らぬのであれば情に縋るのも一つの便法、今できる最善の策を執るまでだ。

そして、いま私が置かれているこの状況の中でできることといえば、救済活動に有益な情報を提供すること、その一点に限られている…

私が救済活動をお願いしたと知れては大変なので、皆様工夫をして事に当たって下さい。今後私にどのような罰が下されるか予断を許しませんので、向こう見ずではありますが、まず、南町奉行の子息である下曽根金三郎殿と、田原家臣の松坂与十郎殿を通して旗本の新見伊賀守殿にお頼み下さい。下曽根殿と新見殿は私の学友です。

また、これも学友の海野豫介殿を通して慊堂先生に嘆願すれば、老中水野越前守様へもお願いできるかもしれません。未練がましいことは好みませんが、母と生き別れになることにどうしても耐えられず、念のため、予めお知らせしお願いする次第でございます。

また、水戸の権中納言様にも掛け合ってみてください。何卒何卒よろしくお願いいたします。家から様々な草稿や書付が押収されては何をやっても徒労に終わると言う人もいるかもしれませんが、たとえそうであっても、ここに書き認めたことは宜しくお願いいたします。

権兵衛様、定平様、椿山様、春山様

書き終えて、登は、思う自分とおこなう自分との間にわずかな間隙が生じているのを自覚していた。意気地がないと思われ兼ねない文を綴っている自分を黙認している自分がいる、それは登にとって初めて味わう感覚であった。

その手簡は、五月二十三日に椿山の手に渡った。

外国之事情申上候書付

江川は鳥居からの手紙を受け取ってすぐ五月二十五日に、勘定所に『外国之事情申上候書付』と題する文書を上申した。その文書は次のような言葉で始まっていた。

外国の事情をつぶさに調べましたところ、欧羅巴州の露西亜や英吉利は、蘭学者が肥沃の国の様に申していますが、実際は不毛の国であります。ただ、それらの国は、不毛であることをわきまえ、懸命に働いているので、肥沃の国であるかのように見えるだけでございます。なぜならば、それらの国では、米が栽培できません。わずかに、大麦や小麦を栽培しておりますが、わが国の凶作の時の収穫高にも及ばないと推測されます。

この様に始まる文書は登の『外国事情書』を参照しつつ、西洋諸国の海外貿易の発展を述べ、その脅威を説いたものであったが、蘭書の引用は一言半句も無く、引用されたのはすべて清人の著書からの言辞であった。そして、その文書は次のように結んであった。

尚又、如何なる事態が起こりましても、夫々相応の軍備で対応すれば、聊かも御懸念これ有るまじく存じ奉り候。

慊堂上中書

登の捕縛は瞬く間に衆人の知るところとなった。

田原藩江戸屋敷では、現職の家老の捕縛とあって、藩上層部は混乱していた。登の吟味の情報収集に力を注ぐとともに、登の献策した藩内の事案が公儀に触れぬかどうか、それらの一つ一つの確認に追われていた。また、小関三英の自殺、高野長英の捕縛の報が入ると、巣鴨邸の蘭書をどうするか、友信の処遇をどうすべきか、検討すべきことがますます増えていった。

登を快く思っていなかった藩重役の中には、口にこそ出さなかったが登の極刑を望む者さえいた。「蘭学の施主などと祭り上げられていい気になっていたのが悪かったのだ。今度のことも自業自得、まさに文字どおり身から出た錆だということだ。おかげで、家中は、大坂加番だけでも忙しいのに、倍も忙しくなったわ」表立って言えぬので、おのれの妻女の前で、そんなことを言うしかなかったが、その思いは藩内に次第に広がって行った。

登と近しかった藩士の内にも、登の絵や手跡をこっそり処分する者も出始めた。いらぬ嫌疑をかけられても困るという思いと、今まで尊奉していた人物が奉行所に召喚され揚屋入りとなったことへの失望からであった。

その様な江戸屋敷の雰囲気は、渡辺家にも容易に感じ取られた。

「母上、父上が悪いことをしたとみんなが噂しておりますが、それは本当でございますか」

数え八つになる孫の立が泣きながら母に尋ねているのを耳にした時、お栄の胸は張り裂けそうだった。

登の捕縛で大きく動揺したのは田原藩ばかりではなかった。遠藤勝助が主催する尚歯会は、登や長英の捕縛を受け、活動を自粛しなければならなかった。と言うよりも、当初、登や長英の捕縛は尚歯会の活動に起因すると信じられていたために、尚歯会に関わった面々は戦々恐々とした日々を送っていたのだ。彼らは自らの身を守るのに精いっぱいで、登や長英の救済活動どころではなかった。

登の藩外の知人も同様だった。救済を願いに行った時、滝沢馬琴も佐藤一斎も、表現の違いはあれ、登と距離を取る発言を繰り返した。ただ一人松崎慊堂の反応は違っていた。海野豫介が慊堂に登の捕縛を伝えた時、慊堂は既に事のあらましを知っていたようで、「この老体に、できることがありますか」と言葉を返してくれた。それからひと月が経ち、登の様子を伝えに行った海野に慊堂は「状況は一向に良くならず、むしろ悪くなっているようじゃが」と寂しそうに言った。慊堂が小田切を介して老中水野に最も近い人物であり登救済における要だと目していた椿山は、海野から慊堂が落胆しているらしいという話を聞いてがっくりと肩を落とした。

救済活動を行っていた登の絵画の弟子は、人の世の辛さ・厳しさ・悲しさを十分に味わった。彼らの活動も、六月半ばには、打つ手がもう何もなくなっていた。登はそのことを揚屋の中で感じ取らざるを得ず、また、無人島渡海の容疑で捕えられた者が一人また一人と獄死したということを耳にするにつれ、欝々たる心持ちになっていた。登は孤立無援の中、一人揚屋で辛い日々を送らなければならなかった。

だが、慊堂はただ手をこまねいてばかりいたのではなかった。一人、粘り強く登の一件を追っていた。慊堂の日記である『慊堂日暦』には次のように記されている。

五月十五日

渡辺崋山。大草奉行によって捕えられる。十四日の事。小田切要助が来てこのことを告げる。愕然たり。英吉利のことで讒訴されたか。

五月十八日　海野豫介が来て、崋山の救援のことを話し合う。

ある者が、崋山の社中に入り、密かに崋山の為すところを伺い、これを訴えた。その党の本岐某（昨年羽倉簡堂に従って海に入る者）・旗本一人・医師一人、十四日に同じく捕えられる。その嫌疑は、水戸の商人某の大船を借り、その党と無人島に赴き、英吉利船を招いて彼の国に入る（これは塩谷の言）。

夢物語。高野長英著。遠藤勝助潤色。

五月二十日

朝、小田切を訪ね、崋山の獄の消息を問う。予断を許さぬ状況とのこと。

五月二十五日

海野来る。金子健四郎と会う。ともに近日の崋山の獄の消息を説く。

五月二十八日

夜、岡田留橋来る。崋山の事を語る。林門は崋山の破門を命じたとのこと。

五月二十九日

・小関三英、自殺す、近日の事。（岡部侯の話）

・崋山、今春四十日余り二階に上り、人を二階に上げさせず、何事かしていると。（石川淵蔵の話）
・『夢物語』の嫌疑は晴れた。無人島の嫌疑も晴れた。しかるに放免されないのは、押収された書物の為であろう。それは御政事を批判した書物だという。（寺尾の話）
・花井虎一という者、無人島の開墾を公儀に申し出、仲間に金を出させて係りの官吏に賄賂を贈ったが、賄賂のことが露見しそうになったので、首謀者は崋山であると讒訴したことからこの獄が起こった。近日大草安房守に召し出され、対決したところ、崋山の申し訳が立った。（金子の話）
・二十二日封廻状
所定の尋問が終了したので、改めて揚屋入りを命ずる。
三宅土佐守家来、渡辺登、亥四十七。
右、大草安房守御役宅に於いて、佐々木三蔵立ち合い、安房守これを申し渡す。
・崋山のために占う
　春日社の御みくじ第五十九、一輪清くして皎潔、却って黒雲に覆われて暗し。
六月朔日
　小田切を訪ねる。また一斎を訪ね、海野に到る。皆崋山の為なり。
　鳥居監察に面会した。監察の夫人本日亡くなる。夜、羽倉宅に寄る。

六月二日
　墓に参り、帰りに羽倉宅に寄る。羽倉は内にあるも、会うことができず。
六月三日
　伊藤大三郎号鳳山が訪ねて来て、崋山の消息について語る。
六月五日
　崋山の獄は、下獄前に花井某なるものが鳥居監察に讒訴し、監察がこれを水野侯に伝えたことに始まる。捕縛し、糾問するに、『夢物語』も無人島も、みな崋山とは無関係であった。
六月七日
　小田切を訪問し、崋山のことを話す。
六月二十六日
　金子健四郎が来る。崋山の獄中の消息を伝えてくれた。話を聞いて安心する。

六月二十六日をもって、その後、慊堂の日記に、崋山（登）の名は約一か月出て来ない。小田切要助の話から、登の一件は花井虎一の讒訴（ざんそ）から起こった疑獄事件であり、吟味の中で、根も葉もないことが明らかになったので、重罪にはならぬと確信するに至ったのだった。公儀を誹謗する草稿が出て来たとて、それはあくまで草稿であり、反古の類である。秦や漢の古代ならばいざ知らず、この江戸の代で反古をもとに罪過を課せられるわけはない。よしんば、判決を左右する口書に事実を曲げた内容が記されていたとしても、そもそも口書は、奉行の取り調べに対しての返答という形式を取っていることから、本人の同意がない限り、その口書は正式なものと認められない。登の性質から言って、事実と異なる書面が作られたとしても、登はそれに血判を押す筈がないと慊堂は考えていた。

だが、慊堂の思いとは裏腹に、事態は思いもよらぬ方向へ向かっていた。その年の六月は平年と比べ猛暑が続いた。劣悪な揚屋の中で、心身共に疲れ切った登は、七月末、仕組まれた口書に血判を迫られた。口書の終結部分には次のような文言があったが、登はそれに血判を押したのだった。

慎機論並びに海外事情に関する問答形式の書面を綴り、その中で、井蛙小鶏（せいあしょうりょう）、或いは盲瞽想像（もうこそうぞう）の譬えを使い、またその他恐れ多い事などを認め、御政事を批判したことに関しては、海岸防備が不十分ならば有事の際国家存亡の危機に瀕するやも知れぬという思いからであるとしても、さらにそれが未稿であり他見しなかったとしても、「右の始末、公儀を憚らず不敬の至り、重役相勤め候身分、別して不届き」の旨の御吟味を請け、弁解の余地の無い過ちであったと思っております。

天保十年七月二十四日　　　　渡辺登

慊堂の許に登の口書の案文がもたらされたのは前日の七月二十三日、知らせたのは小田切要助だった。小田切は登の一件について強い関心を寄せていた。それは幕政誹謗の容疑者であったからではない。

小田切は悔いていたのだ。同門の登を救うことができなかった、できたはずのことができなかったことに対して自分を責めていた。水野の用人であった小田切は職務上、目付や町奉行の動きを登に知らせることは当然できなかったが、その動きへの何かしらの対応を示唆することはできたはずだ。始まりは『夢物語』への水野や鳥居の憤りだった。老中首座や公儀目付は白を黒と成すこともできる立場だ。讒言を仕組むことなど訳もない。そこで、花井虎一の虎を掛けたつもりで、虎の尾を踏むという譬えで、登に警鐘を鳴らしたのだったが、今思えば、もっと強く示唆すべきだった。それに、出典の易経には、〝虎の尾を履む、人を咥(くら)わず、亨(とお)る〟と記され、占の結果は吉とある。もっと切迫した文言で、現状を登に伝えていれば、反古など出てくることもなく、〝別して不届き〟という口書に血判を押すということにもならなかったはずである。

小田切は、自らの不明を強く愧じていた。

その日、慊堂は日記に次のように記した。

七月二十三日

小田切来り。崋山の口書の末尾に〝別して不届き〟の文言があるので、判決はかなり重いものになるであろうと言う。小田切が去ってすぐに、大倉謙斎に赴いて、口書の文言と判決の関連を問う。謙斎が言うには、口書に〝不届き〟、〝不埒〟という文言がある場合、判決の軽重はあるが、予断を許さない。そもそも御仕置御咎めなどの判決は口書の文言から導き出されているものなのである。

余は愕然として、言葉を失う。

不届き至極に付き、引き回し磔

始末不届きに付き、遠島

不埒、押し込め

不届きに付き、江戸払い

別して不届き、死罪、遠島

登の口書のことを聞いてから、人に会うごとに登の姿が思い浮かび、〝別して不届き、死罪〟の声を空耳するようになった慊堂は、七月二十七日から丸三日間自宅に籠って、登助命の嘆願書を書き綴った。宛名は小田切要助。小田切を介しての老中水野越前守への嘆願書であった。

小田切宛のその書簡の中で、時候の挨拶もそこそこに、慊堂は登の質実な気風をまず詳述する。余人の及ばぬ母への孝、復統問題解決の折の君への忠、その後の家老としての職務執行の際に見られた家中民百姓への怨など、登の優れた人品を述し、その登が獄に入ることになり、土佐守初め家中民百姓一同悲しんでいると説く。そして、この獄は、登と特に懇意の者が、登を謀反の罪に陥れることによって自身の栄達を図った讒訴から始まり、吟味において反古の記述まで取り上げられ、幕政誹謗の罪で口書が作られるに至った、と世上では噂されていると述べる。

しかし、世上の噂がどうであれ、この獄の裁断を下すのは越前守を筆頭に公儀重役であり、その中には自分が仕えている太田備中守がいると慊堂は述べ、裁断を下されるのは自分の弟子である渡辺登であると続ける。そして裁くと裁かれるとの双方が自身の相識である事を勘案すれば、この裁断が正鵠を得たものとなるよう慊堂自身が慮るには正当な理由があり、私議には当たらないと説く。

そこで、幕政誹謗の罪ということだが、その罪は唐や明、清の刑法にその記載はなく、わが国の刑法にも記載がない、その誹謗の罪を登は誰にも見せたことがない反古中の言辞から得ようとしていると強調し、

〝大は天下有識の心を汲み取らせられ、小は登母子慈孝の私情を御憐憫遊ばされ、相公の御仁政至らぬ隈もなく、天下感悦奉り候様〟の裁断を願い認めたこの書簡をどうか越前守へ呈示するよう小田切へ依頼し、〝頓首再拝　七月二十八日　灯下〟と認め、文を結ぼうとしたが、しかし、慊堂は筆を擱かなかった。暫し沈思黙考した後に、慊堂は再び筆を走らせた。

尚又、国の政事に関わることに筆が及んだため人目から遠ざけていた『駃舌小記』、『慎機論』とかいう書を、密かに花井虎一に見せたと口書に書かれていたと聞きましたが、それは本当の事なのでしょうか。もし私が伝え聞いたとおりであるならば、成るほど、登らしくない過ちです。私は登と師弟の間柄ではありますが、その様なものを書いていると一度も聞いたことがありませんでした。小田切様も良く知っている海野豫介は登と大親友ですが、彼もその書を見せてもらってはおりません。その書を花井一人に見せたとなると、花井は登と格別懇意にある者と思われます。それほどの親友であれば、世に漏れて困る書であるとわかったならば、焼却せよとか何とか諫めるのが普通でありましょうが、それを自分の栄達の為に利用しました。正に人面獣心の輩のやることです。その心根を見抜けなかったとは、登にも似合わぬことであります。

越前守様は登も花井もご存知になりませんが、申し上げるまでもなく、登は国を思う誠心から右の書を認め、花井は己の栄達を図る悪心から讒訴いたしました。これは誣告反坐（ぶこくはんざ）の讒人（ざんにん）と言えましょう。罪なき者を陥れる讒訴が広く行われるようになったならば、天下の秩序は保たれなくなりましょう。そのこともお考えになり、越前守様にお伝えください。

松崎慊堂

小田切要助様

端書

花井は登を『夢物語』と無人島の事で訴えました。

そのことが嘘の訴えならば、訴えた者は誣告罪に当たります。
嘘でなければ、登の罪になります。
手許に明律が無く、清律は落丁があるので、唐律から抜粋します。

唐律巻十七

謀反を図った者は絞殺
実行した者は斬殺
誣告人は各々反坐
（謀反を図ったと訴え、それが誣告であるならば、訴えた者は反坐であるから訴えた事案の罰同等の絞殺に処され、実行したとの誣告であるならば訴人は斬殺に処される）
『夢物語』、無人島が事実であり、実行されていれば登は斬殺
まだ実行に至らず計画の段階であれば登は絞殺
事実でなく花井の虚構、すなわち誣告ならば、その罪すべて花井に帰する、
即ち反坐
即ち斬殺あるいは絞殺

慊堂の書簡はここで終わっているが、ここまで書いても慊堂はまだ書き足りなかった。花井という男が憎かった。そして、登が哀れでならなかった。書簡は九尺に及び、唐律の抜き書きをした端

書の紙まで張り付けたものだから、ますます長くなった。

その日、慊堂は何故か鳥居燿蔵の夢を見た。

師走の品川

「やっと終わったな」と男が言った。

「やっと終わりました」ともう一人の男が答えた。

場所は、品川のとある茶屋の貸座敷。年も押し迫り、今日は師走の二十五日。

若い飯盛り女が酒肴を携え部屋に入ってきた。飯盛り女は酒肴の準備をし、慣れた手つきで、二人の男に酌をした。男は、女に目もくれず、酒を一気に飲み干した。

「うまい。こんなにうまい酒は久しぶりだ。これも、おぬしのおかげじゃ」

「かたじけのうございます。それがしも、お役に立ててうれしゅうございます」

「十九日に何もかも終わった。渡辺は国許蟄居に決した。死罪にならなかったのは、大いに不満じゃが、江戸からはいなくなる。もう今頃は国許へ発つ準備をしている頃だろう。これで、わが国も安泰じゃ」

「判決が下りるまでは、それがしも心が落ち着きませんでした。身分はこれまでのとおり、御仕置宥恕（ゆうじょ）申し付ける、という結語の文言を耳にして初めて安心いたしました」

「昨年の暮れ、今度の一件を拝命した時には、正直言って、何処をどう探索すればよいか思案に暮れた。しかも、この件は公儀を揺るがす一大事だときている。おぬしがいなかったら、かように上手くはやりおおせかなったであろう」

「それがしも、はじめ小笠原様に呼ばれたときは、身も凍る思いでございました。自分が、何かしでかしたのか、小笠原様にお会いするまでは、何遍も自分の過去を振り返りました」

「いや、おぬしが蘭学に精通しているということが分かり、渡辺登とも深い付き合いがあるということが分かったとき、これ、女、しっかり酌をせい、こぼすでない」

女は、すみませんと謝り、布巾で畳にこぼれた酒を拭いた。女の手は少し震えていた。

「目の前が開けた。『夢物語』の探索からは、それが渡辺の書いたものではないということが明らかとなり、渡辺の探索が手詰まりとなっていたところに、おぬしのことを耳にした」

「それがしも、小笠原様からお聞きするまでは、渡辺が公儀転覆を謀っている首魁であるなどとは微塵も思いませんでした」

「わしも、はじめは不思議に思ったのじゃ。ご老中様が、陪臣の身辺を探れと言うのだからな。しかし、鳥居様に内々に事の次第を伺ったときにはそのことを得心した」

「江戸湾周辺の移封の件ですね」

そうだと小笠原貢蔵は重々しく頷き、そしておもむろに口を開いた。

「それを鳥居様から伺ったときは、わしは涙が出るほど嬉しかった。お国の大事に関われるのだ。

何としても、渡辺を召し捕らねば、と心が勇み立った」

「それがしも、小笠原様から、内々にそのことを伺ったときには、私なりにお国のために、身を粉にしても尽くす覚悟でございました」

「おぬしは、本当によくやった。無人島渡海の件は見事だった。おぬしがその者と顔見知りだったことが功を奏した」

「あれは偶々渡辺様を」

「何だ、渡辺様というのは渡辺登のことか」

「はい」

「様とは何だ、様とは…」

「はい、…その渡辺の所を訪れた時に無人島の話を聞きまして、無人島に詳しい人物を自分なりに探し出しました」

「山口屋彦兵衛だな。それは何度も聞いた。それを見逃さないのが、鳥居様だ。異国船打払が出ているご時世、無人島渡海は国禁を冒すことに他ならない、それを公儀に願おうが願うまいが、それを謀議すること自体が一大事なのであり、即刻捕縛尋問せよと命ぜられた。さすが、鳥居様だ。…吟味の時には、随分お奉行様から責められもしたらしいが、おぬしは、押し通したらしいな。鳥居様からお聞きしたぞ」

「そう言っていただけると押し通した甲斐があります」

「とにかく、無人島の件が出て来たので、渡辺を捕縛できた。出て来なければ、揚屋入りは難しかっただろう。これ、飯盛り女、どうかしたか、何故震えておる。師走も押し迫っている時に風邪をひくとは。普段からの養生ができておらぬな…」

着物を一枚羽織ってまいります、と言って、女は部屋を出た。部屋を出ると、女の目から大粒の涙がこぼれ落ちた。

「無人島渡海は明白な罪過であるからな。花井、これはおぬしの手柄じゃ。鳥居様も、国難を救ったのであるから、おぬしに厚く褒美を与えるように水野様に上申なさるとおっしゃっていた」

「ありがたいお言葉で。ただそれがしは、お国のためを思ってやったことなので。普通のことを為したまででございます」

その時女が戻ってきた。

「女、酒を持ってきてくれ。ところで、まだ名前を聞いていなかったが、なんと申すのじゃ」

「お竹と申します」

終の章　国許蟄居

田原

田原の春は早い。まだ二月だというのに、つくしが芽を出し、なずなも陽を求めて細い茎を伸ばし始める。寂しく冷たい冬と入れ違いに春の陽気が大地を覆う。

一月初旬に江戸から田原に移送され、松岡次郎宅そして雪吹伊織宅に軟禁されていた登に、池の原の屋敷に移り住むようにとの沙汰が下りたのはその頃だった。

軟禁は解かれた。

だが、その沙汰には〝もっとも、兼ねて仰せられ渡し候とおり屹度相守り慎みて罷りあるべき候〟の文言があった。

池の原の屋敷は大蔵永常の為に六年前に新築したものであったが、その大蔵永常は、登への沙汰が下りる数日前に田原藩より解雇されていた。田原の将来を託した大蔵を追い立てて、招聘した自分がその池の原の屋敷に居座るという皮肉、国家老が書いたその筋書きを自分が演じることになろうとは…。

入牢生活で病を得、厳冬の田原移送で、病が悪化し、田原についてからは、床に就いていた登ではあったが、池の原に移り住むころには体の具合もかなり回復し床から離れる時間も多くなっていた。体が旧に復すとともに、手紙を認める気力も沸いてきた。家族が登の後を追って江戸を出立する時、慊堂や椿山そのほかの弟子から手紙を託されていたので、その返事はすぐにでも書かなければならなかったのだが、田原に着いたばかりの一月中は心身とも疲れ果てていたため書けずにいた。二月になり、体も動くようになり、文を認めようと文机に向かい筆を執って、そして登は戸惑った。慊堂や椿山から受けた恩に報いる言葉を紡げないのである。それは今の自分の立ち位置すなわち江戸とは異なる新しい立ち位置を自身がまだつかめずにいることに起因しているに違いないと登は考えるに至って、少し落ち着いてから、こちらでの近況を認めるのが良いだろうと思い定めた。

ただ、軟禁中に江戸から密かに届けられた真木重郎兵衛の封書には、時を移さず返書を認めた。真木は封書の中で、鈴木弥太夫を中心とする藩重役が、登が推し進めようとした商人を排除した緩やかな藩財政改革を撤廃し、幕府御用商人を世話役に据え大減倹約令で財政難を一気に切り抜けようとしていると述べ、それに対してどのような対策を打ち出すべきかと、事務的で素っ気ない文章で意見を求めてきた。そこに登は真木の気遣いを感じた。役職を解かれ、何もなくなった今の自分を真木は同志と慕っていてくれている、その気持ちに登は答えねばならぬと思い、筆を執ったのだった。

真木の問いかけに、登は藩の財政改革には、それぞれの藩の事情もあることから一筋縄ではいかぬこと、つまるところ貧乏によってつぶれた藩は無いから、大減倹約令のような過激なる策を弄せず対処療法で臨むべきだと述べ、最後に何を措いても教育だけはしっかりしなければならぬということを付言した。

真木に書状を書いているうちに、登は昨年わが身に起こった様々なことを振り返った。

自分に罪はあったのか、なかったのか、あったとすれば何の罪なのか、なかったとすれば、何故獄に繋がれたのか、言うまでもなく讒言によって獄に繋がれたのだ。罪を犯して獄に繋がれたわけではない。然るに慊堂は家族に託した書状の中で〝戸外の義は一切慎み、四書五経に立ち返るべき〟と諭して下さった。罪を犯して獄に繋がれたわけではない自分が戸外の義を一切慎むべきなのであろうか。登の心に、名伏し難い感情が去来した。

三月になったばかりのある日、登は縁に座り、目の前の畑を眺めていた。

昨年の五月から今年の一月までのことは、今にして思えば夢のようだった。その半年を過ごすうちに、登は自分が心底から変わったということを自覚していた。

まず生に対する考え方が変わった。

以前は、生きることを苦しみだと思ったことは一度もなかった。四苦八苦の四苦の第一に生を据えた釈迦の気持ちが分からなかった。登はいつも、人は生きている喜びをもっと感じ取るべきであると周囲に説いていた。生きる喜びを実感することで明日への希望が湧きあがり、それが今の自分を奮い立たせる活力となる、と考えていたのである。しかし、揚屋の中で登は生きる苦しみを味わった。目の前の希望が一つ一つ潰え、暗い絶望の闇が広がって行く、その中で明日を無抵抗に受け入れなければならぬ毎日、そんな日々を生きるのは苦行以外の何物でもなかった。生は苦であることを了解したのである。

もう一つ。それは、言葉を前ほど信用しなくなった、帰するところ、言葉を仲立ちとして成立する人間関係を信じることができなくなったということである。

登は、言葉の力を信じてそれまで生きてきた。言葉を口に出す時、その言葉を出した人間には責任が生じる。従って責任を持てぬ言葉は軽々に発するべきでない。〝古者言を出ださざるは身の及ばざるを恥ずればなり〟と言う孔子の言は、登が論語を父から教わった幼少期からの不動の教義であった。しかし、責任を伴わぬばかりか悪意に満ちた言葉によって、獄に繋がれた登は、相手の言葉を鵜呑みにはできぬ、相手を信じてはならぬ、と思うようになった。

この獄で、登は、心を許した友が武士の身分であるにもかかわらず明らかな嘘を顔色も変えずにつく姿を目の当たりにした。登は、この獄を通して、人が信念をもって嘘をつけるということ、そして何をもってしても理解し合えぬ人がこの世にはいるということ、この二つの平凡な考え方を掌中にしたのである。

生の捉え方と人間関係についての考え方の変化は、登をして狼狽させるに十分であったが、その心底から変わった自分を自覚している自分は少しも変わっていないこともまた自覚していた。言ってみれば少し素直でなくなっただけなのだ。

畑を見るともなく見ながら思いにふけっている登の肩を誰かが触った。

振り向くと、次男の諧であった。諧の後ろには立がいた。立は両手で何かを大事そうに持っていた。よく見ると、小さな雀だ。

「これが、庭でうずくまっていました」と立が言った。

「これを飼ってもいいですか」と諧が言った。

「小さな雀だな。きっと今頃、親雀が探していると思う。見つからなかったら、悲しむのではないか」と登は言った。

「諧、やっぱりこの雀を親雀の所に返してやりましょう」と立が諧に言った。

諧は残念そうに、「うん」とだけ答えた。

そして二人は重い足取りで、雀を見つけた場所に戻って行った。

子供の姿を見ながら、不意に登は慊堂の言葉が腑に落ちた。

ひな鳥をどうしても飼いたいという弟の気持ちが変わらないことを兄は分かっていて、それでも兄はひなを親鳥に返そうと弟を説得している。そして弟は兄の言葉を心に反して受け入れる。兄の言葉を蔑ろにはできぬと幼心にもわかっているのだ。

…そうなのだ。失っていたかもしれぬこの命を慊堂先生は拾い上げ、母上の許へ返して下さった。そして四書五経に立ち返れとおっしゃった。洋説に親しんだ私に唐山の学を奨めることが詮方無いことであることを百も承知で、慊堂先生は四書五経に親しめとおっしゃった。変わらぬ己を心に留め置き、外を無難に飾れと慊堂先生はおっしゃっているのだ。四書五経もいいだろう。モリソンが読んだように読めばいいのだ。慊堂先生はそのことを伝えたかったのだ。モリソンのように唐山の学に親しめばよいのだ…

登は今まで心にわだかまっていた霧が一気に晴れるのを感じた。

その日、登は慊堂に幽居の消息を書き送った。時候の挨拶を述べたあと、次のように認めた。

昨年の奇禍のこと、その原因はいろいろ考えられますが、突き詰めて言えば、先生がおっしゃるとおり、友を選ばず身を慎まなかったことから招いたことで、弁解の言葉もございません。今後は洋説及び戸外での活動に一切関わらず、兼好の言葉を以てお諭し励まし下さったとおり、私もこのままこの身朽ち果てるのを座視する気もございません。洋学は白石翁が申したように形而下之学でありますので、今後は第一等の形而上之学に進み、より高みに上る心がけにございます。

田原城　その一

「渡辺の動きはどうだ、市川」と家老の鈴木弥太夫は聞いた。

「落ち着いているようです。別に表立っての動きはありません」と田原藩大目付市川茂右衛門は答えた。

「そうか、これでやっと三宅家中も安泰じゃな。お上が蘭学者を一掃してくれたおかげで、わしも枕を高くして寝られるというものじゃ」

「そうでございますね。巣鴨様が渡辺と言う飛び道具を持っているかいないかでは、その意味合いが全く違いますからね」

「そうだな。今までは、麹町の喉元に巣鴨の槍を突き付けられているようで、安心して転た寝もできなかった。渡辺が、江戸湾防御に意を用いたと言うが、わしは麹町を防御するのにどれだけ気を遣っていたか」と鈴木弥太夫は感慨深そうに言った。

「巣鴨の方も新しく近習になられた戸田殿が目を光らせておりますから、もはや脅威とはなりますまい。渡辺や高野を欠いた巣鴨はただの文庫でございます」と市川が言った。

「そうか。ただの文庫か。おぬしも面白いことを言うな。だが」と鈴木は続けた。

「だが、まだ本当の文庫にはなっていない。まだ管理人のご老公様がいらっしゃる。仁太郎君もいらっしゃる。これではまだ安心できぬ。ご老公様一家が田原に移られ、巣鴨が本当の意味で文庫になるまでわれわれは気を抜くことができない。それは、村松様も同じ考えじゃ」

「おっしゃるとおりでございます」と市川はかしこまって相槌を打った。

「それに、真木だ。真木の他にも、渡辺に私淑しておる者が何人かいるようだ。その連中の動きは常に把握しておく必要があろう。市川、しっかり頼んだぞ」

「はっ、かしこまりました」

着流し

登の体は五月頃には本復した。体が思うようになると、登は新たに日課表を策定し、新しい生活を踏み出し始めた。

田原での生活は江戸での生活に比べると変化の無いものではあったが、戸惑うことも多かった。しかし、それにもすぐに慣れることができた。先の疑獄事件で危うく難を逃れた鈴木春山が、診察の為と言っては登の所を訪れ何かと便宜を図ってくれたお陰だ。また、登の推薦で成章館の師範に迎えられた伊藤鳳山も散歩がてらと言っては、しばしば訪れた。春山や鳳山の訪問はともすると気鬱になりがちな登の心を元気づけてくれた。

ただ、生活には慣れたと言っても先立つ物が全くなかった。差し入れは多かったので、食べる物には事欠かなかったが、酒を飲むのにも、絵を描くのにも金子が必要だった。江戸にいたころは、金子が必要な時には何となく工面ができたものだった。誰もが信用貸ししてくれたのだ。当然相手の帳面上には貸金と記載されていたから、疑獄事件のあと江戸を離れるときには、登の借金の総額はかなりなものになっていた。そのことを知った弟子や友人たちは少しずつ金子を持ち寄り、登に進呈した。登はその金子でその借金を返済することができたが、手元にはいくらも残らなかった。

勿論、そうできたのは借金を帳消しにしてくれた知友が数多くいたためであるが、登はそれを心良しとはしなかった。いつの日か必ず返そうという気でいたものだから、気持ちは楽ではなかった。したがって、これ以上の借金もできるはずもなかった。藩からの給付米で何とかやりくりしなければならなかった渡辺家の家計は、初めから崖っぷちにあった。

そのような中、椿山との手紙のやり取りは登の心を慰めた。慰めたばかりでなく、登の心に埋もれかけていた絵画制作への意欲を掘り起こしてくれた。

私の困窮のことはすでに申し上げたとおりです。これは清貧を願う君子ですらなかなか達しえぬ境地ですが、過去には大厄を踏みこの境地に達した古人もあり、その故事を読むにつけ、この境地に至ってこそ人品も磨かれるものだということが感受されます。幸せは武士の不幸などとよそ事のように耳にしておりましたが、いま私は正に不幸の正中に居ります。此処に立てば、存外に天地が広く豊かに感じます。私にはまだ起死回生の余地がございますので、ご心配なさらぬように願います。

登のこれまでの人生を譬(たと)えて言えば、絵事甲乙会を立ち上げ、画技修得に寸暇を惜しみ、林家にて忠孝を学び、藩士としての心得を身につけた二十代が、登の屈強な体躯を作った。友信と共に歩んだ三十代からは、藩士と絵師の小袖を纏い、蘭学の手帖を懐に入れ、四十代になると、小袖の上に蘭学の施主という裃をつけて、国の行く末を慮り、世の荒波に立ち向かった。その最中、登は突として奇禍に遭う。そして今、登は、椿山への書簡の中で、裃を脱いで三十代と同じ小袖の着流し姿になっている。三十代と違うのは、いつも携行していた蘭学の手帖を心の文箱に仕舞っているということだけだ。体躯はそのままで肩衣と袴を外しただけの自分、まだ少し肩ひじを張っているようにも思えたが、着流しの姿の自分も登は嫌いではなかった。

登は椿山への返書の中で、風趣・風韻は作品の醸し出す雰囲気、気韻は運筆の妙、肝要なのは気韻に限る、と言い切った。

絵画において最も重要なものは運筆、すなわち形を作り出す線である、日常になぞらえればそれは言動のこと。言葉や行いに嘘が無ければその人の立ち居振る舞いには自然と気品が備わり、逆に立ち居振る舞いにいくら気を付けても言葉や行いに嘘があれば気品は備わらない。絵の運筆も一つ一つの言葉や行いと同じ。風趣風韻ばかりを念頭に置いて、形を調う運筆をおろそかにした山水は空疎に堕ちる。だが、写生が過ぎると俗套（ぞくとう）に陥るのでそれも避けねばならない。言葉や行いがありきたりで型にはまったものであれば生気が乏しくそれを見聞きした者に何の感動も呼び起こさない。要はその按配だ。

椿山は今四十だからあと十年、五十までにその按配を会得するだろうから、その時またこのことについて話そうではないか。それまで、南田翁の気韻を念頭に置き写生を専らにして行けば、凡庸な絵にはならぬはずだ。自分の描法に不安を持つことだけは慎むべき、疑いを持たぬことが肝要だ。

椿山への書簡にそう認めながら登は何となく嬉しくなった。自分は生きている、生きているからこそ、気韻生動の議論もできる。そして、これから幾らでも画を論じ、描くことができるのだ。

登はその書簡の中で、〝何卒摹本偏に偏に願い上げ奉り候〟と椿山に頼んだ。

春山と扇子

椿山には、まだ自分には起死回生の余地があると書き認めた登ではあったが、こと金子に関してだけは少しの余地もなかった。

ある日、診察に来た春山に登はこう言った。

「春山子、済まぬな。診察料も薬代も払えなくて申し訳ない。そのうち何とかするので少し待っていてほしいのだ」

春山は登を見つめ、何も言わず目を伏せ、しばらくして、

「いや、待てませぬ。早く払ってもらわないと、我輩も困ります。渡辺様、早く払ってくだされ。お願い申し上げまする」と言って、にやりと笑った。

「…」

登は言葉に詰まった。

「渡辺様、そこにある扇子で宜しいです」と春山は登の枕元にあった扇子を指さした。それには

竹が描かれていた。二年ほど前、椿山の画会で席画したものだ。描いている途中に墨が飛び散って売り物にならなかった代物である。

「この扇子なら、くれてやるぞ」と登は扇子を春山に渡した。すると、春山はその扇子を両手で押し戴き、大仰な口調で、

「渡辺様、春山、確かに診療代と薬代分の扇子一面拝領仕り候」と言った。

「おいおい、春山子、どうしたのだ、急に改まって」

「渡辺様、これで、今までの診療代と薬代はいただきました」

「春山子、何を言っているのだ。その扇子を薬代に代えると言うのかね。いくら春山子でも、あまり人が良過ぎるのではないか」と登が言った。

「これは、これは、人の良い渡辺様から、その様なことをおっしゃってもらえるとは、光栄の至りです。実の所、渡辺様の扇面を手に入れたいと思っているお方は、ここだけの話ですが、骨董屋の八兵衛によると、相当数いるようなのです。彼らはすぐにでも天下に名高い渡辺様の作品を手に入れたいと思っておるようです。しかし渡辺様は幽居中の身でありますから、表立って揮毫をお願いすることもできない。作品は欲しいが、揮毫を頼むこともできない。そのような訳ですから、申してみれば、この扇子、値は千金、一文たりともまけることはできないお宝なのです」

「…。何はともあれ、春山子が喜んでくれるのであれば、それに越したことはない。扇子ごときで薬代などの支払いを待ってもらえるのであれば尚、ありがたい」春山の芝居がかった口上を聞い

て、登は心から愉快になった。

数日後、春山は無地の扇子を二十本ばかり携えてきた。

「渡辺様、これに揮毫して頂けませぬか。ただし、落款の年記は天保八年以前にして頂きたい。色々差障りがございますので。後は任せてください。十日後にまた参ります」と言って、慌ただしく登の家を後にした。

十日後、春山は吉田宿で旅籠を営む鈴木与兵衛と連れ立って、池の原へ向かっていた。

「春山先生、本当に渡辺様の絵が手に入るのでしょうね」と与兵衛がまだ信じられぬというように春山に聞いた。

「我輩に任せてください。鈴木殿もご存知のとおり渡辺様は金のために作品は作らない。昔描いた絵がありましたならお売りくださいと言って、はいどうぞと売って下さる渡辺様でもない。そこで、昨日打ち合わせしたように、渡辺様のおかげで助郷を免除された親戚筋の者が是非とも渡辺様の作品を身近に置いていたいというので何か作品を、という流れで我輩が渡辺様にお願いします。首尾よく作品を頂けたとしても、その場で、その懐の二分金をお渡ししてはなりません。渡辺様は金子をお受け取りにはならないでしょうし、下手をすると、作品をお渡しするのをお断りになるかもしれぬので。金子は、あくまで、作品を分けてくださったお気持ちへのお礼と言う意味でお渡しするということになりますから、鈴木殿のお気持ちですと言い添えて我輩からそっと渡辺様へ金子をお渡しします。とまあ、このような手筈で上手く行くとよいのだが…」春山は少し不安げにそう言った。

「春山先生、そこを何とか。どうかよろしくお頼み申します」と与兵衛は春山に大きく頭を下げた。

登の家に着くと春山は早速与兵衛を登に紹介した。

「渡辺様、お久しぶりです。今日は、渡辺様に是非ともお会いしたいというお方を連れてきました。吉田宿の鈴木殿です」

「初にお目にかかります。吉田宿の鈴木与兵衛と言うものでございます」

「渡辺登でございます」

「鈴木殿は渡辺様が尽力された助郷免除の一件で救われた者が親戚筋におりまして、是非とも、そのお礼を申し上げたいとこうして参った次第です」と春山は言った。

「その節は、本当にありがとうございました」と鈴木は深々と頭を下げた。

「ここへ来る途中、鈴木殿と話をしましたところ、その親戚筋は渡辺様を神とも仏ともあがめておるということで、渡辺様に纏わる如何なるものでも家宝としたいと願っているそうです。それを聞いて、一つ名案が浮かびました。先日拝見した渡辺様の扇子をその親戚筋にお与え下さればすべてが丸く収まるのではなかろうかと、そう思案したわけです。どうですか、先日見せていただいた扇子をこの鈴木殿にお与え下さいませんか」と春山が続けた。

「さようか。そういうことであれば、喜んで」と登は言って隣の部屋から扇子を一面持ってきた。

鈴木に扇子を手渡して、登はこう言った。

「助郷が沙汰止みになった際には、近郷の者から謝礼の金子を送られ、ありがたい反面、心苦しく思うところがあった故、この扇子を先方に渡す時に、今も渡辺がありがたく思っていると一言添えてくだされ」

「確かに、そのように申し伝えます。渡辺様の扇子を拝領できて、もう何とお礼を申し上げたらよいのか、言葉が見つかりません」と上ずった声で礼を述べ、鈴木は登から手渡された扇子をあらかじめ用意してきた袱紗に丁寧に包み懐に大事に仕舞った。

程なく、鈴木与兵衛と春山は登の家を辞した。

半時ほどして、春山が戻ってきた。

「渡辺様、鈴木殿が、どうしてもこれをと言うので、いただいてまいりました」と言って、春山は懐から紙入れを出した。それには二分金が入っていた。

「思ったとおり渡辺様の作品は法外な値が付きますな」と言って春山はにやっと笑った。

春山が扇子を持ってきた時に、それを売りさばいて金子をこしらえてくれるのだとは思ったが、まさかそれを二分で売るとは思わなかった。それに好意を持って訪ねてくれた人物に作品を売りつけることなど、登には到底容認できぬことであった。

「扇面に絵を描くのは心が和むが、このようなやり方で金子を得ることは承服できない。安価であれば、謝礼と心得て受け取ることもできるが、二分とは法外だ。春山子、こういうやり方は私としては承服できんよ」

「我輩としても、渡辺様のお心に反してこのようなやり方で金子を得るのは心苦しいです。しかし、金子は必要なものです。そして渡辺様にはそれを手に入れられる腕がある。十年ほど前、渡辺様が殿様に呼ばれて田原にいらっしゃったときに、おっしゃいましたよね。わが手はすなわち天下の手だと。我輩もそのとおりだと思っております。天下の手の画は、それなりの値が付くのは当たり前です。その手で、必要な金子を手に入れる、どこに問題がありますか。そして、ご家族の皆さまにも少し楽な生活をしていただく、それでよろしいではございませんか」

「…」

「大っぴらにおこなうという訳にもゆかぬので、僅かずつ、小出しにやっていきましょう。大丈夫です。ご心配には及びません。生活費を工面するために、昔描いた扇面を切り売りするというのを非難する者など何処にもおりませんよ」

登は春山が自分たち家族のことを考えていろいろ便宜を図ってくれていることを痛いほどよくわかっていたので、春山に言葉を返すことができなかった。

晴耕雨読

季節は春から夏へ。この間に老公友信が家族とともに田原へ移り城内に腰を落ち着けたという話が登の許に舞い込んだ。その報に接した時、登は複雑な思いを抱いたが、友信が同じ田原で暮しているという喜びがすべてに勝った。それも手伝ってか、登の体にも活力が沸いてきた。

「旦那様、そんなへっぴり腰じゃ深く耕せませんよ」と下僕の利助が笑いながら言う。

「とは申しても、利助、備中鍬で深く耕すのは骨が折れる」と言って、登は鍬を勢いよく深く土中に突き刺した。

「ああ、駄目でございますよ、旦那様。頃合というものがございます。深く突き刺せばよいというもんじゃございません。土を掘り起こすのが大変になりますよ」

「労多くして功少なし、困ったものだ、まさに私の生き方ではないか」と言って登は額の汗を拭いた。

「旦那様、無理なさることはございません。野菜作りはこの利助にお任せください」

「いやいや、そうもいかぬ。私は、今もそうじゃが、昔も貧乏でな、絵を売って生活を支えておった。百姓が畑を耕すように絵を描いておった。一日絵を描かざれば、一日食うべからず、そんな毎日だったよ」

「じゃあ、絵をお描きになれば良いではないですか」と利助が言った。

「それができんのだよ。今、私は幽居の身だ。絵を描いて売ることはできぬ。だから、晴れた日は畑仕事をしてだな…」

「旦那様、だれもわかりませんって。お描きになればいいのに」と言いながら、利助は汗を滴らせながら耕している。

そうこうしながら四半時ほど、登と利助は畑を耕した。

「利助、そろそろ休もうか」と登は腰をさすりながら言った。

「旦那様、まだ仕事は始まったばかりじゃないですか」と利助が言った。

「そうなのだが、腰が痛くてたまらぬ。少し休ませてくれ」

「いいですよ、旦那様。家に戻って、絵をお描きくださいな。やっぱり旦那様の仕事は、畑仕事ではなく、絵を描くこと、利助はそう思います」

「利助、そう言ってくれるな。さっきも言ったが、私は晴耕雨読という…」

「また始まった。旦那様は素直ではないんだから」と言いながら利助は鍬に力を入れた。

その日の夕方、登は疲れ果てて、夕餉の席に着いた。

「登殿、今日はご苦労様でしたね。畑仕事は難儀でございましょう」とお栄が声をかけた。

「畑仕事は大変です。備中鍬の扱い方がなかなか難しく、肉刺(まめ)ができてしまいました」

「もう豆ができたの。じゃあ、食べましょう」と五つになる諧の言葉に、

「諧さん、父上が言ったのは手にできる肉刺のことですよ。食べる豆ではないのですよ。立さん、手の肉刺を見せておやりなさい」と姉のお可津が言った。

立が竹刀を握ってできた手の肉刺を諧に見せると
「これをまめって言うの」と諧は怪訝な顔をした。

「そうだよ。これも肉刺っていうんだよ」と立が答えると
「食べられる豆だとよかったのに」と諧は残念そうに言った。

「旦那様、利助も同じようなことを申しておりました」

「なんぞ申したのか」

「旦那様の耕し方では、肉刺はできても食えません、まめに働く自分には肉刺はできぬが豆は豊作、とか何とか申しておりましたわ。最後に、こっそり旦那様はご無事でございますか、と申し添えておりました」とおたかは楽しそうに言った。

「利助の奴、そんなことを申したのか。困ったやつだ」と登もつられて笑った。お栄もお可津も笑った。何がおかしいのかわからぬ諧もみんなが笑っているから一緒に笑った。

その日の夕餉はいつになく楽しいものになった。

閑荘の絵師

利助に諭されたからというのではないが、登はその後、絵画制作に打ち込んだ。寝ても覚めても、絵画のことを考え画筆を執った。手許にある画譜を端緒に作品を仕上げ積み上げた。売るためではなかった。ただ、生きている自分を感じたかった。絵の中で登は確かに生きていた。

登は、刻苦勉励した若い頃の自分を思い出していた。あの頃は、父の薬代や弟妹の食費代を稼ぐために寸暇を惜しんで作品を仕上げていた。古今の絵画の模写にも励んだ。その甲斐あって、文晁からも認められた。そして北斎を好敵手と考え、『一掃百態』を数日で描く筆力も身につけた。絵画とは森羅万象の挿絵であるから、天地万物の真の姿とは何かを知らなければならない、そう思って、目に留まった風景や人物、古今の作品等を片端から手控え帖に描き知見を深めた。当時は絵師としての名を上げようと描いていたような気がする。しかし今は、自分の思いを深く見つめるために絵を描いている。絵を描く目的に違いはあるが、描くことに真摯に向き合っているのは同じであり、確かに自分は生きていると登は心の底から思った。

春山は、その後も扇子が欲しいという者を連れてくる。幽居の身であるということを考えてくれているのだろう、その数は多くない、そして口の堅い者を選んで連れてくる。そのおかげで、登は画筆や紙本、絵具を購うことができた。

しかし、生活は相変わらず苦しかった。お栄もおたかも武家の家格を守ろうと必死だった。登が幽居の身となっても、否なったからこそ二人は殊更に格式にこだわった。付け届けがあれば、それに見合う、或いはそれ以上の返礼をした。そうすることで、世間に許しを乞おうと内心願っていたのだった。

九月になり、秋の気配が深まってきた頃、椿山から絵画についての質問状が届いた。五月の椿山への書状の中で、登は、山水画は時代が下るにつれて写生を離れ風韻のみを求める空疎な絵画になってしまったということを書き送ったが、花鳥のみならず山水をも得意とする椿山は釈然としなかったのだろう、〝山水空疎〟とはどういうことなのか詳しく教授してほしいと質問してきたのだ。登は椿山の書状を得てから、その質問に答えるために、古今の画論を再び繙(ひもと)いた。

私が思いますに、人物、花鳥、虫魚は古今を問わずすべて写真です。山水も昔はそのとおりで五岳四瀆図、黄河流勢図、江湖九州山岳勢図など皆写真です。人物は何人、花鳥は何花何鳥とわかって初めて画ということができます。何処の山水かわからず、ただ雲や霞を描いているだけのものは山水とは呼べません。聖人は真実を述べ、賢者がそれを解説する、人がいて土地があって礼政が興る、皆物あり則ありの意味です。今の山水は老荘異端のようで、画道に害を及ぼします。今行われている山水は空疎の極みなのです。

〝山水空疎〟の質問に、登はそう答えた。

椿山の質問はそれだけでなく合わせて十四項目に渡っていた。一つ一つの質問は登にとっては宝物にも等しかった。幽居している登には詩を賦し画を論ずる友はなく、春山や鳳山とは四書五経の話に終始した。春山は時として蘭学に話を向けようとしたが、登は取り合わなかった。椿山の質問の一文字一文字を音にして耳で味わい、愛でながら、その香りを思う存分心の奥の奥まで吸い込んだ。古今の画論を読んでいる時も、傍らに椿山が控えているような心持ちがして、登の心は躍った。質問に典拠を明示し自分の考えも入れながら回答を作るのが無類の楽しみになっていた登は椿山への返書を先延ばしにしていた。午前中は絵を描き、午後から書を読み、考えをまとめる。その生活をいつまでも続けたかったのである。登は、ふと思った。これこそが自分が追い求めていたあるべき生活ではなかったのか。自分は今本当の絵師になっている、登は出牢以来、初めて自分の未来を思い描くことができるような気がした。

十月になった。登はまだ椿山への返事を出さなかった。その頃、弟子の福田半香が思いがけなく訪ねてきた。

「崋山先生、お久しぶりです」

半香と田原で会うのは二度目だった。

「先生と田原でお会いするのは、手前が入門を願って以来でございます。あの時は、随分緊張致しました」

「そうだったな。あれから八年も経つだろうか」

「確か天保四年でございましたから、七年ということになります」

「そうか、七年か」

「田原は変わりませんね。あの時も天気が良く波の音が高かったのを覚えています」

半香のそんな何でもない話を聞くのがこんなにも心が躍るのか、登はわれながら驚いた。

「それはそうと、お体の方はもう大丈夫でございますか」

「もう大丈夫だ。江戸から体に着いてきた疥癬もやっと私から離れてくれた。この頃は、畑仕事もできるようにもなった」

「えっ、先生が畑仕事をなさっているのですか」

「そうだ。大変な作業だが、土に向かうのも気持ちが良いものだ」

隣りで聞いていたおたかは笑いをこらえている。

「江戸のみんなは変わりないようだな。先日、椿山殿の手紙が届いた」

「その中に、青涯先生のことは書いてありましたか」

「青涯翁がまた何かやったのか」

岡崎藩士の桜間青涯は、狩野派の流れをくむ山水画を得意としていた。無類の酒好きで、生涯妻を娶らず、常に貧の中に居たが、登とは妙に馬が合った。藩務が忙しかった頃、登の許を訪れた画の依頼者に、青涯を紹介したのも一度や二度ではなかった。それは、青涯の腕を登が高く買っていたからであった。

「いや、それがですね、先日椿山殿が青涯先生を訪ねたらしいのです。声をかけると、『青涯先生はお留守でございます』という声がした。声色は変えてあるがどうも青涯先生らしい。火急の用だったので、また声をかけた。すると、『青涯先生は留守ですが、是非ともお会いしたいとおっしゃるのか』とまた声色を変えた声で答えたとのこと。『是非とも』と言うと、今度は青涯先生の声で『物干しの浴衣は乾いていますかな』と聞く。『すっかり乾いています』と答えると、『そうであれば、青涯先生はご在宅じゃ。ただ、済まんがのお、浴衣を投げ入れ、少し待っていてくれぬか。ついでに帯も頼む』と言う。椿山殿が浴衣と帯を投げ入れる時ちらっと見えた青涯先生は裸同然だったそうです。『少し待っていてくれぬか』というのが面白かったようで、あの謹厳実直な椿山殿が大笑いしたそうですよ」

「青涯翁らしい。しかし、椿山殿も大笑いすることがあるのだな」

「そこでございます。椿山殿が大笑いするところを想像して、みんな大笑いしたというのです」

いつの間にか、おたかは座を立っていた。利助と小間使いのお梅を連れてどこかに行ったかと思うと、間もなく布団や夜具、みそや醤油、酒を手に入れて戻ってきた。

登は、その日の内に半香の逗留を認めてもらえぬか藩に打診した。宿場に空きが無ければそれもやむを得ぬ、但し半月を限りとする、との回答が内々にあり、半香は登の家に草鞋を脱いだ。

翌日から、登は半香と共に絵の制作に取り組んだ。

「先生、紙本も絹本も江戸で数多仕入れて来ましたから、どんどんお描きになってください」

「絵はむやみに描けるものではない」

「先生が描いたものなら、それはすべて高く売れます。手前は先生の絵を高値で売って、先生のお暮らしを少しでも楽にしたいと考えておるんです」

「気持ちは嬉しいが、私は幽居の身だ。表立って絵を売るわけにもいかぬ。それに、気を張り詰めて作った絵でなければ、それは駄作であり、一文の価値もない。また小耳に挟んだのだが、私の落款で一儲けしようと考えている者もいるらしいのだ。その者どもは利を得る為に殊更に私を褒めそやし値を吊り上げているという。誰かの利の為に、褒められるのは御免蒙りたいものだ」

「先生に限って、虚称なぞあり得ません。先生のお描きになる物は間違いなく皆傑作です。この半香が太鼓判を押して差し上げます」

「そうか、太鼓判を押してくれるか。だがな、半香、正直なところ、自分の腕が天下に通じるものなのか、私の絵が世の具眼の士を唸らせるものなのか、時々思うことがあるのだ。私の身は、巧まずして清閑の地に在る。それは間違いない。そして清閑は画作を促す理想の境地だともいわれるが、この地に在って、私は満足のいく絵が描けるのか、少し不安になることもあるのだ」

「しからば、先生がご納得いただける絵だけを手前にお預けください。それを、手前は高値で売ってご覧に入れます。任せてください」

「おいおい、半香、おぬしは何としても私の絵を売りたいのだな」

「そうでございます。腕があり、士大夫である先生が、もっとお楽にお暮しになれるのだったら、手前は何でも致す覚悟です」

「わかった、わかった。おぬしの気持ちはよく分かった。ありがたく受け取っておく。ただ、常々私が言ってきたように、売ろうと思う心にはどうしても賤しさが入り込む隙ができるから、その絵は品格に欠ける場合が往々にしてある。損得を全く勘定に入れずに制作した絵には自ずと品格が備わるものだ」と言って、傍らから書籍を取り出した。

「半香、それでは、まずこの詩集から画題を求めて描いてみないか。『范石湖集』という宋の范成大の詩文集だ」

二人は、各々画題を求め、早速小下図に取り掛かった。登は心にあふれ出て来る喜びを抑えきれなかった。隣には弟子の半香がいる。思う時に思うだけ、絵の話ができる。筆は驚くほど軽やかに進んだ。登は二日半で、『田園雑興』と題する十二図の連作を描き上げた。

半香と共に過ごす一日一日は登にとってかけがえのないものとなった。

半香が問う、登が答える。登が問う、半香が答える。そして、絵筆を動かす。お栄もおたかも登の嬉しそうな様子を見て心が温かくなった。子供も子供なりに親の様子を感じ取り心が浮き浮きしているようだった。諧は半香が特別に気に入ったようで、何処へゆくにも後をついて行っては半香を困らせた。

だが、決められた期限は瞬く間にやってきた。

「先生、また参りますので、それまでどうかお体ご自愛のほど」と言って、半香は、登の作品を携え田原を去った。来るも自由、帰るも自由、登は半香のその自由さをそう思ってはいけないと思いながらも羨ましかった。その夜、秋の静けさを登は改めて感じた。波もいつに無く静かだった。眠りに陥る刹那に、〝閑荘の絵師〟という言葉が、登の脳裏をよぎった。

耕雲

半香が田原に滞在している間に、登は村松五郎左衛門が病を得たということを小耳に挟んだ。村松は継嗣問題で登と角を突き合わせた本人である。村松は文政十一年に田原に戻り、天保三年には隠居して名を耕雲と改めた。登が田原に蟄居するようになった天保十一年頃にはめっきりと老け込み、継嗣問題のことはすっかり忘れたかのように登に暖かい声をかけてくれていた。田原城内へ移り住んでいた友信が、過日、登の母お栄と娘のお可津に食膳を供したが、村松がその労を取ったとも言われていた。登は村松に新しい感情を持ち始めていた。この前、九月十三日に村上定平と共に耕雲が訪ねて来た時には、江戸に居た頃の話で近頃になく心が華やいだこともあり、登は見舞い書に添えて、画一幅を呈上した。見舞いの書のあとがきには次のように認めた。

拙画大小二三十枚でき候。両三日中には、半香持ち去り申すべく候。今晩などご来臨ご一覧下され候はば、貰いし新酒もこれ有り、如何か。

村松老の回復を願っての登なりの励ましの言葉だった。

小春日和

半香が田原を去ってから次のような茶飲み話が広がり始めた。それは、然る江戸の高名な画家が登を訪れ、連日競って揮毫し、傑作を拵えたらしいというものであった。誰が流したのか、その噂は人の口を介するごとに膨らんで、登が売画で生活を立てているというものに変容し、ゆっくりと田原に浸透して行った。そのせいか、半香が江戸に帰った後、池の原を訪れる人の数が急に増えた。

と言っても、今まで日に一人だったのが日に二人になった程度ではあるが、渡辺家にこれまでなかった活気のようなものが出てきた。

その日もこの頃出入りするようになった骨董屋の八兵衛が手に入れたばかりの雪舟の山水を持ってきた。

「渡辺様、どうでございます。これは掘り出し物だと思うのでございますが」

「…」

「この構図と言い、筆法と言い、雪舟のものに間違いはないかと」

「…」

「紙も随分古く、これは雪舟の時代まで遡れるものと存じますが」

「…」

「やはりだめでございますか。これは名護屋で手に入れたものでございますが、手前も怪しいとは思ったのでございますが、万に一つ本物であったら儲け物と、欲が出ました。やはりだめでございますか」

「…」

そう言って八兵衛はその軸を片付け、別の軸を取り出した。今度は箱に入った軸である。

「こちらの探幽なのでございますが。これも駄目でございましょう。これはだめだと最初から思いました。狩野派にしては、線がぼけておりますし、没骨法というのでございますか、全体に霞がかかったような描き方をしております。誰が見ても贋作だとわかる代物なのでございますが、付き合いから、仕方なく…」

登は、画をちらと見て、箱を手に取り、箱書きをじっと見つめている。

「まあ、これは渡辺様に見ていただくまでもありませんね」と言って、八兵衛は軸を巻き始めた。

「良い絵だね。箱書きは洞斎先生。箱書きも良い」

「渡辺様、今何とおっしゃいましたか」と八兵衛は聞き直した。

「良いと言ったのだ。洞斎先生が箱書きをしていらっしゃるのだから間違いはないと思う。洞斎先生には随分お世話になった。私は文晁先生に絵の描き方を教わり、洞斎先生に絵の見方を教授していただいた。あの頃が懐かしく思い出される」

「へえ、箱書きをお書きになったこの洞斎先生というのは偉い方なんでございますね。まだ生きていらっしゃるのですか」

「いや、確か文政四年に鬼籍に入られた」

「そうでございますか。それは御愁傷様です。でも手前は洞斎先生に生き返らせてもらいました。生き返ったついでに、渡辺様、手前に分けてくださるような渡辺様の作品、何かございませんでしょうか。渡辺様の作品が無ければ、先日いらっしゃったお方の作品でもよろしいのでございますが」

「残念だが、一枚もないのだ。先日来たのは半香といって、江戸で親交のあった画家だが、彼の者は私が病に臥せっていると聞き、それを案じて見舞いに来てくれたのだ。絵も数枚描いたが、見

舞いの礼としてすべて彼に持たせた。いま私は幽居の身だ。揮毫することさえ憚られる」と登が言うと、

「そうでございますか、仕方ありません、これは鑑定代でございます」と言って南鐐二朱銀を二枚そっと渡して帰って行った。

　春山が用意した扇子は、夏の終わりにはすべて金子に代わったが、その後も春山は折を見て登の絵を金子に代えていた。それらの絵には天保八年以前の年記が記され、口の堅い者のみに譲られていたのは言うまでもない。だが、半香が田原を去った直後、登は親戚から売画の噂があるようだとくぎを刺された。そのことで登は今まで以上に用心するようになった。幽居の身でありながら、糊口を凌ぐために売画をしているというのは紛れもない事実であるが、それは決して公儀や藩に知られてはならぬことであった。

　一方、自分が去った田原で登の売画の噂が流れ始めていることを露知らぬ半香ではあったが、登の立場を十分にわきまえていたので江戸から少し離れた下総、上総の地で登の作品を捌こうと考えていた。そこは半香が若い頃から足繁く通っている地であり、顔見知りの絵画収集家も多かった。半香は信用のおける収集家に内々に話を持ち掛けたが初めはいい返事をしてくれなかった。登が入獄したというのは絵画を収集している関東一円の旦那衆に知れ渡っており、彼らは登の作品を購入するのを躊躇していたのだった。今まで、家宝として家の奥深くに秘蔵されていた登の作品は、その話が広まるや否や、別の意味でもっと奥に隠されるようになっていたのである。しかし、入牢の

経緯を詳らかに話すと、絵は売れた。登の今の生活の苦しさを話すと、なお売れた。

半香から話を聞いた顗斎も、恩義のある先生の窮地を救わなければと田原を訪れ、地元遠州で登の絵を内々に捌いた。ようやくここに来て、登の生活も一息つくことができるようになってきた。

十一月になって、登はやっと椿山への返書を書き上げた。その書には質問の返事と近況の報告と雑感が書き綴られていた。返書があまりに遅いので数日前に御機嫌伺いを出したばかりの椿山は、その登の返書を受け取って胸をなでおろした。

登が椿山への返書を書き上げて程なく、友信は田原の新居「安原御殿」の完成と同時に、城から新居へ移り住んだ。友信が近くに居を構えたという思いは、登の心の強い支えになったのは言うまでもない。

遠雷

年が明け、天保十二年になると、半香が精力的に画会を開き、その中で登の作品を捌いていた。そのおかげもあって、登は画論を読み、『溪澗野雉図』を絹本に仕上げ、後に『蟲魚帖』に結実する写生帖の充実を図るなど、模写と写生、新作の揮毫に勤しむことができた。ただ、春山が往診に来るついでに、「蘭学の大施主である渡辺様が論語の字句解釈に拘泥しているのは見ていられぬ」と蘭文兵学書を持参したり、八兵衛が噴飯ものの掛軸を持って来て長々と能書きを述べたり、時には夜遅くに村上定平が不意に訪ねて来ることもあったので、登の生活が作画一色に染まるということはなかった。

定平と言えば、文政十二年の継嗣問題の折、成章館で真木重郎兵衛の意見に賛同したあの若者である。前年の八月に大坂加番を終えて田原に帰って以来、事あるごとに登を訪れていた。藩の問題を報告し、登に助言を求めていたのである。登は、前年の夏に、国家老の鈴木弥太夫より真木との書簡のやり取りを行わぬよう通達を受けていたので、真木は定平を登の許に遣わしていたのである。

一月末のその日も定平は夜も更けてからやってきた。

「どうした。真木から何か連絡でも」

「今日は真木様のご用ではありません。高島秋帆様が上書をなさったことについて、先生に少しお聞きしたかったものですから。高島様の上書の件、渡辺様も春山殿からお聞きになりましたか」

「聞いていない。春山子とは蘭学に纏わることは一切話さぬ約束をしておるからね」と登は言った。

「それは存じませんでした。でも、それは何故ですか」

「慊堂先生から、蘭学には二度と関わらぬようと忠告されているから、と言えばわかってもらえると思う」

「…」

「とは申しても、戸外の義にも拘わらぬとも慊堂先生にはお約束致したのだが、真木とはおぬしを介してこの様に連絡をとり合い、政事向きの話は続けておるので、何と申したらよいか、困ったものだ」と言って、登は微笑んだ。

「そうでございますか。…では、これから、拙者は、ここで独り言を申し上げます。渡辺様、どうか耳をお貸しください。渡辺様こそ、是非お聞きにならなければならぬことなので」と言って、定平は登を見つめた。

「…」

「英吉利が清に武力攻撃を仕掛け、清側が劣勢を強いられているという報せが昨年の七月末に和蘭陀船よりもたらされました」

「！」

「その情報をいち早く入手した長崎町年寄り高島秋帆様が、この戦いの結末は帰するところ武器の優劣によるものであるから、わが国にとっては、西洋砲術の移入が急務であると公儀に進言したそうです。春山殿はその報せを江戸の友から得たそうですが、その友は、渡辺様ならばわが国の向かう道を詳らかに指し示して下さるに違いないと付け加えたそうです。春山殿は、此の度の英吉利の振る舞いを的確に予言なされた渡辺様は真の参謀であり、いずれ、再び表舞台に召されなければならぬと申しておりました」

「…」

「春山殿は拙者に西洋砲術を学ぶように強く勧めて下さいました。拙者も、その必要を感じます。この一年で世界の有り様は大きく変わっております。渡辺様が警鐘を鳴らされた事態が目の前に迫っております。今は、唐山の学問を崇め、関ヶ原の兵法を遵守する世ではありません。外国の事情を積極的に探索し、分析し、対策を講じなければならぬ世になりました。拙者にも何かできることはありましょうか。そのことをお尋ねしたく、夜分お邪魔致した次第です」

「…英吉利が直接唐山に戦を仕掛けたと言ったが、英吉利は唐山の何に対して言いがかりをつけたのか。まずは、戦端を開いた起こりを精査しなければならぬだろう…そして合戦のありさま、陸戦なのか海戦なのかの情報を集め、それを行ったうえでわが国の対策を思慮するのが肝要だと思われる…。私も、西洋砲術の導入は必要だと思うし、西洋砲術を学ぶ機会があるならそれを是非生かすべきだと思うが、同時に、戦を回避する方策を思慮するために四囲の情勢を吟味することも同じように必要だと考える。腰のものは必要だが、使わずに済むに越したことはない…それにしても、英吉利が唐山に戦を仕掛けるとは…」

登は心の臓を鷲掴みにされた思いだった。

〝英吉利は海軍に長じ、隔遠の地を併呑仕り、暖帯利地を拓き、海門要路、航海便利の島々に拠り、他国併呑の邪魔を仕候〟と江川に送った『外国事情書』の末尾に記したが、状況はより切迫していると登には思われた。

…戦力に於ける彼我の差は如何ともし難いが、方策次第では危機を回避できる。まずは、情勢の分析だ。併せて戦力の増大を画策すること。国を開き西洋の技術を導入し戦力を構築するのが最善の策なのだが、その方向に舵を取るように公儀に訴えるのが時期尚早であるとすれば、今は目覚めた者たちが、各々、取り掛かるしかない。西洋流の砲術を身に付け広めることの重要性は言を俟たない。ただ、戦力、海防と言っても、その肝はあくまで民百姓の生活を守ることにあるのは言うまでもないのだが…

…とまれ、定平のような目覚めた者が外国事情を詳らかにし、そして最善の策を模索し実行していくようになるのだろう…

義を好み真実を追求し、しかも進取の気性を持つ十五歳年下の定平に、登は、自らが成し得なかった民百姓の穏やかな日常を守る為の海防を築くという夢を託していたのだった。

「それはそうと、今日はもう遅い。乳飲み子と奥方もおぬしの帰りを待っておろう。定平、今日は知らせてくれてありがとう」

「…恐れ入ります。こちらこそ夜分遅くすみませんでした」

定平は、来た時と同じように闇に紛れて帰って行った。

翌日の昼過ぎ、春山がやって来た。慣れた手つきで登の脈を取り、江戸から戻って丸二年になる、田原にいては世界が見えぬ井の中の蛙になってしまいそうだ、江戸の空気も吸いたい、などととりとめの無い話を四半時ばかりした後、意を決したかのように、真顔になって登を見つめた。

「渡辺様は英吉利が唐山に攻め込んだという話をお聞きになりましたか」

「昨日、定平から聞いた」

「そうであれば話は簡単でございます。それに対しわが国はどのような方策をとるべきか、渡辺様は如何考えられますか」

「…。春山子、昨年の春に言ったように、蘭学には二度と関わらぬようにと慊堂先生からきつく言われておる。命の恩人の言葉を蔑ろにはできぬのだ」

「そのことは重々承知いたしておりますが…今こそ、渡辺様が国の為に立ち上がらねばならぬ時だと思うのです。羽倉外記様の伊豆七島巡検に合わせ、無人島渡海願を殿様に提出したあの時の渡辺様の決意をもう一度思い出していただければと思います」

「…」

「渡辺様、今は火急の時です。英吉利や露西亜の船が熊野灘から遠州灘そして相模灘をわが物顔で往き交っておる現下、唐山のことを考えれば、一刻の猶予もないのです」

「…」

「…渡辺様、また参じます」と言って春山はいつもより大股で去って行った。

山水画

数日後、春山が登を訪ねると、縦五尺横二尺もあろうかという絹本に向かっていた。見ると、山水である。近景には滝の情景、中景には海、遠景には特徴的な稜線を持つ山が描かれその向こうにも山々が連なっている。まるで荘子の逍遙遊篇の鳳になって、九万里の天空から地上を見ているような光景である。論語に還ると日頃言っている当の本人が、荘子の鳳に乗っている、そう思うと少しおかしくもあったが、そこに描かれている山水は荘子の荒唐無稽さなぞ一かけらもない、今まさに衆生が日々の営みを行っている真景そのものであるように春山は感じた。

登は面相筆で何かを描き加えていた。船のようだが、唐船や和船ではないようだ。船の帆柱の上には三角の旗がはためいている。外国船のようだ。

「どこの風景ですか」と春山が尋ねると、

「紀伊の熊野から房州方面を俯瞰したところを、私なりに工夫して描いているのだが、実際の景を見ながら描くのではないから、思うに任せない。だが不如意なところに滋味もある」と答えて、筆をおいた。

「この手前の滝は何処の滝ですか」

「これを那智の滝と見立てた。その滝の水はこの熊野川へ流れ込んでいる。熊野川は蛇行して絵の左手に消えてゆく。ここの海は右側に太平洋、そしてここに突き出した陸地を田原の半島、そこから左手の海は伊勢の入海とした。遠州灘から伊勢の入海に向かって御朱印船が二艘入ってくる。入海には数艘の和船が停泊している」

「その二艘は外国船ではなかったのですか」春山が驚いて聞くと、

「神君の時代は、自由に海外と行き来ができた。三代大猷院君の頃に、国を閉ざしたのだが、もし国を閉ざさずそのまま外国との行き来を続けていたら、今と違う日本の姿になっていたと思う。

そしてモリソンの一件も穏便に解決できていただろうし、この度の唐山と英吉利の戦いにあっては勝者がどちらになっても怖気づくこともなかったのではないかと思われるのだ…」

「しかし現実はそうではありません」

「そうだな…」

二人は暫時、言葉を捜しあぐねて沈黙し、絵を見つめていた。そして春山が口を開いた。

「…そこが田原であれば、向こうにそびえているのは富士で、その後ろは江戸湾、向こう側に霞んで見えるのが房総や上総となりましょうか」

「…」

「鳳になったような気がいたします。さわやかな風を身に受けて、天空高く自由に羽ばたいているような爽快な気分です。下界で起こっていることが何かとても小さなことのように思えてくるようですな」

「鳳という大それたものではない。言ってみれば鷦鷯(みそさざい)だね。若い頃、〝嗤うなかれ、鷦鷯の鵬雲を試むるを。決起して楡を搶き、初めて分を見る〟という詩を作ったが、その鷦鷯のような小鳥だよ。その小さな鳥が大きな鳥の真似をして空高く飛ぼうとすると楡の木のような高くもない木に突き当たって墜落するのがおちだという意味だが、不思議なもので、その鷦鷯はあきらめず大空に向かった。天空を目指して絶え間なく羽ばたいていた鷦鷯が、或る時大きな鷹に襲われ九死に一生を得る。その時目に入ったのがこの風景だ。今まで天空だけを目指して飛んでいたが、何故天空を目指したのか、それは眼下のこの豊かな穏やかな大地を俯瞰したいが為だったということに、その鶺鴒はやっと気がつくという訳だ」

「その鶺鴒が見たというこの風景を山水に仕上げたいと考えたのは何か訳があるのですか。海防と何かつながりがあるとしか考えられぬのですが」と春山は言った。

「…文政の初めころだったから、私が三十になるかならぬ頃だったと思うが、北斎が『東海道名所一覧』という刷り物を出した。当時、私はそれを見て随分驚いたことを覚えている。それまで見た名所絵とは全く異なる壮大な画面に仕立て上げられていた。当時は私も若かったから、絵の仲間の集まりでは、北斎が描く人物同様、『東海道名所一覧』を際物として一笑に付していたのだが、それは私の心に強く刻みつけられた」

「北斎と言えば、あの『富岳三十六景』の絵師ですか」

「そうだ。だが、北斎は風景だけでなく人物も描く」

「何でも描いておるのですね」

「その頃、私は北斎の描く人物に大いに不満を持っていた。なぜなら、北斎は確かに人物を描くのはうまい。しかし北斎に描かれた人物が何を考えているのか一向に見るものに伝わってこない。眼前の虚実織り交じる実相に触れた心の挿絵こそが絵であると考えていた私にとっては、心を表に出さぬ道化者が衆生を喜ばせるためだけの仕草をしているようで何か物足りなく感じていたのだ。勿論漫画と銘打っているものだから、道化者の仕草で良いわけなのだが」と言って登は一息ついた。

「その頃の私は、『北斎漫画』程巧みではないが、『禍福任筆』という冊子に描かれた人物挿絵に惹かれていた。内面の喜びや苦悩が過不足なく表現されているように感じたからだ。私はそれに触発され、『一掃百態』と題する草稿を描いた。お勤めの忙しさにまぎれ、上梓するまでには至らなかったのだがね。…話は逸れたが、そのような訳で、北斎を巧みな画工ぐらいにそれまでの私は思っていたのだが、『東海道名所一覧』は巧みであるだけの画工が描ける代物ではなかった。それは私の北斎の見方を一変させた。江戸から京都までを鳥目で一望するという奇抜な作りの画は瞬時に私の心を捉えた。一度見たら忘れられぬ画がそこにはあった。北斎は単なる画工ではなく、馬琴先生に勝るとも劣らぬ構想家ではなかろうかとその時思ったものだよ」

「そうですか。北斎もすごいものだ。渡辺様を唸らせるのですからね」

「実は、この絵の着想を得た時、直ぐに北斎の名所一覧を思い出したのだよ。それは、実景ではないが、全くの架空のものでもない。何処を描いたのかが分かりさえすれば、樹木や岩の取り合わせは実景を離れても良しとする。文晁先生や抱一上人が〝見立て〟という言葉をしばしば使われたが、この山を何々山、その川を何川と見立てれば、山水は空疎であることから逃れられると考えるに至った。そのように考えてこの山水を描き始めたのだが、思うは易し行うは難し、遅々として進まぬ。何とかまとまりかけてはきているが、どうだろうね」

「いつこの絵の着想を得たのですか」

「先日のおぬしとの話の中でだ」

「…」

「昨年、椿山殿に〝山水空疎〟と書き送って以来、ずっとその言葉が気になっていてね。〝何処のものともつかぬ山や川に雲や霞を纏わせ季節感だけを盛り込んだ山水は空疎であり、真の山水ではない。真の山水とは、『日光山志』に私たちが描いたように、古法にのっとって何処の風景かわかるもの、したがって写生がその元になっているものでなければならぬ〟と強い調子で椿山殿に書き送ったのだが、翻って、私は未だ自分が納得できるような山水画を描いておらぬ。それでは、椿山殿も納得はしないだろう。そのような思いを抱いていたのだが、先日のおぬしとの話の中で突然構想が成ったのだ」

「…」

「熊野灘から遠州灘そして相模灘に到る沿海形勢を俯瞰してみたらどうだろうかと思ったのだ」

「我輩との話の中で想を得たということは、ここに描かれているのはやはり御朱印船ではなく沿海を侵す外国の船ということになりますね」

春山はわが意を得たとばかりに頷いた。

「春山子、それは違うのだ。それはやはり御朱印船であって、外国の船を描いたものではないのだ」

「…」

「ここに私が描きたかったのは神君の御代に成った〝外に開かれた日本〟だ。外国と交易する船が遠州灘を行き交い、それぞれの泊りや村では領民が日々の生活に忙しい。その営みを幾多の山や川そして海が慈しんでいる、そしてそれこそが私の描きたかった山水なのだ。題はまだ決めかねている。『遠州灘遠望図』とでもしようかと思っているのだが、何分描き終えるのにはもう少し手間がかかるようだ」

黙って絵を見ていた春山がやっと口を開いた。

「…わかりません。なぜ、その様なことをおっしゃるのですか。渡辺様は、何をお考えになってその様なことをおっしゃっているのですか」と春山は問い質すような口調で言った。

「春山子の話から着想を得、私はこの絵に取りかかった。私の答えは、この絵以上のものでもないし、この絵以下のものでもない、ということではいけないか」と登はあくまでも静かに答えた。

「わからぬ…」と春山は声を落として独り言ちた。

しかし、春山にはわかっていた。登が自分に何を言いたかったのか、その絵を見れば明らかだった。ただそれでは苦境にある今の日本を守ることはできぬのではないか。西洋に国を開き西洋の事情を詳らかにし、平穏な日常を保ちながら、戦をせぬ道を模索することなど、英吉利が唐山を征した今、夢物語に過ぎぬのではないか、今まさに必要なのは、西洋の脅威を世人に知らしめることと西洋に伍する武器を充実させることではないのか…声にならぬ言葉が春山の脳裏を駆け巡っていた。

その後は話が弾まなかった。春山は、近々江戸に出立するという旨を手短に述べ、帰国したらまた往診に来ると言い添えて、登の家を後にした。

春山が目にしたその山水画はその後完成をみることはなかった。登がそれに題字と落款印章を付記することができなかったからである。

田原城　その二

登が山水画に取り組んでいた頃、田原城内では国家老と藩大目付が額を突き合わせていた。

「渡辺が、また動き始めたようでございます」大目付市川茂右衛門が言った。

「懲りない奴じゃ。また、殿の邪魔をしようと言うのか。奏者番の運動は此度の越前守様の改革で水泡に帰したというに、渡辺め、また何か企んでおるというのか。奴が国許蟄居にさえならなければ、殿の奏者番就任も疾うに叶っていたろうに。奴は本当に疫病神じゃ」と鈴木弥太夫は憎々しげに言った。

「一つは、売り絵のことでございます。絵を描いて内々に販売し、暴利を貪っているようなのです。探索したところによると、渡辺の弟子が画会を開き、その中で渡辺の絵を売っているということが分かりました。その絵には天保八年以前の制作年が記されており、獄に入る前に制作された物として売られているのです。その画会も巧妙に仕組まれていまして、江戸で参加する者を募り、実際に画会が執り行われるのは下総や上総なのです。また、弟子を介して以前から付き合いのある者にも売っているとも言われています」

「それは村松様もおっしゃっていた。何か不都合があれば、渡辺を売り絵の件でつぶすことができるから、殿は安泰じゃと。なんでも、村松様は売り絵の動かぬ証拠を握っておられるとのことなのじゃ」

「そうでございましたか…」

「渡辺は、何が不満なのだ。千五百坪の屋敷と扶持米も与えられておる。お勤めは無く、毎日悠々自適の生活じゃ。何が不満なのじゃ。家中の者からは、あまりに厚く遇してはいないかなどと不平不満が出ておるというのに。ご老公様が田原にお出でになり、我々も心配の種が一つ減ったと思ったが、今度はご老公様を巻き込んで何をするか知れたものではない」

「仰せのとおりでございます。ご老公様は蘭学に寛容でいらっしゃいます。ご老公様がいらっしゃって丸一年、表立っての交渉はありませんが、裏で渡辺が何かを画策しておるようで、拙者も心の休まる日がございません」

「と言うと」

「実は渡辺がまた蘭学を始めたらしいと思われるのです。これは、あくまで推測に過ぎないのですが、渡辺の周辺の動きから鑑みてあながち的外れの推測とも言い難いところがありまして…」

「今、何と申した。渡辺がまた蘭学を始めたと」

「そうでございます」

「それは聞き捨てならぬこと。何か、証拠はあるのか」

「村上定平が江戸に上った一件です」

「それがどうかしたのか。村上は御家の海岸掛の元締めだ。その村上が、公儀の御墨付きをもらった高島秋帆殿の砲術試射の見分に向かった。しっかり見届け御家の海防に役立ててほしいと送り出したのだが、それがどうかしたのか」

「その村上なのですが、渡辺をしばしば訪ねていたようなのです」

「なんだと！」

「村上は、江戸の真木重郎兵衛と頻繁に連絡を取り合い、渡辺と真木を繋いでいたようなのです」

「真木は村上の大叔父にあたるから、村上を利用して渡辺と連絡を取ることもあり得るが、真木はあのとおりの男だ。蘭学とは縁がない」

「そうとばかりも言えません。真木は鈴木春山と妙に馬が合います。春山と真木の書簡のやり取りは把握しておりませんが、もしかすると村上を介して連絡を取り合っていたのかもしれません。さすれば、過日の獄を免れた江戸の蘭学者と渡辺が連絡を取り合うことは可能です」

「連絡と言っても何を連絡するのだ」

「村上が見分に向かった西洋砲術試射の師範高島秋帆殿と韮山の代官江川太郎左衛門様とは昵懇だとのこと。渡辺との関わりで身を慎んでいた江川様が復権したということは、渡辺の処遇にも何かしらの変化があってもおかしくはありません。渡辺が江戸の連中と連絡を取り合い、復権を画策しておるとしたら忌々しき問題です」

「渡辺が復権するとな。それは困る。奴に捏ね回された御家の政事もやっと旧に復したばかりじゃ。それに、殿の長子の屯君のこともある。御側室の於明様が屯君を殊の外かわいがり跡継ぎにと殿におっしゃられているそうだ。仛太郎君のこともあるので、今は何とも申しかねているが、時が来たら、やはり屯君を世継ぎにせねばならぬと考えてもおる。そのような時に、渡辺が復権したら、この田原はどうなるのだ」

「そうでございます」

「市川、その消息は確かなのか」

「拙者も半信半疑でしたが、村上と一緒に江戸に上った春山が、田原に戻ると渡辺を頻りに訪れるようになりました」

「…」

「春山が江戸の真木、村上と謀って赦免と復権を画策しているのではと噂しておる者もございます」

「それは困ったことだ。何としても、渡辺が息を吹き返すのを阻止せねば。市川、何か妙案はないか」

「国許お預けの身であるにもかかわらず絵を描いて売っているという事実があります。この事だけを以てしても、復権は無いものと思います。公儀の決定に謀反を企てているようなものですから、どのような屁理屈を以て復権を図ろうとも、この一点で、その試みは頓挫することでございましょう。公儀の御方針が変わるなど、よほどのことが無い限りありませんし、ましてや一度決まった公儀の判決は何を以てしても覆るものではありません」

「そうか。だが、大御所様がお亡くなりになり、今は越前守様が老中首座を勤めておる。何が起こるかわからぬ世の中じゃ。早い方がよい、売画の件で、渡辺の動きを封じなければならぬ。早急に抜かりなくことを進めることが肝要だ。おぬしも、配下の者にそのことをしっかり言い含めておくのだぞ」

「かしこまりました」

噂　その一

登が田原に来て、二度目の春が終わる頃、昨年の十月に端を発した登の売画の噂は、親戚にとって、聞き捨てならぬものとなっていた。

「昨日、知人から、登殿が、絵を売って糧を得ているという噂が広まっているという話を聞きました。それは本当なのですか」と雪吹伊織が登に尋ねたのもその頃だった。

「昔描いた絵を分けたことはありますが、それが、私を快く思わぬ連中によって誇張されているのでしょう」

「それならばよいのですが。描いた絵は、製作月日を変えて、桐生や足利近辺で売られているとまで噂されているのです。何を証拠にその様なことを言っているのかは知りませんが、用心に越したことはありません。昔描いたものであっても、絵のやり取りには注意した方が良いでしょう」

「そうしましょう」

伊織が帰ってから、登は名伏し難い不快感を味わった。昨年秋、友信が田原在住になり、自分も不十分ではあるが絵で生計を立てることが可能となり明日の生活を思い浮かべることもできるようになっていたが、伊織がもたらした噂話は、未来から差していた光を一瞬の内にかき消したように登には思われた。暗い獄の饐えた臭いがよみがえり、無為の時間のなか達磨のように押し黙っている自分の姿が脳裏に浮かび、消えたかと思うと、また浮かんだ。

そのいやな感覚は、次の日も、その次の日も、家族で朝餉に向かう時、論語を繙く時、利助が畑でこちらに挨拶する時、前触れもなく、突然登を襲った。それは、子供のあどけないしぐさを眺めている時に得られる穏やかな幸福感を跡形もなく打ち砕き、江戸から届く書状を開く時に味わうささやかな喜びに冷や水を浴びせた。

登は朝起きるのが次第に辛くなってきた。部屋にこもる時間も多くなった。田原に送還された時の自分に戻ったような気がして、それではならぬと心を奮い立たせようとするが、まさにその時、腹の底から熱気を帯びた不快感が唐突に立ち上ってくるのだった。

お栄は登の異変にすぐに気づいた。しかし、何もやってやれぬ自分をお栄は寂しく思った。せめて登の日常を普段どおりに按配してやろうと努めることで自分を慰めた。お栄のその姿を陰で見ていたおたかは、何かと用事を作っては立や諧を登の許に行かせた。子供の言葉やしぐさが登の心を少しでも解きほぐしてくれるのを願ってのことだった。

数日後、顕斎と共に遠州で絵を捌いてくれている三宅緑介が絵を仕入れにやってきた。緑介と登は顕斎を通じて知り合った。二人は写山楼の同門であったが入門の時期が異なったため互いの面識はなかった。しかし年も近いせいか、知り合ってすぐに打ち解けた。緑介はすこしでも登の助けになればと、面倒を厭わず絵を捌いてくれていたのである。不快感が制作意欲をかき消し、画筆を持つことはできなかった登だったが、仕上げていた絵が何枚かあったのでそれを緑介に渡した。その時緑介はこんなことを言った。

「先日、顕斎と共に遠州の代官所に所用で行ったのだが、その時、顕斎が、知り合いの手代から、崋山殿は制作年を遡って作品を描いているそうだが、それは本当か、と聞かれていた。今まで、念には念を入れ、崋山殿の作品を捌いていたつもりだったので、顕斎も拙者も驚いた。何処からその噂が出たのかはわからないが、これからは遠州から少し離れた甲州辺で捌くようにする。従って、捌き切るまでにはそれ相応の日時がかかるかと思うので、含みおき願いたい」

その話もまた登の心に重くのしかかった。

天保十二年八月　水野邸

高島秋帆が武州徳丸原においてモルチール砲及びホーイッスル砲の実射操練をしたのが五月九日。その日、村上定平は銃隊員の一人として参加していた。その後、老中首座水野忠邦はそれら大砲二挺と車付き野戦砲二挺の買い上げを決めた。さらに、秋帆に、演習を膳立てした江川太郎左衛門へ砲術を伝授するように依頼した。江川が砲術の皆伝を許されたのは七月十一日であった。

江川がまた表舞台に舞い戻ってきたのは次のような事情による。前年の天保十一年七月に幕府はイギリスが清に戦を仕掛けたという情報をオランダ船から得た。しかし、清が劣勢ではあるがイギリスの国内事情もあり、戦況がまだ定まらぬとして、注意は払ってはいたが、特に策を講じるということはなかった。高島はその情報をもとに上書を提出したが、幕府内部、特に勘定方はその上書を懐疑的に見ていた。不確かな情報を利用して高価な大砲を売りつける目算であろうと見ていたのだ。だが、十二月に至り、長崎に来航した清船から、清がイギリスに全面敗北したという報を得た。その時幕府は狼狽した。

時同じくして、大御所家斉が身罷った。将軍家慶の信任を得ていた水野忠邦は老中首座に就き幕府の実権を掌中に収めた。程なく水野は急遽高島を江戸に呼び寄せ、そして今年五月に大砲の実射操練を実施したのであった。操練実施にあたって水野が内々に意見を求めたのが江川太郎左衛門であった。

江川はこの年の九月二十二日、幕府が買い上げた大砲四挺の五年間の借り上げを申請することになる。

その一月前の八月下旬。

水野邸では、用人の小田切要助が水野に江川の訪問があったと報告していた。

「江川様が、幕府が買い上げた大砲四挺の五年間の借り上げを殿に許可していただきたいと此の書状をお持ちなられました」と小田切が書状を差し出しながら言った。

「江川が参ったと」と言って、水野は書状を受け取り、目を通した。

「江川に、この内容で申請を出せと伝えてくれ。勘定方は田口加賀守であるから、善処してくれるだろう。江川はこれからわが国の海防の要となるであろうから、なるべくその意を叶えてやりたいと思っている」

「そうでございますね」

「ところで小田切、例の渡辺はどのようになっておるかな」

「と申しますと」

「無人島事件の前のことになるが、江川が渡辺のことを随分持ち上げておった。江戸湾巡検の折であったか、確か、蘭学の大施主だとか言っておったように思うが」と静かな口調で水野が言った。

水野は続けた。

「渡辺と言えば、羽沢のご老体は元気でおるか。…あの書状は忘れられぬ」

「はい、お元気でいらっしゃいます」

「あの書状で、余の心は動いた。『夢物語』や無人島渡海事件の容疑は晴れたが、一罰百戒の意味も込め渡辺に遠島をと言う鳥居の考えに傾いていた余だったが、ご老体は、〝大は天下有識の心を汲み取らせられ、小は登母子慈孝の私情を御憐憫遊ばされ、相公の御仁政至らぬ隈もなく、天下感悦奉り候様〟と認めおった。余は、〝母子慈孝の私情〟と言う言葉に感じ入った。だが、その言葉に感じ入ったのは余だけではなかった。ご老体の書状のことを何かの折に話した時、鳥居も思うところがあったのだろう、黙って頷いた。自分の信念を曲げぬあの鳥居が、国許蟄居が良かろうと自分から言い出したのだ。確かあの年は鳥居の正室と御母堂が相次いで亡くなられた年であったな」

「そうでございました」

「鳥居が、一度口にしたことを翻したのは後にも先にもあの時だけだ。余はその時鳥居と言う男が分かったような気がした。鳥居にはこれからも今まで以上に余を支えてもらわねばならんと思っている。ただ、余は、渡辺も気になってはいるのだ。鳥居の手前、表立ってどうこうできぬが、英吉利と清の戦の顚末をどう見ているのか、質してみたい気もする」

「慊堂先生の話では、四書五経の研究に余念がないそうです」

「そうか、四書五経を読んでいるとな。…小田切、渡辺との繋ぎを頼みたいのだが。英吉利と清の戦の顚末を述べ、渡辺ならばどのような方策を採るのか質してくれないか。ただ、鳥居に知られぬように願いたい」

「承知いたしました。では、先日殿がおっしゃった国許の学問所新設の件を浜松で話し合いまして、それが済み次第、内密に田原へ向かうことにします。学問所新設の件で江戸を離れると周りには伝えておきます」

「ああ、それで良かろう。よろしく頼むぞ」

次の日、小田切は慊堂の許を訪れた。

「この度、所用で浜松に向かいます。二月ほど江戸を離れますので、先生にご挨拶をと思いまして」

「そうですか。二月とはずいぶん長い滞在ですね」と慊堂は言った。

「実は、浜松に学問所を建てることになりまして、その打ち合わせをすることになったのでございます。殿は唐津と同じ〝経誼館〟という校名で良いだろうとおっしゃっておられますが、まだ何も決まっておらぬ故、少しく時間がかかるものと思われます」

「そうですか。それは大変なお役目ですね。教授する中身と集める子弟の数、師範の数、そして敷地の場所選びと学舎の間取決め、大変なお役目になりますね」と慊堂は独り言のように言った。

登との別れ以来、慊堂は人との別れが苦手になっていた。そこにきて先月、師とも兄とも慕っていた大学頭林述斎と永遠の別れをしたばかりだった。

「いつ江戸を立たれるのですか」と慊堂は聞いた。

「いろいろ下準備もありますので、八月の末か九月初めになると思います」

「そうですか。また、寂しくなりますな」

小田切は後ろ髪を引かれる思いで、羽根沢の山荘を後にした。

小田切が慊堂を真っ先に訪れたのは、しばしの別れの挨拶をするためばかりではなかった。鳥居と慊堂が昵懇の間柄であったからだ。何れ、慊堂から鳥居へ自分が国許へ下がったことが知れるだろうが、その時余計な推測をされぬためであった。

次に小田切が向かったのは川路聖謨の所であった。川路はこの六月に佐渡から戻り、小普請奉行の職に就いていた。頭脳明晰で、直言はするが誰にでも愛され、知人も多かった。その人柄を、水野は高く買っており、佐渡奉行就任前、西丸再建の頃から目を掛けていた。従って、川路も用人の小田切と会う機会が多かった。そのため、個人的な付き合いはなかったが、川路は小田切と面識があった。その小田切が、国許で学問所を立ち上げるために二月ほど江戸を空けると挨拶に来たのである。その学問所の名は、唐津の学問所と同名の〝経誼館〟だとも付け加え、殿は常々教育の大切さを話されているとまで言い添えたのだ。

「ご丁寧に」と挨拶は交わしたが、なぜ、小田切が自分の所に挨拶に来たのか、川路は解しかねていた。

だが、小田切が狙った以上に、老中首座の水野が浜松に藩校を立ち上げられるという噂は瞬く間に城内に広まった。また、その藩校の名前は〝経誼館〟だとも言い添えられていた。それは鳥居に対する配慮の筈だったが、その噂は思ってもみなかった者にも利用されることになった。

江戸　田原藩邸

「この度、水野様の用人が浜松に向かうそうだ」と藩主康直の参勤に従い出府していた鈴木弥太夫が市川茂右衛門に言った。

「それがどうかなされましたか」

「わしはこれを利用せぬ手はないと思うのだが」

「と、おっしゃいますと」

「渡辺の売画を公儀が内密に探索している、と言う話にすれば良いだけじゃ。噂が独り歩きするであろう。その話は、遅かれ早かれ渡辺に伝わるであろう」

「それは名案でございます。その噂が伝われば、渡辺は売画ができなくなりましょうし、蘭学に携わることもできなくなるという訳ですね」

「そのとおりだ。それこそ、冬の蝿のように、ただ生きているだけの身になる」と鈴木はほくそ笑んだ。

「生きながらの死人（しびと）という訳ですね…」

噂　その二

「登殿、話しにくいことなのですが、耳に入れておいたほうが良いと思い、訪ねた次第です。これは川澄様がお話になったということらしいのですが、今、老中首座の水野様の用人が浜松に滞在しているということなのです。話によると、登殿の絵が密かに捌かれているという噂を耳にした幕閣が、幽居の身にもかかわらず売画で生活の糧を得ているとはけしからぬというので、水野様にご相談申し上げたらしいのです。それを受けて、水野様は、調査を始めたというのです。内々の調査なので、表向きは学問所を立ち上げるための下準備ということにしているらしいのですが、目的は登殿の身辺調査だというのです。根も葉もない風聞だとは思いますが、一応耳に入れておいた方が良いと思った次第です」と雪吹伊織は開け放たれた障子から外を眺めながら、硬い表情で言った。

「水野様の用人というと小田切様のことですか」

「そう、小田切様とか申しました。知っておるのですか」と伊織は驚いたように登に聞いた。

「師の松崎慊堂先生の同門です」

「それならば、安心です」と伊織の口調が変わった。

「そうとばかりも申せません。小田切様は、何事も、決まりどおりに執り行うお方なので」と登は言った。言いながら、また腹の底から、何物をも融解するような名伏し難い不安が噴き出してきた。

…この度の奇禍は、小田切様の虎の尾を踏むという言葉から始まった。小田切様が動き始めたということは、何かの前触れではなかろうか…

ふいに、腰縄をつけられ通りを引かれてゆくあの時の自分の姿が脳裏に浮かんだ。

…先日、緑介が話していたことが遠州の地で広まっているのかもしれない。それが、水野様に知れたということも考えられる…

「とは言っても、同門の方であれば、斟酌もあるでしょうし」

「…」

「この話は実にうまくできた噂話です。登殿を快く思わぬ連中は、鬼の首を取ったかのようにこの噂を吹聴するでしょう。だが、その話は眉唾物に違いない。登殿はそんな噂話に屈しないとは思いますが、これからますます風当たりは強くなります。用心には用心を」

「小田切様は本当に、浜松にお出でになっているのでしょうか」

「来てはおらぬと拙者は思っています。水野様は、寸暇を惜んで公儀の改革を行っているお方です。そのお方の用人が江戸を空けるわけはないと思っています」と伊織は言った。

「…」

「だが、用心に越したことはない。身を慎み、捲土重来の時を待つ、登殿、今はじっと耐える時です」

「そうですね」

「ではまた来ます」と言って、伊織は帰って行った。

音もなく何かが近づいて来ている。それはまだ遠くにあるのに近くの草木はすでに大きく揺らいでいる。その近づきつつあるものの大きさは計り知れないが、私は決して倒れることはできない。友信の為にも私はここ田原で屹立していなければならない。登は改めてそう思った。

その日、登は半香に書状を送った。

内用

一、この度沙汰があり、その為に親類の子供の手習いを見ることを断った。ご存じのとおり、暇を見て内々に教えてくれぬかと懇願され断り切れずに見ていたものだが、他で見てもらうことにした。

一、先日緑介翁が来た時こんなことを教えてくれた。なんでも、顕斎子が代官の手代の所へ参るというのでお供したが、その手代が顕斎子に、「ある人は謹慎の身であるにもかかわらず絵を描いている。しかもそれが露見せぬよう制作年を遡って記しているともっぱらの噂だ」と話していたとのこと。その様な噂が出ること自体、それは皆私の不謹慎から出たことではあるが、そのことを深く心に留めておいてほしい。

一、緑介翁がわざわざ来たので、紙本三枚、山水小一枚、画帖二、扇三、墨山水絹本一を持たせてやった。併せて十画。残らず尊兄へ見せるよう言い聞かせたが、その作品をご覧になり、同封の書状も一読の上、諸般の事情を考慮したうえで処分をお願いする。最悪の場合、緑介翁と相談し、尊兄と緑介翁がそれらの作品を密かに持っているか、また私の方へ返してよこすか、どちらでも良いので、検討をよろしく。また幽居後の私の絵を所蔵する人は、私の立場を良く知る人でもあるので先々心配いらぬものと思うが、万一所蔵し続けることができぬというのであれば、それらの作品は私が買い取るつもりであるから、そこのところは宜しく頼む。

一、尊兄や顕斎子と同様に、緑介翁にも、田原の地の他に居て、根も葉もない噂を打ち消してもらうよう努めてもらいたいと思っている。そのことを緑介翁にも伝えてほしい。

何分にも蟄居の身、これ以上罪を得ることなく、おのれの骸骨が無傷のままで青山の墓地に埋葬されることを望んでいるのだが…。尊兄と私の間柄であるから、尊兄にすべてお任せする。何せ外部の情報が全く入ってこないので、どうかよろしく頼む。

頓首

九月八日

追伸

一、大急ぎで此の書状を認めたが、よろしく判読のほど。大略は理解下されたと思うが、緑介翁の話をも考慮に入れ、ご判断下されんことを。浜松は老中水野様のご領地なので、万一嫌疑をかけられることがあれば、無実であろうとも、罪を得ることになろう。代官は、嫌疑があれば嫌疑を糺(ただ)すお役目故、老中水野様の耳に悪い噂が入るとも限らないので、熟考の上取り計らってくれることを願う。

手紙を半香に送った翌日の夕刻、伊織が今度は息せき切ってやってきた。

「登殿、大変なことになりました。小田切様はやはり浜松に逗留しています。さっき、小寺殿の書状が届いたのですが、それには、江戸でも登殿の売り絵の噂が広まり、水野様が自ら小田切様に探索を命じたらしいと記されていました。画会を開いて絵を売っているという噂は本当なのですか」

「…」

「書状によると、小田切様は八月二十七日に江戸を立たれ、浜松に逗留しながら、登殿の売り絵の件を探索しているらしいと上屋敷で噂されているとのこと」

「…」

「これは、登殿だけの事では済まぬかもしれぬ、探索結果如何では殿の監督不行き届きが取りざたされるかもしれぬと小寺殿は書き添えておりました」

「…」

「画会が開かれているというのは本当なのですか」と伊織は再び聞いた。

「私の田原での生活を見た者が、画会を企画して、過去の作品を捌いてくれたことがあります」と登は答えた。

「やはり、根も葉もない噂ではないのですね。今後は、画会に一切関わらぬことです。口さがの無い連中は登殿が相当な収入を得て豪勢な生活をしているようだとも噂しているらしい。この度の家中の倹約令で江戸の連中は相当に参っているらしいから、その様な噂を流して憂さを晴らしている者もいるらしいのです。とにかく、用心に越したことはありません」

「そうしましょう」とだけ言って登は庭に目をやった。

伊織が帰った後も登は庭を眺めていた。そして、思いたったように、先日椿山に送った『蟲魚帖』の下書きに使った素描の綴りを取り出した。

そこには、隅々まで丁寧に写しだされた蜻蛉（とんぼ）や蛾、雀や鴨、そして蟋蟀（ばった）などが描かれていた。

…これを描いていた時はすべてを忘れることができた。幽居の境遇にあるということも、ご老公をお守りしなければならぬということも、殿の取り巻きへの憤りも、例の不快感も、時間さえも、すべてを忘れて蜻蛉や蟋蟀に向き合った。時間的な制約がなかったから、江戸に居た時にそうしなければならなかったような線の単純化や速い運筆から解き放され、目に映る線をそのままに画面に定着させればよかったので、穏やかな忘我の境地に遊ぶことができた。その感覚は四州真景を描いた時の心持ちに似ていた…

…だが、今は、その心持ちが思い出せない…

まだ仕上げられずにいる山水画に向かっていた時に覚えた高揚感も今の登には思い出すことができなかった。予見できない現実が差し迫って来ているという憂いがすべての記憶を融解させ、登の心は暗く単調な色に染められた。何を見ても聞いても登の心は動かなかった。森羅万象すべての変化を見逃さなかった登であったが、いまやその変化を感じ取るはずの器官が不快の灰で厚く覆われていたのだった。外側の世界を見て取る術を失った登は必然的に自らの内側へ関心を向けていくことになる。自分の存在意義を自らに問ううちに、ここに自分がいるということすらも不快に覚えるようになってきた自分に気づき、登は驚愕した。

母に孝養を尽くすつもりで始めた売画だったが、それが母にこれまで以上の苦しみを齎（もたら）すかもしれぬ、いやそれよりも、殿にお咎めがあるかもしれぬという思いは登を少しずつ追い詰めていた。

腹の底から不意に湧き上がる不安の念に駆り立てられ、登は半香に再び手紙を認めた。小田切要助が登の売画の真偽を調べるために浜松に来ていることを初めに伝え、噂の元は緑介や弟子たちが度々田原を訪れていることにあるとし、その噂を打ち消したり今後の対策について緑介らと話し合って欲しいと続けた。再び自身に災いが起きるのではと不安を抱えていること、家族や半香たちの身にも危険が及ぶのではと心配していることを記し、今後は一切面会しないようにしたいと最後に念を押した。

手紙を認めると、少し心が落ち着いた。

…緑介翁に深く考えもせず面会し、作品を渡したことが噂の出所かも知れぬが、自分を快く思っていない輩がそれを吹聴しているのであれば、いずれ別の噂が拵えられることになるであろう。いずれにせよ、のっぴきならぬ問題が出来するのは必定。この噂事件の構図は一昨年の疑獄事件のときと全く同じもの。自分を陥れようとする力が、次第に勢いを増しているのは確かだ。これから巻き起こる出来事に自分はどのように立ち向かえばよいのだろうか…

…それと自分はどう切り結ぶことができるのか…

問と反問

伊織が知らせてくれた江戸の噂は、ここ田原でも大きな声ではないがあちらこちらで囁かれるようになった。公儀が渡辺の売画の調査を始めたらしい、殿が奏者番に栄達できないのは渡辺登のせいだ、栄達できぬばかりか咎めもあるかもしれぬという話が、藩全体に静かな波紋のように広がっていた。

命は惜しいとは思わない。武士の名分を守るためにはいつでも腹を切れる。しかし、今までは、その名分の為に何としても生きていなければならならなかった。渡辺登は蘭学に関わり、それで罪を得、死を選ばざるを得なかったと吹聴されては、田原の地に在る友信の立場が危うくなる。自分は、世間が何と言おうとも、生きていなければならぬ。それが友信を支えることに繋がる。友信を支えることこそが三宅家家臣として生を受けた自分の名分。登はそう考えて、田原での日々を送ってきたのだった。

だが、康直に監督不行き届きということで咎めがあるかもしれぬという噂が広がった今、登に向けられている非難の事由は蘭学から売画へと移った。此処に至って、己の生が友信の盾になっているという登の思いにほころびが出て来た。

登の心は揺れた。

身の処し方を誤らぬことだ、それだけを登は考えていた。

…だが、何という所に自分は追い込まれてしまったのだろう。

蘭学を学び、国を憂いていた自分が、讒訴によって蟄居を申し付けられ、今度は田原という江戸から遠く離れた地で売画という噂に苛まれている。天下国家のために命を捧げるのならば、その死も救われよう。だが…。やがて迎える死は無駄死になるのではないのか。…そうかもしれぬ。であるならば、わが命の何と軽いことか…

『黄粱一炊図』

季節はすっかり秋、戦慄におののいた九月も過ぎ、十月になっていた。

その日、登は絹本に向かい、筆を動かしていた。脇に置いた下描きを参照しつつ強い張りつめた線を引いている。

登の心は定まった。もう不安の念が沸きだすこともない。穏やかに澄み切っていた。

…生きていることはご老公への忠となり、命を絶つことは殿への忠となる。秤には掛けられぬが、今の御家の主君は殿であり、自分は殿の家臣であることを鑑みれば、命を絶つこと以外に道はない。命を絶ち、殿お咎めの根を断つこと、それが今の自分のなさねばならぬことだ。自分の死は蘭学と全く関係ないものに由来していることは誰もが承知だ。蟄居の身で売画をしたということへの償いとして腹を切った、そう喧伝されるだろう。してみれば、ご老公にご迷惑を掛けることも無かろう…

絹本の中で、登は眼前にある死と向き合い、今まさにその死と刺し違えようとしていたのである。

竹村悔斎は、佞臣を斬り、御家を盤石なものとした。

…悔斎は見事に死に、見事に生きた…だが、それは悔斎にあってできたこと…今の私にできることは…命を捨ててでもしなければならぬことは…家臣である私ができることは…しかし、言うことあれど信じてもらえず、口を尚べば乃ち窮する、それが今の私だ。

家老に上がったばかりの時、私は殿に奏者番のことでお諫めした。ご自分の出世を考えるよりも、御家の政事にお心を砕いていただきたいとお諫めしたが、それも叶わなかった。人生は短く儚い。高貴な身分にあるお方こそ、無駄な人生を過ごしてはならない。紈袴子弟すなわち贅沢三昧の御曹司であってはならぬのだ…

登の筆は澱みなく動く。

主題は黄粱一炊。

――唐の玄宗皇帝の時代、河北省邯鄲の町での話。青年盧生は農民の暮らしから離れ官界での栄達富貴を遂げようと都へ向かう道すがら、邯鄲の町を通りかかった。ふと立ち寄った茶店で道士の呂翁と会い、不遇な身の上話をしているうちに眠くなる。呂翁は嚢中から一つの枕を取り出し、これを枕として休めば栄達も思いのままであると説く。そこで、盧生は、注文した高粱が蒸し上がる間にそれを枕に休もうと、横になって目をつむった。そして、盧生は寝入ってしまう。

夢の中で、権門の娘と恋仲になり結婚し、進士にも挙げられる。そして都の長官にまで登りつめるが、上役に嫌われて地方の長官に左遷される。そこに居ること三年、そこでの実績が見込まれ、都に召されて、皇帝を補佐する宰相となるが、今度は、同僚の嫉妬から逆賊の汚名を着せられ、皇帝の勅命によって捕縛される。その時、日頃目を掛けていた宦官の計らいで死罪を免れ、辺境の地へ流されたが、数年後、冤罪であったことが分かる。蘆生は再び宰相に返り咲き、その後皇帝に忠義を尽くし仕え、五人の息子も立身出世し、一家は栄華を極め、八十余の長寿をもって死を迎える。臨終の床で、蘆生は、一つ欠伸をし、そして目を覚ました。気が付くと蘆生は元の邯鄲の茶店にいる。呂翁から奨められた枕で眠っていたのだ。茶店の主人は、盧生が眠る前に黄粱を蒸し始めたが、その黄粱もまだ蒸し上がっていない。盧生は夢の中で見た人生の栄枯盛衰を振り返って悟ることがあり、呂翁に丁寧に礼を言い故郷へ帰る途につく——

登の筆は休まず動く。

…盧生が眠っているすぐそばで呂翁が物思いにふけっている。盧生が殿であるとすれば、呂翁は己…。思えば、殿に初めてお諫めを申し上げたのも奏者番を巡るものであった。それ以来、ことあるごとにお諫め申し上げた。君が君たるものでなければ、家中は立ち行かない。君は自らの立身出世を望む前に、領民の暮らしの安寧を図らなければならぬ、殿にはいつもそう申し上げてきた。憎むべきは殿の心持ちを諫めぬ取り巻きたちだ。奏者番に成るためにいかほどの支度金を使ったのか。しかもそれは越前守様の改革で水泡に帰した。高位高官を望むことよりも家中を平らかにすることが殿のお役目、そのお役目を補佐せず、殿の追従ばかりをしている取り巻きたち。実直な真木を遠ざけてもいる…

登の筆は止まらない。

…茶店の主人は黄粱を蒸すのに忙しい。隣で盧生が栄華を極めていることなど思いもよらない。盧生の華々しい人生は、粟すら煮えぬ短い夢なのだ。そのことに殿が早く気が付かれ、家中の政事に思いを致して下さればよいのだが…

季節は初冬、一枚の葉をも留めぬ木々の枝を描き出したところで、登の筆が止まった。

『黄粱一炊図』の絵の完成をみたところで、登は次のような賛をその絵に書き入れた。

呂公經邯鄲、邯中遇盧生、貧困授以枕、生夢登高科歴臺閣子孫以列顕任、年餘八十、及寤呂公在、初黄粱猶未熟、戴在異聞録、（意訳略）、其事雖近妄誕、警世也深矣、（盧生邯鄲の故事はとりとめもない嘘偽りのような話だが世の戒めとなるものだ）、故富貴者能知之則、不溺驕榮祛欲之習、而恐懼循理之道、亦當易従、（富貴な方がこの故事を知れば、驕り昂ぶらず、道理に従い、道を踏み外すこともないであろう）、貧賤者能知之則、不生卑屈憐求之念、而奮勵自守士操、亦當易為、（貧賤の者がこの故事を知れば、卑屈になって愚痴を言ったりせず、奮起し志操を守り、過ちを犯すこともないだろう）、若認得惟一炊之夢、便眼空一世、不得不荊妄動妄想、（もし仮に、一炊の夢ばかりを追うならば、その振る舞いは一生うわの空で、でたらめなことを為し、つまらぬ考えを起こすことにもなりかねない）、畫竣而懼、因記之（この絵を描き終えて、この絵に込めようと思いが十

分に表せたかどうか不安になったので、蛇足にはなるがこの賛を書き記した）

その時ふいに登の脳裏に五郎の末期に見た夢が去来した。

…私の人生も、結果として、盧生邯鄲の夢の様なものであったかもしれぬ。だが、私は少なくとも一炊の夢を追い求めることはなかった。富貴な方こそ、その夢を求める弊害を知るべきである…

…殿とは不思議なご縁でお仕えすることになったが、私は最後まで殿にとって都合のよい臣下にはなれなかった…

「河合殿、私はいつまで殿にお諫め申し上げれば良いのでございましょう」

登は筆を擱いた。康直がこの絵を遠からず目にすることを念じて。

天保十二年十月十日　田原池の原

登は椿山に宛てて書状を認めていた。

一筆啓上仕り候。私のこと、年老いた母に少しでも楽な暮らしをしていただきたいとの思いから、迂闊にも半香義会に賛同し、三月分までの作品を仕上げて渡しました。その後関係はなかったのですが、近頃、あちらこちらで根も葉もない噂が流れ出し、必ずや大きな災いが出来することになると思われます。これは殿や老公様のお立場にも関わることですので、今晩自刃することに致しました。
右のことにつきましては、私、御政事を批判しながらわが身を慎まなかったということであり、これは私が自身の慢心を顧みなかったことによる言行不一致の災いであることに相違ありません。故に、この災いを引き寄せたのは他でもない私自身なのです。ですから、今の状況を先延ばしにするのであれば、老いた母はじめ妻子をますます困難な状況に追い込むことになり、殿や老公様に至っては尋常なお咎めでは済まなくなるかもしれぬと考えるに至りました。従って、右のとおり決心するに至りました。

命を絶つ理由を簡潔に綴る登の筆には一点の迷いもなかった。己の死の意味を承知した登の脳裏を、残り数紙で終わる自身の〝崋山伝〟の結末の文言が去来していたのである。

私のことは、物笑いの種となり、世間の口性無い者が騒ぎ立てるでしょう。尊兄は私と厚く交わり、私を深く理解して下さっておりますが、申し開きなどせずしばらくは耐え忍んで下さい。数年の後一変がありましたならば、悲しむ人もあると思います。極秘永訣此の如く候。

頓首拝具

…きっと、悪評が起こるであろう。悪評は私の売画に対するものばかりでなく、それを助けた半香や椿山殿を巻き込むことになるかもしれぬ。椿山殿には今まで、感謝してもしきれぬほどの恩義があるけれども、申し訳ない、私が自刃することで椿山殿にも迷惑がかかるだろうが、どうか耐えてくれるようお願いする。ただ、それも数年の内のことだと思うのだ。世の中が変わったら、悪評も消え私の死を悲しむ人も出て来ると思う。ただ、このような未練がましいことを書くのは、他でもない椿山殿だからだ。私が自刃するのは幽居の身でありながら売画をしたことで殿やご老公様に迷惑がかかると思ってのことだが、そもそも、獄に繋がれたのは、画とも殿とも無縁のこと。家老として御家の政事を誠実に履行する中で公儀と図らずも軋轢（あつれき）が生じ、公儀によって仕組まれた疑獄により幽居の身となったことは椿山殿も理解してくれているとおりだ。奇禍に遭わざるを得なかったのは外国事情の研究から私が導き出した方策が公儀中枢の政策とうまくかみ合わなかったからに他ならない。何れ公儀の方針も変わる。それも数年の内に。誠かと問われるだろうが、これは憶断とばかり言えぬことなのだ。とは言うものの、悪評に耐えねばならぬ椿山殿の慰めになるかもしれぬと私らしくもない物言いをしてしまった…。こんなことが他人に知れたらそれこそ物笑いの種になる。椿山殿と自分の心に永遠に留めておくことにしようではないか…

認めたばかりの〝極秘永訣〟の文字じっと見た。そして〝十月十日　椿山老兄　お手紙等は皆処分致しました〟という端書で登はその書状を締め括った。

…これでいいだろう…

椿山への遺書に封をした登は、ここ数日で認めた二通の書状を文箱から取り出し、読み返した。一通は長男の立、そしてもう一通は岡崎藩の中山氏に養子に入った弟の助右衛門に宛てたものだった。立へは五日程前に認めた。日付は入れなかった。

餓死(うえじぬ)るとも　二君に仕ふ　べからず

不忠不孝の父　　登

渡辺　立どの

…私は成り行きで二君に仕えることになってしまった。ご老公様、そして御家の窮乏を救うために迎えた殿。私なりに様々な努力もしたが、畢竟(ひっきょう)、今の立場に追い込まれることになった。立にはそのような役回りをしてほしくはない。幸いにも、立は佀太郎君お一人に仕えることになる。何があっても佀太郎君をお守りすることだ…

弟の助右衛門に宛てたものにはこう認めた。

拙者、事を慎まず、上へご苦労相をかけてしまったこと、弁解の余地もなく、従って今晩自刃致します。母上には大変申し訳なく、不忠不孝の名が後世に残りましょう。母上は今後様々なご困難に直面なさることと思いますので、必死にお救い下さるようお頼み申し上げます。

茂兵衛、喜太郎などへも宜しく。このような書状は涙のたねとなりますのでかいつまんで申し上げました。頓首

…助右衛門はわかってくれるだろう。私がなぜ画を描かなければならなかったか、そして自刃しなければならなかったか。きっと助右衛門は残された母上を助けてくれるだろう…

二通の遺書を読み終えると登は再び筆を手にし、村上定平宛に遺書を認めた。それは真木への遺書でもあった。

私のこと、数々の疑いをかけられております故、この度自刃致します。しばらくは騒がしくなりましょうから、老母妻子への援助は十分おできになりませんでしょうが、どうか陰からあたたかく見守っていて下さい。真木様、生田様、次郎様、其外様へもこれまでの御礼、お伝えください。永訣

書き終えた遺書を『黄粱一炊図』の脇に置き、登は目を閉じた。遠くから波の音が聞こえてくる。すべての準備は整った。後は、なすべきことをなすだけだ…。突然その思いをかき消すように烏がけたたましく鳴いた。

供先に打ち据えられて見たあの時の烏が他でもない紈袴子弟、賄賂の倖臣であり、鳶は私だったのだ、ふとそうした思いが登の頭を過った。

同日　東海道

藩校の設立の打ち合わせを終えた小田切要助は、家人の源蔵と共に浜松から吉田宿に向かっていた。見上げれば快晴の秋空、頬にあたる風は心地良い。

小田切は、吉田宿に逗留し伊賀者の源蔵を田原に送り、渡辺登と内々に連絡を取るつもりでいた。

「源蔵、そう急ぐな。吉田宿は逃げはせんよ」と小田切が声をかける。

「旦那様が急ぐものですから、手前も早歩きになるのでございます」と源蔵が答えた。

声を掛けながら、小田切は渡辺登との江戸での再会を思い描いていた。

この度は源蔵を介しての書状でのやり取りになろうが、数年の後には罪も許されて渡辺殿も江戸に上られるであろう。その時にやっとこの胸につかえている自責の念も氷解することになるのだ。

そう思うと、小田切の歩みも自然と速くなるのだった。

その日の夕方、小田切要助と家人の源蔵は二川宿に草鞋を脱いだ。

後日譚

天保十五年（その年の十二月二日に弘化と改元）二月、椿山は池の原の渡辺家で登の母お栄と話していた。田原の地を訪れるのが遅くなったことを詫び、しばらくの沈黙の後、椿山はおもむろに話し始めた。

「崋山先生に送っていただいた『蟲魚帖』は実に先生の傑作です。先生にもっと教えを乞いたかったのですが、残念で仕方がありません」

「登は、椿山様を兄弟のように思っていたようです。椿山様の書状が来ると、子供のように嬉しがっていました。自分の本当の気持ちを分かってくれているのは椿山様だけだ、などと常々申しておりました。登は椿山様には心の内を申し上げられたように思います」

「御母堂様から、その様におっしゃっていただく資格は拙者にはございません。先生がお亡くなりになって、丸二年、拙者は田原の地に参ることができませんでした。本当に申し訳ありませんでした」

「その様なことはおっしゃらないでください。どれだけお目を掛けていただいたか、このお栄はとくと分かっていますよ。登もあの世で椿山様の訪問を喜んでいると思います。そうそう、登が残した絵をご覧になっていって下さい。まだご覧になっていない絵もあるかもしれません。登も椿山様に見ていただけるのを喜んでいると思います」

お栄はおたかを呼ぶと、登の葛籠（つづら）を持ってくるように言った。

おたかが持ってきた葛籠を開けると軸や画稿、手控え帖が雑然と収納されていた。

「これは椿山様に整理していただこうと思いまして、登が使っていた時のままにしておきました。ただ、絶筆となった軸だけは、何人かの方にお見せしておりました。これが、登の絶筆でございます」

と言って、お栄は一番上の軸を大事そうに椿山に手渡した。

軸を開くと寒村の茶店の図らしく、二人の客と主人らしき人物が描かれていた。客の一人は床几台に寝そべり、もう一人の客はそれを見守っているようだ。厨房の中では主人が料理を作っているのだろう、竈から煙が出ている。茶店の外には葉を落とした大きな樹木の下に馬が繋がれ、目を遠くに転じると、山や滝が淡く描かれ画に奥行きを与えている。近景には近くの民家の屋根破風の一端が、はっきりとした線でくっきり描かれ、手前にせり出してきているかのようだ。

それは登らしい画であった。賛の位置やその長さに至るまで、その画には一分の隙も無かった。賛を読まずとも、それが〝黄粱一炊〟の故事に想を得ていることが見て取れた。

椿山は、賛に目を走らした。

黄粱一炊の故事を述べ、後世の戒めとすると書いた後に、蛇足のように、〝畫竣而懼、因記之〟と記している。

…先生は、この絵で何を言わんとしたのだろうか。黄粱一炊の絵であることは一見して明らかなのに、わざわざ賛をお書きになり、しかも、終わりに〝晝竣而懼〟と書き添えてまでいる…

「登は最後に何を言いたかったのでしょうね。人生は黄粱一炊の夢のように儚いものだから、身の程をわきまえて生きなさい、そうしないと自分のようになる、とでも言いたくてこの絵を描いたのでしょうか。そう考えて人生を終えたと思いますと…」とお栄は言葉を詰まらせた。

「先生は噂を払拭する為に死を選ばれ、先生の命によって土佐守様が、奏者番にお成りになることができました。先生は最後まで、臣下としての務めを果たされたのだと思います」

「そうですかね、そう言っていただけると、わたしの心も少し軽くなりますが…」

椿山は、『黄粱一炊図』をじっと見つめていた。

…御母堂様にはそう言ったが、崋山先生が死を迎えるにあたって何故黄粱一炊の絵を描いたのか拙者には分からない。先生はもっと別な作品も描けたはずなのだが何故黄粱一炊の絵でなければならなかったのか。『蟲魚帖』を送って下さった時の書状には絵を描く楽しみについておっしゃっていたはずだ。何よりも、遺書には、世の中が変わったならば、先生自身に対する世間の見方も変わるとお書きになったではないか。にも拘わらず、何故この絵をお描きになったのか…

椿山はお栄が勧めるまま、葛籠の中の作品一点一点に目を通した。すべての作品に登の息遣いが感じられ、今まさに登と向き合っているような心持ちがした。

『椿山殿、そう形苦しくならず、もっとごゆるりと。やっと会えたのではありませんか』

「先生、誠にすみません。拙者が至らなかったばかりに」

『その様なことはありません。椿山殿も私もその時々を誠実に生きてきたのですから、何も悔いることはありません。私は何も悔いてはおりません』

「それならば何故、絶筆にあのような絵を描いたのでしょうか」

『あれはあれで…、描かねばならなかったのですよ』

「それは何故ですか」

椿山は問いかけたが、登は何も答えてはくれなかった。

…先生はどのような思いを胸に死を迎えたのであろう…

「先生は今どこに眠っておられますか」

「登は城宝寺に眠っております」とお栄はぽつりと答えた。

椿山はおたかの案内で城宝寺の登の墓に向かった。

途中、おたかは長女のお可津の婚礼が決まったということを話してくれた。また、立も諧も素直に育っており、日常も旧に復したとも語った。そのおたかの言葉を聞いて椿山は心から慰められる思いがした。

登の墓は寺の墓所の片隅にあった。椿山はその墓標もない墓に静かに手を合わせ登の〝極秘永訣の遺書〟の文言を想起し、そしてその一節を囁くように諳じた。

…尊兄は私と厚く交わり、私を深く理解して下さっておりますが、申し聞きなどせずしばらくは耐え忍んで下さい。数年の後…。

敬愛する師の慈愛に満ちた文言を諳じている椿山の頭上には、数年の後の〝一変〟の萌芽を宿した蒼蒼たる大空が何処までも果てしなく広がっていた。

（了）

あとがき

私自身が読みたかった〝崋山伝〟を上梓する運びとなった。史実から離れたものとはなったが、私が敬愛して止まない渡辺崋山の一側面を描くことができたと思ってはいる。

私が崋山と初めて出会ったのは二十歳の春の事だった。上野の国立博物館で『鷹見泉石像』を見て、その描線に圧倒された。線自体が立体を暗示しているのである。鑑賞者に面を思い描かせる魔法の線だと思った。薄く施された色彩は線の特徴を最大限に生かしているようにも感じられた。離れてみると、正面から人物へ微かに光が当たっている。顔に淡い陰影ができ、線・面・色彩は気韻を内包した調和を醸し出している。その調和の中に浮かび上がる人物に、私は魅了された。それまで小杉未醒の『水郷』を一押しの絵画と認めていた私であったが、一押しの地位はあっさりと『鷹見泉石像』に取って代わった。

そして、それを描いたのが渡辺崋山と言う画家であるということを知った時、その奥行き、その広がりを知らぬままに、私は崋山と言う深遠な森に一歩踏み込んでしまっていた。崋山と言う人は、画家としてだけではなく、陪臣（今風の言い回しをすれば地方公務員）として、教育者として、学者として、見事なまでその役を演じきった偉人だったのである。

崋山を知った時の私は、『鷹見泉石像』を描いた崋山より、二十歳も年下だった。崋山は二十代半ばに『一掃百態』と題する『北斎漫画』のような風俗画の稿本を作っている。自分もあと数年で、崋山の様に何か作品を残さねばと日々奮闘したが、何も作り上げることはできなかった。

そして、月日は流れ、私は今、泉石像を描いた崋山よりも二十歳も年上になってしまった。崋山の絵画の根底に流れているものは、挿絵的感覚であると私は確信している。二十歳前後に吉田長叔から見せてもらった蘭書の挿絵から受けた感動、それが崋山本来の絵画の出発点であり、終生変わらぬ絵画観の源流であったろうと私は思っている。俳句・短歌・読本の挿絵を描き、ついには自らの人生の挿絵までも崋山は描いたのであった。

崋山は、江戸の文化人であるから、交わっていた誰もがしていたように日記を付けていた。また画家であったから、交わっていた誰もがしていたように、目にふれた作品の縮図帳を残していた。それらが、融合し、日記に挿絵が描かれ、縮図帳の絵に言葉が付され、『客坐掌記』として結実していく。

言葉で足らぬところは絵画で補う、もちろん古今の画論を読んでいた崋山は精神世界に深く分け入る為に描かれる絵画があるのは百も承知してはいたが、絵画が現実社会を直観し認識する有益な道具の一つであると考えていたことは間違いなかろう。彼は、彼が生きている世界のすべてを観察し認識したいと考えた。絵を描くためにも、社会の仕組みを知りたいと考えた。都合のよいことに、彼の近くには長英がおり三英がいた。現実社会を俯瞰することができる視点を、彼は蘭学によって手に入れることができたのだ。

　そこから見えてきた日本の姿、それは甚だ憂慮すべきものだった。そう感じた崋山は、行動する。そして、その行動は五郎の死で激変する。誤解を恐れずに言えば、五郎の死の悲しみが、彼を、田原藩から解き放ったのだとも言えよう。五郎の死の悲しみを振り払うために、彼は動き回った。折れそうになる自分の心を守るために、動かざるを得なかったのだ。

　五郎の死が無ければ、彼の動きも違ったものになっただろう。少なくとも、蛮社の獄の直前になされた言動のいくつかは改められていたであろう。歴史に〝もし〟を持ち込むのは意味がないことかもしれないが、もし五郎の死が無ければ、彼は新しい時代の寵児となったのではないかと私は思っている。彼本来の政治的慎重さを失わなかったら、と惜しまれてならない。

だが、小藩の一陪臣が自らの世界観から国政に口を挟んだがために獄に繋がれ、夢破れ、その後始末のために切腹をするというまっすぐで澱みの無い人生を駆け抜けたところに崋山の魅力があると考えるなら、五郎の死も彼の人生にとって必要欠くべからざるものだったのかも知れない。

　崋山の後半生を辿る物語を書き終え、私は、崋山が本当の意味での世界人であり、リアリストであったということを改めて実感している。

　江川の求めに応じ、崋山は書かざるを得なかった。

　〝欧羅巴人、仁は姑息に之有るべし、智は黠(かつ)に之有るべし、義は利に之有るべし、之に依り、信ずれば牢絡(ろうらく)を受け、礼すれば阿諛(あゆ)を容る。…惣て其の規画仕候義、必成を期し申候故、英吉利の則(セイ)

狼（ロン）・印度を押領仕候も、一朝一夕の義に之無く、阿蘭陀の爪哇（ジャワ）に拠り候義も、百数年の力を極め、終に一国併呑仕候。…表面は謙虚礼譲之有り候えども、内裏は誇大に御座候。本体功利を基（もと）と仕り候故、礼譲も礼譲とは申しがたく、…唐山の人の申す如く、喜べば人也、怒れば獣也と申す通りに之有るべし。然り乍ら四方を審らかに致し候者ども故、了簡は少々ならずと存じ奉り候〟

しかし、本当に崋山は書きたくもないことを書かざるを得なかったのだろうか。そうではないと私は思う。心中深く思う所があったからこそ書いたのだ。崋山は『西洋事情書』の初稿で次のようにも書いている。

〝中々十年、二十年事之無くとも、永世の策之無く候ては、亜細亜諸国、一日も安んじ申さず候〟

時あたかも、一八三九年、アヘン戦争の前年のことである。

それから一八〇年余りの時が流れた。

もちろん崋山の生きた時代と今は世界情勢がまるで異なっている。

そうではあっても、戦後が終焉した今こそ、新しい戦前が始まっている今こそ、崋山が海外へ向けた澄み切った眼差しが必要とされているのではないだろうか。

令和五年一〇月一一日　　森屋源蔵　識之

参考文献

碧瑠璃園『渡辺崋山』　碧瑠璃園全集第9巻　碧瑠璃園全集刊行會　一九二九
藤森成吉『小説渡邊崋山』　改造社　一九三五
石川　淳『渡辺崋山』　三笠書房　一九四一
鈴木清節編『崋山全集』　崋山叢書出版会　一九四一
高野長運『高野長英伝』　岩波書店　一九四三
吉澤　忠『渡辺崋山日本美術史叢書第7巻』　東京大学出版会　一九五六
佐藤昌介『洋学史研究序説』　岩波書店　一九六四
小澤耕一『崋山渡辺登』　田原町教育委員会　一九六五
菅沼貞三『崋山の研究』　木耳社　一九六九
松崎慊堂『慊堂日暦全六巻』（東洋文庫）平凡社　一九七〇—八三
杉浦明平『小説渡辺崋山　上・下』　朝日新聞社　一九七一
大西　廣「行為としての絵画」『美術手帖』　一九七二
蔵原惟人『渡辺崋山』　新日本出版社　一九七三
『田原町史　中巻』　田原町教育委員会　一九七五

『覆刻渡辺崋山真景・写生帖集成　第一輯〜第三輯』　平凡社教育産業センター　一九七四〜一九七五
鈴木栄之亮編纂代表『渡辺崋山先生錦心図譜　上・下』　国書刊行会　一九七七
佐藤昌介校注『崋山・長英論集』　岩波文庫　一九七八
森　銑三『渡辺崋山』（中公文庫）中央公論社　一九七八
山手樹一郎『崋山と長英』　春陽堂書店　一九七八
佐藤昌介『洋学史の研究』　中央公論社　一九八〇
小澤耕一編『崋山書簡集』　国書刊行会　一九八二
栃木県立美術館『紀要No.10』　一九八三
『武士と文人との間で―渡辺崋山展』　栃木県立美術館　一九八四
佐藤昌介『渡辺崋山』　吉川弘文館　一九八六
芳賀　徹『渡辺崋山　優しい旅びと』（朝日選書）朝日新聞社　一九八六
吉沢　忠／山川　武『原色日本の美術18　南画と写生画』　小学館　一九八七
常葉美術館編『定本　渡辺崋山　全三巻』　郷土出版社　一九九一
『椿椿山展』　田原町博物館　一九九四
日比野秀男『渡辺崋山―秘められた海防思想』　ぺりかん社　一九九四
月山照基『渡邉崋山の逆贋作考』　河出書房新社　一九九六
加藤文三『渡辺崋山』　大月書店　一九九六
小澤耕一『渡邉崋山研究』　日本図書センター　一九九八

橋爪節也「近世大坂文人画の展開と問題―木村蒹葭堂とその周辺を中心に―」『近世大坂画壇の調査研究』大阪市立博物館　一九九八
平岩弓枝『妖怪』文藝春秋　一九九九
杉本欣久「渡辺崋山の肖像画と作画精神」『古文化研究第2号』二〇〇三
財団法人崋山会『崋山会報　第17号〜第23号』(二〇〇六〜二〇〇九)
ドナルド・キーン／角地幸男訳『渡辺崋山』新潮社　二〇〇七
鷹見本雄『オランダ名ヤン・ヘンドリック・ダップルを名のった武士　鷹見泉石』岩波ブックセンター　二〇一一
田中弘之『「蛮社の獄」のすべて』吉川弘文館　二〇一一
矢森小映子「渡辺崋山の小藩・小国構想と経済思想―19世紀ヨーロッパ情報との関連から―」JETTS国際研究集会「日本の経済思想」二〇一三
熊田かよこ『姫路藩の名家老河合寸翁』神戸新聞総合出版センター　二〇一五
杉本欣久「鈴木芙蓉『富士那智図』と渡辺崋山『千山万水図』―観念と真景のあいだ」『日本近世美術研究2号』二〇一九
岡田幸夫『渡辺崋山作国宝「鷹見泉石像」の謎』郁朋社　二〇二〇

著者紹介

森屋　源蔵（もりや　げんぞう）
1957年生まれ。仙台市在住。
教育と農業に従事。

異聞　渡辺崋山伝

検	印
省	略

令和5年11月20日　初版

著　者　森屋源蔵
発行者　藤原直
発行所　株式会社金港堂出版部
仙台市青葉区一番町2-3-26
電話　仙台（022）397-7682
FAX　仙台（022）397-7683
印刷所　笹氣出版印刷株式会社

ISBN 978-4-87398-160-4